Eliška Bartek

**Und vor mir ein ganzes Leben**

ELIŠKA BARTEK

# UND VOR MIR EIN GANZES LEBEN

ROMAN

Weissbooks

2. Auflage 2024
Alle Rechte vorbehalten
© Weissbooks Verlagsgesellschaft mbH, Berlin 2024
Umschlag, Gestaltung und Satz: Harald Hohberger Grafikdesign, Berlin
Unter Verwendung eines Fotos von: © hoffi99/Photocase
Druck und Bindung: Friedrich Pustet GmbH & Co. KG
ISBN 978-3-86337-214-9
www.weissbooks.de
info@weissbooks.de

# Inhalt

## Als ich sterben wollte

Ich war achtzehn Jahre alt und schon so gut wie tot. Es gefiel mir nicht mehr in dieser Welt, vor allem nervten mich meine Eltern. So entschied ich mich ganz einfach zu sterben. Ich hatte mein kleines Zimmer, die Türen waren aus Glas, aber nicht ganz aus Glas, in der Mitte war ein Brett. Man sah nicht durch, weil das Glas leicht gesprenkelt war. Die Tür führte auf den Gang, und gegenüber waren die Türen zum Wohnzimmer, die genauso gesprenkelt waren wie meine. Da leuchtete ein blaues Licht durch, denn meine Eltern hatten den Fernseher an. Es war nur blau, es gab noch keinen Farbfernseher, deswegen das blaue, kalte Licht.

Ich war sehr hübsch. Eine kleine Lolita, mit schwarzen Haaren und einem Pony. Alle fragten mich, ob ich französische Vorfahren habe. Die Augen fast wie ein Reh, aber eher ein verschlafenes Reh, oder ein angeschossenes. Der junge Busen mit seinen geilen Brustwarzen stach durch den Pullover durch. Ich war klein, ich sagte immer, kleiner Körper und großer Geist. Ich war nicht blöd, eher begabt und verrückt. Hatte Träume, Schauspielerin zu sein, Künstlerin, etwas Großes zu schaffen, wusste jedoch noch nicht, was. Ich hatte schöne Hände mit langen Fingern, die Augenbrauen schön geschwungen wie Gipfeli. Meine Nase war eher zu groß als zu klein. Die kleinen Stupsnasen, dachte ich, bedeuteten eher Dummheit als eine charaktervolle große Nase, nein, zu groß war sie nicht, aber bestimmend für mein Gesicht.

Gewissermaßen hingen Augen, Mund, Stirn und das Kinn mit dem kleinen Grübchen an der Nase dran. Ich dachte, wenn ich die Nase nicht hätte, würde alles auseinanderfallen. Ich hatte breite Lippen, schön geschwungen nach meinem Vater. In der Schule nannten sie mich manchmal Negerlein. Meine Zähne waren weiß und strahlend wie Schneeflocken, so dass mir die Leute sagten, ich sollte Reklame für Zahnpasta machen. In der Mitte der Zähne hatte ich eine kleine Lücke, oder einen Spalt, man sagt, das hätten nur glückliche Leute. Obwohl ich jetzt gar nicht glücklich war. Wollte unbedingt sterben.

Also legte ich mich auf den Diwan. Es waren die Sechzigerjahre, er war rot bezogen, rundherum Holz, und wenn ich schlafen ging, konnte ich den rausziehen. Auf dem Holztisch hinter meinem Kopf stand das Radio, damals noch mit Knöpfen, die man drehen konnte, aus ihm dröhnte stramm sozialistische Musik, die meistens die Arbeit besang. Und irgendwelche Tabletten auf dem Tisch mit Wasser. Tja, also ich gehe …

Ich schluckte alle Tabletten, die ich gefunden hatte, kreuz und quer, und bereitete mich auf das Sterben vor. Ich hatte mich sogar schön angezogen, hatte einen sauberen Büstenhalter und saubere Unterwäsche an. Wenn sie mich dann ausziehen nach dem Tod, sollen sie nicht denken, ich wäre eine Schlampe gewesen. Man musste immer schön sauber sein, denn man wusste ja nicht, wann man stirbt, ich jedoch wusste es …. jetzt. Ich lag da, sozialistische Musik begleitete meinen Sterbegang. Es passierte lange nichts, ich wartete und wartete … doch endlich, jetzt – wurde mir schwindlig und schlecht, aber ganz schwindlig und ganz schlecht … und noch schwindliger und noch schlechter …

Und dann kam mir der Gedanke, dass ich doch leben

wollte. Denn sterben konnte man immer noch. Doch, ich wollte leben. Ich konnte alles machen, was ich wollte. Wenn man einmal am Sterben war, begriff man, dass man frei war und niemandem Rechenschaft schuldete. Denn ob man es richtig machte oder nicht, der Tod war einem gewiss. Obwohl ich zwischen Richtig und Falsch nicht unterscheiden konnte.

Jedenfalls schlich ich auf allen vieren über den Spannteppich. Mit Mühe konnte ich die Klinke erreichen und die Türe öffnen, wusste nicht, ob ich schon in den Gang kotzen musste oder erst später. Mutter würde fluchen, dass sie das Erbrochene putzen muss, so schluckte ich tapfer den sauren Magensaft-Cocktail herunter, schlug mit der Faust gegen die Wohnzimmertüre, hatte keine Kraft mehr, zur Klinke zu greifen ... dann ... war ich schon tot? Wahrscheinlich. So schlimm war es gar nicht. Von ferne hörte ich meine Mutter schreien, den Vater telefonieren, dann kamen Männer mit einer Bahre oder Liege, banden mich darauf und trugen mich die Treppe hinunter. Gott sei Dank wohnten wir im ersten Stock, der auch der letzte war, denn die Häuser waren für die Privilegierten gebaut. Mein Vater war im Haus der höchste Funktionär, Technischer Direktor der Tschechoslowakischen Automobilwerke, der zweithöchste in der Republik, deswegen auch der Neid der Nachbarn. Die betrachteten mich auf der Liege mit Schadenfreude – was hatte mein Vater da erzogen, was für ein Ungeheuer!

Ich war zwar festgebunden, hatte aber Angst, ich könnte herunterfallen und mir was brechen. Unten stand schon ein Notfallwagen, der mich hupend durch die Prager Straßen fuhr. Noch benommen schaute ich mich von oben an, wie von einer Zuschauerloge aus, wie ich hier so benommen lag. Es war wie ein Traum. Ich fuhr durch die

Altstadt, durch die kleinen Gassen oder Straßen … Es fing langsam an zu schneien und die Schneeflocken tanzten um die Fenster des Sanitätsautos herum. Einige klebten an der Scheibe, als ob sie sehen wollten, was für eine Idiotin da drinnen lag. Die Gaslaternen mit ihrem schwachen warmen Licht bogen sich zu dem Wagen herab. Oben auf dem Berg leuchtete ganz schwach die Prager Burg. Ich war in fast weihevoller Stimmung, obwohl uns der Sozialismus diese Art von Feierlichkeit eigentlich ausgetrieben hatte. Ich glaube heute zu wissen, dass das Sterben auch etwas Feierliches hat. Eine Befreiung. Etwas Großes.

Das Auto hüpfte auf den uralten Pflastersteinen, rechts war eine gelbe Mauer mit vielen Rissen, als wenn dort unterm Fundament tausende Maulwürfe rumgebohrt hätten. Oben mit roten Dachtaschen bedeckt. Links Häuser ohne Licht. Es waren Regierungsgebäude. Ich wusste nicht, wie spät es war, als ich starb, aber so eine Stimmung hatte ich nie mehr in meinem Leben. Wenn die blöde Sirene des Krankenwagens nicht gewesen wäre, würde ich denken, ich führe in den Himmel.

Nun öffnete sich das Tor, leider nicht in den Himmel, sondern in die Notfallstation. Samt Bahre trugen sie mich in einen großen Raum, in dem mehrere Betten waren, nur durch einen Plastikvorhang getrennt. Ich hörte es von allen Seiten kotzen und husten. Irgendwie erinnerte es mich an den Zoogarten, wenn die Tiere rülpsten, pupsten und schmatzten. Als Erstes wurde mir mein Magen ausgepumpt. Wie genau, kann ich mich nicht mehr erinnern, denn ich bekam eine Spritze. Ich wusste nicht, wie man den Magen auspumpt. Vielleicht wie bei einer Sickergrube die Exkremente. Nach vielen Stunden, die ich nicht zählen konnte, wachte ich auf. Der junge Mann neben mir war auch schon ausgepumpt. Ich hörte ihn leise mit dem Arzt sprechen. Zu mir kam auch eine Ärztin, und ich musste ihr den Grund meines Selbstmordversuchs erzählen. Was ich da gesagt habe, daran kann ich mich auch nicht mehr erinnern. Auf jeden Fall war es die Notaufnahme für Selbstmörder. Leider gibt es die dort nicht mehr. Ansonsten hätte ich sie später besucht, wie meine Geburtsstadt oder meinen Geburtsort. Ich habe so schöne Erinnerungen daran!

Ja, und danach fing die schöne Zeit in der Psychiatrie an. Bohnice heißt die in Prag. Alte Gebäude in einem riesigen Park. Im Sozialismus wurden dort schwererziehbare Kinder reingesteckt, die einen Selbstmordversuch begangen hatten. Es gab einen großen Saal und rundherum einige Eingänge in Privatzimmer. Ich hatte eines davon. Neben mir wohnte ein ungefähr 17-jähriges Mädchen. Ich kann mich erinnern, dass sie sehr groß war. Sehr schön. Hatte lange blonde Haare, lange Beine, alles an ihr war lang. Die einzige Abweichung von der Länge war ihr dicker Bauch, denn sie war schwanger, fast schon im neunten Monat. Und ihre verquollenen Brüste, an die sie mich drückte, wenn sie heulte. Ich erstickte fast dran. Sie wollte das Kind nicht, so probierte sie einen Selbstmord. Warum hast du nicht abgetrieben? Sie wusste nicht, dass sie schwanger war, und kaum wusste sie es, war es zu spät.

In der Tschechoslowakei war Abtreibung ganz einfach. Es gab keine Pille. Man wurde schwanger, wie man bei uns sagte, wenn dem Mann die Füße abrutschten. Das hieß, bevor er ejakulierte, musste er raus sein. Aber es gelang eben nicht jedem. Dann sagte man vor einer Jury, man wolle studieren, man wolle kein Kind, und es wurde einem sauber und in einem Spital geholfen.

Dann freundete ich mich noch mit einem Verrückten an, der Reinigungsmittel inhaliert hatte. Eigentlich reinigt das verschiedene Flecken. Mit so einer Tüte an der Nase konnte man sich aber auch ganz schön betäuben. Er starb fast, so viel hatte er geschnüffelt. Eigentlich verliebte ich mich in ihn, so wurde mir wenigstens nicht langweilig. Wir wurden jedoch kontrolliert, also außer ein paar Küssen lief da nichts.

Die Zeit verging schnell wie in den Ferien. Weg von meinen strengen Eltern. Nach dem Frühstück gingen wir in das Atelier. Es war das erste Atelier in meinem Leben. Unser Professor oder Erzieher sagte mir immer: Eliška, du musst Künstlerin werden, du bist so begabt! Und ich war auch die Beste, meine Bilder wurden regelmäßig ausgestellt.

Im Hauptraum saßen Frauen und strickten. Hie und da stand eine auf, schrie, dann setzte sie sich wieder und strickte weiter. Es sah aus wie ein Gesellschaftsspiel, ich konnte diesem Treiben stundenlang zuschauen.

Ich fand das Leben schön dort. Wir hatten auch Kino. Draußen hinter dem Gebäude rauchten wir, heimlich durch den Zaun brachte uns jemand immer Zigaretten. Eigentlich war alles super organisiert. Wir hatten auch normale Kleider, keine Nachthemden. Wir waren eigentlich glücklich, wir fühlten uns frei hinter den Mauern. Sie beschützten uns vor denen da draußen. Wir konnten uns entfalten. Einige spielten Musikinstrumente. Der Psychologe hörte uns zu, aufmerksam und interessiert. Sagen konnte man, was man wollte. Man wurde nicht beurteilt, nicht verurteilt. Ein schöner, sorgloser Teil meines Lebens.

Ich wollte nicht nach Hause.

Dann sah ich durch die Fenster meine Mutter stehen. Eine schöne Frau, blond, groß, lockige Haare, schlank. An der Hand hielt sie meine Schwester, die fünf Jahre jünger war als ich. Meine Schwester weinte und bat mich, nach Hause zu kommen. Ich wusste, die Mutter nahm sie mit, um mein Herz zu erweichen. In der anderen Hand hielt meine Mutter eine selbstgemachte Torte. Meine Mutter tat mir leid. Die Qual war ihr ins Gesicht geschrieben.

Ja, ich ging. Wegen dem, was meiner Mutter im Gesicht stand, und wegen der Tränen meiner Schwester. Schweren Herzens. Von der Psychiatrischen Klinik zurück in die Normalität namens Welt.

# Großvater und der vergiftete Hund

Ich weiß nicht, warum ich mich heute an meinen Großvater Tomáš erinnere. Vielleicht, weil ich gestern zu viel getrunken habe und mir heute der Schädel brummt. Mein Großvater pflegte immer zu sagen: Vom Krieg habe ich nicht viel mitbekommen. Als die Deutschen kamen, trank ich mit den Deutschen. Als die Russen kamen, trank ich mit den Russen. Mein Großvater Tomáš trank gerne Weißwein. Außerdem – diesen Vornamen muss man richtig aussprechen, dann passt es erst zu meinem Großvater. Tomaaaaasch. Auf Tschechisch.

Mein Großvater war nicht irgendein Großvater. Er war Ungar. Groß und stattlich, mit einem Schnurrbart. Ich weiß gar nicht, ob es früher überhaupt einen einzigen Ungarn ohne Schnurrbart gab! Ich denke, die Ungarn sind schon mit einem Schnurrbart geboren.

Mein Großvater trug immer, aber auch immer, einen schwarzen Anzug. Die Knie an den Hosen waren zwar schon ein bisschen ausgebeult, aber es nahm ihm die Würde nicht weg. Er hatte auch immer ein weißes Hemd und ein schwarzes Sakko an. Und trug immer einen Hut. Er lief kerzengerade, fast schon steif, den Kopf hoch haltend, so dass man ihn »der Direktor« nannte. Ich war sehr stolz auf meinen Großvater. Er stellte etwas dar. Er hatte Würde. Sogar wenn er betrunken war, war er mit Würde betrunken. Das ganze Dorf hat ihn geachtet. Er war jemand. Jedoch wusste niemand so ganz, wer.

Er lief immer gravitätisch durch das Dorf. Meistens den Berg herunter in das Gasthaus. Es war nicht weit, nur kurz über die Straße. Rechts war ein Zaun mit einem bissigen Schäferhund, der immer wie verrückt bellte, wenn man an ihm vorbeiging. Dann die steile Straße herunter und dort war schon das Gasthaus – tschechisch »Krčma«. Dort pflegte mein Großvater stundenlang zu sitzen und zu diskutieren. Wenn die Großmutter uns zum Spaziergang schickte, war es unser Weg. Der dauerte nicht mehr als zehn Minuten. So saßen wir da, ich bei einer Limonade und der Großvater bei einem Weißwein. Draußen prallte die Sonne herab und der Himmel bläute, die Vögel sangen und die frische Luft ließ einen fast ersticken – es war in den Bergen.

Aber wir saßen fast in der Dunkelheit. Es gab nur zwei kleine Kellerfenster. Man konnte einen winzigen Blick des blauen Himmels durch die mickrigen Fenster stibitzen. Der Rauch hing in der Beiz, und ich beobachtete stundenlang die Rauchschwaden, die sich wie eine Schlange durch diesen kleinen Raum wälzten und irgendeinen Ausgang suchten. Fanden jedoch keinen. Auch war kein Fenster offen. Nur wenn hier und da jemand kam oder ging, probierte der Rauch ganz schnell durch die kurz geöffnete Tür nach draußen zu entfliehen.

Die Männer in der Krčma liebten das Dunkle und den Rauch. Nach drei Stunden »Spaziergang« gingen wir nach Hause. Der Großmutter musste man nichts erzählen. Sie roch nur an unseren Kleidern und wusste, wie viel es geschlagen hatte. Die Kleider stanken bestialisch.

Wenn mein Großvater ins Gasthaus ging, nahm er seine Stöcke, weil er nicht mehr ohne laufen konnte. Bei der Straßenüberquerung wurde er einmal angefahren. Nach drei Stunden kam er ohne Stöcke den steilen Hang hoch, schlief seinen Rausch aus, und als er aufwachte, meinte er: »Eli, hol mir meine Stöcke in der Krčma!« Er behauptete, ohne die Stöcke nicht laufen zu können. Also ging ich über die Straße, an dem wie irre bellenden Schäferhund vorbei, und links in die Krčma. Keine Menschen, schon das war ungewöhnlich genug, denn sonst war es immer bumsvoll. Der Wirt putzte da was herum, obwohl es nichts zu putzen gab. Man sah fast nichts, der Dunkelheit wegen. Nur die paar Stühle und die kleine Bar. Es roch nach Feuchtigkeit, nach Zigaretten, Pfeifen, Schnupftabak und Alkohol.

Nach Wasser und alkoholfreien Getränke roch es nicht, die trank außer mir niemand, und die riechen auch nicht. Die zwei kleinen Kellerfenster waren offen. Der gestauchte Rauch drängte sich durch die zwei Öffnungen, aus lauter Angst, er kommt nicht mehr heraus. Denn die Fenster wurden bald wieder geschlossen, damit es zum Frühschoppen noch so richtig stank. Das bisschen Licht drängte durch die Fenster hinein, und ich sah, wie sich zwei oder drei Strahlen durch den Rauch kämpften bis zu den Tischen. Es war wie eine Bühne, die mit Scheinwerfern beleuchtet wurde. Nur die Darsteller waren noch nicht gekommen.

Ich war in dem Dorf was Besonderes. Denn meine Schwester und ich kamen aus Prag, was ganz, ganz weit weg war. Dazu hatte kaum jemand ein Auto. Ich brachte dem Großvater die Stöcke, er schwang sich aus dem Stuhl und ging zum Frühschoppen.

Einmal, als ich bei dem Schäferhund vorbeiging, hat ihn sein Besitzer Karlíček geschlagen, da der Hund ein Huhn getötet hatte. Der Hund jaulte und jaulte und tat mir schrecklich leid. Als der alte Karlíček den Zwinger verlassen hatte, stellte ich mich auf ein Podest am Zaun. Ich war klein, vielleicht sechs Jahre alt. Ich musste mich mit dem einen Händchen am Zaun festhalten und mit dem anderen wollte ich den Hund streicheln. Die Maschen des Zauns waren groß. Und der Hund, der noch richtig in Rage war, biss zu. Es waren Sommerferien, ich hatte wenig an, so dass er so richtig in meinen Bauch reinbeißen konnte. Wie ich geschrien habe, kann man sich nicht vorstellen.

Im Dorf öffneten sich die Fenster und dann die Türen, und alle Bewohner rannten zu mir. So auch meine Tante, die mich auf den Arm nahm und mit mir zum Dorfdoktor bei der Kirche eilte. Die Wunde wurde gereinigt und ich bekam eine Tetanusspritze. Danach Eis und sonstige Süßigkeiten, damit ich aufhörte zu schreien.

Zwei Tage später war der Schäferhund tot. Vergiftet. Die Polizei kam zur Großmutter und verhörte meinen Großvater. Ihn hat die Polizei der Tat verdächtigt. Aber mein Großvater verneinte es strikt und entschlossen. Er wäre es nicht gewesen! Als die Polizei weg war, fragten Großmutter und Tante: »Tomáš, hast du den Hund vergiftet? Uns kannst du es doch sagen! Wir sind deine Familie.« Großvater blieb stumm.

In der Krčma gab es kein anderes Thema, als wer nun den Schäferhund vergiftet hatte. Mein Großvater saß dort, abwesend, stumm, rauchend und still seinen mährischen Weißwein trinkend. Da in so einem Dorf nie etwas passierte, war das wochenlang Dorfgespräch. Die Frauen trafen sich wie immer vor den Häusern auf der Bank in der Sonne und schwätzten. Als ich vorbeiging, wurde es still, und alle Augen blieben an mir haften. Sogar als ich schon vorbei war, spürte ich immer noch die Blicke in meinem Rücken. Manchmal rollte ich sogar das Shirt hoch, damit man die verarztete Stelle sah, das Pflaster, und tat so, als wenn es mir zu heiß wäre.

Ich war eine lange Zeit die Heldin des Dorfes. »Ja, die Kleine von dem Direktor, seine Enkelin aus Prag, wurde gebissen. Das war sicher er, der Großvater, der den Hund von Karlíček vergiftet hat.« So redeten sie. Es traute sich niemand, den Großvater zu fragen. Alle wussten auch, er würde sowieso nicht antworten.

Es gab wenig Indizien. Nur, dass ich Großvaters Nichte war, die gebissen wurde, und dass er täglich bei dem Hund vorbei in das Gasthaus ging. Das war zu wenig für eine Strafanzeige. Mein Großvater hat es nie verraten. Nicht nach einem Jahr, nicht nach zehn und auch nicht nach vierzig Jahren. Er nahm sein Geheimnis mit ins Grab.

Aber ich weiß – in meinem Inneren – er war es. Obwohl er es auch mir nie gesagt hat. Auch als ich schon groß war und ihn fragte.

# Die Russen kommen

Meine Schwester und ich fuhren mit den Eltern einige Tage zu unserer Tante nach Vrbno pod Pradědem. Früher war das Sudetenland, und somit trug der Ort den Namen Würbenthal, besser gesagt Würbenthal im Altvatergebirge. Es war nicht weit, vielleicht 350 Kilometer von Prag entfernt. Wir hatten ein Auto, einen hellblauen Škoda. Wir hatten das Auto als Erste in der Straße bekommen, wenn nicht sogar als Erste in Prag, da mein Vater ja Technischer Direktor der Tschechoslowakischen Automobilwerke war. Aber mit dem Auto fuhr niemand. Auf der Straße standen auch sonst kaum Autos, denn nur wenige Leute hatten eins. Ich lebte im Sozialismus und da hatten alle fast nichts. Wenigstens gab es keinen Neid. Oder nicht so viel Neid. Der blaue Škoda stand in unserer Garage und träumte vor sich hin. Wir fuhren mit Herrn Schalamoun und dem schwarzen Tatra, der ein Dienstwagen war. Wir fuhren zur Tante. Man sagte immer nur »zur Tante«, obwohl man auch den Onkel und den Cousin damit meinte.

In der Tschechoslowakei gingen die Frauen arbeiten, gebaren, kochten, brachten die Kinder in den Kindergarten und holten sie ab, gingen einkaufen, schmissen den Haushalt, und die Männer saßen im Gasthaus beim Bier und philosophierten. Oder politisierten, obwohl das eher unwahrscheinlich war, da man Angst hatte, abgehört oder verraten zu werden. Aber die Frauen hatten dafür das Sagen. Ein Spruch war: Der Mann ist der Kopf der Familie, die Frau der Hals, die den Kopf zu drehen weiß.

Herr Schalamoun war der Fahrer meines Vaters. Er kam jeden Morgen und holte meinen Vater zur Arbeit ab. Und jeden Morgen schaute meine Mutter vom Fenster herab und rief meinem Vater zu: »František, zerknittere dein Sakko nicht«, und dabei zeigte sie, wie er sich die Jacke mit der Hand hinrichten soll, damit das Sakko nicht zerknittert. Und so war es Morgen für Morgen, falls mein Vater überhaupt zu Hause war und sich nicht auf irgendeiner Dienstreise befand. Zu seinem fünfzigsten Geburtstag bekam er ein gezeichnetes Buch. Dort war mein Vater abgebildet, klein und rund, mit Glatze und in der rechten Hand eine Aktentasche. Er klingelt an der Tür bei Bartek. Da öffnet meine Mutter, die in den Türrahmen gezeichnet ist, blond, größer als mein Vater, schön, und mein Vater fragt mit einer Sprechblase wie im Comic: »Wer sind Sie und was machen Sie in meiner Wohnung?« Daneben waren wir zwei Kinder gezeichnet. Eine mit schwarzen Haaren – das bin ich – und eine blond, das ist meine Schwester. Ja, so war mein Vater. Selten zu Hause. Aber ein Herr. Besser gesagt – ein Genosse. Obwohl, beides mochte er nicht, er liebte es, wenn die Leute ihn »Herr Direktor« nannten. Wie bei meinem Großvater. Das Bartek war unwichtig. So viele Direktoren gab es nicht. Immer im Anzug, weißes Hemd, immer mit Krawatte und immer mit Hut. Bei besonderen Gelegenheiten, falls er zu Hause war, musste er auch so herumsitzen. Jedoch ohne den Hut. Er rauchte wie eine Fabrik, wie die Schlote der Autofabrik, in der er Direktor war. Wenn mich Herr Schalamoun in die Schule fuhr, blieb das Auto kurz an einer Kreuzung stehen. An einem kleinen Kiosk musste ich herausspringen und meinem Vater drei Päckchen Zigaretten Cleopatra holen. Der schwarze Tatra brummte dabei vor sich hin. Mein Vater rauchte die teuersten Zigaretten, ansonsten rauchten alle Slavia oder Sparta, was auch Namen von Fußballvereinen waren.

Wir stiegen vor unserem Haus in Prag ein. Meine Schwester mit einer Plastiktüte, da sie sich in dem weich gepolsterten Tatra 603 meistens erbrach. Ich saß hinten, neben meiner Mutter und meiner Schwester, mein Vater wie immer vorne neben Herrn Schalamoun. Falls jemand den Tatra 603 nicht kennt, ein Exemplar ist noch im Museum in London zu sehen. Mein Vater hatte um Geld vom Staat gekämpft, damit das Auto überhaupt in die Produktion kam. Eigentlich sah es wie ein großer Porsche aus. Oder wie ein großer schwarzer Käfer. Das Auto gab es in keiner anderen Farbe als in Schwarz, dachte ich jedenfalls. Der Tatra war sehr weich gepolstert, so dass das Fahren auf den holprigen und kaputten tschechischen Straßen erträglich blieb.

Der Kofferraum war vorne im Auto. Kaum startete Herr Schalamoun den Motor, schon stieg meine Mutter wieder aus und vermeldete, dass sie nicht wisse, ob sie das Gas in der Küche ausgeschaltet hat. Es war jedes Mal so. Wenn es eine Ausnahme gegeben hätte und sie nicht zurück in die Küche gerannt wäre, hätten wir gedacht, sie wäre krank. Endlich fuhren wir los. Ich schaute Herrn Schalamoun im Vorderspiegel an. Er hatte einen kurzen Bart, dunkle Augen und ein scharf geschnittenes Profil. Er war schlank und nicht groß, so dass er, fast wie mein Vater, im Sitz versank. So weich war die Polsterung. Herr Schalamoun, ich glaube er war jüdisch, war ein feiner Mann, und ich sprach gern seinen Namen aus, da am Ende dieses »moun« stand, das ganz komisch auszusprechen war.

Bei meiner Tante war es wie immer sehr nett. Sie war nicht so streng mit mir wie meine Mutter. Sie rauchte. Das imponierte mir. Mein Vater durfte in Prag nur in der Garage rauchen, aber meine Tante, wenn sie uns besuchen kam, durfte in der Wohnung rauchen, auf der Toilette. Sie war die ältere Schwester meiner Mutter. Meine Mutter arbeitete nicht, aber meine Tante arbeitete. Ich wusste nicht, was sie machte, aber sie kam immer mit einem Dienstwagen nach Prag. Ich bewunderte selbständige, arbeitende Frauen. Deswegen bin ich nie eine Hausfrau geworden.

Onkel Kvetoš war ein großer schöner Mann mit vielen schwarzen Haaren, die er mit der Hand immer nach hinten strich. In regelmäßigen Intervallen, auch dann, wenn sie ihm gar nicht ins Gesicht fielen. Einfach nur so, aus Gewohnheit, oder weil er nichts anderes mit den Händen anfangen konnte. Nicht einmal an der Zigarette konnte er sich festhalten, da er nicht rauchte. Auch die Tante durfte zu Hause nicht rauchen. Sie rauchte nicht in der Garage, da sie keine hatten, sondern im Wintergarten. Onkel Kvetoš war ein Vielfraß. Er aß leidenschaftlich gerne. Die Tante kochte ständig, obwohl sie voll arbeitete. Onkel arbeitete auch, ich glaube, er war Schlosser. Er blieb schlank und groß, die Tante klein und dick.

Mein Cousin Kvetoš, »der junge Kvetoš«, der genauso hieß wie sein Vater, war so alt wie ich und gleich groß. Aber seine Ohren standen ab. Sie sahen aus wie die offenen Türen eines Taxis, aber ganz geöffnet. Das eine Ohr war sogar größer als das andere. Die Ohren wurden ihm dann später am Kopf angenäht. Groß blieben sie trotzdem, aber sie standen nicht mehr ab. Sie waren eigentlich wie Gleitschirme, und wir hatten Angst, dass er uns abfliegt, wenn der Wind wehte. Wir kamen an – das Tor wurde geöffnet und schon standen alle in einer Reihe: die Tante, der Onkel und der Sohn. Tschechen küssen sich heftig zur Begrüßung.

Der Besuch bestand aus Essen. Und Trinken. In dem riesengroßen Garten mit dem grünen Zaun saßen wir Pubertierende weit weg von den Erwachsenen. Eine hohe, breite, alte Linde stand in der Nähe des Hauseingangs. Dort, in ihrem Schatten, saßen wir und sprachen, meistens zankten wir uns. In der Linde brummelten tausende Bienchen. Im nahen Wald zwitscherten Vögel, hüpften Eichhörnchen, sprangen Hasen und Rehe herum, die weißen Wolken küssten die Kronen der Bäume, keine größere Straße weit und breit, man ging zu Fuß. Der Duft des Waldes mischte sich mit dem Duft der Linde, mit dem Aroma der Cleopatras meines Vaters und dem Geruch des Haarsprays meiner Mutter und meiner Tante. Dazu kam der Duft aus der Küche – was kochte wohl meine Tante heute? Meine Nasenlöcher saugten die Gerüche ein wie ein Hengst. Es war Szegediner Gulasch, ich wusste es, musste es gar nicht sehen. Das Sauerkraut und dazu der Kümmel. Der Geruch umarmte die ganze Wohnung. Er zog durch meine Nase bis in die Magengegend, so dass ich Hunger bekam. Was für eine schöne Zeit! Es war August 1968.

Morgens, ganz früh, hörten wir einen Riesenlärm draußen. Als würden dort dutzende schwere Motorräder vorbeifahren. Man hörte den Lärm sogar durch die verschlossenen Doppelfenster, die mit Efeu umrankt waren wie das ganze Haus, das grün in der Natur überwachsen stand. Der Efeu hatte noch nicht das Dach erreicht, deshalb erkannte man noch, dass es ein Haus war. Denn das Dach hatte rote Ziegel, die aus dem Grünen herausleuchteten. Um die Fenster glänzten schwarze Mauersteine, die man aber nur sah, wenn man den Efeu zur Seite schob oder abschnitt. Gebaut hatten das Haus Sudetendeutsche, die verjagt wurden. Das Haus blieb, Häuser konnte man nicht vertreiben. Es war herrschaftlich gebaut, mit breiten Treppen drinnen und draußen, mit vielen Zimmern, mit Blicken ins Grüne. Die Fenster von Küche und Speisezimmer wiesen Richtung Wald, und zum Speisezimmerfenster kam jeden Morgen ein Eichhörnchen, um etwas zu naschen.

Warum der Lärm? Woher? Wir rannten heraus und ein Flugzeug nach dem anderen röhrte am noch dunklen Himmel über unsere Köpfe. Wie schwarze Drachen flogen sie geordnet alle in eine Richtung – nach Prag. Ich konnte nicht glauben, was ich sah. Dunkel dröhnend überflogen die Flugzeuge das Dach unseres Hauses. Es waren viele, wie wenn sich die Schwarzgänse im Herbst sammeln für den Vogelzug. Und zwar alle der gesamten Tschechoslowakei. Um Gottes willen, was war denn da los? Sah aus wie Krieg! Erschrocken rannten wir ins Haus. Die Flugzeuge brummten immer noch. Der langsam dunkelblau werdende Himmel war mit Flugzeugen bedeckt. Wir schalteten den Fernseher an. Man sah eine verweinte, ungekämmte Nachrichtensprecherin, die sagte: »Wir sind von den Russen überfallen worden.« Es war die größte Militäroperation in Europa seit 1945. Es kamen aber nicht nur Russen, sondern es marschierten auch etwa eine halbe Million Soldaten aus der ganzen Sowjetunion, aus Polen, Ungarn und Bulgarien in die Tschechoslowakei ein und besetzten innerhalb weniger Stunden alle strategisch wichtigen Punkte des Landes.

»Wir fahren zurück nach Prag«, sagte mein Vater. »Wer weiß, was passiert! Vielleicht kommen wir später gar nicht mehr nach Hause!« Die Koffer waren kaum ausgepackt, da trugen wir sie wieder ins Auto und fuhren zurück. Es war bedrückend still im Auto und aus lauter Angst erbrach sich meine Schwester nicht einmal. Jetzt waren wir am Rand von Prag und bewaffnetes Militär befahl uns auszusteigen. Wir dürften mit dem Auto nicht nach Prag hinein, sondern müssten in einen Bus umsteigen. Also gut. Wir nahmen unsere Koffer. Vor dem Bus stand ein Russe, dem mussten wir die Koffer zeigen. Ich hatte eine Riesen-Unordnung in meinem Koffer. Diesen Zustand habe ich bis heute tapfer beibehalten, egal, wohin ich reise. Ich kriege die Ordnung in meinem Koffer einfach nicht hin.

Das Militär untersuchte den Kofferinhalt. Keine Ahnung, wonach die stöberten. Unterhöschen, sauber und gebraucht, Büstenhalter, ein paar Pullover, lange Hose, Jeans gab es im Sozialismus nicht. Sie stocherten ein bisschen herum und ich durfte den Koffer zumachen. Die Menschen bildeten einen Kreis um uns – verängstigt. Andere schauten aus dem Bus zu. Der Russe gab mir einen auf Russisch geschriebenen Zettel und sagte: »Übersetzen.« Russisch war Pflichtsprache auf dem Gymnasium. Ich schaute den Soldaten kurz an. Er war bullig, hatte ein viereckiges Gesicht und wässrige blaue Augen. Er war nicht groß, die Russen waren nicht groß. Eine grüne Militäruniform. Die Haare sah man unter der Mütze nicht. Sicher waren sie blond. Er war auch ganz hellhäutig, wie wenn er gerade aus Sibirien gekommen wäre.

»Übersetzen!«, schrie er, als er sah, dass ich mich zierte. Ich wollte es nicht übersetzen. Ich las auf dem Zettel, mit der Maschine geschrieben und sicher vielmals reproduziert, da die Schrift schon ganz blass war, dass sie gekommen wären, um uns zu befreien. Ich bekam kaum ein Wort heraus, meine Kehle war wie zugeknöpft. Er stieß mich mit seinem Maschinengewehr zwischen die Rippen, schrie nochmals. Ich überlegte mir, ob er mich erschießen würde, ob er den Mut hätte, wenn ich mich weigerte. Ob es nicht besser wäre, ihn zu küssen, eigentlich war er ja hübsch, fast ein Kind, wenn er nur nicht diesen viereckigen Schädel hätte und die strengen blauen Augen, die er zusammenzog wie eine Katze vor dem Sprung.

Ich hörte die Stimme meiner Mutter: »Eliško – übersetze es sofort.« Ja gut, dann habe ich es übersetzt. Wir sind gekommen, um euch zu befreien.

Ich heiße Eliška, Eliško benutzte meine Mutter nur, wenn sie ganz streng war. Wenn sie lieb war, dann sagte sie Elinko, die Koseform, und wenn sie es eilig hatte, dann Eli. Eliško – da wusste ich sofort, es war ein Befehl und ich musste es übersetzen.

Wir fuhren mit dem Bus weiter. Irgendwann waren wir endlich zu Hause. Die Wochen waren turbulent da draußen. Mein Vater ließ uns kaum aus dem Haus. Wir durften nur in die Schule und mussten sofort zurück. Den Wenzelsplatz durften wir nicht betreten, denn dort war so viel Militär. Der Vater hatte Angst um unser Leben. Es gab hundertacht Todesopfer.

Einige Jahre später fuhr Herr Schalamoun mit meinem Vater in dem schwarzen Auto. Es war neblig und man sah nichts. Der Nebel wälzte sich auf dem Boden, die Bäume waren wie ohne Stamm, man sah nur die Kronen. Es war dunkel und die Kronen sahen aus wie Gespenster. Nicht nur, dass man nichts hörte, man sah auch nichts. Den Tatra 603 erfasste der Schnellzug nach Prag. Mein Vater wurde aus dem Auto geschleudert und der Zug nahm das schwarze Auto mit Herrn Schalamoun mit. Es war ein großer Schock für meinen Vater. Auch für uns Kinder. Herrn Schalamoun haben wir nie vergessen.

Ich wollte hier raus. Zuerst war der Wunsch nur ganz klein. Wie ein kleiner Samen, den man in die Erde steckt. Der Samen schlief so vor sich hin, keine Bewegung, kein Wachstum. Wie ein Schläfer blieb er lange versteckt in der Erde. Ich machte Abitur, unter anderem in Geografie. Ich betrachtete verwundert die ganzen Kontinente, die kleinen Inseln, die großen Länder. Violett, blau, gelb, braun und grün waren sie auf der Landkarte, großflächig umrandet von hellblauer Farbe, welche die Meere anzeigte. Ich wollte alles sehen. Ich wollte im Sand barfuß laufen, den Urwald riechen. Ich wollte die Pyramiden besteigen. Ich wollte von fremden, warmen Winden gestreift werden. Ich wollte einen Kuss von anderen Menschen dieses Planeten. Die Landkarte hing an der Wand wie ein großes Fenster in die Welt. Man musste nur das Fenster öffnen und in die Welt hineinhüpfen. Und der Samen fing an zu wachsen und zu gedeihen. Bis die Pflanze so hoch war, dass ich den Entschluss fasste: Ich werde flüchten, ich kann sie nicht mehr weiter wachsen lassen in mir, sonst sprengt sie meine Haut, meinen Kopf, mein Herz und ich sterbe. Aber bevor es so weit war, musste ich sie wenigstens versuchen, die Flucht.

# Im Kofferraum

Es ist eng hier. Ich werde wahnsinnig! So eng! Ich kann mich nicht drehen. Ich kann mich nicht an der Nase kratzen. Ich kann mich nicht bewegen. Es ist dunkel hier. Es stinkt nach Abgasen und nach der Straße. Ich drehe durch. »Nein, Eli, beruhige dich! Ganz still – atmen! Lenke dich ab! Denke an etwas anderes«, sagt meine Stimme zu mir. Ich kann nicht! Ich kann an nichts anderes denken, denn ich kann nicht niesen, ich darf nicht husten, ich darf keinen Pieps von mir geben! Ich muss mich tot stellen.

Ich muss tot sein! Ich liege auf der Seite. Den Kopf auf dem Blech vom Radkasten, dort hat ein Automechaniker eine Vertiefung rausgeklopft. Ich liege wie ein Fötus da. Die Beine angezogen, die Hände auf der Brust fest zusammengepresst, als wenn ich beten würde. Ich bin nur in Büstenhalter und Unterhose im Kofferraum. Ich habe nicht einmal Schuhe an. Ich habe gar nichts. Nur Angst. Schreckliche Angst.

Ich höre Stimmen draußen. Das Auto steht, aber ich darf, kann nicht heraus! Ich würde gerne frische Luft schnappen. Aber ich muss mich tot stellen. Ich bin tot. Ich esse nichts. Ich trinke nichts. Ich muss nicht pieseln. Ich muss tot sein. Und trotzdem leben, damit ich keine Geräusche von mir gebe. Ich muss lebend tot sein. Man darf mich nicht finden. Denn dann wäre mein Leben zu Ende. Ich war in das Auto in einem Wald eingestiegen. Ich hatte zu Hause allen gesagt, ich fahre übers Wochenende nach Karlsbad. Ich war einundzwanzig Jahre alt und meine Eltern gaben mir endlich ein bisschen Freiheit. Ich packte meinen Koffer ein. Der Koffer war voller Kleider. Ich nahm immer so viel mit. Ich musste auch jetzt so viel mitnehmen, um keinen Verdacht zu schüren. Bei der Arbeit räumte ich meinen Tisch nicht auf. Ich ließ alles so liegen im Chaos wie immer. Ich arbeitete beim vormilitärischen Ausbildungsdienst und verwaltete Waffen für eine Million Kronen. Ich verlieh sie gegen Lieferschein an die Mitglieder der Organisation. Wir organisierten Triathlon und Sportschießen. Ich konnte ganz gut schießen. Wenn ich an eine Schießbude kam auf einem Jahrmarkt, musste der Betreiber vor Angst zittern, denn alle Rosen, deren Bändchen am Fuß ich anschoss, gehörten dann mir. Außer der Betreiber hatte das Visier verstellt.

Direkt vor dem großen gemeinsamen Büro durfte nur ich die schwere Eisentüre des Waffenlagers öffnen. Den Schlüssel bewahrte ich in meinem Büro in einer Schublade auf und den Schlüssel zur Schublade trug ich immer mit mir. Auch diesmal musste ich ihn mitnehmen. Aber die Schublade aufzubrechen konnte nicht so schwer sein. Einige Waffen hatte ich ohne einen Lieferschein verliehen, da ich die Männer gut kannte. Ich durfte die Waffen und die Lieferscheine nicht zurückfordern. Ich durfte nicht mit einem veränderten Verhalten auf mich aufmerksam machen. Ich musste so sein wie immer. Ich durfte die Angst nicht zeigen, die in mir jede Sekunde aufstieg.

Wir saßen noch mit Evza, meiner Kollegin, im Büro und sangen mein Lieblingslied »Sedí sokol na javori«. Übersetzt: »Der Falke sitzt auf einem Ahorn«. Der Text lautet etwa so: Ein Falke sitzt auf einem Ahorn und reinigt sein Gefieder. Ein alter Jäger kommt zu ihm und teilt dem Falken mit, dass er ihn erschießen müsse. Es entwickelt sich ein Dialog zwischen dem Falken und dem Jäger.

Der Falke bittet den Jäger, nicht zu schießen, denn er möchte zurück nach Hause, zurück zu seiner schönen Frau, die auf ihn wartet. Ob der Jäger den Falken erschießt oder nicht – die Antwort kam in diesem Lied nicht vor. Oder ich kannte das Lied nicht bis zum Ende. Ich habe die Antwort des Jägers nirgends gefunden. Der Dialog blieb ohne Schluss. Das Ende offen: Tod oder Leben. Wie bei mir.

Ich sang immer die erste Stimme und Evza die zweite. Wir hatten offene Fenster, die auf einen viereckigen Hof führten. Auf dem Hof wuchs ein Baum, der schon so groß war, dass seine Äste fast in das Büro reinwuchsen, als würden sie mich holen wollen.

Evza war blond, zierlich, blass und neben mir die einzige Frau in dem Büro. Ihre Finger waren so zierlich, als würden sie brechen, wenn sie etwas anfassten. Wenn sie was tragen musste, half ich ihr. Sie hatte nicht so viel Kraft wie ich. Jetzt zwar auch nicht mehr, denn ich musste für die Flucht zehn Kilo abnehmen. Ich aß kaum. Alle hatten Sorge, ich wäre krank, aber nein: Ich musste abnehmen, um in diesen Kofferraum, in dem ich jetzt liege, reinzupassen.

Wir hatten das Lied fertig gesungen. Es war Freitag, und unser Chef, ein großer Mann mit Glatze, war schon gegangen. Er hieß Jarek, wir duzten uns alle. Er hatte oft starke Blähungen. Und Magenkrämpfe. Er war jüdisch und erzählte einmal, dass sein Darm im Konzentrationslager beschädigt worden war. Er erzählte weiter sonst nichts von dieser Zeit. Kein Wort. Er sagte es nur als Entschuldigung für seine Blähungen, die er manchmal kaum halten konnte. Es waren die lauten, nicht die schleichenden.

Und Pavel, der andere Mitarbeiter, der saß sowieso nie in seinem Büro. Der saß im Gasthaus gegenüber. Das war praktisch sein Büro und jeder fand ihn dort. Falls ihn jemand suchte. Pavel machte oft Überstunden, er saß manchmal bis 22 Uhr abends im »Büro«. Ich wusste nicht, warum er dort so lange saß. Ob er eine schlechte Ehe führte? Viel wusste ich nicht über ihn, nur dass er sehr lustig war. Er lachte immer, kannte tausend Menschen und noch mehr Witze und ab 20 Uhr lallte er. Er hatte eine kleine Glatze, Augen, die fast aus der Augenhöhle herausfielen, eine Nase wie der Falke in dem Lied und einen Bierbauch. Er war immer sauber und gut angezogen, woraus sich schließen ließ, dass er doch eine Frau hatte, denn allein schafften es die Männer meistens nicht, so gepflegt auszusehen.

»Also, Evza, wir sehen uns am Dienstag! Bis dann. Ahoj.« Ja, die Tschechen grüßen und verabschieden sich untereinander wie die Matrosen am Meer. Wie die Italiener mit »Ciao!«, »Ein schönes Wochenende!«. Evza hatte keine Familie, sie hatte einen Freund, den ich aber nicht kennengelernt habe. Beide wohnten in einer kleinen Wohnung. Evza trug immer seltsame Kleider, mit Blumen. Eigentlich sahen die Kleider wie Schürzen aus. Sie hatte ein ganz schmales Gesicht. Man staunte, dass die großen blauen Augen, die breiten Lippen und die Zähne da drin Platz hatten. Ihre Nase glich dem Schnabel eines Vogels. Aber Beine hatte sie schöne! Fast wie eine Balletttänzerin. Ganz schmal. Auch die Oberschenkel waren ganz dünn. Arme und Hände auch, dünn und durchsichtig. Wie die tschechischen Marionetten. Die haben auch einen großen Kopf und kleine schmale Ärmchen. Schade, dass Evza keine Fädchen hatte, dann hätte ich daran ziehen können. Ich weiß, ich bin böse! Sie machte die Buchhaltung bei uns.

»Also ahoj«, und ich wusste, ich würde sie nie mehr im Leben wiedersehen. Außer sie schnappten mich an der

Grenze. Dann käme sie mich vielleicht im Gefängnis besuchen. Obwohl, das glaubte ich auch nicht. Es würde mich niemand besuchen. Sonst würden die Besucher ihren Job verlieren und auch keinen mehr finden. Ich schaute sie lächelnd an. »Ahoj, Evza! Sehen uns am Dienstag.« Montag war frei. Der Tag der Arbeit. »Ahoj!«, rief sie, während sie ihre Tasche packte. Sie war vormittags einkaufen und jetzt schleppte sie den Einkauf nach Hause zu ihrem Freund. Sie musste weit mit einem Bus, zu einem Plattenbau am Rand der Stadt.

Ich ging zu meinen Eltern. Meine Mutter hatte sicher schon was Gutes gekocht. Es war Freitag und mein Vater schon zu Hause. Unglaublich. Als wenn er gewusst hätte, dass er mich zum letzten Mal sehen würde. Er saß schon am Tisch und las die Národní noviny. Seine Glatze glänzte im Licht wie ein Spiegel. Die dunkle Brille hing am vordersten Teil der Nase. Seine wachen braunen Augen hoben sich, als ich ihn grüßte. Er blickte über den Rand der Brille, lächelte leicht und schaute wieder in seine Zeitung. Mein Vater hatte genauso breite Lippen wie ich und weiße gerade Zähne. Er konnte sich nicht ganz an den Tisch schieben, weil er einen Bauch hatte. Er hatte keine Taille. Er trug immer Hosenträger. Ich wüsste nicht, woran die Hose sonst hätte hängen sollen, ohne Hosenträger. Und ohne Taille. Er war sicher schon länger zu Hause, da er sein gemustertes Hemd anhatte, das weiße hatte er schon ausgezogen. Mein Vater trug nur maßgeschneiderte Kleider. Die Hose und alle Anzüge ließ meine Mutter bei einem Schneider nähen. Keine zehn Pferde hätten meinen Vater in eine Schneiderei gebracht. Mein Vater hasste aber auch nichts mehr, als wenn der Schneider zu uns kam und die Anproben zu Hause machte. »Ach, Herr Direktor, Sie haben zugenommen«, sagte er manchmal. »Hm«, sagte mein Vater, das war als Antwort alles. Selten oder nie kam: »Herr Direktor, Sie haben abgenommen.«

Mein Vater hatte an der rechten Hand keinen Mittelfinger. Als er klein war, hatten die Dorfkinder auf dem Feld gespielt, und Vater war in eine Schneidemaschine reingefallen. Gottseidank war es nur der Finger. Es faszinierte mich, wie mein Vater schrieb. Er hielt den Kugelschreiber zwischen Daumen, Zeigefinger und dem Ringfinger. Aber mein Vater schrieb wenig. Dafür gab es Sekretärinnen, die mit Steno in Windeseile alles aufschrieben, was er sagte. So auch meine Mutter, als sie Vaters Sekretärin war und sie sich verliebten. Obwohl mein Vater für immer Junggeselle bleiben wollte. Vielleicht habe ich es von ihm geerbt, dass ich die Freiheit mehr liebe als die Ehe, als eine Beziehung und ähnliche Abhängigkeiten.

Aber meine Tante hatte ihm dann nahegelegt, so ginge es nicht. Er dürfte nicht mit meiner Mutter unverheiratet irgendwo herumziehen. Als anständiges Mädchen müsste sie geheiratet werden. Mein Vater, der sechzehn Jahre älter war, hat meine bildhübsche Mutter daraufhin geheiratet.

Meine Mutter war so hübsch, dass die Leute sagten, als sie mit Vater in ein anderes Städtchen umzog: »Der Bartek hat aber eine sehr schöne Frau geheiratet!«

Sie war blond, schlank, groß, fast einen halben Kopf größer als mein Vater, daher trug sie auch nie hohe Schuhe. Ihre Haare waren lockig, ich wusste aber nicht, ob es eine Dauerwelle war oder ob ihre Haare von Natur aus lockig waren. Sie hatte eine nicht so hohe Stirn, dafür hellblaue Augen, die so blau waren, dass sich der Himmel schämte, diese blaue Farbe nicht hinbekommen zu haben. Die Augenbrauen waren dunkel, die Wimpern auch. Die gerade schöne Nase so perfekt, wie wenn ein Bildhauer sich allergrößte Mühe gegeben hätte, sie diesem Gesicht anzupassen. Und da waren noch die slawischen Backenknochen. Heute lassen sich die Mannequins die Backenknochen einoperieren. Meine Mutter hatte diese in echt, wie auch ich und meine Schwester. Ein Kinn mit Grübchen komplettierte dieses perfekte Gesicht.

Meine Mutter hatte auch schöne, lange Finger. Deswegen konnte sie gut die Geige spielen, die sie aus Österreich mitgenommen hatte. Meine Mutter wurde in der Nähe von Wien geboren. Wie ihre Schwester. Vater Ungar, Mutter, also meine Großmutter, Tschechin, verließen sie Österreich nach dem Krieg und gingen in die Tschechoslowakei, die Heimat meiner Großmutter. In Österreich wurden viele Schulen geschlossen nach dem Krieg und die Österreicher bevorzugten Kinder von österreichischen Eltern, und nicht solche Promenadenmischungen wie die Familie meiner Mutter. Obwohl, mein Großvater Tomáš, der hatte blaues Blut. Zwar war es rot, wenn er sich geschnitten hatte und blutete, aber von Geburt war es blau, da er der Sohn eines Abkömmlings von Adel war. Sein Vater war das Kind einer Bediensteten bei einem Adligen, der den unehelichen Sohn auch studieren ließ.

Meine Mutter war noch Jungfrau, als sie geheiratet hat. Meine Tante nicht. Denn als die Russen am Ende des Zweiten Weltkriegs nach Österreich kamen, vergewaltigten sie zweimal meine Tante und einmal meine Großmutter. Meine Mutter hatte zusehen müssen. Meine Tante war älter als meine Mutter. Die Russen hatten doch noch den Anstand, von dem Kind – also meiner Mutter – die Finger zu lassen. Ich glaube, deswegen hatte meine Mutter diesen Tick. Falls sich jemand im Fernseher küsste, von Sex gar nicht zu sprechen, mussten wir Kinder uns umdrehen. Manchmal fragte ich mich, wie sie Hani und mich überhaupt gezeugt hatten. Ein Glück, dass sie nie etwas von meinen Streichhölzli-Abenden einmal in der Woche erfahren hatte. Sie wäre gestorben.

»Eli, decke den Tisch, bitte.« Ich nahm das Tischtuch, bat meinen Vater, die Hände vom Tisch aus Kirschholz wegzunehmen, und glättete die Tischdecke. Die war immer gebügelt, meine Mutter eine vorbildliche Hausfrau. Dann stellte ich die flachen Teller darauf und auf die flachen Teller nochmals die tiefen, denn bei uns gab es immer zuerst eine Suppe. Meine Mutter hatte immer die Nudeln selbstgemacht, sie lagen geschnitten unter der Arbeitsplatte auf einem ausziehbaren Brett. Suppe hatte sie auch immer gekocht, meistens Brühe aus Suppenfleisch und Knochen. Mit meiner Schwester stritt ich mich immer um das Knochenmark. Beide liebten wir es, das Knochenmark aus den Knochen herauszusaugen. Natürlich nicht bei Tisch, erst später in der Küche. Meine Mutter arbeitete in Wien als Erzieherin bei einer Fabrikantenfamilie.

Jetzt noch Löffel, Gabeln und Messer. Dieses Messer lag falsch, dachte ich mir. Die Schnittstelle musste nach innen, also zum Teller hin gerichtet sein. Sonst würde sich meine Mutter beschweren. Ich lief um meinen Vater herum, der keine Anstalten machte, sich zu erheben. Manchmal kam ich ihm so nah, dass ich seinen Geruch wahrnahm. Am liebsten hätte ich ihn küssen wollen, meinen Kopf auf seine Schulter legen, den Geruch nach Zigaretten in seinen Kleidern riechen. Ihm erzählen, was ich vorhabe. Mich anvertrauen. Nein, es ging nicht. Ich durfte mir nichts anmerken lassen.

Meine Schwester Hani war mit ihren sechzehn Jahren ein bisschen pummelig. Sie aß, als sie klein war, ununterbrochen »Katzenseife«, eine tschechische Süßigkeit. Die farbigen Vierecke sahen wie ein Stück Seife aus und waren mit Traubenzucker gesüßt. Sie leerte heimlich dem Vater die Taschen seines Anzugs aus, fand dort Kleingeld und kaufte sich damit Süßigkeiten. Sie saß dann irgendwo in der Ecke und lutschte an ihnen herum. Hani hatte wie ihre Mutter viele starke, dicke Haare. Auch Augen und Augenbrauen waren der Mutter ähnlich sowie die Nase und der Mund. Sie sah ganz anders aus als ich, so dass die Leute staunten, wenn wir sagten, wir wären Schwestern. Sie war eben blond und ganz hellhäutig und ich war braun. Ich hatte wenige, feine, dunkle Haare und immer eine Schleife drin, die meistens herunterhing, weil ich mich überall rumtrieb. Dunkle Augen. Ich hatte einen Überbiss und sah wie ein Hase aus, mit der hängenden Schleife als Öhrchen und den vorstehenden Zähnen. Als wenn ich ununterbrochen an einer Karotte knabbern würde. Ich musste lange Zeit eine Zahnspange tragen. Und meine Mutter massierte mir nach jeder Haarwäsche Ampullen für das Wachstum der Haare ein. Meine Mutter meinte, wenn die Fotos von meinem Vater nicht wären, als er klein und mir so ähnlich war, würde sie nicht glauben, dass ich eine Bartek wäre.

Hani sah immer ganz sauber in ihrem Kleidchen aus und ich immer ganz schmutzig. Sie sah wie ein Engel aus, und das sagten ihr die Leute auf der Straße auch. Blonde lockige Haare, die in der Sonne glänzten wie Gold. Und die Erwachsenen sagten immer: »Was für ein schönes Kind!« Und ich dachte mir, was für eine Frechheit, das vor mir zu sagen, mich lobt niemand! Und bei der nächsten Gelegenheit bin ich in die nächste Wasserpfütze reingehüpft und habe Hani nassgespritzt. Sie heulte dann wie am Spieß. Aber wenigstens war sie nicht mehr sauber. Manchmal, wenn ich nicht brav war, sagte meine Mutter: »Dich haben sie sicher in dem Spital bei der Geburt umgetauscht.« Nicht nur, dass ich anders aussah als Hani, ich war auch charakterlich ganz anders. Hani hatte einen ruhigen, lieben Charakter, stand immer mit meiner Mutter in der Küche und war eher ängstlich. Ich spielte meistens mit Jungs, verprügelte sie, und wenn es nötig war, kletterte ich auf Bäume. Ich brach dem Polizistensohn, der in unserem Haus wohnte, als er im Eingang nach mir schnappen wollte, die Hand. Er steckte sie zwischen die Flügeltüren, und anstatt sie zu öffnen, habe ich sie zugezogen. Das hatte er davon, dass er mich nervte.

Ich hatte meine Schwester sehr lieb, auch wenn ich sie gerne neckte, ja sogar ärgerte. Als sie zur Welt kam, habe ich Hani gehasst, denn von da an musste ich die uneingeschränkte Liebe meiner Eltern, an die ich die fünf Jahre gewöhnt war, teilen. Ich wollte Hani nicht mit dem Kinderwagen fahren, obwohl mir von meiner Mutter Schokolade versprochen wurde. Und so kippte ich meine Schwester in die Brennnesseln. Danach musste ich sie nie mehr hüten. Und verzichtete auch gerne auf die Schokolade.

Jetzt hatte sich meine Schwester umgezogen und saß auch schon am Tisch. Der Vater klappte die Zeitung zusammen, ganz vorsichtig, er hatte sie nicht fertig gelesen und wollte es sicher nach dem Essen tun.

Meine Mutter kam jetzt endlich auch zu Tisch und zog ihre weiße Schürze aus, die bis zum Busen hoch reichte. Sie löste die schöne Schleife auf dem Rücken und hängte die Schürze ordentlich auf den Küchenhaken. Jetzt saß sie endlich. Wir durften nicht zu essen anfangen, bis die Köchin begonnen hatte. Nach der Suppe stand meine

Mutter auf, räumte die tiefen Teller weg und servierte Gulasch mit Semmelknödeln. Weiß Gott, wie viele Stunden sie wieder in der Küche gestanden hatte.

Ich bedankte mich für das Essen und wollte danach nicht reden. Ich wollte auch nicht fernsehen, denn ich musste früh aufstehen. »Eli, willst du auch keine Nachspeise? Ich habe Kuchen gebacken.« »Nein, ich bin müde«, sagte ich und schaute alle beiläufig an, wünschte nochmals gute Nacht und ging in mein Zimmer. Wie gerne würde ich alle abküssen! Wie gerne würde ich den Duft meines Vaters in einem Parfumfläschchen mitnehmen! Wie gerne möchte ich meine Schwester an den langen Haaren ziehen! Meine Mutter umarmen! Wie gerne würde ich alles abblasen. In der Küche sitzen, während meine Mutter nähte, und mit Hani singen! Hani konnte nie den Ton halten und musste sich beim Singen die Ohren zuhalten, um meine Stimme nicht zu hören. Meiner Mutter zusehen, wenn sie sich schminkte. Dem schwarzen Tatra entgegenlaufen und den Papi begrüßen! Wenn ihn Herr Schalamoun, sein Chauffeur, nach Hause brachte. Wenn der Papi nicht irgendwo in der Ferne zu tun hatte. Wie gerne!! Ich durfte keinen Tropfen in meinen Augen haben. Keine Träne. Nur beiläufig Ahoj sagen, und das vielleicht auf Nimmerwiedersehen. Ich putzte mir die Zähne, zog meinen Pyjama an und meinte, ich sterbe. So schnell stirbt man jedoch nicht.

Morgens stand ich auf, fast alle schliefen noch. Es war Samstag. Nur meine Mutter bereitete schon Frühstück vor: »Ahoj, Mami«, sagte ich schnell, komme Dienstag, habe mir freigenommen.« »Eli, willst du nicht frühstücken?« »Nein!«, rief ich zurück, packte den schweren Koffer und knallte die Türe zu. Meine Mutter schaute noch aus dem Fenster und winkte, rief wie immer: »Eli, hast du ein Taschentuch?«, da ich Heuschnupfen hatte und oft niesen musste. »Ahoj, Mami, bis Dienstag!«

Und vielleicht bis nie mehr. Vielleicht gelingt mir die Flucht. Vielleicht finden sie mich und ich werde für immer in einem politischen Gefängnis sitzen. Vielleicht, vielleicht …

Ich nahm meine ganze Kraft zusammen, ging die Treppe herunter zwischen den Gärten, drehte mich nicht um, ging noch ein Stückchen auf der Hauptstraße zu dem Bus, der mich für immer wegfuhr, zum Zug, der mich nach Marienbad brachte.

Jetzt traf ich den Rainer, der mich über die Grenze fahren sollte. Wie ich Rainer gefunden habe? Gezielt und durchdacht. Am Anfang hatten wir die Idee, einen Deutschen zu heiraten, um rauszukommen. Meine Freundin Ivanka und ich. Bei Ivanka wohnte ich immer, wenn ich zu Hause Krach hatte. Ein kleines Zimmer, quasi ein Korridor mit einem Bett und einer Matratze am Boden. Wir wechselten uns ab. Mal schlief die eine im Bett und die andere auf der Matratze, dann wieder umgekehrt. Ein einziges Fenster am Ende des Zimmers führte auf den Hof. Am anderen Ende des Zimmers war eine braune alte Holztür. An einem langen Elektrokabel hing eine alte Lampe, die ein gelbes, schummriges Licht von der Decke warf. Dieser Altbauraum, ich sage extra nicht Wohnung, denn es war eher ein Loch, war sehr hoch. Ungefähr drei Meter. Wir kochten auf einem Campinggaskocher, der auf einem tiefen Tischchen stand. Viel wurde nicht gekocht, da wir nur zwei Töpfe besaßen, zwei Gabeln, zwei Messer, zwei Löffel und zwei tiefe Teller. Flache Teller hatten wir gar nicht. Die Toilette war im Gang.

Eine flüchtige Bekanntschaft, ein Deutscher aus Bayern, den wir bei einem Bier kennengelernt hatten, gab für uns ein Inserat in einer deutschen Zeitung auf. Eigentlich dachten wir gar nicht, dass er sein Versprechen halten würde und das Inserat aufgibt. Er aber tat es: »Schöne Tschechin sucht einen Mann zum Heiraten.« Ein Tourist aus Deutschland brachte uns ein Paket Briefe. Alles Anwärter auf eine Ehe. Ich saß im Schneidersitz mit Ivanka auf dem Bett, der Stapel Briefe lag zwischen uns. Die meisten Anschriften waren von Hand geschrieben. Wir öffneten einen nach dem anderen und nahmen das Foto heraus. Zuerst drehte ich das Foto zu mir, dann zu Ivanka und fragte dann: »Willst du ihn? Oder soll ich?« Und dann legten wir das Foto auf ein Häufchen. Jede hat eines vor sich. Die meisten zeigten einen Mann mit einem Auto, aber da wir uns mit Autos gar nicht auskannten, war es uns ziemlich egal. Gut, Mercedes erkannten wir.

Es waren so viele Briefe mit Fotos, dass wir nicht streiten mussten. Ivanka hat nach und nach ihre Männer eingeladen und sie sich, wie in einem Zoogarten die Tiere, einen nach dem anderen angeschaut. Ich konnte das nicht. Ich dachte, die Ehe ist was Heiliges, und ich konnte nicht einfach nur so heiraten wegen der Flucht. Aber Ivanka hat wirklich geheiratet. Einen Postboten aus Berlin. Ich war nicht auf der Hochzeit, und ich weiß nicht, wer er war. Ich habe den Kontakt zu ihr verloren. Vielleicht ist sie glücklich und hat Familie und Kinder mit ihm. Vielleicht ist sie längst geschieden. Ich sah sie nie mehr im Leben. Sie ist so schnell verschwunden, wie sie auch in mein Leben eingetreten ist.

Ich machte es anders. Ich ging regelmäßig nach Karlsbad und saß an der Bar eines Hotels. Nicht wie eine Prostituierte. Aber wie ich. Ich hatte mir ein kleines Zimmer in einem Hotel gemietet und ging abends einfach aus. Über den Tag schlenderte ich an der Promenade, trank dieses scheußliche gesunde Wasser, saß in Konzerten, die man dort für die Gäste gratis veranstaltete. Oder ging schwimmen in die öffentlichen Bäder.

Bis eines Tages Rainer in die Bar kam. Er kam allein herein, grüßte freundlich und lächelnd. Er war nicht groß, aber doch einen Kopf größer als ich. Seine schneeweißen, lockigen Haare umrahmten das braungebrannte Gesicht. Er hatte ganz schwarze, dichte Augenbrauen, das sah zu den weißen Haaren sehr gut und interessant aus. Seine Augen lachten. Lachten mich an. Er hatte breite, volle Lippen und schöne Zähne. Sein Mund lachte. Er lachte von innen und das war schön. Kein aufgesetztes Lachen. Ich schätzte ihn zwanzig Jahre älter als mich. Er sah aus wie der Schauspieler von Bonanza, falls sich noch jemand an die Serie erinnern kann. Er sah aus wie der Vater in dem Film. Außer dass er keinen Colt um die Taille trug. Bonanza bedeutet »ergiebige Goldgrube«. Vielleicht brachte er mir Glück? Er war gut angezogen und gepflegt. Mir gefielen seine westlichen Kleider, seine vornehme Art, sein aristokratisches Benehmen. Und dass er kein Genosse war. Er kam herein, als wenn ihm die Bar gehören würde. Er grüßte den Barmann wie einen alten Bekannten. In genau dieser Bar saß ich jetzt wieder, ein Jahr später, und wartete auf Rainer.

Er verliebte sich sofort. Wir trafen uns oft in Karlsbad. In einem schönen Hotel, man kannte uns schon als Liebespaar. Wir trafen uns auch in Prag. Wir trafen uns oft.

Ich hatte mich auch verliebt. Heute weiß ich nicht mehr, ob ich mich in ihn verliebt hatte oder in die Idee, aus der Republik rauszukommen. Man kann seine Gefühle und sein Denken belügen. Man kann sich so belügen, dass man an die Lüge selber glaubt, ohne zu wissen, dass es eine Lüge ist. Lüge und Realität verschmelzen dann, und es ist schwer zu unterscheiden, was was ist.

Nun sitze ich wieder an der Bar, wie schon viele Male in der letzten Zeit. Ich durfte nichts trinken, da ich nachher lange keine Toilette benutzen konnte. Rainer hatte seinen Mercedes umbauen lassen. Bei einem deutschen Automechaniker, der schweigen musste bis zum Grab. Die schräge Wand in dem Kofferraum wurde geradegestellt und verschweißt. Auf dem Radkasten, auf dem später mein Kopf liegen sollte, war eine Vertiefung. Die Polsterung am hinteren Sitz wurde rausgenommen und nur ein Gitter eingebaut, damit es einen Widerstand gab, wenn jemand dagegen drückte. Wenn man den Kofferraum öffnete, sah man nichts. Es war eng. Ich werde da liegen und mich nicht drehen können. Deswegen musste ich so abnehmen. Es war der 1. Mai 1972. Der Tag der Arbeit. Alle liefen mit roten Fahnen herum und feierten diesen Tag. Und halb Bayern war in Prag zum verlängerten Wochenende.

Ich saß da und rauchte. Die Bar war dunkel, obwohl es Tag war. Die grünen, dichten Vorhänge vor dem Fenster verhinderten, dass ein Sonnenstrahl reinkam. Es war plüschig und ein wenig schmuddelig. Der rote Teppich hatte ein paar Löcher von eingebrannten Zigaretten. Dazu passend die Theke, die aus rot angestrichenen, lackierten Holzplatten bestand. Auf der Vorderseite, von ganz oben bis ganz nach unten zum Teppich, waren rote Plastikbahnen in Abständen von etwa zehn Zentimetern angeheftet. Darunter hatten sich kleine Luftbläschen gebildet. Der Barmann war blass, wahrscheinlich war er zu selten an die frische Luft gekommen. Oder hatte er eine Sonnenallergie? Seine schwarzen Haare waren mit Pomade nach hinten gekämmt und fest am Kopf anliegend, damit die kahlen Stellen, die auf eine Glatze deuteten, zugedeckt wurden. Weißes Hemd, schwarze Weste, schwarze Hose, die an den Knien ausgebeult war und am Popo abgeschabt, die Stelle schon glänzend, weil er wahrscheinlich mehr saß als stand. Seine Schuhe sah ich nicht, konnte mir jedoch vorstellen, dass die Absätze abgelaufen waren. Sein Gesicht war eigentlich schön, wenn nur die kleinen Pockennarben nicht gewesen wären. Ich schaute ihn nicht an, er war mir unsympathisch. Seine kleinen Augen schienen mich zu durchbohren, und ich hatte Angst, er kennt mein Geheimnis.

Ich hielt mich an der Zigarette fest, damit ich von dem Hocker nicht herunterfiel. Ich hatte so eine Angst, dass ich kaum sprechen konnte, denn auch meine Stimme zitterte. Die Zigarette zitterte, wenn ich sie zum Mund führte, ein Wunder, dass ich überhaupt zwischen die Lippen traf. Hin und wieder machte ich die Augen zu, um nichts zu sehen, um der Wahrheit nicht in die Augen schauen zu müssen. Ich wollte nicht mit dem Barmann sprechen, der mich schließlich fragte, wie es mir geht. Ich rannte jede Minute auf die Toilette, obwohl immer nur ein paar Tropfen herauskamen. Ich hatte nichts getrunken, nicht mal einen Kaffee, damit ich keine Flüssigkeit in der Blase behielt. Ich glaube, der Mensch kann fünf Tage ohne Wasser überleben. Hoffte, so lange werde ich nicht da drin liegen. Ich schluckte Abführmittel einen Tag vorher, damit ich nicht im Auto meine Notdurft verrichten musste. Ich aß auch wenig beim Abendessen, besser gesagt fast nichts. Ich war vorbereitet.

Rainer war da. Er sah gelassen aus und cool. Er beherrschte seine Gefühle viel besser als ich. Er gab mir ein bisschen ein Gefühl von Sicherheit. Ein Kuss auf die Stirn. Meine Lippen waren mit rotem Lippenstift bemalt, er wollte keine Farbe im Gesicht. Ja, er durfte keinen Lippenstift-Abdruck haben. »Komm, wir gehen.« Ich hüpfte von dem hohen Barhocker herunter und er nahm meinen Koffer. Im Auto erzählte er mir etwas. Ich hörte nicht zu. Ich schaute heraus, aber ich sah nichts.

Ich hatte vor zwei Monaten ein Bild »Maria mit Christkind« gemalt, es hing später in einer Wallfahrtskirche irgendwo bei Donauwörth. Ich betete zu ihr. Jeden Abend. Und jetzt auch. Hoffentlich ging alles gut. Wir hielten an einer Brücke, unter der ein Kanalrohr verlief. Ich stieg aus, nahm meinen Koffer und ging in das Rohr hinein. Ich versteckte den Koffer dort. Ich merkte mir den Ort, denn später, falls ich nicht im Gefängnis gelandet war, würde ich meiner Schwester schreiben, wo der Koffer lag, damit sie meine Kleider abholen konnte. Ich hatte schöne Kleider, und es wäre schade, sie dort verrotten zu lassen. Das Rohr stank. Ich wusste nicht, was für ein Rohr es war, woher es kam und wohin es führte, aber was dort floss, roch übel. Ich musste mich bücken, um tiefer in das Rohr reinzugehen. Ich hielt mir mit der rechten Hand die Nase zu, mit der linken schleppte ich den Koffer. Ich legte nicht etwa, sondern stellte den Koffer dorthin, damit er nicht ganz nass wurde. So wurde nur der untere Teil nass. Der Koffer war, wie damals alle Koffer, aus irgendeiner Pappe. Er war schon schwer auch ohne Kleider. Meine Schuhe waren ganz nass. Auch Rainer hätte den Koffer verstecken können, aber jemand musste im Auto sitzen bleiben, falls die Polizei vorbeifahren würde, damit das Auto nicht allein stand. Und die Polizei keinen Verdacht schöpfte.

Ich setzte mich wieder in den Mercedes neben Rainer. Es war alles durchdacht. Er erzählte mir, wie alles geplant war, aber ich konnte nicht zuhören. Die Angst und die Anspannung waren so groß, dass ich rasende Kopfschmerzen bekam. Wir fuhren in einen Wald. Wie friedlich war es doch hier! Die Vögel zwitscherten, es war warm. Die Zweige bogen sich zu uns herunter, als wenn sie sehen wollten, was wir vorhatten. Ein Duft strömte mit dem Wind, der zum letzten Mal meine Wange und mein blasses Gesicht streichelte. Ich blickte zu dem Eichhörnchen hoch, das uns neugierig zuschaute. Ich wurde das Gefühl nicht los, dass uns der ganze Wald beobachtete. Ein Schauer übermannte mich, erhaben und doch voller Angst. Ich schaute mich noch einmal um. Tschechische Bäume. Die Nadeln spielten ein Lied wie auf einem Zimbal. Sie erzählten sich etwas in einer Baumsprache. Ich verstand sie nicht. Ich verlasse euch, Bäume! Tschechische Luft, die ich nochmals tief einatmete, als würde ich sie gerne mitnehmen. Ich atmete tief in die Lunge, bis zu den Alveolen. Ich hielt den Atem an. Dann musste ich loslassen. Man musste das ganze Leben loslassen. Ich ließ es heraus wie den unsichtbaren Rauch einer Zigarette.

Ich stampfte noch einmal mit beiden Füßen auf den tschechischen Boden, auf dem ich vielleicht nie mehr stehen würde. Das Eichhörnchen war nicht mehr da.

Es war der erste Mai, der Tag, der alles entschied. Leben oder Gefängnis. Wenn Gefängnis, dann der Tod. Ich zog mich aus. Ich durfte nichts anhaben in dem Kofferraum. Die Kleider und die Schuhe versteckten wir im Wald. Man durfte von mir nichts finden, falls das Auto durchsucht wurde. Rainer hatte sich in vielen Fahrten über die Grenze vergewissert, dass die Grenzpolizei keine Hunde einsetzte.

Das nervöse Wasserlassen. Der letzte Kuss. Mein Magen drehte sich. Ich musste mich fassen. Ich musste mich zusammennehmen, sonst würde es nichts werden. Ich legte mich hinein.

Er klappte die Lehne des Hintersitzes nach vorne. Ich platziere mich so, dass es einigermaßen erträglich war. Wir dachten, etwa eine Stunde an der Grenze stehen zu müssen. Er klappte die Lehne zu. Dunkelheit umgab mich. Platzangst. Es juckte alles. Ich zitterte. Mein Kopf brummte. Die Nase juckte. Immer wenn mir etwas unangenehm war, juckte meine Nase. Ich hatte Magenkrämpfe. Nur war Gottseidank nichts da drin, deswegen konnte ich nicht einmal erbrechen. Ich hörte Rainer draußen um den Mercedes laufen. Er schraubte die Rückenlehne an. Oberhalb der Räder waren die Schrauben. Er zog sie fest an. So, jetzt kam ich nicht mehr heraus. Ich war wie in einem zubetonierten Fass.

Rainer hatte seinen Pudel mit. Kleines, kluges, lockiges Wesen. Apricot, die Farbe. Der Hund kannte mich, deswegen wird er nicht bellen. Mit dem sprach Rainer später, wenn er in Wirklichkeit mit mir sprach. Denn wenn die Grenzsoldaten mit dem Feldstecher von den Aussichtstürmen schauten und uns beobachteten, sahen sie ihn mit einem Hund sprechen. Nicht mit mir. Er startete den Motor. Der Diesel brummte und stank. Doch vorne durch den Stoff der Lehne bekam ich genügend Luft. Rainer sprach und erzählte etwas, um mich zu beruhigen. Ich hörte nicht zu. Man hörte auch nichts da hinten. Ich wusste nicht, ob ich tot oder lebendig war. »Liebe Maria, bitte hilf mir!« Und ich sah das Bild vor meinem geistigen Auge, wie ich es gemalt habe. Ich durfte nicht zurückdenken an meine Mutter, meinen Vater und meine Schwester. Ich durfte nicht an die Zukunft denken, die so ungewiss war. Ich durfte an nichts denken. Nur an jetzt. Jetzt war jede Sekunde, jede Zehntelsekunde. Jetzt war jetzt. Und jetzt war ich hier im Kofferraum.

Rainer sagte zu dem Apricot-Pudel: »Wir kommen

bald an die erste Grenzstation.« Ich lag still und würde auch weiter still liegen. Ich konnte sowieso nichts machen. Das Auto bremste. Das Auto blieb stehen. »Bitte, Pass!«, hörte ich. Eigentlich sah ich es auch. Es war, als würde ich träumen. Im Traum sieht man auch alles, obwohl die Augen zu sind. Den unterschiedlichen Stimmen nach waren es zwei Polizisten. Ich fragte mich, ob sie die normale Uniform trugen oder die schönere, die sie bei den Militärparaden anhatten.

Ich liebe Männer in Uniformen. Einmal wartete ich auf die Straßenbahn und dort stand ein Mann in Uniform. Es schien mir so männlich zu sein! Eine Uniform. Ich sprach ihn an, unter dem Vorwand, dass ich nicht wüsste, wohin die Straßenbahn fährt. Ich wollte nach Holešovice. Wir fingen zu sprechen an und am Ende verabredeten wir uns abends zum Essen. Zum Essen kam er aber in seinen Zivilkleidern. Zwar schön angezogen, ein graues Jackett, weißes Hemd und schwarze Hose. Das Gesicht war immer noch schön, mit oder ohne Militäranzug. Ein Schnurrbart, große schwarze Augen mit langen, nach oben geschwungenen Wimpern, tschechische Backenknochen. Jedoch der Uniformzauber war weg. Die Haare waren bei dem ersten Treffen unter einer Militärkappe versteckt, jetzt aber ohne die Kopfbedeckung zeichnete sich eine leichte Glatze ab. Mit Militärkappe war er schöner. Wir verabschiedeten uns nach dem Essen. Ich wollte ihn nicht mehr treffen.

»Schöne Reise«, hörte ich. Das hieß, wir konnten weiterfahren. Gleichzeitig hörte ich auch den Motor starten. Und wir fuhren los. Jetzt waren wir im Niemandsland. Wir fuhren ein Stückchen und da standen wir schon wieder. Rainer sagte dem Apricot-Pudel: »Es ist eine große Autoschlange da. Es sieht nach einer langen Wartezeit aus. Willst du zurückfahren und wir probieren es ein anderes Mal?« »Nein«, sagte ich, »wir bleiben!« Denn am schlimmsten war der Entschluss. Der Abschied. Die schlaflosen Nächte davor. Die Entscheidung war das Schlimmste. Wenn man sich mal entschieden hatte, dann gab es kein Zurück mehr. Dann saß man auf einem Floß und der Fluss trieb einen nach vorne. Und man konnte nicht umkehren.

Es war gegen 18 Uhr abends. Wir standen in der Autoschlange. Die Deutschen stiegen aus ihren Wagen und auch Rainer mit dem Hund war draußen. Rainer plauderte mit den Menschen aus den Autos vor und hinter uns. Ich hörte auch Frauenstimmen. Ich verstand nicht ganz genau, über was sie sprachen. Hier und da hörte ich ein Wort, die Burg, oder Bier, oder den Namen eines Restaurants. Wahrscheinlich erzählten sie sich über ihre Eindrücke von Prag. Es schien alles friedlich und nett. Er musste sich schrecklich im Griff haben. Seine Stimme klang fest und normal. Kein Zittern, keine Unsicherheit. Die Gruppe rauchender Menschen wurde beobachtet. Ich konnte zwar nicht sagen, wie es da draußen aussah. Jedoch konnte ich es mir vorstellen. Hohe Aussichtstürme, als wenn man im Wald auf Wild wartete. Darauf Militär mit scharfer Munition. Dann der breite Sandstreifen vor einem hohen Zaun, unmöglich, sich ungesehen über den Sand zu bewegen. Überall Lichtstrahler, Scheinwerfer und Lampen wie in einem Theater. Ich war froh, dass ich es nur in meinem Kopf sah. Sonst müsste ich mich sicher übergeben.

Ich spreche ein bisschen Deutsch. Nein, sogar ziemlich gut. Ich hatte mein Abitur in Deutsch gemacht. Ich war nach dem Prager Frühling die erste Klasse, die das Abitur in deutscher Sprache machen konnte. Früher war es

Pflicht, das Abitur auf Russisch machen zu müssen. Ich hatte Russisch gehasst, wie alle, die das Jahr des Einmarsches der Russen erlebt haben. Damals, als unser Gymnasium neben der tschechischen Fahne auch die russische im Wind flattern ließ, saßen wir alle auf der Wiese vor der Schule und wollten so lange nicht herein, bis die Schule die russische Fahne wieder heruntergezogen hatte.

Ich liege und liege und liege und liege in meinem Versteck. Es wird langsam dunkel. Ich sehe durch den karierten Stoff des Sitzes den Abend kommen. Das Muster wird immer verschwommener, ich zähle noch, wie viele Quadrate ich sehen kann. Ich kann nicht alle zählen, denn ich kann den Kopf nicht bewegen, so zähle ich nur die, die ich in meiner Augenrichtung sehe. Wie viele sind es, 30 oder 50? Aber dann wird es dunkel, die Quadrate verschwimmen zu einer einzigen dunklen Farbe, es ist Nacht. Das vordere Auto bewegt sich, Rainer startet unseren violetten Mercedes. Die Kolonne bewegt sich ganz langsam vor sich hin.

Meine Gedanken kreisen umher. Mein Körper ist eingeengt, jedoch die Gedanken sind wie die Vögel. Man kann sie nicht einsperren. Sie fliegen zu meiner Schwester, meiner Mutter und dem Vater, kaum sind sie dort in der Küche, schnappe ich sie, hole sie zurück, verbiete dem Kopf zu denken und den Gedanken zu fliegen. Denn es tut so weh! Außerdem, wenn ich weine, kann ich mir die Tränen nicht abwischen, da ich mich nicht rühren kann. Eine oder zwei Tränen sind mir entglitten. Sie rollen über mein Gesicht. Ich verfolge ihren Weg. Jetzt kommt die Träne aus dem Auge. Ich spüre sie auf der Wange. Jedoch kann sie nicht abtropfen, direkt auf den Boden des Kofferraums fallen, da ich auf der Seite liege. So muss sie unerbittlich über meine Wange den langen Weg nehmen, über die Nase fließen, dann tropft sie auf meinen Backenknochen, als wenn sie von der Nase abspringen würde, bis sie endlich am Kinn ankommt. Ich spüre sie dann noch einmal auf meine nackte Schulter fallen. Sie könnte auch in der Vertiefung am Hals hängenbleiben, wie in einem Stausee. Sie verlässt jedoch die Mulde und fällt, jedenfalls was von ihr noch übriggeblieben ist, auf den Filzboden des Kofferraumes, der sie für immer aufsaugt. Ich darf nicht weinen, denn die Tränen kitzeln. Ich probiere, an nichts zu denken. Aber an nichts zu denken ist schwer. Besonders in dieser üblen Lage, in der ich mich befinde. Zuerst lenke ich mich mit dem Atmen ab. Einatmen, ausatmen, einatmen, ausatmen. Das wiederhole ich einige Zeit, bis es mir langweilig wird. Ich erinnere mich, wie wir in der Schule gelernt haben, wann das Leben eines Menschen beginnt. Wenn das Herz anfängt zu schlagen oder wenn die Lunge anfängt zu atmen? Die Antwort habe ich vergessen.

Ich spürte mein Herz schlagen, als ob es sich verselbständigt hätte und aus meiner Brust herausspringen wollte. Aber es würde ihm nicht helfen, da es gegen das Blech des Autos stoßen würde. Auch durch den Stoff des Hintersitzes könnte das Herz nicht heraus. Also musste es in meiner Brust bleiben. Ich verbot mir die Gedanken, atmete tief, um keiner Panik zu verfallen. Es blieb nichts anderes als beten. Ich konnte aber nicht beten. Meine Mutter war gläubig. Sie hatte es uns sogar gelehrt, das Beten. Wir sind auch in die Kirche gegangen. Ich bin sogar getauft. Bis unser Vater alles, was mit der Kirche zu tun hatte, verboten hat. Im Sozialismus ging man nicht in die Kirche. Also hatte ich das Beten wieder verlernt. Aber bei einem meiner Onkel, der Kirchendiener war, haben wir gebetet. Jeden Abend hat er mit mir gebetet. In meinem dunklen Zimmer hing ein Kreuz, ein riesengroßes Kreuz mit einem riesengroßen Christus. Ich hatte immer Angst, der Christus fällt auf mich in mein Bett. Oder sein Blut auf den Händen und dem Kopf verselbständigt sich und tropft auf mich herab. Wenn der Onkel ging, steckte ich meinen Kopf unter die Decke. Aus Angst vor den Blutstropfen Christi.

Jetzt sind wir wieder ein bisschen vorgefahren. Ich habe zwar keine Uhr, aber die Zeit scheint nicht zu vergehen. Endlich informiert Rainer den Pudel: »Jetzt sind nur noch drei Autos vor uns.« Ich fange sofort wieder an zu beten, aber auch mich auf meinen Atem und mich selbst zu konzentrieren, denn jetzt darf ich kein Geräusch machen! Noch drei Autos und in diesen paar Minuten wird sich mein Schicksal entscheiden. Jetzt nur noch zwei Autos! Ich höre das eine Auto starten und wegfahren. Mein Magen zieht sich zusammen. So auch mein Hals. Ich muss den Mund zumachen, damit mein pochendes Herz nicht davonfliegt. Meinen Atem ganz flach herunterschrauben. Fast nicht atmen: »Lieber Gott, ich habe nie an Dich geglaubt, aber jetzt, jetzt zeigt sich, ob es Dich gibt. Beweise mir es, indem Du mir jetzt hilfst. Dass die mich nicht finden!«

Der Ohnmacht nahe, höre ich das dritte Auto wegfahren. Rainer fährt wieder ein Stückchen vor. Dann das zweite Auto. Rainer fährt wieder ein Stückchen vor. Dann noch eines. Rainer fährt wieder ein Stückchen vor. Jetzt sind wir an der Reihe.

Er bremst. Er steht. Rainer kurbelt das Fenster an seiner Seite herunter. »Guten Tag«, sagt der Polizist. »Guten Tag«, antwortet Rainer. Der Hund bellt nicht. »Bitte aussteigen. Pass mitnehmen!« Rainer steigt aus. Ich höre das Zuknallen der Tür. Der Pudel bleibt im Auto. Ich liege da und bin froh, wenigstens den Hund bei mir zu haben. Ich muss mich konzentrieren. Ich konnte keine Beruhigungstabletten nehmen, das würde bei mir Kontrollverlust auslösen. Ich muss bei Bewusstsein sein, damit ich nicht etwas Falsches mache, ein falsches Geräusch etwa, damit ich mich beherrschen kann. Ich höre Stimmen, die näher kommen. Ich höre Schritte von mehreren Menschen. Jetzt kommen sie zurück. Es sind zwei fremde Stimmen und die von Rainer. Der probiert, irgendeinen Spaß zu machen. Jetzt sind die Grenzkontrolleure da. Ich höre ihre Stimmen im Auto, als wenn sie neben mir liegen würden. »Bitte öffnen Sie den Kofferraum«, sagt die eine Stimme. Sie ist männlich und tief, umgänglich, nicht so streng, obwohl sie sich bemüht, streng zu sein. Rainer öffnet den Kofferraum. Es macht klack. »Haben Sie was zu verzollen?«, fragt der eine Kontrolleur. »Nein«, antwortet Rainer in festem Ton. »Bitte machen sie uns den Koffer auf!«, befiehlt die andere Stimme, der zweite Grenzer. Die Stimme ist nicht so sanft und warm, eher unsympathisch und hoch. Ein Reißverschlussgeräusch durchzieht den Kofferraum: »Bzzzzzzzz«, höre ich. Dann Stille. Wahrscheinlich wühlen sie im Koffer herum. Ein paar Sekunden passiert nichts. Dann sagt die hohe Stimme: »Zumachen«, und ich höre wieder den Reißverschluss des Koffers: »Bzzzzzz«. Und dann knallt auch der Deckel des Kofferraums zu. Ich höre die drei Männer nach vorne laufen. »Aufmachen!«, sagt die hohe Stimme. Und ich sehe die Taschenlampe durch den Stoff leuchten. »Klick«, höre ich – und jemand schaut, nehme ich an, in das Handschuhfach. Jetzt dauert es ein bisschen. Rainer hat Unordnung da drin und ich höre das Wühlen. Dann: »Klick«, und das Handschuhfach ist wieder zu. Ich höre das Zuknallen der Autotüren. Hoffentlich ist sie zu Ende, die

Durchsuchung. Der Mercedes ist viertürig, und Rainer hat hinten extra seinen Anzug und sein Hemd an einen Kleiderbügel gehängt, in der Hoffnung, sie würden zu faul sein, zwischen den Anzügen herumzusuchen, und so nicht in meine Nähe kommen. Aber nein. Ich höre, die hintere Türe geht auf. Ich habe mich ganz klein gemacht. Fast wie ein Mäuschen, ganz klein, so klein, dass ich mich auflösen könnte in einer chemischen Flüssigkeit, so klein, dass man mich nicht finden könnte, da ich nur ein Stäubchen bin, so klein, noch kleiner als der Mensch im Vergleich zum Universum ist. Der Mensch ist so klein und ich fühle mich fast unsichtbar. Der Polizist kniet sich auf den hinteren Sitz und drückt mit beiden Händen gegen die Lehne des Sitzes. Ich fühle den Druck. Er drückt auf meinen Busen. Ich weiß nicht, wie ich das Gefühl der Angst beschreiben soll, denn dafür gibt es keine Worte. Dieses Gefühl der Ohnmacht zu beschreiben und nicht in Ohnmacht fallen zu dürfen. Die Zeit bleibt stehen, und ich fühle seine Hände an meinen Brüsten, wie wenn sie angeklebt wären, als würde er die nie wegziehen wollen, wie wenn es für ewig wäre, als würde er für immer daran angeklebt sein wollen. Und ich habe begriffen, was das Wort »Ewigkeit« bedeutet. Ewigkeit kann auch eine Sekunde dauern, Ewigkeit kann man nicht bemessen, denn man kann nicht sagen, Ewigkeit ist ein Tag, eine Million Stunden oder nur ein Bruchteil einer Sekunde. Ewigkeit ist das, was ich als Ewigkeit fühle. Verheiratet auf alle Ewigkeit – da kann die Ewigkeit sehr lang werden, wenn die Ehe trist ist. Wenn man auf etwas wartet, ist die Ewigkeit genauso ewig, Sekunden werden zu Jahren oder Jahrzehnten, also ist die Ewigkeit ein Gefühl. Nun endlich nimmt er die Hände weg. Er zieht noch unten an der Sitzfläche, aber die ist verschraubt und er kann sie nicht bewegen. Ersichtlich mag er nicht mehr, er hat heute auch schon einige Autos durchsucht, immer die gleichen Bewegungen, die gleichen Sätze und die gleichen Witze, wahrscheinlich hat er auch schon genug und will nach Hause zu seiner Familie. Ich höre das Geräusch zugeschlagener Türen. »Gute Reise«, sagen sie zu zweit, im Duett. Rainer startet das Auto. Wir fahren! Ich habe es überlebt.

Die innere Anspannung ließ langsam nach. Meine Muskeln lockerten sich. Ich wollte »Hurra« schreien, aber meine Kehle war ausgetrocknet und meine Stimmbänder versagten den Dienst. Die Buchstaben der Sprache waren aus meinem Gehirn verschwunden, ich schien nichts zu wissen, alles vergessen zu haben, ob ich bin oder nicht bin, ob es überhaupt etwas gab da draußen, ob es Traum ist oder Wirklichkeit, ob ich nicht in den Himmel schwebe, das Auto an einem Seil an einer Wolke befestigt, ob es Deutschland überhaupt gab, ob nicht alles Lug und Trug war. Ich hörte Rainer sagen: »Wir sind im Niemandsland.« Niemandsland heißt es deshalb, weil dort niemand ist oder es niemandem gehört. Es ist weder Deutschland noch Tschechoslowakei, es ist Niemandsland. Schönes Wort.

Ich folgte diesem Gedanken, bis das Auto anhielt. Ich hörte, wie Rainer das Fenster des Autos herunterkurbelte. Wir waren bei der deutschen Kontrolle. Eine Stimme sagte: »Guten Abend, den Pass, bitte.« Rainer reichte den Pass durch, blieb still, wahrscheinlich war er auch völlig erschöpft, dann kurbelte er das Fenster wieder hoch. Rainer startete den Wagen und wir fuhren. Wir waren durch. Ich war in Deutschland. Ich hatte es überlebt.

## Ankunft mit Gartenzwerg

Wir fuhren noch eine halbe Stunde. Rainer sagte: »Jetzt kommen wir zu einem Bahnhof und da hole ich dich heraus.« Das Auto bremste langsam, dann blieb es stehen. Was würde ich sehen? Ich spürte, dass ich zu zittern anfing. Das hieß – ich lebte. Meine Muskeln, die gespannt waren wie ein Bogen, fielen in sich zusammen. Eine Leere, ein schwarzes Loch, ein Gefühl von dunklem, freiem Raum überkam mich. Ein Raum, in dem ich nichts spürte, nichts sah, nichts fühlte, nichts wollte. Und ich stand in der Mitte und wusste nicht, wohin. Es gab hier keine Wege. Ich hatte die Flucht geschafft. Und jetzt? Ich wollte nicht heraus, denn hier in dem Kofferraum konnte mir nichts passieren. Hier im Kofferraum war ich sicher. Nicht einmal die Grenzpolizei hatte mich gefunden. Ich lag hier schon sechs Stunden und fühlte mich fast heimelig da drin. Ich hatte mich an die Dunkelheit gewöhnt, an die Temperatur, die Bewegungslosigkeit. Was erwartete mich da draußen? Welche Welt wartete auf mich?

»Klack« – das Geräusch, mit dem Rainer die Tür aufmachte, weckte mich aus meinen Gedanken. Rainer löste die Schrauben, die den Sitz festhielten. Dann klappte er den Sitz von innen auf und die Lehne herunter. Dort lag ich. Ein kleines, verängstigtes, menschliches Würmchen. Was für ein Jammer. Ich fühlte mich nicht stolz oder stark, ich fühlte mich als nichts. Als niemand. Als wertlos. Als ein Stück Dreck. Ohne Stolz, ohne Geld, ohne Schutz. Nicht einmal einen Pfennig besaß ich. Keine Kleider, keine Schuhe. Einfach nichts. Meine Energie war wie Rauch verschwunden. Ich fühlte mich hässlich, arm, ausgeliefert, heimatlos, willenlos. Ich wollte nicht aufstehen, wollte hier liegen bleiben. Ich hatte keine Kraft und keinen Willen. Ich war in mir geborgen unter der Haut. Mein Innen war für mich der Kofferraum und ich wollte aus meinem Innen nicht heraus. Jemand zupfte an mir. Es war Rainer. Ich hörte ihn von ganz weit weg, als er sagte: »Komm heraus, ich helfe dir.« Aber ich konnte nicht aufstehen. Ich konnte nicht einmal die Hand hochheben. Nach sechs Stunden war ich total steif. Ich fühlte mich wie eine Puppe. Als wenn man mich aus Plastik gegossen hätte. Als wenn ich aus Plastik bestehen würde und nicht aus Fleisch und Knochen. Als wenn mein Gehirn und das Gefühl auch aus Plastik wären. Rainer zerrte mich heraus. Er packte mich in seinen grünen Parka, der mir viel zu groß war. Er war gefüttert mit flauschigem Fell, das meinen nackten Körper streichelte, ihn warm hielt. Rainer zog mir den Büstenhalter und die Unterhose aus, da beide vollkommen nass und verschwitzt waren. Die Unterhose verpisst. Er stellte meinen Körper ab, als wenn er eine Schaufensterpuppe abstellen würde. Der Körper konnte nicht alleine stehen. Ihm knickten die Knie ein, und ich wäre fast auf den Boden gefallen, wenn Rainer den Körper nicht schnell noch aufgefangen hätte.

Rainer setzte mich behutsam auf den Beifahrersitz. Er hielt mir eine Flasche Mineralwasser an die Lippen. Von weit her hörte ich den Befehl: »Trink.« Ich wusste gar nicht, ob mein Hals schlucken konnte. Rainer kippte die Flasche und ich spürte das Wasser in meinem Mund. Und mein Körper musste trinken. Mein Hals hustete ein paarmal, er verschluckte sich. Dann trank er doch. Rainer hielt mir die Flasche und mein Körper trank und trank.

Der Kopf kippte nach hinten. Der Körper hatte keine Kraft. Die Muskeln waren lahm und erschlafft. Kaum konnte ich den Kopf hochhalten. Rainer schob mir Traubenzucker in den Mund. Er zerging ganz langsam auf der Zunge. Und noch einen. Ich schaute aus mir heraus. Ich wusste nicht, dass ich im Schockzustand war. Ich schaute aus mir heraus nach Deutschland. Ich schaute aus mir heraus in die neue, mir unbekannte Welt. Das Neonlicht machte meine Haut noch blasser, als sie schon war. Mein Körper, eingepackt in dem grünen Parka. Meine Hände. Meine nackten Füße. Ja, jetzt wusste ich es wieder. Das bin ich! Ich! Ich, Eliška Bartek! Ich.

Und auch meine Lippen fingen an sich zu bewegen. Sie zitterten zuerst ein bisschen. Ich streichelte sie mit meiner Zunge. Ich leckte sie ab. Machte sie feucht, bevor ich endlich die Worte rausbringen konnte: »Wir sind in Deutschland.«

Als ich aus mir herausschaute, war da ein Bahnhof. Neonröhren in der Dunkelheit. Sie ließen den Asphalt und den Parkplatz noch kälter und fremder erscheinen, als sie ohnehin schon wirkten. Ein kleiner Zaun im Viereck, schön gerade aufgestellt, zwei Meter breit, zwei Meter lang und einen Meter hoch. Er umrandete einen kleinen, künstlichen Hügel. Auf dem Hügel stand eine Burg, die jemand aus kleinen Steinchen gebastelt hatte. Mit Türmchen, Fensterchen, einem runden Bogen als Eingang und einem blau-weißen Fähnchen. Damals wusste ich nicht, dass es eine bayerische Fahne war. Rund um den Burgberg standen Gartenzwerge. Alle waren ganz fleißig. Einige hatten eine Schaufel, andere eine Spitzhacke, wieder andere eine Laterne oder eine Schubkarre. Und alle trugen eine rote Zipfelmütze, starrten mich neugierig an und grinsten.

Jetzt kam ich langsam zu mir. »Schlafe doch!«, sagte Rainer. Ich hatte es mir bequem gemacht auf dem vorderen Sitz. Der schwere Kopf rollte immer von der Kopflehne, die zu hoch eingestellt war. Ich sagte nichts, Rainer blieb auch still. Beide waren wir erschöpft vom Geschehenen. Das Auto rollte mit leichtem, gleichmäßigem Brummen über die Straße. Ich schaute mich nur kurz um, sah mir fremde Städtenamen und Hinweisschilder: Augsburg, München, Donauwörth, Ulm ... Ich war wirklich in Deutschland. Ich träumte nicht. Ich hatte es geschafft. Die Flucht. Und das Brummen des Wagens wiegte mich in den Schlaf. Hier und da erwachte ich durch mein eigenes Schnarchen. Ich hatte einen so ausgetrockneten Hals, dass ich nach Luft schnappen musste. Dann machte ich kurz die Augen auf, sah wieder ein Schild auf der Autobahn mit einem fremden Namen. Ich fühlte mich in Sicherheit.

Das leichte Quietschen der Bremsen und der plötzliche Stopp des Motorengeräusches weckten mich. Rainer sagte: »Wir sind da!« Ich schaute mich um. Wir standen auf einem großen Parkplatz vor einem flachen Gebäude: Rainer hatte mir erzählt, dass er Geschäftsführer einer Zuckerfabrik wäre. Ein paar LKW standen auf dem Parkplatz. Sie hatten die gleiche Aufschrift wie die Fabrik. Es war sehr früh und auf dem Parkplatz waren noch keine Leute. Das Gebäude war weiß mit großen Fenstern. Dahinter lag eine grüne Wiese. Und gleich daneben, nur ein paar Meter entfernt, stand ein schicker Bungalow. Ich erkannte ihn wieder wegen der Fotos, die mir Rainer einmal gezeigt hatte. Es war sein Haus.

Ich freute mich darauf, endlich eine warme Dusche nehmen zu dürfen und mich danach in ein sauberes Bett zu legen. Oh, wie schön! Weiße Bettwäsche und darin den Körper ausstrecken zu können! Mein Rücken tat weh vom Liegen im Kofferraum. Ein Bett würde mir so guttun! Mich umdrehen können, auf dem Bauch liegen dürfen, mit den Händen unter dem Kissen, mein Kopf darauf. Das ist meine Lieblingsstellung. Und dann mich auf die Seite drehen dürfen, den linken Arm unter dem Kissen, den rechten leicht gebeugt auf der Decke. Das rechte Bein eingeknickt über das linke und zwischen den Beinen ein Stück der Decke, mit der ich zugedeckt bin. Was für ein Luxus!

Rainer sagte: »Du musst aber noch hier bleiben. Du stellst dich an das Gebäude und wartest, bis ich dir winke. Dann kommst du!« »Warum?«, fragte ich. »Warum das?«

»Ich lebe mit einer Frau, die heißt Marianne, und sie weiß nicht, dass ich dich geholt habe. Sie weiß nicht einmal, dass du existierst. Dass es dich gibt.« Ich machte die Autotür, als ich ausstieg, ganz still zu. Es durfte nicht rumsen. Marianne durfte nichts hören! Vor allem musste Rainer ohne mich vor dem Bungalow vorfahren. Er musste vom Parkplatz aus ein Stückchen auf die Hauptstraße und auf der anderen Seite in die Einfahrt zum Haus abbiegen.

Marianne. Marianne fühlte sich an wie ein Stich ins Herz. Marianne fühlte sich an wie ein Messer. Oder wie ein Nagel. Ein Schmerz zog sich durch meinen ganzen Körper. Ich musste mich an die Wand des Gebäudes anlehnen. Meine Hände fingen zu zittern an. Ich würde am liebsten wegfliegen! Wie gerne würde ich fliegen können! Dann hätte ich die Grenze überflogen. Und jetzt würde ich hochfliegen zum Dach des Bungalows und mich auf die Spitze des Daches setzen und von oben alles anschauen. Ich habe ein paarmal geträumt, ich könnte fliegen. Einige, die vom Fliegen träumen, müssen beim Start rennen und heben erst dann ab. Ich nicht. Ich muss nur die Arme schnell bewegen wie ein Vogel seine Flügel und schon steige ich sofort senkrecht hoch. Wenn ich hoch genug bin, kann ich die Richtung ändern. Ich fliege durch einen Tunnel, der unendlich lang ist, und ich fliege und fliege und es ist dunkel und ich denke, ich komme nie mehr heraus. Aber plötzlich kommt Licht, der Tunnel ist zu Ende und ich fliege in eine ganz andere Landschaft, in eine Gebirgslandschaft. Ohne Häuser und ohne Menschen. Und ich fühle mich glücklich und befreit. Ich muss durch den Tunnel durch. Ich bin noch lange nicht im Licht.

Ich konnte nicht in Ohnmacht fallen. Das hätte nur die Lage erschwert. Ich musste mich wieder einmal zusammennehmen. Ich war einigermaßen ausgeschlafen und ich bin eine Kämpferin. Ich habe mein Schicksal in meine Hände genommen. »Bartek, nicht jammern!«, sagte ich zu mir. »Du musst es schlucken! Du kannst nirgends hin! Du hast kein Geld, keine Eltern, keine Freunde, dazu bist du noch nackt! Durchhalten!«

Ich stelle mir vor, dass der Kosmos ein riesiges Kraftfeld ist, das die ganzen Sterne und Planeten zusammenhält. Und wenn ein Kind geboren wird, strömt ein Teil der kosmischen Energie in des Kindes Körper. Einige Menschen bekommen eine Portion Energie mehr, andere weniger. Die mit weniger Energie sterben früher. Die mit der Portion mehr bleiben länger da. Und einige schaffen es sogar, Großes zu verwirklichen. Und wenn man stirbt, dann fließt der Rest der Energie wieder in den Kosmos zurück. Ich hoffe, dass ich genug Energie bekommen habe, dies alles zu überleben. Ja ich muss! Wenn alles schiefgeht – umbringen kann ich mich immer noch. Jedoch vorher muss ich alles ausprobieren! Ich kann ganz tief fallen, aber irgendwann geht die Kurve wieder nach oben. Ich weiß noch nicht, was mein Ziel ist. Ich weiß nur eins – ich will frei sein! Oft träume ich, die Menschen rennen hinter mir her und wollen mich fangen. Und ich? Ich stelle mich hin und fliege senkrecht hoch, die Leute zerren an mir, an meinen Schuhspitzen oder Fersen, wollen mich herunterziehen. Ich schlage schneller mit den Händen und fliege weg. Ja, Freiheit! Rufe ich in mich hinein.

Der Boden war mit kleinen Kieselsteinen zugeschüttet. Die piksten mich in die nackten Sohlen. Es fühlte sich an wie Akupunktur und es machte mich wach. Ich stellte mich vorsichtig unter das Dach. Es nieselte leicht. Mein Gesicht war nass, und ich wusste nicht, ob es Tränen waren oder Regentropfen. Ich stand gebückt wie eine alte Frau. Zusammengekauert. Den Mantel zog ich um meinen Körper zusammen. Ich hätte auch den Reißverschluss zumachen können, dann wäre mir aber der Mantel zu weit gewesen. Lieber drückte ich ihn fester an meinen Körper, damit sein Futter ein bisschen wärmte. Um das Haus waren Betonplatten, die sehr kalt waren. Die Sonne, falls sie überhaupt kam, schien noch nicht. Ich stand zuerst auf dem linken Fuß, dann, wenn mir unerträglich kalt wurde, stieg ich um auf den rechten. Wenn ich atmete, kam ein schwacher Nebelhauch aus meinem Mund, als wenn ich rauchen würde.

Es trennte mich eine Thuja-Hecke von dem Haus. Wahrscheinlich war sie erst vor kurzem gesetzt worden, denn die Bäumchen waren noch klein. Auf der einen Seite waren drei Pflänzchen ausgetrocknet. Dort konnte ich besser den Bungalow beobachten. Ich bewegte mich ein bisschen und suchte einen besseren Blickwinkel. Jetzt sah ich! Eine große schlanke Frau verließ das Haus. Mit einem kleinen Koffer. Das war Marianne. Sie war rein äußerlich das Gegenteil von mir. Ich war klein und dunkel. Sie hatte lockige blonde Haare, war gut angezogen und gepflegt. Sie war größer als Rainer, sie schien mir riesig zu sein! Ich stand nackt da und schaute mir diesen Tausch an. Ich für sie. Ich konnte nicht darüber nachdenken, ob es schrecklich oder nicht schrecklich war und für wen es schrecklicher war. Ich musste überleben. Ich hatte zwar Mitleid mit Marianne und sympathisiere immer mit den Frauen. Ich hätte gerne gerufen: »Marianne, bleib doch!«, jedoch biss ich die Zähne zusammen und blieb still. Marianne setzte sich in ihr kleines weißes Auto und fuhr weg. Für immer. Über sie wurde nie mehr gesprochen. Auf jeden Fall nahm Rainer den Namen nie mehr in den Mund. Nur sein Freund Peter, den ich später kennenlernen sollte, erzählte mir, dass Rainer eine Reinigung hatte und Marianne seine Geschäftsführerin war. Und so blieb Marianne eine Fata Morgana, eine Dunstwolke, die vom Wind in alle Richtungen verweht wurde. Ich sah das weiße Auto vom Grundstück fahren. Ich sah es noch einmal auf der Hauptstraße. Und dann sah ich das Auto und Marianne nie mehr im Leben.

Rainer holte mich. Er kam von der Rückseite des Hauses über die Wiese zu mir. Er lächelte nicht, er hatte aber auch keine Tränen in den Augen. Er war kalt wie ein Fisch, fast eingefroren. Weiß Gott, wie er sich das alles vorgestellt hatte! Was er der Marianne gesagt und wie er sich von ihr verabschiedet hatte? Wie lange waren sie zusammen? Hatte Marianne dort fest gewohnt oder kam sie immer nur fürs Wochenende? Es war mir am Ende egal. Ich wollte nur unter die Dusche und dann ins Bett.

Zuerst musste ich aber Evza anrufen. Dass ich heute nicht in die Arbeit kommen würde. Dass ich im Westen war. Wir gingen über die Wiese und traten in das Haus. Meine Füße waren kalt und nass. Ich spürte jedoch nichts. Ich war nur auf das Telefonat konzentriert, schaute mich nicht mal um. Ich ging sofort zum Telefon, das im Flur an der Wand hing. Ich musste mich beruhigen. Tief atmen. Meine Stimme durfte nicht zittern.

Ich musste erst die Vorwahl im Telefonbuch suchen. Ich war noch nie im Ausland und hatte noch nie in der Tschechoslowakei angerufen. Ich wählte die lange Telefonnummer. 0042 war die Vorwahl. Dann wählte ich die Nummer meiner Arbeit. Niemand hob ab. Es war schon neun Uhr. Evza hatte sich sicher wieder verspätet. Sie kam immer zu spät. Ich wartete ein bisschen. Ich konnte nichts weiter machen. Ich war so nervös, dass ich die Umgebung noch gar nicht wahrnahm. Ich setzte mich auf den Stuhl, der bei dem Telefon stand. Zuerst die eine Sache erledigen, dann geht es weiter. Sagte ich mir. Eins nach dem anderen. Nach fünf Minuten wählte ich die Nummer nochmals. Ich wartete. Ich hörte den Piepston. Ich zitterte. Dann knackte es: »Svazarm, dobry den ...« Svazarm war der Name der Organisation, und »dobry den« heißt »Guten Tag«. »Ahoj«, begrüßte ich Evza. Ich musste meinen Namen gar nicht nennen, Evza erkannte mich sofort an meiner Stimme. Sie sagte: »Mensch, was knackt denn so im Telefon? Hast du dich wieder verspätet? Wo bist du?« Ich sagte: »Im Westen. Ich bin geflüchtet.« Dann ein paar Sekunden nichts ... dann knackte es wieder. Evza hatte aufgelegt. Oder sie war in Ohnmacht gefallen. Oder musste sich hinsetzen. Oder sich erbrechen. Keine Ahnung. Ich wartete noch ein paar Minuten und rief nochmals an. »Evza«, meldete sich ihre Stimme auf der anderen Seite. »Evza, hast du verstanden? Evza, du musst für mich etwas tun. Gehe bitte zu meiner Mutter, zu uns nach Hause, und bringe es ihr schonend bei. Ich kann es ihr nicht am Telefon sagen. Ist das okay? Ich danke dir für alles. Mach's gut, Evza! Danke. Ich verlasse mich auf dich.« Evza versprach, zu meinen Eltern zu gehen. Und dann habe ich nie mehr etwas von ihr gehört. Die Telefone wurden abgehört. Ich habe sie nie mehr angerufen, um sie nicht in Schwierigkeiten zu bringen. Meine Eltern auch nicht. Auch meine Schwester nicht, niemanden. Es war für mehrere Jahre Funkstille. Es war auch besser so. Ich wollte mit meinem neuen Leben niemanden belasten.

Rainer lieh mir seinen Pyjama. Die Hose war zu lang, und ich musste aufpassen, dass ich nicht über die Hosenbeine stolperte. Die Ärmel krempelte ich hoch. Und jetzt schaute ich mir das Haus an. Rainer führte mich durch. Das Haus war nicht groß und in Kürze hatte man alles gesehen. Der Bungalow stand auf einem aufgeschütteten Hügel. Sein Grundriss glich einem E, bei dem der obere und der untere Strich fehlten. Ein großes Wohnzimmer mit einer Reihe Fenster, die tief bis zum Boden reichten. Der Teppich einfarbig orange. Er war nicht flach wie ein Teppichboden, sondern hatte kleine erhabene Muster, wie Bällchen. Auf der einen Seite klebte an der Wand eine Tapete im Ziegeldekor. Davor ein Ofen, in dem man Feuer sah. Er verbrannte jedoch kein Holz, sondern Öl. An der Außenwand standen ein großes, bequemes Sofa und zwei ockerfarbene Stühle. Eine Stehlampe ragte zur Decke empor. Ein Clubtisch stand davor. Der Garten war sehr groß. Die Thuja-Hecke schützte vor fremden Blicken.

Die Küche. Ja, die Küche begeisterte mich nicht, denn ich konnte nicht kochen. Meine Mutter sagte immer:

»Geh in dein Zimmer und lerne lieber für die Schule als kochen!« Ich hatte auch nie vor, Hausfrau zu werden. Mit dem Muttersein hatte ich auch nicht so große Pläne. Ich dachte mir, es gibt so viele Frauen, die Hausfrauen sein und Kinder haben sollen. Ich muss meine Energie in andere Richtungen steuern. Zu den Zielen, die nicht alle haben. Die mir der Professor in der Psychiatrie gesagt hatte. Ich muss Künstlerin werden! Aber dieser Wunsch war jetzt ganz weit entfernt. So weit, dass ich mich nicht mal getraute, daran zu denken. Wie das Irrlicht in der Oper Rusalka von Dvořák: Die Rusalka, verwandelt ins Irrlicht, führt den Prinzen ins Verderben. Der Prinz folgt dem Irrlicht und ertrinkt. Mein Ziel leuchtete in der Ferne ganz schwach, wie ein kleines Irrlicht. Ich hoffte, ich würde unterwegs nicht ertrinken. Aber herumirren würde ich sicher.

Dann war da noch ein kleines Badezimmer mit einer Dusche und einer Badewanne. Auf der Seite, wo die Hauptstraße entlangführte, gab es nur kleine Fenster. Auf der gegenüberliegenden Seite war ein Schlafzimmer mit einem großen Bett, mit eingebauten Schränken, einem ockerfarbenen Teppich, einer Hängelampe und zwei weißen Nachttischen. Durch die großen Glastüren konnte man aus dem Schlafzimmer direkt in den Garten gelangen. Gegenüber lag ein kleines Zimmer. Darin standen ein Schrank und ein Gästebett. In den Schrank kamen später meine Kleider. In einer Schublade fand ich später eine Plastikmappe, weiß mit pinkfarbenen Streifen. In der Mappe waren einige Fotos von Marianne und Rainer. Manchmal stand sie auch alleine da und wirkte ganz verloren. Wie schön sie doch war auf den Fotos, in dem roten Dirndl (das Wort lernte ich erst später). Ihr Busen war zwar kleiner als meiner. Bei Tschechinnen macht es das Bier, dass sie größer wachsen. Sagt man. Obwohl, in Bayern liebt man ja auch Bier. Ich studierte die Fotos genau. Marianne hatte sehr schöne Beine. Obwohl das Dirndlkleid nicht zu kurz war, konnte man es dem Foto entnehmen. Die weiße Schürze sah so ordentlich aus. Das Dirndl war so eng, dass ich mich fragte, ob sie da drin atmen konnte. Die Puffärmel wie Engelsflügel. Sie trug schwarze Schuhe mit hohen Absätzen. Vielleicht, damit sie von oben auf Rainer herabschauen konnte.

Rainer wollte mich in dem Ehebett lieben. Das Bett einweihen. Es störte mich aber, dass er da vorher mit Marianne geschlafen hatte. Ich würde das Bett am liebsten anzünden. Austauschen. Ich wollte neu anfangen und mich nicht in irgendwelchen Körperflüssigkeiten von anderen herumwälzen. Ja, das Bett war frisch bezogen. Trotzdem. In einem Hotel machte es mir nichts aus, wer da drin geschlafen hatte. Jedoch in meinen eigenen vier Wänden schon. Obwohl, ich musste mir vor Augen halten, es waren nicht meine vier Wände. Es gehörte mir hier nichts. Nur ich gehörte mir. Und ich wollte schlafen. Rainer durfte mich nicht umarmen. Nur kurz. Dann musste er weg und ich für mich allein liegenbleiben. Ich musste frei atmen können. Seit dem Kofferraum hatte ich Platzangst.

Trotz Schlaftabletten schlief ich schlecht. Ich sah immer wieder das Gesicht meines Vaters, traurig, mit schwarzen Ringen unter den Augen. Ich hoffte, er würde nicht aus seiner Arbeit rausgeworfen. Ich sah die Tränen meiner Mutter. Wie sie sich die Tränen mit dem weißen Taschentuch und dem Monogramm AB, Anna Bartek, von den Wangen wischte. Ich sah meine Schwester, die sicher sauer war, dass ich ihr nichts gesagt hatte. Aber ich konnte nicht. Ich war mir sicher, sie hätte geweint. So drehte ich mich von einer Seite zur anderen und probierte einzuschlafen.

Am nächsten Morgen, als die Sonne mich an der Nase kitzelte, las ich auf einem Zettel, der auf dem Küchentisch lag: »Heute Nachmittag gehen wir einkaufen.« Rainer war schon weg, und bevor er ging, hatte er mir den Zettel geschrieben. Klar, ich musste auch etwas zum Anziehen haben.

Über der Lehne eines Stuhls hing ein Kleid und unter ihm standen Schuhe. Ich schaute mir das Kleid neugierig an. Ich würde mir so etwas nie kaufen, aber für den Anfang war es gut. In meiner Situation durfte ich auch nicht wählerisch sein. Ich goss mir einen Kaffee in die vor der Kaffeemaschine stehende Tasse, der Kaffee war noch warm. Ich frühstückte nicht. Mein Magen war immer noch zusammengeschnürt, als ob jemand einen Gürtel genommen, um meinen Magen gebunden und den Gürtel zugezogen hätte. Ich duschte. Unter dem warmen Wasser löste sich ein wenig die Angst, als würde sie mit jedem Tropfen etwas mehr abgewaschen werden.

Ich sah in dem Kleid wie eine Vogelscheuche aus. Ein rotes Kleid mit weißen Tüpfelchen. Man sagt dazu Polka. Die Ärmel waren zu lang und das ganze Kleid auch. Das einzig Schöne daran war der weiße Halskragen mit einer Schleife, die man binden konnte. Die Schuhe waren schwarz mit einem kleinen Absatz, aber sie drückten mich an den Zehen. Ich konnte es aber aushalten.

Rainer kam über Mittag und stellte mich seinem Freund Peter vor. Peter war jünger als Rainer. Er war groß und fast dick. Seine glatten schwarzen Haare kämmte er nach hinten. Er trug einen Anzug. Er war der Stellvertreter von Rainer, seine rechte Hand, stand ihm sehr nah, das merkte ich daran, wie sie zusammen sprachen, obwohl ich nicht jedes Wort verstand. Peter begrüßte mich, schüttelte mir die Hand und schaute mich neugierig an. Ich bot ihm das Du an.

Hurra, wir fuhren alle nach Augsburg und ich würde mir etwas zum Anziehen kaufen. Als wir in die Einkaufsstraße kamen, waren dort schon viele Leute unterwegs. So viele Schaufenster! Und alle Menschen schön angezogen. Viele Frauen trugen Dirndl. Ich hatte nicht viel Zeit, mich auf der Straße umzuschauen, denn Rainer setzte mich bei C&A ab, drückte mir 500 Mark in die Hand und meinte, er und Peter gingen ein Bier trinken und ich sollte mir etwas zum Anziehen kaufen. Ich ging durch den Eingang und kam mir vor wie in einem Paradiesgarten. Überall runde Ständer und so viele Kleider hingen darauf! Da waren die Blusen in Rot, in Gelb, in Violett, in welcher Farbe auch immer man sich eine Bluse wünschen würde. Und dort, ich lief zu dem Ständer rechts, dort waren die Pullover, gestrickt oder gestickt, aus Wolle, aus Kaschmir, und dort links, die vielen Röcke, plissiert oder eng! Und überall alle Größen! Und die vielen Farben! In Prag hatten wir auch ein großes Kaufhaus, jedoch gab es fast nichts da drin. Und wenn es einen Pullover gab, dann in einer Farbe und in allen Größen. Deswegen haben wir genäht, meine Mutter auch, und gestrickt, meine Mutter und meine Schwester auch. Später erkannte ich, dass wenn man sich etwas selber näht, es hinterher viel mehr liebt. Und auch wenn man sich selber etwas gestrickt hat. Man verbrachte Stunden damit, bis so ein Pullover oder Kleid fertig wurde.

Ich schaute mich um, ich irrte zwischen Kleiderständern hin und her wie in einem Labyrinth, nahm mal diese Bluse in die Hand, zog hier einen Pullover aus dem Kleiderständer, schaute dann einen Rock an. Unglaublich,

diese Vielfalt. Einige Pullover waren mit Muster gestrickt, sicher, es war maschinell entstanden, meine Mutter hätte es aber nicht besser stricken können. Dort hingen Kleider, ich schaute mir alle an, verschiedene Schnitte und Muster. Da müsste meine Mutter ihr Leben lang
nähen, bis sie das alles fertig genäht hätte. Und dort an
der anderen Wand hingen die Mäntel, obwohl, einen
Mantel brauchte ich nicht, es war Mai und draußen war
es recht warm. Und so lief ich von einem Ständer zum
anderen und vor lauter Suchen und Staunen fand ich
nichts.

Ich stand mit leeren Händen da, als Rainer mit seinem
Freund in das Geschäft kam und Ausschau nach mir hielt.
Peter zeigte mit dem Finger auf mich, er sagte sicher: »Da
ist sie, ich sehe sie«, und beide kamen zu mir, »Was hast
du gekauft?«, fragte mich Rainer. Ich sagte: »Nichts, hier
sind so viele Kleider, dass ich gar nicht weiß, was ich
brauche und was ich kaufen soll.«

Rainer rief die Verkäuferin und sagte ihr, dass ich gerade aus dem Osten geflüchtet sei und sie mich einklei-
den solle. Ich stand schon in der Umkleidekabine. Die Verkäuferin schaute mich zuerst freundlich an, als würde sie
abschätzen wollen, was zu mir passt, und brachte mir
dann eine weiße Bluse mit Puffärmeln und einem großen
Ausschnitt. In die Bluse passte jedoch mein Busen nicht.
Die Verkäuferin ging nochmals zurück und holte die gleiche Bluse ein bisschen größer. Es war eine Halbbluse, ich
hatte so etwas vorher noch nie gesehen! Unter den Brüsten war ein Gummi, das heißt, die Bluse reichte gar nicht
bis zur Taille! Ich dachte mir, es ist vielleicht wegen der
Baumwolle, um den Stoff zu sparen. Vielleicht war deswegen die Bluse billiger. Dann ging die Verkäuferin nochmal los und brachte ein violettes Kleid. Das Kleid war

sehr eng. Die Verkäuferin, eine ältere nette Frau, erklärte mir, das Kleid müsse so eng sein. An der Seite war ein Reißverschluss und vorne eine falsche Schnürung. Das violette Kleid hatte unten am Rand maschinell gestickte weiße Blumen. Dann kam noch die weiße Schürze, die auch mit violetten Blumen maschinell bestickt war. Die Verkäuferin bat mich aus der Umkleidekabine. Ich ging heraus, Rainer und Peter warteten schon. Ich schaute mich in dem großen Spiegel an und sagte: »So, jetzt bin ich eine Deutsche!« Alle rundherum brachen in Begeisterung aus, samt der Verkäuferin, und schwärmten, dass mein Körper genau in so ein Kleid reinpasste – ich musste mich drehen, ja ich musste sogar hin und her laufen zwischen den Ständern, damit man mich von vorne und von hinten und von allen Seiten beobachten konnte. Ich tänzelte ein bisschen, ich kokettierte ein bisschen. Ich musste mich wieder drehen, bis mir fast schwindelig wurde, laufen, drehen, lächeln, wie auf dem Laufsteg.

Rainer, Peter und die Verkäuferin fingen spontan an zu klatschen. Ich errötete ein bisschen, nein, das stimmt nicht, es wurde mir nur ein bisschen warm. Als die Menschen auf der Etage das Klatschen hörten, kamen noch mehr Zuschauer hinzu, vielleicht war hier ja was los. Beim Einkaufen war man schließlich für jede Abwechslung dankbar. Sie schauten mich an, und die Verkäuferin erklärte: »Die Dame ist gestern aus der Tschechoslowakei geflüchtet.« Bewundernd richteten sich alle Augen auf mich und die Menschen im Kaufhaus spendeten mir richtige Ovationen. Bis sich alle beruhigten und ihre Freude, aus mir eine Deutsche gemacht zu haben, sich gelegt hatte.

Rainer sagte: »Sie braucht noch einen Pullover.« »Da habe ich was Passendes«, sagte die Verkäuferin. Und schon kam sie zurück mit einem schwarzen Strick mit

70

goldenen Knöpfen, einem Dirndlpullover. Oben am Hals grün umhäkelt, an den Ärmeln auch sowie am unteren Teil des Pullovers, das heißt, jedes Ende des Pullovers war mit grünem Faden verziert. Und in der Taille gab es noch eine grüne Schnur, mit der ich das Jäckchen zusammenziehen konnte. Ich wiederholte die ganzen Schritte und die Vorführung noch einmal, alle waren wieder begeistert. Ich konnte zwar nicht gut Deutsch, aber nach außen fühlte ich mich schon wie eine Deutsche. Die Vorführung war beendet. Das Publikum verlief sich wieder zwischen den Kleiderständern. Wir gingen jetzt Weißwurst essen und ein Bier trinken. So bin ich im Herzen Tschechin geblieben und nach außen eine Deutsche geworden. Ich bekam dann auch politisches Asyl. Vielleicht des Dirndls wegen.

## Die ruhige Zeit

In mein Leben kehrte Ruhe ein. Rainer stellte eine Frau an, die mir zeigte, wie man Wäsche wusch und den Haushalt führte. Obwohl es mich kaum interessierte. Die Frau war eine ältere, gutmütige Deutsche. Es gab keine Ausländer in Donauwörth. Ich war die einzige, und ich wusste, dass die Menschen munkelten, ich wäre eine Spionin. Bei dem Gedanken schmunzelte ich. Ich ging nirgends hin, außer mit Rainer in das Bahnhofrestaurant. Es gab sonst auch nichts, wo man hätte hingehen können. Da saßen keine Frauen, nur ich. Und alle Männer stierten mich an. Die Spionin! Und tranken Bier und dazu einen Underberg.

Am Sonntag gingen die Männer zum Frühschoppen, während die Frauen kochten. In Tschechien saßen die Männer wenigstens den ganzen Tag im Gasthaus. Der Frühschoppen war mir total fremd. Entweder komme ich mit oder es gehen beide nicht, aber ich werde doch nicht in der Küche stehen, während der Mann frühschoppt! Meine Haushaltshilfe war Frau Trudi. Ich durfte sie mit Vornamen nennen, siezte sie jedoch. Sie war pensioniert und mit ihren fünfundsechzig Jahren eine rüstige Erscheinung. Ihr Mann war früh gestorben. Trudi hatte ihre zwei Söhne allein erzogen. Nicht dass man meinen würde, Trudi schwätzte mir die Ohren voll! Nein! Sie machte mir alles vor und ich schaute ihr uninteressiert zu.

Trudi sah immer aus, als wenn sie gerade aus der Bügelmaschine käme. Sie trug meistens ein graues Dirndl mit einer weißen, gebügelten Bluse, die wohl gestärkt war, ansonsten hätten die Ärmel nicht so hoch und steif stehen können. Dazu eine weiße Schürze. Ihre graumelierten Haare hatte sie zu einem Zopf gebunden, der nach oben gebogen und mit einer Hornspanne befestigt war. Den eher dicklichen Hals umfing ein Samtband, an dessen Mitte ein silbernes Edelweiß hing. Es schien, als würde der Edelweißanhänger in die tiefe Spalte zwischen ihren großen Brüsten spähen. Ihre Waden waren mächtig. Man sah sie nicht, denn wenn Trudi stand, war das Dirndl lang genug. Wenn sie sich jedoch hinsetzte, konnte man kurz einen Blick auf sie erhaschen, bis sie schnell den Stoff des Dirndls darüber warf. Ich mochte sie. Sie war nicht aufdringlich und zwang mich nicht zu großen Taten im Haushalt. Ich wollte so oder so keine Hausfrau werden.

Frau Trudi war jeden Mittwoch bei uns. Herr Friedrich, der Gärtner, kam zweimal die Woche. Es gab keine festen Tage, er rief Anfang der Woche an und wir verabredeten uns. Wahrscheinlich arbeitete er auch noch bei jemand anderem im Garten. Herr Friedrich war schon in Rente. Er war sehr groß und sehr dünn. Sein Anzug hatte schon bessere Zeiten gesehen. Im Anzug arbeitete man allerdings auch nicht in einem Garten. Er aber schon. Die Hose war breit und flatterte an seinen dünnen Beinen. Wenn sich der Hosenstoff bei einem Windstoß an seinen Körper anschmiegte, erkannte man die O-Form seiner Beine. Die Hose war mit einem Ledergürtel in der Taille zusammengezogen. An den Taschen war die Hose stark glänzend. Herr Friedrich liebte es, wenn er etwas beobachtete, die Hände in die Hosentaschen zu stecken. Er setzte eine Rose ein, dann entfernte er sich ein paar Meter von der Pflanze, wechselte seine Brille von kurzsich-

tig auf weitsichtig, steckte die Hände in die Hosentaschen und beobachtete reglos und konzentriert eine Weile sein Werk.

Das Jackett zog er immer aus bei der Arbeit. Er trug
eine Weste darunter, über einem weißen Hemd, das
durch das Waschen eine eher gräuliche Farbe angenommen hatte. Vielleicht hatte er das Hemd mit den schwarzen Socken gewaschen? Er war sparsam, und anstatt
zweimal mit der Wäsche unterschiedliche Farben zu waschen, wusch er wahrscheinlich alles zusammen. Er hatte
eine große Raubvogelnase, schmale Lippen und immer
noch eigene Zähne, obwohl er so um die achtzig war. Er
lachte aber nicht und er sprach selten. Nur das Notwen-
digste.

Der Garten war zu Beginn eine grüne gerade, große
Fläche und wir verwandelten ihn mit Herrn Friedrichs
Hilfe langsam in einen kleinen Park. Für das Beet neben
dem Weg zum Haus benutzten wir eine Plastikplane. Die
legten wir aus, und dort, wo eine Rose oder andere
Pflanzen wachsen sollten, schnitten wir ein Loch aus.
Die Plane bedeckten wir mit Erde, und dann wuchs dort
kein Unkraut mehr. Das Plastik erstickte das Unkraut sofort. Wir setzten vorwiegend Rosen. Ich liebe Rosen. Sie
sind pflegeleicht und schön. Und die vielen Farben und
Formen! Ich bevorzuge Teerosen in Gelb. Dann setzten
wir ein paar Obstbäume. Einen Apfelbaum der Sorte
Boskoop und einen Zwetschgenbaum. Boskoop für den
Apfelstrudel und die Zwetschgen für die Zwetschgenknödel, falls ich einmal lernen sollte, die zu machen. Meine Mutter hat den besten Apfelstrudel gebacken und die
besten Zwetschgenknödel gemacht. Die Knödel mit an-
gerösteten Semmelbröseln, mit Zucker gemischt, be-
streut und mit viel zerlaufener Butter begossen. Als sie

mich lehrte, den Apfelstrudelteig zu machen, sagte sie: »Der Apfelstrudelteig muss so dünn sein, dass man durch ihn Liebesbriefe lesen kann.«

Die Thuja-Hecke, die Obstbäume und die Rosen goss ich jeden Morgen mit dem Wasserschlauch und freute mich, wie sie gediehen. Ich liebte es, früh barfuß und im Nachthemd direkt aus dem Schlafzimmer über die noch vom Tau nasse Wiese zu gehen. Rainer war schon weg und der Tag gehörte mir. Heute kamen weder die Trudi noch der Friedrich. Ich trank keinen Kaffee mit Rainer am Morgen, denn er stand zu früh auf. Ich musste nicht so früh aufstehen. Ich war Hausfrau. Nur einen Hauch von Kuss auf der Stirn spürte ich jeden Morgen. Wie wenn jemand die Türe offen gelassen hätte und ein leichter Windhauch durchs Zimmer wehte. Am liebsten würde ich wie eine Fee in meinem weißen Nachthemd tanzen. Ich hatte jetzt genug Geld, ich hatte Sicherheit und Geborgenheit, mein Schrank füllte sich mit Kleidern. Mein Schuhschrank mit Schuhen. Ich musste nicht sparen. Ja, ich musste folgen, obwohl ich keine Befehle bekam. Meine Mutter sagte immer: »Wes Brot du isst, des Lied du singst.« Aber da machte ich mir jetzt keine Gedanken. Ich aß kein Brot und sang auch nicht.

Wir waren in München auf dem Oktoberfest. Ich mit meinem Dirndl und Rainer in kurzen Lederhosen und rotkariertem Hemd. Ich hatte Geburtstag und durfte vor dem ganzen Publikum auf dem Podium dirigieren und zutrinken. Und mitsingen. »Das Städtchen Kufstein«, diese Worte sind mir noch in der Erinnerung geblieben. Rainer saß unten und schaute mir ganz stolz zu. Ich bin musikalisch, so machte mir das Dirigieren keine Schwierigkeiten. Ich hatte ein tolles Gefühl, vor so vielen Menschen in einem vollen Bierzelt zu stehen. Es war schön, als alle mitgesungen, mir zugeschaut haben, einer Papierdeutschen, einem Flüchtling. Ein bisschen hatte ich schon gezittert. Aber stolz war ich. Ich musste aufpassen, als ich die Treppe vom Podium herunterging, dass ich nicht aus lauter Nervosität abstürzte.

Mit dem Kochen ging es nicht so gut wie mit dem Gärtnern. Man kochte und kochte, dann den Tisch decken, dann aß man und wusch ab, das Essen war weg und am nächsten Tag endete die verarbeitete Nahrung in der Toilette. Der Garten blieb wenigstens und das Auge freute sich täglich. Nicht dass ich nicht gerne essen würde! Ich bin sogar eine Genießerin. Ich ging leidenschaftlich gerne in das Gasthaus beim Bahnhof. Allein die Gerichte in Bayern! Ich fühlte mich fast wie zu Hause mit dem Bier, den Knödeln, mit den Schweinshaxen und dieser ganzen deftigen Küche. Nichts für Vegetarier oder Veganer, damals wusste man noch gar nicht, was das ist.

Ich äußerte den Wunsch nach einem Gartenteich. Nur einen kleinen! Es wäre so schön! Ich trug Rainer meine Idee vor. Er und sein Freund und Herr Friedrich und noch ein Paar Handwerker zauberten einen kleinen Teich in dem großen Garten, etwa in der Form einer Nierenschale, die man beim Arzt benutzt. Ein paar Wochenenden schwitzten die Männer bei der Arbeit. Zuerst buddelten sie die Form aus und die Tiefe. Dann kam darauf eine Plastikplane, dann wurde darauf langsam aufgebaut. Ich wollte helfen, aber ich stand mehr im Weg, als dass ich etwas beitragen konnte. So setzte ich mich besser auf die Terrasse, nahm einen Drink und beobachtete das Treiben. Und freute mich.

Als die Nierenschale nach ein paar Wochen endlich fertig war, sah es toll aus. Ich konnte den Mini-See von meinem Bett aus sehen. Wenn der Vollmond schien und sich in der Wasseroberfläche spiegelte, dann stellte ich mir vor, dass er auf diese Leinwand einen Film über meine Familie zauberte. Denn er schien in dem Moment auch in das Fenster meiner Mutter, meines Vaters und meiner Schwester. Ich schaute ganz fest und konzentriert auf den Teich, sah jedoch nichts. Ich spürte aber das Stechen im Herzen und dass sich meine Kehle zusammenzog. Ich machte schnell die Augen zu.

Manchmal, wenn ich nicht einschlafen konnte, schaute ich den neben mir liegenden Rainer an. Einen schlafenden Menschen zu beobachten ist interessant, da die Selbstbeherrschung verschwunden ist. Die Muskeln sind entspannt und Unschuld überzieht das Gesicht. Es wäre interessant zu sehen, wie Hitler im Schlaf ausgesehen hat. Oder Stalin. Denn der Wille ist weg, und der Mensch, unschuldig wie ein Kind, legt seine Seele auf das Gesicht. Ich denke, die Seelen sind alle gut, nur der Mensch ist schlecht.

Auf dem Kissen neben mir lag ein gebräuntes, breitflächiges Gesicht. Die Stirn wies ein paar Sorgenfalten auf. Oder waren es Zornesfalten? Schwarze wilde Augenbrauen drückten auf die geschlossenen Augenlider – die Augenbrauen erinnerten mich an meinen Vater. Als Kind habe ich mal bei meinem Vater mit einer Zahnbürste probiert, die Augenbrauen in eine Richtung zu kämmen. Am Anfang sind sie kurz ordentlich liegengeblieben, aber nach ein paar Sekunden haben sie wieder ihre alte Position eingenommen. So auch die Augenbrauen von Rainer. Seine hervorstehenden Backenknochen waren hierzulande eher selten. Er hatte schöne breite Lippen, die jetzt leicht geöffnet waren, und seine weißen Zähne leuchteten in der kleinen Lippenspalte. Die Lippen waren leicht bläulich oder dunkel, denn auch sein Teint war nicht blass, sondern braun. Rainer hatte große Ohren und musste sich die Härchen beim Friseur aus den Ohren herausschneiden lassen. Bei meinem Vater habe ich das machen dürfen, aber nur ein paarmal. Da ich ungeduldig war und zu hastig schnitt, hatte ich ihm mit der Schere ins Ohr gezwickt. Daraufhin machte es meine Schwester, sie war ruhiger und geduldiger.

Die vielen weißen Haare glichen Wellen auf einem Meer. Rainer war nicht riesengroß, aber erreichte doch die ein Meter achtzig. Er hatte starke, schöne Hände. Hände sind für mich bei einem Mann sehr wichtig! Man bekam sie immer zu sehen. Man konnte sie nicht verstecken. Schöne lange Finger bedeuten für mich Kreativität. Mein Vater hatte auch schöne Hände, obwohl ihm ein Finger fehlte.

Nicht dick war Rainers Körper, eher ein bisschen gepolstert. Er hatte Brusthaare, die aus dem Ausschnitt des Pyjamas herausschauten. Ich fand es sexy. Er hatte eine lange Pyjamahose an, ein Bein lag oben auf der Decke. Männer mit Shorts finde ich geschmacklos, auch wenn sie die schönsten Beine der Welt hätten. Wenn Rainer seine Lederhose anhatte und die weißen Kniestrümpfe, dann war es etwas anderes, denn die Beine waren bedeckt. Er trug auch nie offene Schuhe, das gefiel mir auch an ihm. Er erinnerte mich an meinen Vater. Meinen Vater sah ich nie in Shorts oder in offenen Schuhen. Ich glaubte, Direktoren würden so etwas nie wagen. Ich meinte zu wissen, dass man dadurch an Achtung verlor. Mein Vater hatte nie offene Hausschuhe getragen. Rainer auch nicht.

Seinen Geruch liebte ich. Ich kuschelte mich an ihn und beschnupperte ihn. Es erinnerte mich an den Geruch meines Vaters. Es ist nicht einfach, den Geruch zu beschreiben. Es war der Geruch des Apfels mit einem

Hauch von Himbeeren, dazu vielleicht, ich bin mir nicht ganz sicher, roch ich noch Rosenduft, und das alles rundete der Geruch von Feuer ab, jedoch nicht nur von normalem Holz, sondern auch Weihrauchblätter waren dabei. Rainer rauchte wie mein Vater.

Wenn er da so lag, sah Rainer wie ein Engel aus. Aber wenn er wach wurde und sich in den Fabrikdirektor verwandelte, dann veränderte sich sein Gesicht. Die Lippen waren dann geschlossen, auf der Stirn bildeten sich tiefe Falten, wenn er sprach. Er stand dann gerade im Raum und seine Erscheinung flößte einem Respekt ein.

Rainer klebte nicht an mir, und sogar wenn wir über die Felder spazierten oder durch das Dorf zum Gasthaus gingen, hielt er Abstand. Er ließ meinen Körper leben, laufen, springen. Vielleicht lag es auch daran, dass er immer noch verheiratet war und getrennt von seiner Frau lebte. Seine Frau und die zwei Söhne lebten im gleichen Dorf. Ich habe sie nie gesehen, nicht auf der Straße und nicht auf einem der Fotos. Ich habe kein Foto von ihnen gefunden, obwohl ich alle Fotos, die ich irgendwo finden konnte, durchwühlt habe. Dieses Stück seiner Vergangenheit war erloschen und es gab keine Spuren davon. Vielleicht war ich ihnen sogar mal begegnet, wusste jedoch nicht, wer sie waren. Da ich keinen Kontakt mit den Dorfbewohnern hatte, konnte auch niemand ratschen. Und Herr Friedrich und Frau Trudi benahmen sich ganz neutral zu mir und sprachen nichts Privates an, nur das, was die Arbeit anging. So erfuhr ich nicht einmal, wo die Familie wohnte.

Eines Tages brachte mir Rainer ein Reh. Ich dachte, Rainer hatte in meinen Augen die Sehnsucht nach meinem Zuhause gesehen. Ich sagte es ihm nicht, um ihn nicht unglücklich zu machen. Aber die Liebe spürt so etwas, und deswegen kam dieses kleine Rehlein zu mir und ich taufte es auf den Namen meiner Schwester: »Hani«. Hani musste der Mutter weggenommen werden, da die Mutter Zwillinge bekam und nicht genug Milch für beide hatte. Das Reh war noch ganz klein, ein Kitz. Vielleicht ein paar Wochen alt. Es stand kaum auf seinen wackeligen Beinen. Es schaute mich mit braunen, schönen, traurigen Augen an und schnupperte mit seinem kalten Näschen unsicher an mir herum. Der Jäger erklärte Rainer, wie ich Hani füttern sollte. Er brachte auch einen Sack mit trockener Milch, die ich im richtigen Verhältnis mit Wasser mischen musste. Im Lager der Fabrik war ein kleines Räumchen frei. Dort gab ich auf den Boden ein bisschen Stroh. Dorthin legte ich die kleine Hani. Sie brauchte völlige Ruhe. Ich blieb bei ihr sitzen, streichelte sie, damit sie keine Angst bekam. Erst als ich sah, dass sie einschlief, verließ ich den Raum. Ein Rehkitz aufzupäppeln war gar nicht so einfach. Ich musste dieses Pulver wiegen, mit dem Wasser im richtigen Verhältnis verdünnen und das Gebräu auf 39 bis 39,5 Grad erwärmen. Ich schlief kaum, denn alle drei Stunden musste ich Hani füttern. Ihre raue Zunge leckte meine Hand. Ich kam näher mit meinem Gesicht und sie schleckte es auch ab. Wenn ich keine kalte, nasse Nase spürte, gab ich ihr Tee. Dann hatte sie zu wenig Flüssigkeit. Hier und da bekam Hani ein Ei, das stärkte sie und bald stand sie tapfer auf ihren wackeligen Beinchen! Wie schön! Sie hatte überlebt.

Wir liebten uns, Hani und ich. Jetzt schlief sie nicht mehr hinten in dem Raum, sondern vor der Terrasse. Dort stand eine Tanne, die wir frisch gesetzt hatten, und unter ihr ist Hanis Plätzchen. Sie konnte von dort bis zu meinem Bett sehen. In der Frühe, wenn ich die Türen öffnete, kam Hani zu meinem Nachttisch und bettelte um ein Bonbon, das in der oberen Schublade war. Wie sie sich es merkte! Hier lebte auch noch der Apricot-Hund, der mich bei der Flucht begleitet hatte. Er hieß Bruno. Und ein weiterer Bewohner war ein kleiner Schäferhund namens Waldi. Zu den beiden hatte ich ein nicht so inniges Verhältnis, da sie mit Rainer groß geworden waren und zu ihm die tiefere Beziehung hatten. Trotzdem gingen wir vier gemeinsam im Wald spazieren. Zuerst das Reh, dann Waldi, und auf uns alle passte Bruno auf, der als Letzter ging. Einmal bekam Rainer einen Telefonanruf, dass auf der Straße der Schäferhund dem Reh etwas antun wollte. Ich schaute aus dem Küchenfenster und sah, wie die Hani nach vorn und nach hinten sprang, den Kopf nach unten gesenkt, und der Bruno knurrte und hüpfte, und der kleine Waldi bellte mit seiner hohen Stimme dazu. Sie spielten.

Manchmal, wenn ich ganz traurig war, ging ich zu Hani, um Trost zu suchen. Ich schaute zuerst unter der Tann nach ihr, dann fand ich sie aber hinter dem Fabrikgebäude. Das ist ein ganz ruhiger Ort und Hani konnte sich dort gut verstecken. Sie schaute mich mit ihren schwarzen Knopfaugen an. Hani lag auf der Wiese, ihre Läufe unter sich gelegt. Die Lauscher bewegten sich ununterbrochen, Geräusche suchend. Ich legte meinen Kopf auf ihren Rücken und schaute in die Sterne. Mein Kopf bewegte sich mit ihrem Atem, hoch und runter, ein- und ausatmen – ich spürte ihr Leben. Ich spürte das Herz, die Lunge, den Magen, ihre Seele. Ich sprach mit ihr. Ich erzählte von meiner Schwester, ich sprach über meine Mutter, über meinen Vater, über meine Sehnsucht. Es war wie eine Psychoanalyse, außer dass niemand zu mir sprach. Obwohl sie da ja auch hauptsächlich nur zuhören. Doch Hani reagierte. Sie drehte ihren Kopf in meine Richtung, beugte ihren langen Hals und schleckte mir meine salzigen Tränen aus dem Gesicht. Ich wusste, sie versteht mich. Sie verstand jedes Wort.

Ach, wie gerne hätte ich eine Kristallkugel gehabt, in der ich alles hätte sehen können! Ich würde fragen: »Was macht meine Schwester? Was machen meine Eltern?« Und dann würde ich meiner Schwester zusehen, wie sie Hausaufgaben schreibt. Oder meinem Vater, wie er in das schwarze Dienstauto einsteigt. Und meine Mutter, wie sie ihm zuruft, er solle seine Jacke glätten, bevor er sich hinsetzt. Oder wie sie Apfelstrudel backt oder einfach nur in der Küche steht. Aber so eine Glaskugel hatte ich nicht. Dafür aber die Sterne! Ich lag im feuchten Gras, den Kopf auf meiner Hani, und schaute in die Sterne. Die Nacht war ganz dunkel und die Sterne leuchteten noch heller als sonst. Vielleicht schaute meine Schwester zur gleichen Zeit in den Himmel und dachte an mich! Wie gerne wüsste ich, wie es ihnen geht! Aber telefonieren durfte ich nicht und deswegen konnte ich nur die Sterne fragen.

Manchmal lag ich eine Stunde bei Hani und reiste in Gedanken nach Prag. Laufe durch die Prager Gässchen, die dunkel und mystisch ihre Geschichten kaum preisgeben. Auf der Burg treffe ich den alten Mann, der mit einem langen Stab die Gaslaternen anzündet. Auf dem Felsen über der Moldau stehe ich am Vyšehrad, der Prager Hochburg, mit meiner Liebe, einem Philosophiestudenten, der ein Romantiker ist. Er möchte für mich einen Strauß Sterne pflücken.

Ich besuche das kleine Häuschen von Kafka auf der Burg und bin fasziniert, dass man in so einem kleinen Häuschen mit so mickrigen Zimmern so große Gedanken haben kann! Gedanken brauchen eben keine großen Räume.

Ich liebe den Turm Daliborka, in dem der Ritter Dalibor eingesperrt war. Er lernte so schön die Geige spielen, so herzzerreißend, dass sich täglich die Menschen um den Turm scharten, um ihm zuzuhören. Dann gaben sie ihm über einen am Seil hängenden Korb sein Essen. Man sagt: »Hlad naučil Dalibora housti.« Der Hunger hat Dalibor gelehrt, die Geige zu spielen.

Ich liebe den jüdischen Friedhof. Wie oft war ich dort am Grab von Rabbi Löw, der ja der Sage nach jegliche Wünsche zu erfüllen vermag. Wie viele Zettel mit wie vielen Wünschen habe ich dort an seinem Grabstein versteckt! Ich treffe meine Freunde bei einem Glas Bier im Gasthaus »U Fleku«, spreche Tschechisch, singe mit Evza aus dem Büro unser Lied. Oder lächle vor mich hin bei dem Gedanken an Rusalka. Im Sozialismus darf man niemandem kündigen. So singt in der Tschechischen Oper anstatt einer zerbrechlichen zarten Fee eine alte Tonne die Rusalka, mit einem dicken Bauch und riesigen Brüsten, die man nicht einmal mit dem feinen, aus Tüll breit geschnittenen Kleid zu kaschieren vermag. Wenn die Rusalka springt, hört es sich in den zarten Tönen der Arie wie ein Erdbeben an. Das Holz auf dem Podium knackt, und man fürchtet, dass Rusalka zum Orchester durchbricht. Als ich dann rote Augen vom Weinen und ein bisschen Kopfweh bekam, gab ich der Hani einen Kuss auf die kalte Nase und ging.

Rainer baute auf der Wiese mit Herrn Friedrich eine Einzäunung mit einem Holzhäuschen darin. Dort wohnten dann meine Zwerghühner mit ihrem bösen Zwerggockel. Seine Farben waren beeindruckend. Der braune Kopf ging in ockerfarbene Federn über und endete in Zickzack-Spitzen. Diese hatten wieder die Farbe des Kopfes, braun. Die stolzen, langen Federn am Schwanz waren schwarzblau, genauso wie die Federn an den Flügeln. Und sein fast schon knallroter Kamm stand steif, als wenn er mit Haarspray besprüht worden wäre. Wenn man in den eingezäunten Garten reingehen wollte, um die kleinen Eier aus dem Holzhäuschen zu holen, musste man sich am Eingang sofort des dort stehenden Besens bedienen. Denn der kleine Gockel flog direkt auf die Schulter des Eindringlings und pickte wütend überall dorthin, wo er grade traf. Er passte auf seine fünf Untertanen, die Hühner, gut auf.

Ein großes Huhn hatte ich auch. Dem legten wir die Eier einer Wildente ins Nest, die wir bei einem Spaziergang verlassen gefunden hatten. Als die Enten geschlüpft waren, ging das Huhn erhobenen Hauptes und stolz auf seinen Nachwuchs durch den Garten. Die Entenküken wackelten in einer Reihe hinter ihm her. Aber plötzlich sahen sie das Wasser in meinem Teich, stürzten sich hinein und das arme Huhn verstand die Welt nicht mehr. Ganz aufgeregt rannte es um die Nierenschale herum, gackerte lauthals und war ganz verzweifelt, dass seine Kinder schwimmen konnten und es nicht.

Ich bekam auch zwei kleine Schafe, die ich jedoch nicht mit der Flasche aufziehen konnte. Als ich den Tierarzt rief, gab es keine Hilfe mehr. Das eine probierten wir zu retten. Es bekam eine Spritze. Doch am Ende starben beide an Durchfall. Ich war unendlich traurig.

Die Hani war erwachsen, als sie der Jäger mit einem Bock deckte. Der Bock hatte durch eine Mähmaschine ein Bein verloren. Nach 290 Tagen Schwangerschaft wurde Hani unruhig und rannte ganz nervös vier bis fünf Stunden herum. Sie würde gebären! Und dann kam das kleine Kitz zur Welt. Mit dem Kopf voran. Ich dachte schon, das war es, die Geburt wäre fertig. Aber dann fiel noch eine

Plazenta heraus und darin war noch ein Kitz. Das hatte ich fast verpasst. So hat Hani Zwillinge geboren.

An einem Samstag fuhren wir zu einem Markt, der in der nahegelegenen Ortschaft stattfand. Es gab viele Obst- und Gemüsestände, Honig und Marmelade, alles, was die Bauern produzierten. Das interessierte mich jedoch nicht. Mich interessierten die Zwergziegen, zu denen ich direkt hinlief. Ich hatte mich sofort verliebt. In die Ziegen. Frech und klein, temperamentvoll und unruhig herumhüpfend, gesellig und lustig. Mit ihren kurzen Beinen und dem relativ dicken Bauch würde man nie vermuten, dass sie so flink sind, aber sie können sogar auf einen Baum klettern. Diese kleinen Ziegen waren weißbraun. Der Verkäufer erzählte uns, dass Ziegen zu den ersten Wildtieren gehörten, die von Menschen gezähmt wurden. Diese hier waren kastriert und nicht für die Zucht bestimmt. Ich wollte die Ziegen unbedingt, und Rainer konnte mir ohnehin nichts abschlagen. Da es eine ganze Familie war, nahmen wir den Bock mit dazu. Aber das hätte ich nicht tun sollen! Der Bock namens Sepp stand angebunden im Garten und pisste sich direkt ins Gesicht, auf seinen Bart, in seine Augen. Pfui! Im Sommer, wenn es so richtig heiß war und ich im Liegestuhl bei der Nierenschale lag, war sein Geruch bestialisch. Er stank unerträglich. Ich nahm einen Wasserschlauch und spritzte das Vieh ab. Kaum, dass ich das Wasser abstellte, den Schlauch wieder aufrollte und mich zurück in den Liegestuhl fallenließ, drehte sich das Mistvieh um und pisste sich erneut in sein lachendes, bärtiges Gesicht. Irgendwie mussten wir beide eine Lösung finden. Ich band Sepp woanders hin, prüfte die Windrichtung und setzte mich dorthin, wohin der Wind nicht wehte.

Ich hatte Angst vor dem Ziegenbock. Er war groß und schwarz. Mit weißen Flecken um die Augen und ums

Maul. Die Hörner waren nach hinten gewölbt. Seine Erscheinung hatte etwas Punkiges. Wer ihn streicheln wollte, musste sich danach die Hände waschen, da sie sonst nach Pisse stanken. Der Gestank an den Händen blieb fast eine Woche haften, auch wenn ich sie mit Zitrone bestrich. Er war mir gegenüber bitterböse und ohne jegliche Zuneigung. Wenn ich ihm näher kam, verdrehte er so die Augen, dass ich nur das Weiße sah und lieber flüchtete. Die schwarzen Pupillen waren irgendwo verschwunden. Über seinem langen Bart grinste er mich an oder lachte mich aus, ich wusste es nicht. So musste der Teufel aussehen, wie der Sepp, dachte ich mir. Ich stellte mir vor, so jemandem im Fegefeuer oder der Hölle zu begegnen. Falls ich dorthin verdammt werden würde.

Einmal hörte ich einen Riesenlärm im Garten. Der Gockel krähte ohne Unterlass, die Hühner gackerten ganz nervös. Ich ging zum Hühnerhaus, um zu schauen, was da los war. Die neugierige Ziege hatte ihren Kopf in die kleine Tür des Hühnerhauses gesteckt und konnte ihn nun nicht mehr herausziehen. Sie hing drinnen an den Hörnern fest. Und der Sepp nutzte die sich bietende Chance und nahm sie von hinten. Sie konnte sich nicht wehren. Es war gewissermaßen eine Vergewaltigung. Ich zog den stinkenden Sepp weg. Sein Penis lang wie ein Regenschirm. Ich sah in seinem Gesicht, dass er mich auffressen würde, wenn er könnte. Dann musste ich in das Hühnerhaus und so lange den Kopf der meckernden Ziege drehen, bis ich ihn in einem bestimmten Winkel herausziehen konnte.

Eines Tages hatte es geregnet und der Sepp das nasse Gras gefressen. Er lag auf der Seite und hechelte. Ich rief sofort den Tierarzt an. Aber bis er kam, war der Sepp tot. Ich wusste, ich hätte den Pansenstich probieren können, in den Bauch reinstechen und das Gas ablassen, aber das konnte ich nicht. Sepp haben wir dann im Garten begraben. Ich möchte behaupten, dass er sogar aus seinem Grab, wenn ich an ihm vorbeiging, noch stank. Als wenn er mir lachend zuwinken würde.

# Sprung aus dem Fenster

Wie in einem Kochtopf, der auf einem starken Feuer steht, so brodelte es in mir. Ich war dreiundzwanzig Jahre alt und hatte mein Leben für die Freiheit riskiert. Und jetzt? Sollte ich ein Leben lang Hausfrau und Mutter sein? Im Garten arbeiten? Einem Kind die Windeln wechseln? Kochen, putzen, einkaufen? Reisen wie alle reisen? Pauschal oder zu zweit im Mietwagen? Alles nur von außen anschauen? Nein. Ich wollte nichts nur anschauen, ich wollte es erleben.

Eine Frau zu sein betrachte ich als Nachteil. Mein Vater wollte einen Jungen. Ich habe nie mit einer Puppe gespielt. Ich fand es albern, die Puppe aus- und umzuziehen. Noch blöder, ihre Haare zu kämmen und die Puppe dann in den Puppenwagen zu stecken und mit dem Puppenwagen spazieren zu gehen. Ich kämpfte mit Jungs. Später dann spielte ich Fußball, linker Verteidiger. Und alle Bekannten meiner Mutter sagten zu ihr: »Es hätte halt ein Junge sein sollen!« Ich bin aber ein Mädchen geworden. Und jetzt? Ich sehe mich auf einem Wagen, gezogen von einem rasenden Pferdegespann. Ich stehe vorne auf dem Wagen, eine Peitsche in der rechten Hand, die in der Luft knallt. Die Pferde galoppieren so wild, dass der Staub aufwirbelt, meine Haare wehen im Wind, hinter uns nur Staubwolken, und ich rase davon.

Vielleicht hatte meine Mutter Recht, als sie sagte, sie hätten mich im Spital mit einem Roma-Kind vertauscht. Das sagte sie immer, wenn ich etwas verbrochen hatte.

Als ich im Unterricht zu viel geschwätzt hatte, schrieb die Lehrerin meiner Mutter eine Nachricht, und ich bekam einen Verweis. Am nächsten Tag wollte ich mich bessern. Ich saß da und starrte den Lehrer an, genauer gesagt, seine rote Krawatte, wie unter Hypnose. Ich wusste nicht, worüber er sprach. Es war Geschichtsunterricht. Und auf einmal wurde mir schwindelig, ich fiel mit dem Kopf auf die Bank und zerschlug mir die Stirn. Das Blut rann über meine Augen, die ganze Klasse war in Aufruhr. Meine Mutter wurde benachrichtigt, ich musste ins Spital, die Wunde wurde genäht. In Wirklichkeit war ich eingeschlafen. Natürlich musste ich sagen, mir sei schlecht geworden. Ich konnte ja nicht sagen: Ich bin eingeschlafen.

Mein Vater bekam einmal ein Angebot, als Direktor in Amerika zu arbeiten. Wenn er die Stelle angenommen hätte, wären wir frei und reich geworden, und ich hätte nicht flüchten müssen. Mein Leben wäre vollkommen anders verlaufen. Jedoch ging ich noch zur Schule und hätte in einem Internat untergebracht werden müssen. Außerdem durfte im Sozialismus nie die ganze Familie auf einmal ausreisen, damit man nicht im Ausland bleibt. Hani war noch zu klein, die hätten sie mitgenommen. Meine Eltern wollten mich sogar in ein Internat für schwererziehbare Kinder stecken. Meine Mutter war dagegen. Ich war aber dafür. Mal was anderes erleben! Wir blieben in der Tschechoslowakei. Da hat sich mein Vater angepasst.

Ich schlief schlecht. Rainer bemerkte meine Unruhe und fragte mich ununterbrochen: »Was hast du denn?« Ich konnte es ihm nicht sagen, wollte ihn nicht unglücklich machen. Nachts aber, wenn es ganz still war, da spürte ich das Sämchen der Unruhe in mir wachsen. Nein, ich wollte es nicht gießen. Ich wollte es sogar ersticken. Ich wollte nicht, dass es gedeiht. Aber das Sämchen wuchs im Geheimen ganz unauffällig. Versteckte sich. Und ich wälzte mich nächtelang im Bett. Ich wollte die Plastikplane auf das Sämchen legen und es ersticken, solange es noch klein war. Zuerst merkte ich gar nicht, dass es gedieh. Ich hatte nur Kopfschmerzen und schlief schlecht und wusste nicht, was in mir wuchs und was mit mir los war. Ich dachte nur, dass ich ein bisschen unglücklich war, aber ich wusste nicht einmal, warum. Zuerst rannte ich, wie Hani vor der Geburt, nur im Kreis herum, unruhig und unzufrieden. Da antwortete etwas in mir auf einen Gedanken, den ich mich nicht einmal traute zu denken. »Ja, aber das kannst du nicht machen! Rainer hat dich hierhin gebracht und sein Leben riskiert. Du kannst doch nicht weg, du hast jetzt alles! Du hast alles, was du dir gewünscht hast. Du kannst nicht weg. Du hast keine Arbeit. Du bist arm und du hast keine Eltern, du hast niemanden. Du hast kein Geld, du kannst nicht weg!« Eine andere Stimme wurde aber immer lauter und lauter, und bald übertönte sie die eine: »Ja, aber ich bin jung! Ich will tanzen. Ich will leben! Rainer ist zwanzig Jahre älter! Ich will allein reisen und mich in der Welt verlieren. Ich will bei Reisen nicht Zuschauer sein! Ich will machen, was ich will. Ich will ins Bett, mit wem ich will. Ich will gar nichts fragen müssen! Nichts und niemanden!« Wenn ich zu viel trank, hörte ich die Stimme nicht. Nach einigen Gläsern Wein fiel ich ins Bett und schlief tief. Wälzte mich nicht in total verschwitzter Bettwäsche. Am nächsten Tag hatte ich Kopfschmerzen und die Stimme war endlich weg. Dann lief ich erschlafft durch meinen Garten zu Hani und legte meinen Kopf auf ihren Körper. Ihr regelmäßiger Atem wirkte wie eine Kinderwiege auf mich und ich schlief wieder ein.

Wenn ich durch die Straße Na Příkopě gegangen bin, bog ich nach links ab. Dort stand Prašná brána, der Pulverturm. Ich ging an ihm vorbei und nur ein paar Meter gegenüber dem Hotel Paris schlüpfte ich in den dunklen Eingang eines gelben Hauses, zu Lada. Die schmalen Treppen hoch, es müffelte ein bisschen. Die Flurbeleuchtung war schwach, wie überall im Sozialismus. In dritten Stock läutete ich. Die Tür ging auf und ein warmes helles Licht zog mich hinein. Es duftete nach Gebäck, die Mutter von Lada machte »Buchty«, Dampfnudeln. In der Mitte der Küche stand ein Tisch, darauf ein Holzbrett mit dem aufgehenden Teig. Die Mutter mit einer Schürze, warmherzig, begrüßte mich, als wenn ich zum Klavierunterricht gehen würde. Dabei ging ich in unseren geheimen Sexclub. Am Anfang waren wir nur zu sechst, drei Mädchen und drei Jungs, später bekamen wir Zulauf und waren dann zu zehnt. Wir saßen auf dem Boden, das Licht war schummrig. Ein großes Ehebett stand im Zimmer, ein altes mit hölzernem Kopf- und Fußteil. Ich denke, es war Nussholz. Kopf- und Fußteil ragten hoch empor, so dass man schlecht direkt auf das Bett schauen konnte. Deswegen waren an der hinteren Wand Spiegel angebracht. In dem Zimmer war ansonsten nichts. Nur das Bett und der Teppich, auf dem wir vor dem Bett saßen. Ein spärliches Licht. Das Bett war frisch bezogen. Wir aßen zuerst die Kolatschen, das traditionelle süße Hefegebäck von der Mutter, unterhielten uns ein wenig, und dann fing das Spiel an. Wir zogen Streichhölzer. Wer mit wem an diesem Abend Sex haben würde. Wir waren uns alle treu. Warum auch nicht. Wir hatten Abwechslung genug. Die Fantasie kannte keine Grenzen. Der eine vögelte ein Mädchen von vorne, von der Seite und von hinten. Ein anderer wichste stehend über seiner Mitspielerin und spritzte ihr über das Gesicht und über die Haare. Alles in den Spiegeln zu sehen. Ein Paar hockte auf der Bettkante und trieb es sitzend. Das Bett war alt und zusammengerammelt, es quietschte schrecklich, ich wartete nur darauf, dass es vollends auseinanderfiel. Kva, kva, kva, kva ... kvakvakvakvakva .... ächzte das Bett. Ich hatte heute unseren Lehrer gezogen. Mit ihm zu schlafen war das Höchste.

Die anderen sahen ganz brav zu. Wenn uns eine Nummer besonders gefallen hatte, klatschten wir Beifall. Aber ansonsten saßen wir, aßen die Kolatschen und tranken dazu Tee. Es gab keinen Alkohol, keine Drogen, keine Zigaretten. Treffen – jeden Montag um 19 Uhr. Wenn das meine Eltern gewusst hätten!

Ach, heute kam ein neues Mitglied. Ein Mädchen. Wir schauten es interessiert an. Die Neue war schüchtern und konnte niemandem in die Augen schauen. Aus Verlegenheit stopfte sie die Kolatschen nur so in sich rein. Wir waren nett zu ihr. Wenn jemand kam, den wir nicht wollten und der uns unsympathisch war, musste er wieder gehen. Das Mädchen war unser Verhängnis. Unser Kreis flog auf und Lada kam in den Knast. Nicht des Vögelns wegen. Das war nicht verboten. Aber weil das Mädchen nicht volljährig war.

Mit Rainer hatte ich keine Lust auf Sex mehr und ich entfernte mich weiter und weiter von ihm. Als wenn ich mich von einem Gipfel abseilen würde. Zuerst war ich mühsam hochgeklettert, langsam und voller Anstrengung, und jetzt seilte ich mich ganz schnell ab. Anstatt mit ihm zusammen den gleichen Weg zu gehen, lief ich in die entgegengesetzte Richtung. Zuerst merkte ich es nicht einmal. Zuerst lief ich im Kreis. Lange lief ich im Kreis. Besser gesagt in einem Labyrinth. Ich irrte umher, suchte, lief Tag und Nacht, ich war schon richtig erschöpft. Ich konnte kaum mehr weiter, war schlapp. Ich blieb früh liegen und wollte nicht aus dem Bett heraus. Meine Energie schwand. Meine Tiere machten mir keine Freude mehr und nur aus Liebe zu ihnen quälte ich mich aus dem Bett und ging sie versorgen. Mein Körper machte es aber nicht mit. Er ertrug den Kampf nicht. Dieser kleine Samen war zu einem Baum geworden, und seine Zweige wuchsen in meine Venen, meinen Bauch, mein Herz, meinen Kopf, mein Gehirn, sie besetzten jede einzelne Zelle meines Körpers, alle meine Organe, so dass ich manchmal gar nicht aufstehen konnte und Herr Friedrich meine Tiere versorgen musste. Ich entfernte mich nicht nur von Rainer, sondern auch von mir. Aber eines Tages, plötzlich, sah ich einen Weg. Als wenn mir jemand ein Tuch von den Augen gerissen hätte. Raus aus dem Labyrinth. Einen einzigen geraden Weg sah ich vor mir. Ich wollte, ich musste arbeiten!

Ich rief ein paar Friseure an. Es nahm mich aber niemand. Die Antwort war: »Sie sind zu alt.« Doch dann las ich, dass es zu wenig Arzthelferinnen gab. Genau. Ich würde Arzthelferin werden. Ich rief die Arzthelferinnenschule an und beschrieb meinen Status als Flüchtling. Ich sollte in der Schule vorbeikommen mit meinem Abiturzeugnis. Das hatte ich aber nicht. In einem Brief bat ich meine Mutter, es mir zu schicken. Wir hatten sonst keinen Kontakt. Meine Mutter war nach der Nachricht, ich sei geflüchtet, zusammengebrochen und einige Zeit kuren. Sie schickte mir wortlos mein Zeugnis.

Es war eine persönliche Vorstellung nötig, denn ich war doch ein besonderer Fall. Die Arzthelferinnenschule machte sonst niemand mit Abitur. Mit Abitur studierte man. Mein Vater wollte, dass ich Jura studiere. Er meinte, ich müsse zu der Aufnahmeprüfung nur hingehen, mich dort hinsetzen und würde aufgenommen. Mein Vater hatte überall Vitamin B. Wenn er mich aber bei der Prüfung für die Schauspielschule unterstützt hätte, dann wäre ich heute Schauspielerin! Aber nein, Vater meinte, das sei kein Beruf. Da könnte ich genauso mit einem Zirkus wegfahren. Ich meldete mich trotzdem in der Theaterhochschule zum Vorsprechen an. Meine Mutter unterstützte mich und nähte mir ein hellblaues, süßes Kleid. Ich dachte, Schauspielerinnen müssten toll aussehen. Ich trug einen Monolog von Shakespeare vor. Am Klavier spielte ich Tschaikowskys Neapellied. Ich kam in die zweite Runde und nicht weiter. Hätte mir mein Vater geholfen und wäre ich Schauspielerin geworden, vielleicht wäre ich dann nicht geflüchtet. Wenn man mich heute fragt, warum ich erst 1972 geflüchtet bin, dann kann ich dazu nur sagen: Ich wollte unbedingt das Abitur machen. Dazu dachte ich noch, es wird bestimmt besser in der Tschechoslowakei. Es wurde jedoch noch schlechter.

Ich fuhr also mit meinem Abiturzeugnis nach Augsburg. Da ich der einzige Flüchtling weit und breit war, bekam ich eine Sonderbehandlung. Es empfing mich der Direktor der Schule. Ich erzählte ihm alles, und er meinte, ich könne gleich in die zweite Klasse, ich dürfe die erste überspringen. Weil ich das Abitur hatte. Ich war aufgenommen. Ich hatte Angst, Rainer die Neuigkeit zu erzählen. Er würde sicher außer sich sein.

Als ich es Rainer erzählte, geriet er tatsächlich völlig außer sich. Er rannte durch die Räume, schrie mit zuerst rotem Kopf, um dann in alle Schattierungen der Farbpalette zu wechseln. Ich verstand ihn sogar. Er hatte sich eine schöne junge Frau geholt, wollte mich haben, mich besitzen, ansonsten hätte er doch nicht sein Leben riskiert! Und ich entfernte mich, war nicht so, wie er dachte.

Ich blieb ruhig, schaltete ab. So hatte ich es zu Hause gelernt, wenn meine Mutter geschimpft hatte: einfach stehen bleiben, stehen ist besser als sitzen, denn dann ist man nicht auf einer Höhe mit dem Schimpfenden. Dann fühlt sich der, der schimpft, wie wenn er zu einem Hund sprechen würde. Und ein Hund muss folgen. Wenn man zu einem Stehenden spricht, ist es schwerer, denn der Beschimpfte ist auf gleicher Ebene und es kostet den Schimpfenden viel mehr Kraft. Ich schaute Rainer an, wie er schäumte und schimpfte.

Von nun an stand ich in aller Frühe voller Freude auf. Versorgte meine Tiere und eilte auf den Zug nach Augsburg. Täglich. Mit dreiundzwanzig Jahren drückte ich wieder die Schulbank. Schulklassen sind wahrscheinlich auf der ganzen Welt alle ähnlich. Für mich neu war allerdings das Kreuz an der Wand da vorne. Ich starrte den gekreuzigten Jesus fasziniert an. In der Tschechoslowakei hing an seinem Platz Lenin. Ich meine, nicht am Kreuz, sondern an der Wand neben der Schultafel. Jesus schaute mich verwundert und unsicher an, als ich hier in meinem Dirndl stand, schlecht Deutsch sprechend, jedoch fest entschlossen, mein Schicksal in die eigenen Hände zu nehmen. Ich sagte ihm: »Du musst mir helfen! Ich bitte dich nicht, du musst!«

Die Lehrerin stellte mich der Klasse vor, sagte kurz, dass ich geflüchtet war und jetzt Arztgehilfin sein wollte. Die Bewunderung, die sich in den Augen der Lehrerin und auch in den Augen der Jugendlichen spiegelte, die konnte ich sehen. Ein Platz war frei, dort wurde ich hingesetzt. Ich blieb dort allein sitzen.

Die Schule organisierte mir auch das Praktikum. Ich ging zum Chef einer internistischen Praxis, die in der

Maximilianstraße lag. Der Herr Doktor empfing mich in seinem Büro. Ein imposanter großer Mann, markantes Gesicht mit weißen Haaren, mit einem sympathischen Lachen. Er trug unter seinem weißen, ordentlich gebügelten Kittel ein weißes Hemd und eine schwarze Krawatte. »Setzen Sie sich«, sagte er freundlich zu mir, nach einem festen Händedruck. »So, Sie sind geflüchtet!« Er fragte Gott sei Dank nicht wie, die Geschichte zu erzählen tat mir immer weh, »... und jetzt wollen Sie Arztgehilfin werden.« »Ja, Herr Doktor, ich will mich selber ernähren können!« »Wissen Sie was?«, sagte er, »... solange Sie noch nicht so gut Deutsch sprechen, werden Sie in meinem Labor arbeiten.«

Ich nahm den Vorschlag gerne an, der Doktor stand von seinem Stuhl auf, richtete noch kurz seinen weißen Kittel und führte mich ins Labor. Wir gingen vorbei am Wartezimmer, dort saß noch kein Patient, dann an einer Toilette vorbei, die für Frauen und Männer bestimmt war. Auf der linken Seite waren Räume mit Röntgengerät und Elektrokardiogramm und am Ende des langen Flurs befand sich das Labor. Überall roch es nach Sauberkeit und Desinfektionsmittel.

LABOR. Wir traten ein, der Doktor sagte: »Sie haben eine neue Mitarbeiterin. Sie ist geflüchtet und kann noch nicht so gut Deutsch, so wird sie in unserem Labor arbeiten. Gabi, Sie nehmen sich ihrer an!« Er drehte sich um und sagte zu mir: »Das ist unsere Laborchefin.« Gabi war eine blonde, korpulente Frau. Ihr weißer Kittel spannte am Po und am Busen. Sie war nicht viel größer, bestand aber aus doppelt so viel Masse wie ich. Einen Ring trug sie nicht, sie war also nicht verheiratet, später aber erfuhr ich, dass sie einen Freund hatte. Das Näschen unter dem ordentlichen Kurzhaarschnitt war ein bisschen nach oben gerichtet. Sie hatte schöne weiße Zähne, zwar ein bisschen schief gewachsen, aber das verlieh ihr eine eigene Note. Auf ihren schmalen Lippen trug sie einen lachsfarbenen Lippenstift, die hellblauen Augen hatte sie mit einem Kajalstift umrandet und die Augenbrauen mit der gleichen Farbe nachgemalt. Immer war sie perfekt angezogen, geschminkt und gekämmt. Sie nahm sich meiner mit einem Lächeln an, hielt mir lange die Hand bei der Vorstellung. Ihre Hand war warm und klein, für so eine feste Frau fast zu klein, aber ich spürte die Herzenswärme. Sie zeigte mir das Labor. Hier die Wasserbäder, hier eine Zentrifuge, da Pipetten und verschiedene Kolben. Es sah alles interessant aus. Aus dem Transistorradio spielte leise Musik, so dass man fast das Gefühl bekam, man wäre bei sich im Wohnzimmer oder in einer Lounge. Nur Sofas gab es nicht, aber dafür hölzerne Drehstühle mit Lehne. Nach einem kurzen Händedruck mit Rosi und Frau Blumentritt, zwei weiteren Kolleginnen, setzten diese sich wieder auf ihre Drehstühle und fuhren mit ihren Untersuchungen fort.

Für mich begann eine schöne, aber auch eine anstrengende Zeit. Nachts saß ich zu Hause in dem kleinsten Zimmer und lernte. Ich musste mir fast jedes zweite Wort aus dicken Wörterbüchern übersetzen. Kaum geschlafen, fütterte ich die Tiere und rannte nur mit Kaffee im Magen zum Zug und dann entweder in die Schule oder in die Praxis.

Mir ging es immer besser, Rainer immer schlechter. Ich hatte für ihn keine Zeit und er ging immer öfter ins Wirtshaus und kam betrunken zurück. Er spülte seinen Frust herunter und sicher auch seine Wut auf mich. Ich las in meinem Arzthelferinnen-Buch nach, wie Aggression entsteht.

Was aber soll ich machen? Ich gab mir Mühe in der knappen Zeit, die ich für ihn hatte, aber Rainer ging es nicht besser. Ich glaube, er hatte mich falsch eingeschätzt. Ich würde nie das sein, was er sich vorgestellt, weswegen er mich geholt hatte. Ich würde nie eine Hausfrau. So standen sich zwei Menschen gegenüber, die verschiedene Vorstellungen von Leben hatten. Der eine, der Ruhe und Ausgeglichenheit suchte, und der andere, der ein wildes, verrücktes Leben wollte.

Dann schlug Rainer mich das erste Mal. Sicher aus der Ohnmacht heraus, dass ich ihm entglitt. Er war verzweifelt und schlug um sich. Es ging ihm schlecht. Ich zog mich zurück und entschlüpfte ihm wie eine Schlange. Er ballte zwar die Hand zur Faust, aber die Schlange war glitschig und ringelte sich davon. Er hielt noch ihren Schwanz ganz fest, die Frage war nur, wie lange noch. Er schlug mich ein zweites Mal, ein drittes Mal, ich zählte nicht mehr. Mit jedem Schlag entfernte ich mich von ihm, als wenn ich allein in einem Boot sitzen würde, und mit jedem Schlag zogen mich die Wellen tiefer ins offene Meer, auch wenn ich nicht wollte, der Sog war stärker als das Boot. Er tat mir unendlich leid. Und auf einmal war ich ganz weit weg. Weg vom Ufer, weg von Rainer, mitten auf dem Meer.

Ich hielt es alles aus. Die Schläge. Die Erniedrigungen. Lange Zeit. Denn ich musste die Schule beenden. Ich brauchte das Diplom für ein eigenständiges Leben. Ich musste durchhalten. Wohin will ich? Wohin kann ich? Ohne Geld, ohne Wohnung, ich war zwar nicht mehr nackt, hatte Kleider und Schuhe, aber wohin sollte ich mit den Kleidern und mit den Schuhen? Auf der Straße mit einem Koffer stehen? Ich musste lernen! Ich sah nur eine Möglichkeit. Mich weiter schlagen zu lassen und die

Schule zu beenden. Ich halte durch. Manchmal wenn ich einen blauen Fleck hatte und meine Kolleginnen fragten mich danach, dann sagte ich, ich wäre vom Fahrrad gefallen. Bei Hani weinte ich mich aus. Ich hielt durch und schrieb meine Prüfungsarbeiten, ging in die Praxis, funktionierte wie die Uhr an der Wand in unserem Empfangszimmer. Ich entwendete aus der Praxis unverkäufliche Muster von Schlaftabletten, damit ich überhaupt schlafen konnte. Ich spürte jede Nacht, wie sich die Schlinge zusammenzog. Wie sie enger und enger wurde. Wie ich bald nicht mehr herauskam. Wie ich wegfliegen wollte, aber man zerrte mich wieder zur Erde zurück. Man griff meine Füße und zerrte an mir und zerrte, so dass ich das Gefühl hatte, in der Mitte meines Körpers zu zerreißen.

Ich kam gutgelaunt nach Hause, war noch einen Kaffee trinken mit einer Freundin aus dem Labor. Ich erzählte nicht viel über die Beziehung zu Rainer, dafür mehr von meinen Eltern, meiner Schwester, über das Leben im Sozialismus. Das interessierte alle sehr, denn sie konnten sich das gar nicht vorstellen. Ich war zu Hause, als ich den Schlüssel an der Tür hörte. Zuerst jedoch nur längeres Herumkratzen und Suchen. Rainer war betrunken und traf das Schlüsselloch nicht. Ich ging ihm nicht öffnen, so gewann ich die Zeit, mich in meinem Zimmer zu verstecken. Jetzt drückte er die Klinke und kam herein: »Wo bist du?«, schrie er durch das Haus. »In meinem Zimmer«, antwortete ich. »Komm mich doch begrüßen!«, befahl er und lallte dabei. Oh Gott, der hat heute aber viel getrunken, dachte ich mir. Ich kam aus meinem Zimmer. Ich wollte ihm sogar einen Kuss geben, um ihn schon von vornherein zu besänftigen. Er roch stark nach Alkohol.

Was ich gesagt hatte, als er anfing, mich wieder zu schlagen, weiß ich nicht. Ich weiß auch nicht, wie wir in diese Gewaltspirale gekommen sind. Ich habe ihm immer wieder verziehen, aber ich konnte nicht anders, da ich für meine Ziele kämpfen musste. Er prügelt auf mich ein, ich falle zu Boden. Das war besser, da konnte ich mir mit beiden Händen den Kopf bedecken. Ich denke ganz klar. Ich muss meinen Kopf und mein Gesicht schützen. Ich will keine Gehirnerschütterung und keine Narben im Gesicht. Ich liege zusammengekauert auf dem Boden. Wie ein Kind im Bauch der Mutter. Ich darf nicht kämpfen, sonst wird es nur noch schlimmer werden. Ich umgebe mich mit einem Panzer, einem Panzer aus Gedanken. Darin fühle ich mich sogar sicher. Ich hatte das schon als Kind gelernt, wenn meine Mutter mich mit dem Kochlöffel verprügelte. Es ist ganz einfach. Man kreiselt mit den Gedanken weg vom Geschehen. Ich spüre zwar die Schläge, aber weit entfernt. Wie ein Vogel, der in der Höhe seine Runden dreht, wie ein Steinadler, immer die gleichen Kreise, immer die gleichen Runden. Schaue ich zu Boden, liegt dort ein Mensch, ein Menschenwurm namens Eliška, und da prügelt ein verzweifelter Mann auf sie ein. Nein, es tut gar nicht weh, da sie einen Schutz hat, einen Panzeranzug. Und umso weniger sie schreit und leidet, um so mehr schlägt der Mann zu. Ihre Gedanken fliegen noch höher, als der Adler fliegt, ganz weit bis in den Himmel. Sie hüpft auf die weichen, weißen Wolken, von einer zur anderen, sie ist frei, sie spürt nichts, sie hält sich nur den Kopf, den Bauch trifft sein schlagendes Bein nicht, weil sie zusammengekrümmt auf dem Boden liegt, er schlägt, ich fliege zwischen den Wolken, er schlägt und ich fliege.

Als er total erschöpft war, ließ er wie ein gesättigter Löwe von der Beute ab. Er legte sich aufs Sofa vor den Fernseher. Ich hörte ihn noch ein Bier aus dem Kühlschrank holen und danach schnarchen. Ich schleppte mich in mein Zimmer und legte mich aufs Bett. Ich weinte nicht mehr. Ich hatte es verlernt. Als wenn das Meer ausgetrocknet wäre. Wie eine Marmorstatue, kalt und steif, lag ich im Bett und überlegte. Der Gedanke kam wie ein Stich in mein Herz. Wie ein Stich in mein Gehirn: Ich werde flüchten. Der Gedanke floss durch meinen ganzen Körper. Und wie wenn Rainer den Gedanken hätte lesen können: Ich hörte ihn aufstehen, wackelige und unregelmäßige Schritte hörte ich, er ging durch den Flur, ich dachte, er geht vielleicht auf die Toilette, aber nein, er ging an der Toilettentür vorbei, er näherte sich meinem Zimmer, ich dachte, hoffentlich kommt er mich nicht wieder prügeln oder hoffentlich kommt er nicht wieder um Verzeihung bitten. Es tat ihm sicher jetzt schon wieder sehr leid, er schämte sich. Ich hörte ein Klacken an der Tür – er hatte mich eingesperrt.

Ich werde flüchten. Und so stand ich um sechs Uhr auf, nachdem ich gar nicht geschlafen hatte. Im Schrank fand ich eine Decke. Die warf ich aus dem Fenster und warf meine Schulbücher hinterher, das heißt, ich warf sie nicht, sondern ließ sie sachte fallen, damit kein Lärm entstand. Nicht dass Rainer noch wach wurde. Er würde mich umbringen. Vielleicht, wenn er mich nicht eingesperrt hätte, ja vielleicht wäre ich dann dageblieben. Aber die Erniedrigung, eingesperrt zu sein, gab mir endgültig die Gewissheit, dass ich hier wegmusste. Ich hatte mich nicht abschminken können. Die Zähne waren auch nicht geputzt. Ich war die ganze Nacht angezogen im Bett gelegen. Als wenn ich gewusst hätte, dass ich heute flüchten würde. Schuhe hatte ich auch. Ich stellte mir einen Stuhl ans Fenster. Da es ein Bungalow war, lag das Fenster tief, so dass ich leicht meinen Fuß über das Fensterbrett werfen konnte. Wenn ich jetzt sprang, kam ich nicht zurück. Denn von außen kam ich nicht mehr in das Haus herein. Da hätte ich klingeln müssen. Und was hätte ich sagen sollen? Dass ich weglaufen wollte? Nein, das ging nicht. Ich musste mich jetzt entscheiden.

Ich saß noch kurz auf dem Fensterrahmen. Drehte mich um ins Zimmer. Meine Augen glitten über den Schrank mit meinen Kleidern. Den Diwan mit kariertem Bezug. Den Spiegel, in den ich nie mehr wieder blicken würde. Ach, die Bleistifte und den Kugelschreiber müsste ich mitnehmen. Der schreibt so gut. Nein, ich lasse es, sonst müsste ich vom Fenster wieder in den Raum herunterklettern. Ich schaute heraus auf den neuen Tag. Die Dämmerung vertrieb langsam die Nacht. In der Ferne auf der Hauptstraße hörte ich das erste Auto. Die Männer fuhren zur Arbeit. Ich musste den Fahrradweg zum Bahnhof gehen, dachte ich, damit mich niemand sieht. Ich musste jetzt schnell handeln, bevor Rainer wach wurde. Ich konnte hier nicht auf dem Fenster sitzen und träumen. Keine Zeit für Träume. Ich sprang nicht nur aus dem Fenster. Ich sprang ins Nichts.

Oh nein! Ich war auf meine Rose gesprungen! Auf die, die ich besonders liebte. Die gelbe Teerose. Gut, dass ich die Schuhe anhatte, ansonsten hätte ich einen Dorn in der Fußsohle. Der Herr Friedrich würde die Rose sicher morgen richten, er hatte tagsüber angerufen, dass er morgen kommt. Jemand musste auch meine Tiere füttern. Was ich mir wohl dachte, als ich die Rose direkt vor das Fenster gesetzt hatte? Sicher nicht, dass ich da einmal herunterspringen würde. Aber es war keine Zeit, irgendwelchen Gedanken nachzuhängen. Ich legte die Decke auseinander. Das Gras war noch nass, gestern Abend hatte es leicht geregnet. Ich sammelte die Bücher und die

Hefte zusammen und legte sie in die Decke. Ich machte ein Säckchen daraus. Sah wie ein Rucksack aus. Ich warf ihn mir über den Rücken. Es erinnerte mich an das Bild in meinem Elternhaus, einen Bronzeguss, den meine Mutter in den Gang gehängt hatte. Darauf stand auf Tschechisch: »Dem Schicksal zum Trotz immer nach vorne«. Zu sehen war ein alter, nackter Mann mit einem großen, schweren Rucksack. Er stützte sich auf einen Stock, den er in der rechten Hand hielt. Er ging ganz beschwerlich, gegen den Wind, die Knie gebeugt vom Gewicht des Rucksacks. Aber er ging. Seine Haare wehten im Sturm, dem er heldenhaft trotzte. Die Baumkronen beugten sich in Richtung des Windes. Auch die jungen Leute oben am Himmel, die wurden alle vom Sturm weggeweht. Nur er, der Alte, hielt als Einziger dagegen.

Und ich ging den Fahrradweg entlang. Ich drehte mich nicht um, als ich die Bücher im Rucksack auf meinem Rücken zum Bahnhof trug. Nein, ich durfte mich nicht umdrehen! Ich kam zum Bahnhofsgebäude. Dort wuchsen Büsche, unter denen ich die Decke mit meinen Büchern verstecken wollte. Es war Zierahorn mit roten Blättern, auch Rhododendron, der noch nicht blühte, und falscher Lorbeer, der als Zaun diente. Der Rhododendron war tief und recht verwachsen, seine Äste berührten fast den grünen Rasen. Dort versteckte ich mein Hab und Gut. Ich schob das Bündel ganz weit nach hinten, fast bis zum Stamm, damit es gut versteckt war. Dann stand ich auf, ging ein Stück weit weg, um mich zu vergewissern, dass nichts zu sehen war. Ich putzte mir meine Knie ab, gottseidank hatte ich eine graue Hose und einen Pullover an. Das Dirndl hatte ich zu Hause gelassen. Es würde mich zu sehr an die Zeit mit Rainer erinnern.

# Wieder Niemandsland

Der Zug, den ich schon hörte, kam aus der Ferne. Ich stand auf dem Bahnsteig mit einigen anderen Menschen, die ich nicht kannte. Ich fuhr mit Menschen weg, die ich nie kennengelernt hatte, deswegen war es, als wenn ich gar nicht wegfahren würde.

Es war noch so still heute früh. Irgendwo krähte ein Gockel. Die Luft roch nach nassem Gras. Und nach einem Parfum. Ach, das war der Geruch dieser Frau. Sie und ich waren unter den Wartenden die einzigen Frauen. Sie war schön angezogen, in einem grünen Kostüm. Der Rock war eng und die Schuhe waren schwarz und hoch.

Einige sprachen miteinander, ganz leise, als wenn sie die anderen nicht wecken wollten. Es bewegte sich nichts und niemand. Wie Statuen. Nicht einmal die Kronen der Bäume bewegten sich. Es war windstill. Es schien so, als ob eine fremde Hand Figuren auf ein Schachbrett gestellt hätte. Ich schaute auf die runde Bahnhofsuhr, dessen großer Zeiger gerade mit einem leichten Klack auf zwölf gesprungen war, während der kleine sich nachdenklich auf die Zahl sieben fixiert hatte. In der Ferne hörte ich das Läuten einer Kirchenglocke.

Der Zug war pünktlich. Und das Einzige, das in Bewegung war. Der Bahnhof sah wie in einem Cowboyfilm aus. Niemandsland. Links ein Wäldchen, aus dem heraus die Dampflok kam, vorne ein großes Feld, ich wusste nicht, was da wuchs, ich kam ja aus der Stadt, wahrscheinlich jedoch war es Korn. Es stand gerade wie Kerzen, kein einziger Halm bewegte sich. Hinter uns die Hauptstraße. Wenn ich sie zurückgginge, käme ich zu dem Bungalow, zu Rainer, zu Hani und zu meinen Tieren. Mein Herz machte komische Sprünge. Ich musste meinen Mund zumachen, damit es nicht heraussprang. Mit der Zeit vergisst man das Böse und nur das Gute bleibt einem in Erinnerung. Und dann denkt man, es war alles so schön. Manchmal bleibt aber doch irgendwo ein bitterer Geschmack im Mund, obwohl man vergessen hat, woher er kommt.

Also gut, ich stieg ein. Ich hatte eine Monatsfahrkarte. Ich sah noch das kleine Schaffnerhäuschen. Den Schaffner mit seiner roten Mütze, blauen Uniform und seiner Pfeife. Die Kupferknöpfe an seinem Anzug glänzten, als würde er sie jeden Morgen polieren. Ich schaute ihn fast liebevoll an, mit Abschied in den Augen. Die Bremsen des Zuges quietschten. Die Türe öffnete sich. Ich stieg als Erste ein. Wäre ich hinten in der Schlange gestanden, hätte ich noch weglaufen können. Ich hielt mich mit der Rechten fest und musste mich fast die Stufen hochziehen. Sie waren ziemlich hoch. Ich atmete tief, als wenn ich den Kilimandscharo besteigen würde. Wie eine alte Frau zog ich mich hoch, voll Schmerz in der Seele und Ungewissheit in der Brust. Ich betrat das Abteil und setzte mich ganz vorne auf einen Sitz in Fahrtrichtung. Mir gegenüber saß ein junger Mann, der in ein Buch schaute, hier und da unterstrich er etwas. Er lernte für die Schule. Ich konnte nicht erhaschen, ob es Mathematik oder Physik war. Die Blätter sahen technisch aus. Denn die Zeilen waren nicht fließend, eher unterbrochen und nicht entzifferbar, fast wie Hieroglyphen.

Rechts von mir saß eine alte Frau. Wohin fuhr sie jetzt um diese Zeit? Vom Dorf in die Stadt? Sie musste doch gar nicht zur Arbeit! Sie war schön angezogen. Vielleicht ging sie flanieren? Aber warum so früh? Die Geschäfte waren doch erst später offen? Sie hatte ein grünes Trachtenjäckchen an und einen schwarzen Rock. Und um die Schulter lässig einen schwarzen Schal geworfen. Sie war schon eine Station vorher eingestiegen.

Ich schaute aus dem Fenster. Der Schaffner stand da. Er bewegte sich nicht, nur seine Augen waren wachsam. Noch ein letzter Passagier rannte zum Zug. Ein Mann, der sicher verschlafen hatte. In der rechten Hand eine Aktentasche, mit der linken winkte er dem Schaffner zu. Er hatte Glück. Der Schaffner wartete noch ein bisschen, bevor er zu seiner Pfeife griff. Der Pfiff durchschnitt die Luft wie eine scharfe Messerklinge, als würde er die Luft halbieren wollen. Der Zug fuhr los: Ich sah das Gasthaus, das Schaffnerhäuschen und den Schaffner, der immer kleiner und kleiner und kleiner wurde, bis zur Größe eines Punktes, und dann verschwand auch er.

Ich würde irgendwo unterkommen müssen heute Nacht, bis ich eine Lösung fand. Hilft mir jemand? Verließ ich mich nicht zu viel auf fremde Leute? Ohne sie wäre ich verloren. Ohne Hilfe müsste ich zurück zu Rainer. Entweder sperrte er mich dann ein oder er brachte mich um oder er weinte vor Glück.

Ich probierte, die Gedanken mit einer Handbewegung zu verjagen, als wenn sie eine Fliege wären. Ich schaute lieber aus dem Fenster, um mich abzulenken. Der Zug hatte an Geschwindigkeit gewonnen und raste durch die Landschaft. Häuser, Gärten, Felder und Wälder, die wie in einem Traum vorbeirauschten, verschwommen, als würde sie jemand aus einem Bild wegwischen wollen. Es übermannte mich das Gefühl, ich säße in einer Zeitmaschine. In meiner Welt, dem Waggon, bewegte sich nichts. Die Leute sprachen auch nichts. Wenn sich wenigstens jemand an der Nase kratzen würde! Oder niesen müsste. Nichts. Hinten im Waggon sah ich einen Hund. Aber der bellte nicht. Er lag unter dem Sitz, als wenn er tot wäre.

Wo saß die Frau mit dem Parfum? Ach, dahinten sah ich sie, in ihrem grünen Kostüm! Was machte sie hier so früh? Wahrscheinlich hatte sie keine Kinder oder aber sie schon in den Kindergarten gebracht und sie fuhr zur Arbeit. Obwohl, eine Aktentasche hatte sie nicht, nur eine Handtasche, die auch schwarz war und zu den Schuhen passte. Sie war viel zu klein, um darin irgendwelche Unterlagen zu verstauen. Die Frau hatte kurzgeschnittene, blonde Haare, nicht zu kurz, denn sonst würden sich nicht die Locken bilden, die ihr helles Gesicht umrahmten. Ihre blauen Augen waren geschlossen, als würde sie schlafen, oder vielleicht wollte sie mit dieser Welt auch nichts zu tun haben und stattdessen in ihrer inneren Welt bleiben. Es war fast beleidigend, sie wollte keinen von uns sehen und sich auch mit keinem von uns beschäftigen. Sie wollte ihre Ruhe. Sie wollte nicht in diesem Zug sein, auch nicht hinfahren, wo sie hinfuhr. Als wir Kinder waren und Verstecken spielten, machte ich die Augen zu und dachte, man sieht mich nicht, weil ich den anderen nicht sehe. So schien sie auch zu denken.

Ach und da, der vorletzte Sitz links, da saß der Mann mit der Aktentasche. Der zu spät zum Zug gerannt war. Er schien ganz erschöpft zu sein, sein Kopf fiel immer wieder nach vorne. Hier und da ertappte er sich dabei, stellte den Kopf gerade, öffnete sogar die Augen. Etwas Böses lag in ihnen. Ich spürte seine innere Unruhe, ja er kochte fast. Ich merkte das, da er ununterbrochen mit den Fingern auf die Aktentasche trommelte, als würde er

Flöte oder Klavier spielen. Ich erkannte jedoch keine Melodie, nicht einmal einen Takt, sondern nur einen wirren Rhythmus. Er hatte vorne Haare, aber wenn der Kopf nach vorn fiel, sah man seine runde Glatze. Da die Haare blond waren, war der Unterschied zu der hellen Haut nicht so groß. Seinen grauen Anzug hatte er falsch zugeknöpft, nämlich beim Zuknöpfen ein Knopfloch ausgelassen und so sah der Anzug schief und zerknittert aus. Die Hose war zu kurz. Das hatte ich schon gesehen, als er zum Zug gerannt war. Deswegen waren beim Sitzen die Hosenbeine so hoch gezogen, dass sie nicht einmal die blauen Socken überdeckten und sogar die nackte Haut an den Beinen freigaben. Ob die Beine behaart waren, sah ich auf die Entfernung nicht. Die Schuhe waren nicht blitzblank geputzt, meine Mutter sagte immer: »Schaue die Schuhe eines Mannes an, und du weißt, wer er ist.« Also wer ist er? Schmutzige Schuhe, und dazu noch hässliche, von Eleganz keine Spur. Ein Vertreter wird er nicht sein, die waren immer perfekt angezogen, auch nicht Verkäufer, auch kein Direktor. Eher ein Wissenschaftler oder ein Lehrer, sicher nicht verheiratet, so würde ihn eine Frau nicht aus dem Haus gehen lassen. Ich probierte einen Blick auf seinen Ringfinger. Ich sah keinen Ehering. Er saß aber auch zu weit entfernt. Der Rest der Menschen schien mir unsichtbar zu sein, obwohl ich sie sah. Nicht mehr als eine Kulisse.

Der Waggon war voll. Ein Mann da hinten weckte doch noch mein Interesse. Er war klein, hatte aber wache, stechende, dabei lachende Augen. Er war braungebrannt, hatte eine große Nase und einen ausladenden, geschwungenen Schnurrbart. Der Schnurrbart war beachtenswert. Wie machte er das? Konnte man mit so einem Schnurrbart schlafen? Wahrscheinlich musste man ihn mit einer Binde nachts in Form halten. Und wenn dann so ein Mann küsst? Nach dem, was er trug, war er eher ein einfacher Mann, ein Bauer vielleicht? Die Lederhose, an der Beinseite das Schnürchen, das die Lederhose eng an das Bein bindet, die weißen Kniestrümpfe, das rotkarierte Hemd und das grüne Jäckchen. Ich mochte es, wenn das Leder an der Hose schon an einigen Stellen fettig oder glänzend war, besonders an den Taschen und am Po. Am Po sah ich es nicht, da er saß, aber an den Taschen sah ich das Leder ein bisschen glänzen.

Vielleicht fuhren wir ja gar nicht, sondern saßen nur da in dem Waggon, bewegten uns nicht vom Fleck und stiegen alle wieder aus an dem gleichen Ort, von dem aus wir losgefahren waren? Das, was wir sahen, die verschwommenen Häuser und die davonfliegenden Bäume, war nur eine im Hintergrund bewegte Kulisse, wie in alten Filmen? Vielleicht konnte ich aussteigen und zurück zu Rainer gehen! Der mich dann umarmt, mir in die Augen schaut und sagt: »Meine Kleine, du bist so schön! Und ich bin so glücklich!« Vielleicht war die letzte Zeit nur ein böser Traum. Und vielleicht würde alles wieder so wie früher? Als ich mich gefreut hatte, wenn er von der Arbeit kam. Als ich die Uhr anschaute, wann es endlich so weit war. Als wir mit den Hunden und dem Reh durch die Wälder spazierten, wir dann durchgefroren, müde und ausgehungert in unser schönes Zuhause kamen und etwas aßen. Oder als wir nach Sizilien flogen und in der größten Hitze auf Eseln herumgeritten sind. Oder als ich mein erstes Szegediner Gulasch alleine gekocht habe und Rainer mir einen Blumenstrauß gebracht hat.

Der Zug bremste. Wir waren in Augsburg auf dem Hauptbahnhof angekommen. Wie in einem Bienenhaus tönte es hier. Menschen eilten hin und her, dann blieben einige stehen und schauten auf die Fahrpläne, dann auf die Uhr vorne beim Eingang, dann wieder zurück auf den Fahrplan. Koffer stand neben Koffer. Man hörte die Bremsen eines Zuges, der gerade in den Bahnhof eingefahren war. Ein Kind zerrte an der Hand seiner Mutter. Aber Frauen gab es gar nicht so viele, die meisten waren Männer, die arbeiten gingen. Dort war sogar der Hund, der in meinem Abteil gefahren war! Ach, der hübsche Mann ist sein Herrchen!

Jeder Mensch ein Schicksal. Ich schaute sie mir alle an. So besonders war ich nicht auf meinem Weg. Wer weiß, wer heute von diesen hier im Hotel schlafen musste, da ihn seine Frau rausgeworfen hatte?

Ich war eine von den wenigen, die gar kein Gepäck hatten. Nur meine kleine rote Umhängetasche mit meinem roten Lippenstift. Dann hatte ich in der Seitentasche noch die Monatsfahrkarte, die ich nie mehr gebrauchen wollte. Die schwarze kleine Geldbörse mit dem Reißverschluss, innen eine 10-Mark-Note und Kleingeld. Die Menschenmenge gab mir Kraft. So viel Energie!

Und ich ging heraus aus dem Bahnhof in Richtung meiner Arbeitsstelle in der Maximilianstraße. Immerhin ging ich arbeiten! Immerhin hatte ich eine Arbeit. Ich lief am Herkulesbrunnen vorbei. Ich sagte jeden Morgen: »Guten Morgen, Herkules!« Ich grüßte ihn auch heute, obwohl ich betrübt war. Der liebe Herkules! Er war mein Freund geworden, ich hatte ja sonst kaum welche. So habe ich ihn zu meinem Freund ernannt. Muskulös mit Siegesbinde im krausen Haar, in einer Hand die Flammenkeule, kämpfte er täglich und ohne Unterlass mit der siebenköpfigen Hydra. Ich hatte ihn noch nie sitzen und sich ausruhen sehen. Was für ein Schicksal – und das lebenslang. Und er war unsterblich! Für immer kämpfen zu müssen! Tag für Tag, Nacht für Nacht, immer. Wir sterben wenigstens einmal! Mit diesen Gedanken ging ich am Brunnen vorbei. Es schien mir fast so, als ob Herkules mir Mut zugezwinkert hätte.

In der Praxis war gleich viel Betrieb. Ach, heute war Dienstag! Klar, Blutabnahme. Ich musste mich beeilen, meine Kleider schnell in der Garderobe ausziehen und den weißen Kittel überstreifen. Der Herr Doktor mochte es nicht, wenn wir die Hose unter dem Kittel anbehielten. Er meinte, die kranken Menschen sollten sich was Schönes anschauen. Schöne Beine zum Beispiel. Außerdem wären Hosen unter dem Kittel unhygienisch.

Ich vergaß sofort Rainer, die Flucht, die Aussichtslosigkeit meiner Lage. Stattdessen stürzte ich mich in die Arbeit. Urinbecher beschreiben, Blutröhrchen beschreiben. Ich hatte eine Liste von Gabi bekommen, und die ganzen Namen schrieb ich auf die Etiketten und nach der Reihe der Blutabnahmen stellte ich die Blutröhrchen beschriftet in den Ständer. Die Arztgehilfin brachte uns das Blut der Patienten ins Labor. Wie die Soldaten in Reih und Glied standen die roten Röhrchen da, beschriftet mit den Namen der Patienten. Die Namen konnte man lesen, die Geschichten dahinter noch nicht. Was für Krankheiten würden wir nun daraus auslesen? Männer und Frauen, Direktoren und Arbeiter. Im Röhrchen waren alle gleich. Wir ließen das Blut ein bisschen ruhen und gingen Kaffee trinken, bevor wir im Labor das Pipettieren anfingen. Das Wartezimmer war jetzt endlich leer.

In unserem Pausenraum dufteten schon verführerisch die Dampfnudeln von Frau Susi. Die Dame war älter als wir und arbeitete mit uns im Labor. Sie putzte und wusch die Röhrchen, die Pipetten und das ganze übrige

Laborgeschirr. Sie trug einen blauen Kittel. Sie war keine Laborantin, sondern eine Aushilfskraft. Frau Susi arbeitete nur halbtags, weil sie mittags ihre Kinder vom Kindergarten oder von der Schule abholen musste und dann nach Hause eilte. Sie hatte im Labor immer viel zu tun, war emsig und flink und kriegte alles hin.

Es dauerte eine Weile, bis alle endlich an dem runden Kaffeetisch saßen. Eine rannte noch schnell auf die Toilette, die andere räumte noch etwas auf, die dritte holte schnell ihre Antibabypille, weil sie in der Frühe vergessen hatte, sie zu schlucken. Das war Frau Blumentritt. Sie sparte mit ihrem Mann auf ein Haus und durfte noch nicht schwanger werden. Als wir endlich alle an dem runden Tisch saßen, fragte mich Gabi: »Was hast du denn?« Konnte sie in meinem Gesicht und meiner Seele lesen? Meine Augen waren wahrscheinlich zu traurig! Ich spürte ja selber, dass die Traurigkeit aus mir herausströmte. Meine Lippen öffneten sich, aber aus dem Hals kam keine Stimme.

Bis riesengroße Tränen aus meinen Augen herausrollten, ein Wasserfall, der auch die Farbe meiner schwarzen Wimperntusche mitnahm, wie ein Fluss schwarze Erde mitreißen würde, sie tropften auf meinen weißen Kittel und bildeten schwarze Stellen. Sie flossen um meinen roten Mund, wie wenn er eine blutige, brennende Wunde wäre und sie die Aufgabe hätten, den Brand zu löschen. Ich hatte kein Taschentuch, Gabi reichte mir ein weißes Saugpapier. Ich zitterte am ganzen Körper, meine Hände waren feucht, zittrig wie bei einer alten Frau, meine Stimmbänder röchelten mit Mühe einen einzigen Satz heraus: »Ich bin von Rainer weggelaufen.« Stille breitete sich im Raum aus.

Dann erzählte ich. Ich zog meinen Kittel herunter, als wenn man mir nicht glauben würde. Die blauen Flecken überall an meinem Körper. Das von meinem Gesicht abgewischte Make-up enthüllte den Abdruck seiner Hand. Ich schämte mich. Ich schämte mich so! Als wenn ich mir die blauen Flecken selber zugefügt hätte. Ich schämte mich.

Endlich brachte Gabi ein Wort heraus. Ihre hellblauen Augen waren fast schwarz geworden, wie ein Weiher in tiefstem Wald. Frau Blumentritt schaute mich ungläubig an, auch ihre dunklen Augen hatten die Farbe von Kohle angenommen. Rosi schaute zu Boden und zog nervös am Gürtel ihrer Schürze. Wir helfen dir, sagten sie gleichzeitig, als würden sie auf den Taktstock eines Dirigenten reagieren.

Frau Blumentritt bot an, mich hinzufahren, um meine unter den Büschen versteckten Sachen abzuholen. Sie hatte ein Auto, da sie nicht in Augsburg wohnte und täglich zur Arbeit fahren musste. Gabi musste die Arbeit fertig machen. Sie blieb im Labor, damit wir früher Schluss machen konnten. Und Rosi meinte, ihre Eltern hätten ein großes Haus und sie würde ihre Eltern fragen, ob ich nicht einziehen könnte, bis ich die Schule fertig habe. Denn ihr Bruder war ausgezogen und sein Zimmer stünde leer. Und Frau Blumentritt fuhr zu meinem Versteck mit mir. Ich würde heute bei ihr übernachten, und morgen wusste Rosi mehr. Ob ich dort wohnen konnte. Sie gab sich aber zuversichtlich.

Wir arbeiteten den ganzen Tag weiter, als ob nichts passiert wäre. Ich spürte jedoch die geheimen Seitenblicke meiner drei Kolleginnen. Mein Gesicht war versteinert wie das des Moses von Michelangelo, und es gab keine Möglichkeit, darin zu lesen, was ich dachte. Ich musste mich zusammennehmen und mich konzentrieren, um beim Pipettieren keinen Fehler zu machen. 100 Milligramm von dem Blutserum in jedes Gläschen, dann 50

Milligramm der Substanz 1 und 20 Milligramm vom Entwickler. Je nach der Menge, die ich pipettierte, kam eine andersfarbige Spitze an die Pipette.

Meine Gedanken kreisten um die Zukunft. Die nahe Zukunft, denn die ferne Zukunft konnte ich mir gar nicht ausmalen. Dann landeten die Gedanken plötzlich in der Gegenwart. Ich schaute auf die Uhr, es war bald 17 Uhr, da würde ich normalerweise zum Zug eilen, dem Herkules »Bis morgen« zurufen, vorbeirennen an den Kleidergeschäften und Schuhgeschäften, damit ich um 18 Uhr mit dem Zug nach Hause fahren konnte. Die gleiche Unruhe und Eile im Bahnhof, auf dem Bahnsteig stehen, mich umschauen, ob alle, die mit mir früh abgefahren waren, wieder anwesend sind, Zugbremsen quietschen, einsteigen am Bahngleis Nummer fünf, einige Menschen, die noch zum Waggon rennen, die laute Stimme aus dem Lautsprecher, »Abfahrt in fünf Minuten, einsteigen bitte«, der Mann, der heute früh verspätet war, wäre sicher auch jetzt zu spät, der Schaffner und sein Pfiff – und ab.

Frau Blumentritt und ich saßen im Auto. Mein Magen hatte sich verselbständigt und brummte und kreiselte – mal kam er bis zum Herzen hoch, mal fiel er wieder in seine eigentliche Position zurück, er machte, was er wollte, auch wenn ich ununterbrochen probierte, ihn mit Gedanken zu besänftigen.

Frau Blumentritt und ich sprachen nicht. Es gab nichts zu sagen, nur diese Bücher zu holen. Denn wie es weitergehen würde, wusste niemand von uns. Ich schaute Frau Blumentritt von der Seite an. Ich mochte sie sehr. Ein ruhiges, unscheinbares Persönchen. Sie war klein, was sage ich, sie war so groß wie ich, aber da sie wenig sprach und so unscheinbar war, schien sie mir viel kleiner zu sein als ich. Ihr Kleid war mit Blümchen bedruckt, als wenn ein Blumenstrauß auf sie gefallen wäre. Sie trug nie eine Hose. Ein kleines Jäckchen hatte sie über das Kleid angezogen. Ich kannte das Kleid, sie hatte nicht viele und trug in wöchentlichen Intervallen das eine oder das andere oder das dritte. Sie war sehr sparsam. Sparsam mit Worten und mit Geld. Frau Blumentritt schminkte sich nie. So blieb ihr Gesicht weiß und blass, die Lippen waren eher schmal und auch blass, nur die Knopfaugen beherrschten ihr Gesicht. Ich las Güte und Liebe darin. Die langen Haare waren ihr Schmuck. Meistens band Frau Blumentritt sie zu einem Pferdeschwanz. Beim Pipettieren durften sie nicht ins Blut oder in den Urin fallen. Aber wenn sie die Haarspange mal aufmachte, fielen die langen, dichten Haare auf ihre Schulter wie die Niagarafälle. Wild und ungebunden, mit vielen Wellen in der Sonne glänzend, wie Wassertropfen, wenn die Sonne auf die Niagarafälle scheint.

Ihre Ruhe gab mir ein bisschen Sicherheit, so dass ich den Weg einigermaßen überstehen konnte. Die Bilder der Umgebung waren anders als das, was ich aus dem Zug sah. Von der Autobahn aus sah man nicht so viel wie aus dem Zug. Nur Wälder und Wälder und Wälder und in der Ferne Dörfer, in jedem Dorf ragte ein Kirchturm in den Himmel.

In Gedanken versunken war ich überrascht, dass wir schon da waren. Einige Autos standen noch auf dem Bahnhofsparkplatz, was bedeutete, dass wir schneller waren als der Zug. Eigentlich waren wir gar nicht schneller, weil Frau Blumentritt langsam und vorsichtig fuhr, nein, wir waren nur früher losgefahren als der Zug. »Wo ist es?«, fragte Frau Blumentritt. »Warte im Auto, ich hole es.«

Dort im Bahnhofgärtchen waren unter den Büschen die Bücher versteckt. Der Zierahorn mit den roten Blättern, dann der Rhododendron, der noch nicht blühte, und falscher Lorbeer. Unter dem Rhododendron lag die Decke mit meinen Büchern. Ich drehte mich um, als würde ich erwarten, dass jemand käme. Es kam aber niemand. Und ich sah niemanden weit und breit. Ich musste wieder auf den Knien krabbeln, um das Bündel rausholen zu können. Ich musste mich schließlich sogar auf den Bauch legen, um so weit hineinlangen zu können. Das Gras kitzelte mich an der Nase. Aber nur kurz, denn um den Rhododendron war nur noch Erde. Der Schatten des Busches ließ das Gras nicht wachsen. Der Rhododendron deckte mich zu wie ein Zelt. Am liebsten wäre ich hier liegengeblieben. Für immer. In die Erde gebettet, um im Frühling dann zur Rhododendron-Blüte aufzuwachen. Duftet Rhododendron? In Prag hatten wir unseren Hund auch unter Rhododendron begraben. Denn er spendet Schutz wie ein Schirm. Er gibt Sicherheit und hütet Geheimnisse. Ich blieb noch einen Moment liegen, um mich kurz auszuruhen. Dann kroch ich rückwärts zurück. Unter dem tiefhängenden Rhododendron konnte ich meinen Körper nicht drehen. Ich stand auf und putzte mir die Erde von den Knien.

Mit der geknoteten Decke eilte ich zum Auto. Die Bücher wogen schwer. Frau Blumentritt stand in der Nähe, es waren nur zehn Meter zum Auto. Ich sah sie den Kopf hin und her drehen, sie beobachtete, ob jemand kam. Es war jedoch alles menschenleer. Ich warf die Bücher auf den Rücksitz, so dass Frau Blumentritt nicht einmal aussteigen musste, um mir den Kofferraum aufzumachen. Ich setzte mich neben sie und wir fuhren sofort weg. »Kann ich das Fenster aufmachen?«, fragte ich sie. »Ja klar.« Und ich kurbelte das Fenster herunter. Mir war so heiß, ich spürte den Schweiß zwischen meinen Brüsten und den

Pobacken herunterrinnen, auf meiner Stirn bildeten sich kleine Tröpfchen, als wenn Schneeglöckchen sprießen würden. Ich trocknete mir mit dem Arm meines Pullovers die Stirn.

Vor uns fuhr ein Auto, dessen Auspuff blaue Dunstwolken ausstieß, das machte mir aber nichts aus. Ich hatte das Gefühl, ersticken zu müssen. Ich schnappte nach Luft. Der Schweiß wurde langsam kühl, ich fing an zu frösteln.

»Geht es dir gut?«, fragte Frau Blumentritt. Sie holte mich und meine Gedanken wieder in das Auto herein. Ich machte das Fenster zu.

Es gab nichts zu sagen. Wir sagten auch nichts. Sie fuhr meinen Körper zu ihr nach Hause. Ich durfte bei ihr diese Nacht übernachten. Bei ihr und ihrem Mann.

Wir hielten vor einem Hochhaus an. Es war kein richtiges Hochhaus, nur vier Stockwerke. »Hier sind wir«, unterbrach Frau Blumentritt meine Gedanken, »lass doch die Bücher im Auto, die brauchst du heute nicht!« Frau Blumentritt stieg aus.

Wir gingen einen sauberen, weiß gestrichenen Gang entlang und die Betontreppe hoch in den ersten Stock. Ich ging schwer, als wenn ich mehrere Koffer schleppen würde, obwohl ich nichts als mein Täschchen hatte. Frau Blumentritt trug ihre größere Tasche mit. Was hatte sie eigentlich da drin? Wahrscheinlich das Buch, das sie manchmal in den Pausen las. Geldbörse, Führerschein. Sicher kein Schminktäschchen.

Es öffnete uns ein sympathischer junger Mann. Er hatte Jeans und einen roten Pullover an und gestreifte Hauspantoffeln. Er war rundlich mit dem Gesicht eines Buddhas. Er strahlte Güte aus und benahm sich gewollt lässig, obwohl er angespannt war. Frau Blumentritt hatte ihm sicher alles erzählt. Ich dachte auch, sie hatten wenig Freunde und diese Übernachtung war für sie anstrengend, denn sie lebten meist für sich. Er lachte aber und zeigte seine schönen, weißen Zähne. Seine Augen strahlten etwas zwischen Mitleid und Neugier aus. Er war auf mich vorbereitet. »Komm herein, Eliška!«, sagte er. »Herzlich willkommen bei uns!«

Mit einem festen Druck schüttelte er mir die Hand und zog mich gleichzeitig herein. Seiner Frau gab er einen flüchtigen, aber lieben Kuss auf die Stirn. Es waren nur zwei Räume. Ein Wohnzimmer mit offener Küche und ein Schlafzimmer. »Da wirst du schlafen«, sagte er und zeigte auf ein Sofa. »Ist das in Ordnung?« »Ich bin euch so dankbar«, antwortete ich. »Ich würde überall schlafen, auch auf dem Boden, egal wo, nur nicht unter einer Brücke.«

Herr Blumentritt hatte schon das Essen vorbereitet. Er studierte Jura und Frau Blumentritt arbeitete und zahlte ihm das Studium. Wir setzten uns an den Tisch und er servierte Spaghetti bolognese und einen gemischten Salat. Die Männer kochten fast immer Spaghetti bolognese. Rainer konnte sie auch kochen. »Wollen wir uns duzen?«, fragte er. »Ich bin Wolfgang«. »Und ich bin Eliška«, darauf stießen wir mit einem guten italienischen Rotwein an. Ich kannte mich mit Rotweinen allerdings nicht aus. In der Tschechoslowakei tranken wir Bier, und die Weine, die aus Mähren kamen, waren meistens süße Weißweine.

Er fragte mich Gott sei Dank nichts über Rainer, nichts über meine Flucht und nichts über meine Zukunft. Ich hätte über diese Themen gar nicht sprechen können. Ich unterdrückte die Gedanken daran. Als wenn es eine Leiche wäre, die mit einem schweren Stein beschwert ist, damit sie nicht an die Oberfläche hochsteigt und plötzlich sichtbar wird.

Die Unterhaltung war kurz und belanglos. Wo sich die beiden kennengelernt haben und wie viele Jahre er noch studieren musste. Meine Augen fielen zu von dem anstrengenden Tag und der schlechten Nacht. Die Muskeln in meinem Gesicht fingen an zu erschlaffen, die Augen blieben sekundenlang zu, nur mit Mühe konnte ich sie aufreißen, um wieder in die Gegenwart zu kommen. Die beiden bemerkten es, und Wolfgang sagte: »Ich mache dir dein Bett!« Ich wollte aufstehen und helfen, das Geschirr wegzuräumen. Aber sie sagten, ich solle sitzenbleiben. Ich schlief mit offenen Augen. Frau Blumentritt räumte auf, es war auch nicht weit bis in die Küche, nur zwei Meter, und er machte das Bett. Frau Blumentritt zeigte mir, wo das Bad war, gab mir ein Handtuch, eine Ersatzzahnbürste und ein langes Shirt, damit ich was zum Schlafen hatte. Abschminken musste ich mich nicht, denn das Make-up hatte ich schon längst abgeweint. Ich legte mich in das weißbezogene Bett. Ich betete wieder einmal, leider immer nur, wenn ich den lieben Gott brauchte. Ich betete auch nicht zu Ende, da ich schon vorher in tiefen Schlaf fiel.

Früh am Morgen hörte ich den Wecker aus dem Schlafzimmer der beiden. Ich öffnete die Augen, um wieder in der Realität anzukommen. Frau Blumentritt war schon im Badezimmer, dann Wolfgang. Ich hörte seinen Rasierapparat brummen, ein mir bekanntes Geräusch, als wenn sich Rainer rasieren würde. Ich machte kurz die Augen zu und sah Rainer im Bad. In der rechten Hand den Apparat, mit der linken strich er sich in bestimmten Intervallen über das Gesicht, um die noch nicht glatten Flächen zu erkunden und mit dem Rasierapparat die richtigen Stellen zu erreichen. Nach der Rasur nahm er ein gut riechendes Wasser, rieb die Handflächen aneinander, um sich dann das Wasser mit leichtem Klatschen auf die rasierten Wangen aufzuklopfen. Das Klatschen hörte ich jetzt auch aus dem Badezimmer.

Dann duschte ich, nahm meine Zahnbürste mit und zog mich an. Inzwischen hatte Wolfgang das Bett schon abgeräumt, und das Sofa sah aus, wie wenn ich dort nie geschlafen hätte.

Wo schlafe ich aber heute Nacht, wenn Rosis Familie mich nicht aufnimmt? Und als wenn Wolfgang den Gedanken in meinem Gesicht gelesen hätte, sagte er: »Wenn es heute mit der Übernachtung bei Rosi nicht klappt, dann kommst du klar wieder zu uns!« Er sagte zwar nicht, wie es dann weiterging, aber das konnte man auch gar nicht verlangen. Wenigstens wäre die nächste Nacht gerettet. Das Schicksal machte im Moment ganz kleine Schritte. Als wir in der Arbeit ankamen, lief uns schon Rosi entgegen. Sie konnte es nicht erwarten, mir die Nachricht zu überbringen. Und so rief sie schon aus der Ferne: »Du kannst bei uns wohnen!«

Und da rief mich schon der Herr Doktor zu sich. Er saß auf seinem schwarzen Stuhl hinter dem großen Bürotisch. Auf dem Tisch stand ein Gehirn aus Gips, verschiedenfarbig bemalt, dann ein eingerahmtes Foto von einer Frau und zwei Kindern, die glücklich in den Raum hineinlachten. Mein Chef war sehr gutaussehend, mit weißen Haaren, schönen Zähnen und blauen Augen, er hätte auch Reklame für Medikamente machen oder als Schauspieler einen Arzt darstellen können. Er hatte sehr schöne, schlanke Hände mit langen, schmalen, und wie ich finde: intelligenten Fingern. Ich schaute ihn nicht an, sondern starrte auf die Gehirnwindungen des Gipsmodells vor mir, als wenn ich dort herauslesen könnte, was der Doktor dachte und was er mir mitteilen würde.

»Setz dich, Eliška«, sagte er zu mir, fast schon väterlich. Ich wusste, er mochte mich.

»Rainer hat angerufen. Du kamst gestern abend nicht nach Hause.« Der Doktor wusste Bescheid, mit wem ich zusammenlebte, ich wusste gar nicht mehr, ob ich es ihm selbst erzählt hatte oder ob sich in der Provinz alles herumsprach. Inzwischen duzten wir uns alle. Und ich erzählte ihm alles. Auch die Wahrheit über meine blauen Flecken. Auch darüber, dass ich arbeiten wollte, weswegen wir uns gestritten hatten. Einfach alles. Von meiner Flucht aus dem Bungalow, dass ich bei Frau Blumentritt übernachtete und jetzt bei Rosi schlafen konnte. Er hörte sich alles an, faltete dabei seine Stirn und zog sich mit Daumen und Zeigefinger rhythmisch an der Nase, ich glaube, es beruhigte ihn. Er gab mir zwar keinen Rat, aber ich war froh, dass er sich alles angehört hatte.

Ungeduldig erwartete ich den Feierabend und war neugierig auf mein neues Zuhause. Rosi hatte einen Koffer mitgenommen, damit wir die Schulbücher reinlegen konnten und nicht mit der Decke auf dem Rücken Straßenbahn fahren mussten.

Als wir aus der Praxis rauskamen, stand er schon da. Rainer in seinem violetten Mercedes. Rosi und ich rannten los. Zuerst gingen wir nur in zügigen Schritten, die immer schneller und schneller wurden. Rainer fuhr neben uns, zuerst im Schritttempo, dann auch schneller, um mit uns Schritt zu halten. »Kommst du nach Hause!«, befahl er. »Steig ein und komm mit mir sofort nach Hause!«

Das Fenster war heruntergelassen und sein Arm lag lässig im offenen Fensterrahmen. Wenn er sprach, reckte er den Kopf immer ein bisschen weiter heraus, damit ich ihn gut hörte. Wir liefen ganz nah an den Häusern entlang, aus Angst, er könnte seine Hand rausstrecken und mich in das Auto hineinzerren. Wir stießen in entgegenkommende Leute, blieben aber trotzdem eng an der Wand. Jetzt mussten wir schnell sein, die rote Straßenbahn kam, klingelte schon, sie bremste, aber da sie direkt am Gehsteig anhielt und wir dort einstiegen, hatte das Auto von Rainer keinen Platz. Wir gelangten sicher mit dem Koffer in die Straßenbahn. Eine Zeit lang fuhr der Mercedes noch hinter uns, jedoch schon bei der nächsten Station gab er auf.

Rosi und ich kamen zu dem Haus, in dem ich in Zukunft leben würde. Hoffentlich! Das Haus stand in der Mitte eines großen Gartens. Es war ein großes Haus, ein zweistöckiges. Ohne Schnörkel, zwei Etagen. Es erinnerte ein bisschen an eine Kaserne. Der Garten war ohne Blumen, aber der Rasen frisch geschnitten, keine Blätter lagen hier, obwohl das Haus am Rand eines Waldes stand, in dem viele Laubbäume wuchsen. Rosis Mutter kam uns gleich entgegen, als sie das Geräusch des Tores hörte. Das Tor ging schlecht zu und man musste es mit Gewalt zuschlagen. »Du bist Eliška«, sagte sie freundlich, schüttelte fest meine Hand und führte uns ins Haus. »Komm mit, ich zeige dir dein Zimmer, dort kannst du die Bücher ablegen und dann zeige ich dir das Haus.« Wir gingen die Treppe hoch zu einem langen Gang. Dort waren einige Türen rechts und links. Und an der linken Seite ganz hinten lag mein Zimmer. Sie öffnete die Tür. Das Fenster zeigte Richtung Garten, alle Fenster, die links lagen, waren zum Garten hin ausgerichtet, die Fenster rechts schauten in den Wald.

Das Zimmer war schlauchförmig, eigentlich wie ein Flur. Auf der linken Seite war nichts, nur eine weiße

Wand, auf der rechten Seite war alles in einer Reihe an-geordnet. Gleich beim Fenster zwei Betten übereinander, danach kam ein Schreibtisch und dann der zweitürige Schrank. Eher wie im Knast sah das aus, ich war aber froh, denn ich hatte ein eigenes Zimmer und fand es wunderschön. Die Toilette war gleich links auf dem Gang. Auf dem Boden Spannteppich, überall der gleiche, in meinem Zimmer wie auch auf dem Gang, graue Aus-legware. Die Mutter stand in der Tür meines Zimmers und schaute sich meine Reaktion an. Ich freute mich. Ich freute mich, lernen und schlafen zu können. Ich warf die Decke mit den Büchern hin und kam mit den beiden zu-rück in die Küche. Während des Weges nach unten öffne-te die Mutter eine Tür nach der anderen und sagte dazu: »Das ist mein und meines Mannes Schlafzimmer«, dann gingen wir weiter: »Das ist Rosis Zimmer«, und: »Das ist das Zimmer von Inge.« Die anderen Zimmer waren groß, sicher fünfmal größer als meins.

Wir gingen die Treppe hinunter in eine große Küche mit den verschiedensten Küchenmaschinen. In der Mitte war ein Esstisch und an der Seite eine Theke. Da die Kü-chenzeile weiterging, konnte man auf der anderen Seite, nicht in der Küche, sondern im Nebenraum, sitzen und frühmorgens einen Kaffee trinken. Schließlich kamen noch Inge, die jüngere Schwester von Rosi, und Herr Hässler, ihr Vater. Wir hatten nicht mal die Zeit, uns ein-ander vorzustellen, jeder eilte ins Badezimmer oder zog sich erst mal um. Herr Hässler kam in einem Jägeranzug. Er war auf der Jagd gewesen, Inge kam aus der Schule und warf eilig ihre Schultasche in ihr Zimmer, damit nicht alles in der Garderobe herumstand. Nur der grüne Jägerhut von Herrn Hässler blieb an der Garderobe hän-gen, mit Gamsbart an der Seite.

Jetzt kamen sie die Treppe herunter und ich konnte mir alle so richtig anschauen. Inge war groß und sehr hübsch, sie ähnelte dem Vater. Das gleiche dicke, wellige Haar, groß und schlank, markante Augenbrauen und hellblaue Augen. Beide hatten schöne, weiße, gerade wachsende Zähne. Herr Hässler war ein stattlicher Mann und hatte eine angenehme Stimme. Das Bayerische aus seinem Munde hörte sich gut an.

Rosi und die Mutter waren sich auch sehr ähnlich. Die Mutter war mollig, eher klein, ihre Wangen schlaff. Sie hatte keine Backenknochen, an denen die Wangen hätten hängenbleiben können. Schütteres blondes Haar mit Dauerwelle. Ihre blauen Augen standen hervor, als ob sie jeden Moment rausfallen wollten.

Dafür hatte sie ein gutes Herz, obwohl sie es kaum zu zeigen wagte oder zeigen konnte, denn Frau Hässler war im Dauerstress, wie ich bald herausfinden sollte. Während ihr Mann jagen ging und sich ein schönes Leben machte, schuftete Frau Hässler Tag und Nacht. Man sah es ihr auch an. Sie putzte und wusch und kochte und machte die Buchhaltung. Außerdem führte sie noch eine Bar in Augsburg, und ein paarmal in der Woche arbeitete sie nachts selber darin. Hässlers waren nach dem Krieg aus Polen gekommen und hatten sich hier niedergelassen. Und da hier so viele amerikanische Soldaten waren, die abends nicht wussten, wohin sie ausgehen sollten, hatte Frau Hässler die Idee, eine Bar zu eröffnen. Bald würde ich mir die Bar anschauen, denn dort konnte ich auch mal nachts arbeiten und mir ein bisschen Geld verdienen. Herr Hässler genoss das Leben, fuhr einen Jeep und war oft tagelang weg. Ich dachte mir: Treu war er sicher nicht.

Rosi hatte schöne Beine, kleine Brüste und sehr schöne, helle, glatte Haut. Ich glaube, ich habe nie einen Pickel auf ihrer Haut gesehen. Rosi war eher eine langsame Person. Sie sprach langsam und auch bei der Arbeit war sie eher bedächtig als flink. Sie sprach mit mir Hochdeutsch, denn das Bayerische verstand ich nur schlecht. Bevor wir uns an den Tisch setzten, stellten wir uns alle vor. Und dann saßen wir und Frau Hässler tischte auf. Den Schweinebraten, die Knödel und das Blaukraut. Es war Hausmannskost, sie konnte wirklich gut kochen. Fast wie meine Mutter. Wir mieden den Namen Rainer. Wir sprachen über die Zukunft, dass ich nur noch ein Jahr hätte, bis ich zur Arztgehilfinnen-Prüfung gehen konnte, und wie ich mich freuen würde, in dem Beruf zu arbeiten. Rosi war schon längst eine Laborantin mit beendeter Ausbildung. Inge war am Gymnasium. Was die Inge werden wollte, wusste sie noch nicht. Mal Ärztin, mal Juristin. Es wechselte. Herr Hässler erzählte, dass er heute ein Reh erlegt hatte, aber anstatt dass wir ihn bewunderten, bemitleideten wir das Reh.

Die Mutter meinte: »Rosi, Eliška hat keine Kleider, gib ihr etwas zum Anziehen, damit sie morgen in die Schule gehen kann!« Rosi ging mit mir in ihr Zimmer, das ziemlich groß war. Und erst ihr Kleiderschrank! So viele Kleider! Obwohl – bei Rainer hatte ich auch so viele, auch wenn ich dort nur zwei Jahre gelebt hatte. Ich probierte einige Pullover aus, die Rosi nicht mehr trug. Es war mir im Moment vollkommen egal, was ich anzog. Ich musste nur die Schule fertig machen. Ich bekam zwei Jeans und damit war ich für den Anfang zufrieden.

Ich ging in mein Zimmer, die Kleider legte ich in den Schrank und packte die Bücher aus der Decke, bezog noch das Kissen und die Daunendecke aus Gänsefedern und setzte mich an meinen Schreibtisch. Ich musste noch lernen.

Man sagt, was man die erste Nacht in einer neuen Umgebung träumt, geht in Erfüllung. Als der Wecker läutete, den mir Rosi gestern ins Zimmer gestellt hatte, versuchte ich mich zu erinnern, was ich geträumt hatte. Ich hatte aber so tief geschlafen, dass ich mich nicht erinnern konnte. Ich musste mich beeilen. Ich ging schnell in die Dusche und zog Rosis Jeans an und den roten Pullover. Ich bekam auch eine Aktentasche von Herrn Hässler, in die ich meine Bücher und die Hefte verstaute. Vom Schreibtisch nahm ich ein paar Kugelschreiber mit, die da herumlagen, und packte alles in die Tasche. Da klopfte schon die Rosi an die Tür. In der Küche tranken wir noch schnell einen Kaffee, ich bekam 50 Mark, die ich später in der Bar abverdienen sollte, und wir verließen das Haus. Rosi ging an meinem Herkules vorbei zur Arbeit und ich in die Schule.

Als ich nach der Schule nach Hause ging, sah ich schon von ferne den violetten Mercedes. Rainer. Es war keine Rosi hier und auch niemand sonst, der mich beschützen konnte. Ich hatte Angst. Ich hoffte, er erkennt mich vielleicht aus der Entfernung nicht, da ich andere Kleider anhatte als die, die er gut kannte. Trotzdem kam der Wagen näher und näher. Ich versteckte mich im Flur eines Hauses, dessen Türen offen waren. Ich drückte mich eng an die Wand und schaute durch die verglaste Tür auf die Straße. Der violette Mercedes fuhr vorbei. Ich wartete eine Zeit, damit das Auto weiter weg war und Rainer mich sicher nicht mehr sehen konnte. Er wusste noch nicht, wo ich wohnte. Er sollte es auch nicht erfahren, ansonsten könnte ich nicht ruhig schlafen.

Ab jetzt schlief ich sowieso unruhig. Ich entwickelte eine richtige Paranoia. Einen Verfolgungswahn. Wo immer ich hinschaute, sah ich violette Wagen.

Ich war immer sehr anpassungsfähig. Ich musste es sein, um zu überleben. Ich half Frau Hässler beim Kochen, Kartoffeln schälen oder etwas schnippeln, wie eine Art Hilfskoch in einer Restaurantküche. Sie kochte immer zum Abendessen und jetzt waren wir fünf Leute. Tisch decken, Geschirr aufräumen nach dem Abendessen, Essen servieren. Das, was sie früher machte, bis hin zum Geschirrwaschen, übernahm jetzt ich. Für Rosi oder Inge konnte ich die Kleider kürzen, Knöpfe annähen, Socken stopfen. Ich erinnerte mich an den praktischen Unterricht an unserem Gymnasium. Jungen wie Mädchen hatten den gleichen Unterricht gehabt. Socken stopfen oder nähen oder sonst irgendwelche Hausfrauenarbeiten. Und dann gab es für alle Unterricht, wie man ein Elektrokabel verlängert oder andere Werkstattarbeiten verrichtet. Ich erinnere mich, wie ich einen Schuhkasten aus Holz baute. Mit einigen Abteilen dazwischen. Ein Fach jeweils für die Schuhcreme, für eine Bürste, auch für eine andere Bürste, für Wildleder und noch ein Fach für eine farblose Schuhcreme. Und das alles mit einem ausziehbaren Deckel zwischen zwei Schienen auf beiden Seiten. Damit man den Deckel gut greifen konnte, war der Handgriff ein aus Holz ausgesägter Halbmond. Das alles poliert und gefeilt mit einer Holzfeile, geschmirgelt, damit kein einziger Span mehr hervorstand. Am Ende noch mit mattem Lack bestrichen. Eine richtige Handarbeit. Meine Eltern benutzten das Kästchen eine Ewigkeit.

Man nahm mich das erste Mal mit in die Bar. Rosi ging meistens am Freitag arbeiten, da sie am Samstag ausschlafen konnte. Das erste Mal ging ich mit ihr auch am Freitag. Ich bekam ein schönes Kleid von ihr geliehen, kämmte meine langen Haare und schminkte mich nett. Herr Hässler brachte uns dorthin. Nicht dass Rosi nicht

Auto fahren konnte, nein, aber wir würden sicher in der Bar etwas trinken, und mit dem Taxi nach Hause zu fahren wäre zu teuer. Abholen würde uns wieder Herr Hässler.

Die Bar war schön. Eine schnurgerade Theke, fast sieben Meter lang. Die Oberfläche war verglast. Man sah jeden Tropfen darauf und es musste ständig abgewischt werden. Über der Theke hingen in zwei Metern Abstand Lampen mit schummrigem Licht. Hinten an der Wand war ein Regal mit vielen Getränken. Whisky, Schnaps, Eierlikör, Gin und wie die Getränke alle hießen. Ich würde bald alles lernen, was in der Getränkekarte stand. Die meisten Gäste tranken Gin Tonic oder ein frisch gezapftes Bier oder, was besonders scheußlich war, Coca-Cola mit Eierlikör.

Das Regal war von hinten beleuchtet. Das erzeugte einen schönen Lichteffekt. Im Gastraum waren noch einige Tische, die man auch bedienen musste. So war einmal Rosi hinter der Bar und ich bediente die Tische, und am nächsten Freitag war es umgekehrt. Ich bekam keinen Lohn, da ich das Wohnen abarbeitete. Aber das Trinkgeld konnte ich behalten. Ich bekam immer hohes Trinkgeld. Ich wirkte exotisch. Die Bayern hatten Tschechinnen nur zu Gesicht bekommen, wenn sie in Prag waren, aber eine Tschechin im eigenen Land? Eher eine Rarität! Am Freitag mit Rosi zu arbeiten war schön. Ich machte die Cocktails oder füllte am Zapfhahn die großen Gläser Bier ab. Freitags waren sehr viele Leute da. In der Bar war es so dunkel, dass man die Menschen kaum sah. Wir spielten nur Musik aus der Konserve. Die Pärchen tanzten eng zusammen, besonders wenn ein langsamer Blues oder ein Schmusesong gespielt wurde. Da küssten sie sich und streichelten sich, weil ja gerade kein Bett zur Verfügung stand.

Wegen mir kam jeden Freitag ein fescher Mann in die Bar, wir nannten ihn »den Pflasterer«. Er hatte von seinem Vater eine große Firma geerbt, die neue Straßen baute oder alte reparierte. Er war hübsch. Ich bekam von ihm immer ein sattes Trinkgeld. Er ließ sich immer nur von mir bedienen, war aber sehr schüchtern, zu schüchtern, um mich zu fragen, ob ich mit ihm essen gehen würde. Und ich war froh darüber. Ich hatte noch so viele Probleme zu lösen und keine Energie, etwas Neues anzufangen, denn das Alte war noch nicht beendet. Rainer war unberechenbar. Er kam mich nicht jeden Tag verfolgen. Aber vielleicht jeden dritten? Nur zu dem Haus, in dem ich jetzt wohnte, kam er nie. Entweder wusste er noch nicht, dass ich dort wohnte, oder er wollte es nicht. Ich war dort auch gar nicht gemeldet.

Ich arbeitete zweimal in der Woche in der Bar, bis zwei Uhr nachts war sie geöffnet. Dann die Aschenbecher leeren, putzen, es wurde vier Uhr, bis ich nach Hause fahren konnte. Am nächsten Tag stand ich um sieben Uhr auf und ging entweder in die Schule oder in die Praxis. Dazwischen lernte ich. Ich schlief wenig und hatte dunkle Ringe unter den Augen. Es war eine harte Zeit, aber mit einem klaren Ziel vor Augen: das Arzthelferinnendiplom zu bekommen.

Am Mittwoch arbeitete ich mit Herrn Hässler. Es war zwar täglich offen, aber an den anderen Tagen übernahm die Mutter die Bar, da nur wenige Gäste kamen. Der Montag war ein toter Tag, dann war Frau Hässler zwar da, aber sie schaute eher, ob alles vorhanden war, bestellte Bier und machte Inventur. Ohne sie würde weder der Haushalt noch die Bar laufen. Ich arbeitete nicht gern mit Herrn Hässler. Ich mochte es nicht, wie er mich anschaute, und schon gar nicht seine »zufälligen« Berührungen.

Er arbeitete an der Bar, zapfte Bier und ich bediente die Tische. Ich holte das Glas Bier, das dort stand, und zufällig wollte er genau dieses Glas weiterschieben und zufällig berührte er meine Hand dabei. Ich putzte die Bar und zufällig musste er zum Zapfhahn und zufällig stieß er mit mir zusammen. Ich sah, wie er mich ansah, und konnte in seinem Blick lesen. Solange er mich nur ansah, war es mir egal, sollte er mich doch anschauen. Bei sich zu Hause beherrschte er sich und würdigte mich keines Blickes.

Heute war wieder Rainer vor meiner Arbeit. Ich hatte nicht mehr so viel Angst wie vorher und traute mich sogar, kurz mit ihm zu sprechen. Ich ging langsamer, als er mich ansprach: »Eliška, willst du nicht nach Hause kommen? Die Tiere haben Sehnsucht nach dir, die Hani vermisst dich, der Garten vermisst dich, und ich vermisse dich auch sehr.« In seinen Augen meinte ich Tränen gesehen zu haben.

»Rainer, ich komme nicht mehr. Ich kann nicht mehr. Es ist zu viel passiert und ich kann dir nicht alles verzeihen. Ich sehe nicht die Schuld nur bei dir, auch bei mir sehe ich Schuld! Ich kann aber nicht mehr kommen. Es gefällt mir das Leben, das ich jetzt lebe.« Stockend und dabei fast schreiend stieß ich die Worte heraus. Die Tränen rollten über mein Gesicht. Ich wischte sie mit dem Ärmel meiner Bluse ab, ich hatte wieder kein Taschentuch. Dann fuhr Rainer mit dem Auto weg. Sicher wollte er nicht, dass ich auch seine Tränen sehe.

Heute war Dienstag und ich musste nicht in der Bar arbeiten. So konnte ich lernen. Zuerst half ich wie immer in der Küche, dann aßen wir, heute war Inge gar nicht hier, nur die Rosi, Frau Hässler, ihr Mann und ich. Es gab nicht viel zu kochen, bayerische Bratwürste mit weißem Senf und dazu Brezel. Nach dem Essen ging ich auf mein

Zimmer und fing an zu lernen. Irgendwann war es spät und ich musste ins Bett, vorschlafen, da ich einen harten Tag vor mir hatte. Morgen würde ich spät ins Bett kommen, ich musste in der Bar arbeiten. Ich ging ins Bett. Plötzlich hörte ich ein leichtes Klopfen an der Tür. Wer könnte es sein? Die Rosi? Um diese Zeit? Manchmal kam Rosi vorbei, klopfte an und kam herein. Dann saßen wir auf dem unteren Bett, unsere Körper ein bisschen gebeugt, weil die Bettetagen keinen großen Abstand haben. Wir schauten aus dem Fenster und erzählten. Rosi war verliebt. In die Bar kam immer ein netter gutsituierter Mann. Rudi arbeitete in der Bank und wäre ein Anwärter auf eine Ehe mit ihr. Er kam tatsächlich jedes Mal in die Bar, wenn wir dort arbeiteten. Also jeden Freitag.

Die Tür knarzte ein bisschen, als ich Herrn Hässler in der Tür stehen sah. Was machte er da? Was wollte er? Ich ahnte das, was ich schon immer geahnt hatte, wenn er mich zufällig berührt hatte. Er erzählte mir etwas von Liebe und Verliebtheit. So ein Mist. Er war der Vater meiner Freundin und der Mann der Frau, die mich hier aufgenommen hatte. Der Mann der Mutter von Rosi. Er meinte, wenn ich nicht mit ihm schlafe, dann würde er dafür sorgen, dass ich hier meine Bleibe verliere. Dann warf er sich auf mich. Ich sah sein verschwitztes Gesicht, seine blau angeschwollene Lippe, seine starr aufgerissenen Augen. Er schnaufte so heftig, dass durch den offenen Mund die Spucke auf mich heruntertropfte. Ich musste die Augen zumachen, um sein Gesicht nicht zu sehen. Dann, um mich abzulenken und möglichst weit weg von ihm zu sein, starrte ich auf einen Punkt neben der Hängelampe, fast direkt über mir. Dort war ein Fleck an der Decke, wie wenn die Maler etwas vergessen hätten. Komisch, der Fleck hatte die Form eines Taschentuchs.

Zwei Zipfel waren kurz und einer lang. Das Taschentuch sah aus, als wenn es fliegen würde, ganz leicht, als wenn es jemand aus einem Fenster fallengelassen hätte. Und es flog und drehte sich in der Luft und flog unendlich, als wenn es jemand aus dem obersten Stock eines Hochhauses oder sogar vom Himmel hätte herabfallen lassen. Dann unterbrach ein Röcheln meine Gedanken. Herr Hässler war endlich fertig.

Ich stürzte sofort in die Dusche. Ich wusch mir auch noch die Stirn, auf die er mir den Gutenachtkuss gegeben hatte. Am nächsten Tag beim Essen schaute er durch mich hindurch, als ob ich gar nicht vorhanden wäre. Er kam jeden Montag und Donnerstag. An diesen Tagen arbeitete seine Frau in der Bar. Ich wollte nicht, ich wehrte mich, drohte und weinte. Aber ich flöge hier raus, wenn ich nicht mitmachte. Wohin sollte ich gehen? Zu Rainer konnte ich nicht zurück. Bei ihm war ich aus dem Fenster gehüpft. Und hier? Ich musste die Schule fertig machen. Ich musste. Es war Erpressung, und ich hasste ihn jeden Tag mehr und mehr. Ich konnte kaum in die Augen von Rosi schauen, wenn die Inge kam, in ihre auch nicht, und in die Augen der Mutter schon gar nicht. Es kostete mich ungeheuer viel Kraft, mich so zu verstellen, dass niemand etwas merkte. Nur noch ein halbes Jahr bis zur Prüfung. Den halte ich noch aus, den Hässler, und dann verschwinde ich. Manchmal spielte ich mit Mordgedanken und Rachefantasien. Als ich einmal eine Vergewaltigung im Fernsehen sah, nach der das Opfer den Vergewaltiger umbrachte, schaute ich Herrn Hässler von der Seite an. Er zuckte mit keinem einzigen Muskel. Als wenn es ihn gar nichts anginge. Wir saßen nicht oft vor dem Fernseher. Entweder arbeitete die Mutter oder Rosi und ich, oder Herr Hässler und ich. Nur selten saßen wir in den bequemen grünen Stühlen im Wohnzimmer, mit dem großen zum Garten gelegenen Fenster, bei dem meistens die Jalousien heruntergelassen waren. Der gleiche graue Spannteppich wie im ganzen Haus bedeckte auch hier den Boden. In der einen Ecke stand eine Leselampe. Es war eine Leseecke mit ein paar Büchern. Auf einem kleinen Tischchen stand auch noch ein Grammophon. Es war nie jemand da. Niemand las. Niemand hörte Musik. Niemand schaute Fernsehen. Niemand hatte Zeit.

Nur einmal, da wurde das Zimmer benutzt, als der Sohn von Frau Hässler kam. Ich wohnte ja in seinem früheren Zimmer. Er war der uneheliche Sohn von Frau Hässler, sie brachte ihn in die Ehe mit. Er kam eigentlich nie. Seine Existenz war seltsam. Niemand sprach über ihn und niemand wusste etwas von ihm. Er wohnte längst nicht mehr zu Hause. Als er einmal kam, ging Herr Hässler mit ihm ins Wohnzimmer. Man hörte furchteinflößende Schreie, dann laut zugeschlagene Türen, dann den aufheulenden Motor eines Motorrads, und dann war er wieder weg.

Ich hatte mir einen großen Kalender gekauft, um mir vor Augen halten zu können, wann ich endlich das Diplom bekam. Natürlich musste ich zuerst die Prüfungen bestehen. Sicher nicht schwieriger als auf dem Gymnasium in Prag, aber in einer fremden Sprache. Und dann aber, dann würde ich sofort eine neue Arbeit finden, mir eine Wohnung suchen, hier verschwinden. Dann würde ich selbständig und machen können, was ich wollte. Und, Hauptsache, Herrn Hässler zum Teufel jagen können.

Ich überlegte mir, es Frau Hässler zu sagen. Oder Rosi? Nein, ich glaubte Frau Hässler liebte ihren Mann sehr, sie würde mich rauswerfen und nicht ihn. Sie liebte ihn, deswegen schuftete sie so viel, und er konnte auf der faulen Haut liegen. Es Rosi zu sagen, würde auch nichts nützen, sie wäre verstört und könnte es auch nur der Mutter sagen, und die würde mich einfach rauswerfen. Egal wie ich es drehte, ich musste schweigen und durchhalten.

Ich war in der Schule. Ich packte meine Bücher ein und ging raus, nachdem wir uns alle verabschiedet hatten, heute war Freitag. Heute noch die Bar, dachte ich, da verdiene ich wieder was, und Gottseidank arbeite ich mit Rosi. Den Hässler sah ich heute gar nicht. Ich ging aus der Schule. Vor dem Tor wartete auf mich schon der violette Mercedes. Rainer stieg normalerweise nie aus, damit er mich besser verfolgen konnte, wenn ich weglief. Wenn ich rannte, musste er nur Gas geben. »Kann ich mit dir sprechen?«, fragte er. Diesmal war er aus dem Auto ausgestiegen. »Ja«, ich blieb stehen. »Eliška, ich kann nicht ohne dich leben. Überlege es dir, ob du nicht doch zu mir zurückkommen möchtest?« »Nein, Rainer, ich komme nicht zurück.«

Er schaute mir kurz traurig in die Augen. Ich spürte seinen Schmerz und es tat auch mir weh. Aber ich konnte nicht nachgeben. Ich konnte nicht wieder dort anfangen und ihn dann wieder verlassen. Ich hatte ganz andere Pläne in meinem Leben. Wenn es auch noch keine echten Pläne waren, aber Vorstellungen. »Nein, Rainer, ich komme nicht zurück!« Es schien, als hätte er es begriffen. Er drehte sich traurig um, setzte sich in seinen Mercedes und fuhr weg.

Am Freitag kam er wieder, wie jeden Freitag, mein Verehrer in der Bar. Wir rauchten, er schaute mir tief in die Augen, ich bekam ein horrendes Trinkgeld und er ging. Das Wochenende war friedlich. Herr Hässler war auf der Jagd und wir vier Frauen hatten es schön zusammen. Wir saßen im Garten. Rosi fragte mich aus meinen Schulbüchern verschiedene Aufgaben ab, besonders in Chemie haperte es noch. Da musste ich noch einiges lernen. Inge las einen Roman. Die Mutter war im Gartenstuhl eingeschlafen.

Als ich am Montag in die Arbeit kam, war alles so übertrieben still. Ich hatte mich noch gar nicht umgezogen, als mich der Herr Doktor durch den Lautsprecher zu sich rief. »Eliška, komm bitte in mein Büro!« Die Füße trugen mich kaum und ich konnte kaum die Klinke seiner Tür herunterdrücken. So kraftlos war ich. Ich ahnte schon – es war etwas Schlimmes passiert. Etwas ganz Schlimmes. »Guten Tag, Herr Doktor!« »Setz dich, Eliška«, sagte er mit fester Stimme, als wenn ich mich daran festhalten sollte. »Die Polizei hat angerufen. Rainer hat sich umgebracht. Er ist mit dem Auto ins Wasser reingefahren.«

# Totenverhör

Rosi und Inge ließen mich vor dem Polizeigebäude aus dem Auto aussteigen. Ein längliches Gebäude mit Treppen vor dem Eingang. Sie gingen die Stufen nicht mit mir hoch. Als wenn die Treppe verwunschen wäre. Stattdessen blieben sie davor stehen und sagten, sie holten mich in zwei Stunden ab. Ich machte den ersten Tritt, dann den zweiten. Ich ging unsicher. Meine flachen, schwarzen Schuhe klapperten nicht. Meine Schritte waren lautlos, als wenn ich ein Geist wäre und schweben würde. Es gab ein Geländer, daran konnte ich mich festhalten, damit ich nicht umfiel. Ich ging wie zur Guillotine. Man geht da langsam und bedächtig hin. Lautlos, da man Säcke auf den Boden gelegt hat. Damit die Mitgefangenen nichts hören.

Schließlich stand ich vor einer grün gestrichenen Tür. Ich klopfte zuerst. Es rührte sich nichts. Ich suchte die Glocke. Da war sie, mit der Aufschrift: »Polizei.« Ich läutete. Ich wartete lange Sekunden, ehe ich Schritte hörte. Ein Polizeibeamter holte mich herein. Es war dunkel da drinnen. Ich war direkt vom Sonnenlicht in die Nacht eingetaucht. »Guten Tag! Frau Bartek?«, fragte mich der Polizist mit sanfter Stimme, als wollte er mich beruhigen. Ich brachte mit Mühe das Wort »Ja« heraus.

»Folgen Sie mir!«, sagte er. Es war jetzt mehr ein Befehlston, nicht mehr eine Einladung zum Tee. Ich ging hinter ihm her. Er machte große Schritte, ich musste zusehen, dass ich nachkam. Der Gang war lang. Rechts und links waren geschlossene Türen mit verschiedenen Schildern daneben. Die Glühbirne der Hängelampe leuchtete schwach. Nur am Ende des Ganges war ein Fenster. Die Jalousien waren zugezogen. Es war ganz still. Er hielt an. Rechts an der Tür stand »Vernehmungsraum«. Er öffnete die Tür zu einem noch dunkleren Raum, als schon der Gang es war. »Treten sie herein!« Sein Ton wurde wieder weicher. Er spürte meine Unsicherheit.

Ich trat ein. Ein Lichtstrahl und zwei Gesichter ohne Körper. Sie leuchteten in der Dunkelheit wie die weißen Masken von Venedig. Als sich meine Augen langsam an die Finsternis angepasst hatten, sah ich einen Tisch und zwei Polizisten, die auf Stühlen saßen, eine Lampe und einen leeren Stuhl, der den Polizisten gegenüberstand. Nichts anderes gab es in diesem Zimmer. Kein Bild, kein Regal, keine Uhr. Nur zwei verdunkelte Fenster. Wie die Augen eines Blinden schauten sie in den Raum hinein oder aus ihm heraus. Sahen jedoch nichts.

Ein Polizist, der jüngere, soweit ich sein Alter im Licht der Tischlampe schätzen konnte, stand auf und zog meinen Stuhl vom Tisch weg: »Setzen Sie sich!« Ich konnte an seiner Stimmlage nicht erkennen, ob es ein Befehlston war. Ich setzte mich. Bevor ich mich hinsetzte, richtete ich aber noch mein schwarzes Kleid, damit der Stoff hinten nicht zerknitterte. »Setzen Sie sich näher zum Tisch!«, befahl der eine. Ich stand wieder auf und zog den Stuhl quietschend näher an den Tisch. Es war mir unangenehm, den zwei Männern so nah zu sein. Ich sah das Aufnahmegerät und wusste nun, warum ich so sitzen sollte. Der einzige Farbfleck im Raum war die grüne Tischlampe. Ich schaute sie ununterbrochen an, denn ich wusste nicht, wohin ich ansonsten schauen sollte. Sie war etwa zwanzig Zentimeter hoch. Aus den Fünfzigern. Der Lampenschirm war oben schmal und zylinderartig, er weitete sich nach unten in die Breite. Nicht zu breit, damit das Licht nur eine kleine Fläche des Tisches beleuchtete. Wie ein Schneeglöckchen, wenn die drei weißen Blätter der Blüte zusammengenäht wären. Der Fuß der Lampe war drahtartig aus glänzendem, legiertem Stahl, zu allen Seiten hin beweglich. Er war rund und schwer, damit die Lampe nicht umkippen konnte, mit einem runden, elfenbeinfarbigen Ein- und Ausschaltknopf. Rechts unten hatte die Lampe einen Kratzer. Ich hing an ihr mit den Augen wie an einem Seil, in der Hoffnung, dass ich nicht herunterfiele. Als ich es schaffte, meine Augen von der Tischlampe zu lösen, sah ich die zwei Polizeibeamten. Sie sahen nicht so aus, als ob sie beißen würden. Beide waren blond, mit blauen Augen, glattrasiert mit einem ordentlichen Haarschnitt. Sie hatten auch keine besonderen Merkmale. Sie trugen beide ein dunkles Hemd, das eine dunkelblau mit noch dunkleren Streifen, das andere schwarz. Dazu beide Jeans. Keine Pistolenhalfter, wie sie immer in Kriminalfilmen zu sehen waren.

»Sie wissen, warum Sie hier sind?«, fragte der etwas kleinere Kriminalbeamte. »Ja, Rainer hat sich umgebracht. Er war mein Freund.« »Ja«, sagte der Kriminalbeamte, »er hat der Polizei einen Brief geschrieben, wonach Sie wussten, dass er an Depressionen leide und ihm Medikamente aus der Praxis untergeschoben haben. Dort hätten Sie die gestohlen. Das Gleiche hat er auch Ihrem Chef geschrieben. Er hat auch geschrieben, Sie dürften den Beruf nicht ausüben. Hat der Arzt Ihnen nichts gesagt?« »Nein«, antwortete ich und starrte die grüne Lampe an. Ich hätte es auch nicht gehört. Dachte ich.

Ich rutschte auf dem alten Holzstuhl hin und her. Wer weiß, wie viele verzweifelte Menschen schon darauf gesessen waren, Unschuldige, Schuldige und solche, die ihre Tat bedauert haben. »Beantworten Sie uns jetzt unsere Fragen«, sagte der Größere.

Zusammengekauert, mit gesenktem Kopf und blass saß ich da. Ich rieb mir meine verschwitzen Hände an meinem Kleid. Wie immer hatte ich kein Taschentuch.

Ich wischte mir mit dem Arm den Schweiß von der Stirn, der kleinere Kriminalbeamte reichte mir ein Papiertuch. Weinen konnte ich nicht. Die Tränen waren in den Tränensäcken versteinert. »Wir werden Sie fragen und Sie werden antworten. Wir nehmen alles auf«, sagte der eine. Ich probierte, grade zu sitzen, damit ich näher an das Mikrofon kam. »Wann haben Sie Rainer kennengelernt? Wo? Und warum sind Sie dann weggelaufen?« Ich konnte den Knoten in meinem zusammengeschnürten Hals lösen und meine Stimmbänder befreien. Ich konnte sprechen. Ich konnte den Mund bewegen und artikulieren. Ich war selber erstaunt, ich dachte, ich wäre stumm geworden. Ich hatte das Gefühl, ich säße in einem Flugzeug, es öffneten sich die Türen und der Luftzug sog mich heraus. Heraus aus meiner Verstummung. Ich erzählte. Nicht einmal das Klacken des Knopfes vom Aufnahmegerät hörte ich. Die Kriminalisten zeigten mir ein paar Fotos. Da war Marianne. Hier eine fremde Frau mit zwei Kindern. Die kannte ich nicht. Und die anderen Menschen auf den Fotos kannte ich auch nicht. »Ja, die Marianne habe ich einmal gesehen«, sagte ich. »Die Frau mit den zwei Kindern nicht.« »Das ist die Frau von Rainer mit den gemeinsamen Kindern«, sagte der Polizist. »Die habe ich nie gesehen!« »Wollen Sie ein Glas Wasser?«, fragte mich der Mann. »Nein«, antwortete ich. »Hat Rainer ungewöhnliche Sexualpraktiken mit Ihnen durchgeführt?«, fragte der Kriminalbeamte. »Nein«, antwortete ich. Ob

Rainer irgendwann mal etwas anderes verbrochen hat? Ich bekam keine Antwort darauf.

Nach zwei Stunden Verhör: »Frau Bartek, Sie können gehen. Wenn Sie damals mit nach Hause gekommen wären, Rainer hätte Sie mitgenommen. Sie wären auch ertrunken. Sie wären jetzt tot. Da haben Sie Glück gehabt!«

»Wie hat sich Rainer umgebracht?«, fragte ich und gab mir Mühe, das Wort »umgebracht« auszusprechen. »Er hat die Schlaftabletten eingenommen, ist mit dem Auto ins Wasser reingefahren und ertrunken. Sie wären dabei gewesen.« Ich sammelte meinen Mut zusammen und fragte: »Wo ist es passiert?«

»Am Baggersee.« Ich kannte den Ort gut, denn da waren wir oft baden. Ich sagte aber nichts, kippte nur meinen Kopf nach vorne. Ich schaute meine Hände an, die leicht zitterten. Jetzt wollte ich hier aber raus. Ich konnte nicht mehr. Ich hatte das Gefühl, mich übergeben zu müssen. Ich wollte hier raus! Ich atmete schnell, fast schon hektisch. Ich hatte das Gefühl zu hyperventilieren.

»Nehmen Sie einen Schluck Wasser, bitte«, sagte der kleinere Beamte, »und atmen Sie tief.« Ich schaute meine Hände an, als hätten sie den Rainer erwürgt. Fast mit einer Art Ekel. »Können Sie aufstehen?«, fragte einer. Und nahm mich an die Hand und führte mich den langen Weg zum Ausgang. Er öffnete die Tür der dunklen Höhle. Ich musste die Augen zukneifen, so hell war es da draußen. Die Sonne begrüßte mich und blendete meine Augen. Ich spürte die Wärme, die mich umarmte. Als wenn sie mich hätscheln würde! In die Arme nehmen und küssen würde. Als wenn ich durch die Dunkelheit des Geburtskanals neu auf die Welt gekommen wäre. Unten an der Treppe stand Rosi in einem weißen geblümten Kleid und ihre Schwester Inge in einem engen roten Rock mit einer weißen Bluse. Beide trugen High Heels. Das hatte ich heute früh gar nicht gesehen. Ich war blind gewesen.

Der größere Kriminalbeamte spürte meine Erleichterung darüber, dass ich gehen durfte. Er nahm meine Hand, fast schon zärtlich, und sagte: »Frau Bartek. Es scheint die Sonne. Es ist ein toller Tag. Und Sie fangen ein neues Leben an. Ich wünsche Ihnen dazu viel Glück.«

Er ließ meine Hand los. Mir wurde schwindelig. Ich hielt mich an dem Geländer fest und ging zu den beiden Frauen, die mich herzlich umarmten. Ich spürte noch seinen Blick an meinem Rücken. Als wenn er mich mit den Augen stützen wollte. Erst als ich ganz unten war, hörte ich, dass er die Tür zuschlug. »Wir fahren nach Hause«, sagte Rosi.

Mein Körper lief den ganzen Tag herum. In den Garten, dann wieder die Treppe hoch in mein Zimmer. Dann legte er sich hin. Dann schluckte er Beruhigungstabletten. Mein Körper wollte nichts essen und nichts trinken. Mein Körper zog sich an. Mein Körper zog sich aus. Mein Körper machte, was er wollte. Es war ihm schlecht im Magen. Er hatte Kopfschmerzen. Die Augen weinten. Mein Körper war krank. Mein Geist lag lahm. Die Antidepressiva hatten ihn eingeschläfert. Mein Geist schaute aus den Augen heraus, aber er sah nichts. Mein Geist dachte nicht, fühlte nicht, weinte nicht, lachte nicht. Ich schaute mir zu, aber ich war es nicht. Etwas namens Eliška lief hier im Haus herum. Es schien mir jemand total Fremdes zu sein. Ich fühlte meinen Körper nicht und hatte das Gefühl, dass ich überall im Raum verteilt war. Wie wenn ich ausgeflossen wäre in jede Ecke des Hauses. Wie wenn man mit mir die Wände beschmiert hätte.

Es interessierte mich nicht die Schule, nicht die Arztpraxis, es interessierte mich nichts. Ich wartete nur auf die Beerdigung von Rainer. Die Polizei meinte, ich sollte dort hingehen. Schon der Gerüchte wegen, dass ich ihn umgebracht hätte. Ich wartete auf die Beerdigung. Mein Körper saß da und wartete.

Als ich ein Kind war, machten wir Ferien in der Slowakei am Orava-Stausee. Oravská priehrada, wie er auf Slowakisch heißt, wurde zur Elektrizitätsgewinnung angelegt. Es wurde ein ganzes Tal geflutet, dabei mehrere Dörfer unter Wasser gesetzt. Nur ein einziger Hügel schaute noch hervor. Darauf stand eine Kirche. Zu der Kirche wollte ein Mann mit seiner Freundin rudern, als ihr Boot umkippte. Die Frau konnte nicht schwimmen, der junge Mann, ein guter Schwimmer, brachte sie zur Insel und schwamm wieder raus, um das Boot zu holen. Er kam nie mehr zurück. Ein Wirbel hatte ihn in die Tiefe gezogen. Polizeitaucher haben ihn gesucht, die Leiche wurde aber nicht gefunden. Eines Morgens ging ich das kleine Stück von unserem Zelt zum See. Ich konnte nicht mehr schlafen. Die Sonne ging langsam auf, vom See stieg Dunst auf, die Oberfläche des Stausees glänzte wie ein Spiegel. In der Ferne beobachtete ich etwas an der Wasseroberfläche. Eine Boje. War das eine Boje? Die war gestern aber nicht da!

Ich holte meinen Vater, der auch schon wach war. Er nahm noch zwei Väter aus zwei anderen Familien mit, die mit uns in den Ferien waren. Die Männer stiegen in ein Paddelboot und paddelten zu der Boje. Ich beobachtete sie vom Ufer aus. Sie wollten mich nicht mitnehmen. Dabei hatte ich die Boje entdeckt! Ungerecht, dachte ich mir. Sie waren schon weit, sie paddelten kräftig, man sah sie kaum im Gegenlicht der aufgehenden Sonne. Als die drei zurückkamen, riefen sie die Polizei. Sie hatten den ertrunkenen jungen Mann gefunden. Die Polizei kam und wir Kinder sollten weggehen. Ich versteckte mich hinter ein paar Trauerweiden und konnte so zuschauen. Als sie den Mann geborgen hatten, lag er eine Zeit lang am Ufer. Neben einem weißen Sarg. Der Tote war ganz aufgequollen. Er hatte fast drei Wochen im See gelegen. Seine Augen waren von den Fischen rausgefressen und auch das Fleisch war an bestimmten Stellen abgenagt oder abgefallen. Seine Brust war aufgedunsen. Er war so aufgequollen, dass die Polizei ihn kaum in den weißen Sarg reinquetschen konnte. Ich war froh, dass Rainer nicht so lange in dem Baggersee lag.

Unsere Laborchefin Gabi kam mit auf die Beerdigung. Rosi hatte Rainer nur gekannt, oder besser gesagt nur gesehen, als er mich verfolgt hatte. Sie wollte nicht mitkommen. Gabi brachte ein starkes Valium mit. Ich trug das schwarze Kleid, das ich auch bei der Polizei getragen hatte. Nur jetzt hing das Kleid noch flatteriger an mir, wie an einem Kleiderbügel. Ich schluckte alle Tabletten, die Gabi mir zum Schlucken gab. Meine Sinne waren stumpf, ich war ein laufendes Nichts. Die Beerdigung nahm ich nicht wahr. Ich ging einfach. Eingehängt in Gabis Arm, zu Boden sehend, setzte ich langsam einen Fuß vor den anderen. Ich schaute keine der anderen Trauergäste an. Die kamen nicht wegen Rainer, die kamen, um mich zu sehen. Die Sünderin! Die Spionin! Die Mörderin!

Als ich kurz die Augen von den Kieselsteinen loseiste, sah ich die Fratzen. Waren nicht viele! Nur die, die auf mich neugierig waren. Ich war wie in einer Nebelwolke. In der Hand hielt ich eine weiße Rose. Die hatte mir Gabi in die Hand gedrückt. Ich sah nicht seine Frau mit den zwei Söhnen, die hinter dem Sarg gingen. Ich sah nicht seinen Freund. Ich erkannte niemanden. Als wenn ich emsig Kieselsteine zählen würde, heftete ich die Augen auf den Weg. Ich spürte die Blicke der Menschen, die mich neugierig anstarrten. Ich wusste nicht, woher wir kamen und wohin wir gingen. Ich kannte den Friedhof nicht.

Es war die Bestattung eines Selbstmörders. Selbsttötung brachte nach altem Aberglauben Unheil, Stürme, Dürre, Unglück über die Gemeinschaft. Und in der Nacht stieg der Unglückliche aus seinem Grab als Wiedergänger, um die Lebenden zu quälen und sie zu sich ins Totenreich zu holen. Ich weinte nicht. Ich konnte nicht. Für die Zuschauer war es sicher ein Zeichen meiner Kaltblütigkeit. »Sie war nur hinter seinem Vermögen her«, munkelte man. Rainer hatte für mich ein Testament geschrieben, das in der obersten Schublade meines Nachttisches lag. Das hatte er sicher zerrissen, ansonsten hätte mir die Polizei etwas gesagt. Wirre Gedanken schwirrten mir durch den Kopf. Die Kieselsteine. Ich hatte aufgehört, sie zu zählen. In dem Brief, den er der Polizei schrieb, stand noch: »Ich habe Eliška geholt, weil ich ohne sie nicht leben konnte. Jetzt ist sie weg. Und ich kann nicht ohne sie.«

Musik gab es nicht, so dass alle, die hinter dem Sarg gingen, einen anderen Schrittrhythmus hatten. Als wenn der eine Polka tanzen würde, die andere einen Walzer, der dritte Samba. So bildeten sich Lücken zwischen den Menschen, die hinter dem Sarg gingen. Rainer hatte auch kein lückenloses Leben geführt. Es passte dazu. Als man dann am Grab anlangte, schlossen sich die Lücken im Trauerzug wieder.

Jetzt war ich an der Reihe. Ich musste die weiße Rose reinwerfen. Gabi hielt mich. Die Rose flog in einem kleinen Bogen ins Grab. Ich ließ sie nicht fallen, nein, ich ließ sie zum letzten Mal fliegen. Sie würde noch lange in dem

Grab liegen. Ewig. Unabhängig von der Zeit. Am liebsten würde ich mit der Rose mitfliegen. Ich hatte keine Kraft mehr, um zu leben. Ich wollte nur noch schlafen. »Rainer, ich danke dir für alles. Und entschuldige. Ich konnte nicht anders!«, bedankte ich mich in Gedanken. Ich durfte hier nicht zu lange stehen. Die an mir klebenden Blicke hätten mich am liebsten hinuntergestoßen. Aber Gabi hielt mich so fest, dass mir fast der Arm weh tat. Wären die bösen Gedanken der Leute Nägel gewesen, wäre ich hier schon durchlöchert. Hinten drängten schon die Nächsten. Marianne war nicht da. Es gab keine Ansprache. Als ich einen Moment hochschaute, sah ich die Mauer. Selbstmörder werden an der Friedhofsmauer begraben. Früher wurden sie sogar über die Mauer von außen hineingereicht, da sie nicht durch das Friedhofstor hineingebracht werden durften.

Gabi und ich gingen sofort zum Auto. Es hatte mich niemand begrüßt und es hat sich auch niemand verabschiedet. Ich kam hierher aus dem Nichts und verschwand wieder ins Nichts.

Ich kam nach Hause, legte mich in dem schwarzen Kleid auf mein Bett und wartete. Ich schlief ein. Rainer kam mich besuchen. Er hatte keine Augen mehr in seinem purpurroten, ertrunkenen Gesicht. Er grinste mich an. Er sprach nicht, aber er beugte sein Gesicht ganz nah zu mir. Als wenn er mich küssen wollte. Er roch aufdringlich und stechend, nach etwas anderem, Fremdem. Nach dem Tod eben. Rainer vergaß keine einzige Nacht zu kommen. Einmal kam er als Seemann. Mit einem rotgestreiften, langarmigen Shirt. Diesmal machte er nichts. Er saß nur auf einem Stuhl neben meinem Bett und starrte mich an. Ich musste sofort aufwachen, sofort! Ich riss meine Augen auf, sah ihn jedoch noch lange Sekunden, die mir wie Minuten vorkamen, auf dem Stuhl sitzen. Dann stand er auf. Drehte sich noch einmal um und ging durch die Tür weg.

Ich sitze neben Rainer in dem Auto. Ich war nie genau an dem Platz, an dem er sich umgebracht hat. Aber im Traum sehe ich es. Eine Straße, bisschen tiefer ein Graben und ein Baum. Dort, am Baum vorbei, fährt er mit mir in den See. Ich schreie: »Rainer, ich will nicht sterben! Ich bin noch zu jung!« Er grinst und fährt. Es scheint mir sogar, als wenn er noch extra Gas geben würde. Langsam verschluckt das Wasser das Auto. Ich kann nicht aussteigen. Die Fenster sind verriegelt. Ich will raus. Das Auto füllt sich mit Wasser. Rainer liegt schon halb abwesend auf der Fahrerseite. Er ist betäubt durch die Schlaftabletten. Er bewegt sich noch ein bisschen und stöhnt. Es ist ein langsames Sterben. Ich muss das Ertrinken jedoch bei vollem Bewusstsein erleben! Ich bin nicht betäubt. Ich rüttle an der Fensterkurbel. Ich rüttle an der Tür. Mund und Nase füllen sich mit Wasser. Die Augen sehen noch. Sehen nur noch kurz. Dann sind auch sie unter Wasser. Noch ein paar Luftblasen tanzen aus meiner Nase. Dann sage ich dem Leben »Auf Wiedersehen«. Es ist mein Abschied. Ich kratze noch mit den Nägeln etwas am Fenster. Als würde ich eine Nachricht schreiben wollen. Ich bin ertrunken. Ich bin tot.

Ich musste jetzt arbeiten gehen, um meine Miete zu bezahlen. Mit dem Arbeiten kam auch wieder Herr Hässler zu mir in mein Schlafzimmer. Nur machte es mir nicht mehr so viel aus. Ich lebte jetzt in einer Parallelwelt. In einem nach außen abgegrenzten Bereich. Unabhängig von der Außenwelt, ohne Schmerz und ohne Leid. Abgetrennt von der anderen Welt und auch von den anderen Menschen. Ich sprach kaum, ich weinte kaum, ich aß kaum, ich lachte nicht. Ich ging nicht in der Praxis arbeiten und auch nicht in die Schule. Bis ich einen Brief bekam. Ich werde zum Direktor der Arztgehilfinnen-Schule bestellt. In dem Brief stand jedoch nicht die Adresse der Schule, sondern seine Privatadresse. Es war schon übermorgen.

Ich stand vor einem weißen Haus mit einem kleinen Vorgarten. Dorthin ging ich den Weg unter hoch gewachsenen Bäumen. Die Allee war lang. Es waren Robinien, die so stark dufteten, dass mich der Geruch fast betäubte. Einige Blüten fielen auf meine Haare und auf mein Kleid. Die Jalousien an den meisten Fenstern waren noch zugezogen. Ich läutete. Die kupferne Klingel glänzte so, als wenn hier noch nie jemand geläutet hätte, noch nie jemand da gewesen wäre. Ich wartete. Ich war nicht einmal nervös. Eine Frau mit weißer Schürze kam mir öffnen. »Sind Sie Frau Bartek?«, fragte sie. »Ja, guten Tag«, antwortete ich und trat ein. Ich wusste nicht, ob es eine Haushaltshilfe war oder die Frau des Direktors, sie stellte sich nicht vor. »Kommen Sie mit!«, sagte sie. Ich folgte ihr auf weichen Orientteppichen. Die dämpften jeden Schritt, so dass kein einziges Geräusch hörbar war. Die Frau ging zu einer Tür, die auch eine polierte Klinke hatte. Sie klopfte. »Kommen Sie«, hörte ich aus dem Zimmer. Die Frau machte die Türe auf, sagte: »Frau Bartek ist da«, und ließ mich herein. Sie zog die Türe auch selbst hinter mir zu, als wenn sie Angst hätte, ich würde die Kupferklinke schmutzig machen.

Ich betrat einen großen Raum. Überall, sogar um die Fenster und die Türen, standen Regale voll mit Büchern. Es war dunkel hier. Vielleicht, damit die Bucheinbände durch die Einstrahlung der Sonne nicht ausbleichten. Rote, schön gebundene, in Alter Schwabacher Schrift gesetzte Ausgaben stehen in einer Reihe wie Soldaten in roten Uniformen. Meine Mutter hatte auch ein in der Schwabacher gedrucktes Kochbuch, deswegen wusste ich es. Ich konnte das Kochbuch nie lesen. Andere Bücher waren der Größe nach geordnet, wahrscheinlich nicht thematisch, mehr wegen der Ästhetik. In der Mitte des Raumes saß an einem kleinen Tischchen, neben einer Leselampe, tief versunken in einem bequemen Stuhl, unser Schuldirektor.

Er probierte, sich aus dem tiefen Stuhl hochzuarbeiten, eingehüllt in dicken Zigarettenqualm, als wenn er auf einer Wolke davonfliegen wollte. Er war aber etwas korpulent und verlor fast das Gleichgewicht. Wie ein Sack fiel er wieder zurück in den Stuhl.

»Bleiben Sie bitte sitzen!«, sagte ich und ging auf ihn zu, um seine Hand zu schütteln. »Setz dich, Eliška!«, sagt er, und ich freute mich, dass er meinen tschechischen Vornamen kannte. Es war mir auch angenehmer, dass er mich duzte, so kam ich mir eher wie eine Schülerin vor. Ich setzte mich auf den leeren Stuhl, der nicht zu nah und nicht zu weit von ihm entfernt war. Er zündete sich eine neue Zigarette an.

»Eliška, ich habe gehört, was dir passiert ist. Es tut mir sehr, sehr leid. Es ist schrecklich. Ich habe aber auch gehört, dass du die Schule nicht fertig machen möchtest. Dabei sind wir nur zwei Monate vor der Abschlussprüfung! Es wäre doch schade, wenn du den Abschluss nicht machen würdest.« Er schaute mich über seine Brillengläser, die über die Nasenspitze zu fallen drohten, ruhig an und sagte: »Ich helfe dir! Es wäre schade, wenn so eine junge, hübsche, intelligente Frau in einer Fabrik arbeiten würde und Joghurtbecher füllen müsste!«

Ich wusste zwar nicht, warum er jetzt an Joghurtbecher dachte und ob es überhaupt so eine Fabrik gab. Ich ließ ihn jedoch weitersprechen.

»Ich werde dir etwas erzählen!« Wir saßen bequem, und er erzählte: »Ich war als Student in Prag einige Monate. Ich hatte dort ein Stipendium bekommen. Es war die schönste Zeit in meinem Studentenleben, die ich nie vergessen werde. Ich hatte mich in ein Mädchen namens Jitka verliebt. Wir tanzten, wir studierten zusammen, wir liebten uns, wir schlenderten durch Prag. Unter der Skulptur von Karel Hynek Mácha, dem Dichter der Verliebten, saßen wir am 1. Mai auf einer Bank und waren unzertrennlich. Aber es kam die Zeit des Abschieds. Ich musste zurück nach Deutschland. Mein Stipendium lief aus. Wir mieteten uns an der ›Slawischen Insel‹ in der Moldau ein Boot. Dort war ein kleiner Bootsverleih.«

»Ach, den kenne ich!«, fiel ich ihm ins Wort. »Dort habe ich auch mit meiner Liebe einmal ein Boot gemietet. Und in dem auf der Insel gelegenen Palast ging ich in die Tanzschule. Drei Jahre!« Bei der Erinnerung an zu Hause kam ein bisschen Leben in meine Stimme, und ich freute mich, dass der Herr Direktor Prag kannte und liebte. »Ja, lass mich weitererzählen, Eliška! Es war der letzte Tag in Prag. Am nächsten Tag sollte ich abfahren. Jitka weinte auf dem Boot, herzzerreißend. Ich war auch sehr traurig. Jitka saß mir im Boot gegenüber, ich hielt mit beiden Händen die Ruder. Wir waren nahe am Nationaltheater, bei der Brücke, ich höre noch immer den Lärm der roten Straßenbahnen. Rechts war das Kaffeehaus, in dem wir so oft gesessen haben. Ich würde alles schrecklich vermissen. Ich legte die Ruder an den Rumpf des Bootes. Vorsichtig balancierte ich zu Jitka und sage: ›Jitka, weine nicht. Ich gehe zurück und ich komme sicher wieder! Ich werde dich holen! Ich schwöre es dir!‹ Und trocknete die Tränen ihrer wunderschönen blauen Augen. Ich bin nie zurückgekommen.«

Er schaute mich durch die Brille an, als würde er erwarten, dass ich etwas dazu sagen würde. Ich sagte aber nichts. »Dieses Versprechen lastet mir schwer auf der Seele«, sprach er weiter. »Ich möchte sie mir erleichtern. Sie befreien. Lass dir helfen, Eliška. Vielleicht kann ich so diesen gebrochenen Schwur wieder etwas gutmachen. Ich schäme mich so!«

## Mein neues Leben

Und ich ging voller Elan durch die Allee. Ich hüpfte wie ein Kind, die weißen Blüten der Robinien weinten nicht mehr, die Blüten fielen nicht herunter. Die Blätter waren grüner geworden. Der Wind blieb stehen. Vom Himmel waren alle Wolken verschwunden. Eine Fliege umkreiste meinen Kopf. Sie setzte sich auf mein Gesicht, auf die Stirn. Sie kitzelte. Ich ließ sie sitzen. Ich nahm keine Antidepressiva mehr und keine Schlaftabletten. Ich hatte Termine bei verschiedenen Lehrern zum Nachhilfeunterricht, privat bei ihnen zu Hause. Ich bekam von jedem fünfzig Prüfungsfragen. Ich hatte eine Woche Zeit, um sie zu lernen. Dann konnte ich die Lehrer zu Hause besuchen. Ich saß in meinem Zimmer und übersetzte mit dicken Wörterbüchern aus dem Deutschen ins Tschechische. Ich lernte die Wörter, ich lernte die Antworten.

Manchmal kam Herr Hässler. Den Fleck neben der Lampe an der Decke kannte ich auswendig. Ich konnte seine Form nachmalen. Erst spät in der Nacht schaltete ich die Tischlampe aus. Früh, wenn es noch dunkel war und ich zu lernen anfing, schaltete ich sie wieder ein. Das Lernpensum war groß. Auch Rainer kam oft zu mir. Dann wachte ich schweißgebadet auf, erleichtert, dass es nur ein Traum war. Eine Freundin sagte mir, ich solle einen Besen quer in die Tür stellen. Gegen die bösen Geister. Der Besen stand dort. Nur wenn Hässler klopfte, entfernte ich ihn, obwohl ich den Besen am liebsten in den Türrahmen geschraubt hätte.

Die Woche war vorbei. Ich fuhr heute zur Chemielehrerin. Sie wohnte außerhalb. Ich fuhr mit dem Zug. Die Lehrerin holte mich mit einem kleinen Fiat vom Bahnhof ab. Wie schön doch der Nachhilfeunterricht bei ihr war! Sie hatte keinen Mann, dafür aber Pferde. Ihr Haus stand ebenerdig da. Hinten ein tiefer Wald, vorne eine Wiese. Das Haus war lang, weiß verputzt, ohne einen Winkel. Die Lehrerin, um die fünfzig, saß locker in ihren Jeans in einem Schaukelstuhl, der mit einem weißen Schafspelz bedeckt war. Fast wie in Kanada in einem Landhaus. Obwohl ich nie in Kanada war, stellte ich es mir so vor. Ich schaukelte nicht. Mein Stuhl stand fest auf dem Holzboden der Terrasse.

Beim Schaukeln fielen ihre blonden Locken erst nach vorne und, wenn die Schaukel am hinteren Anschlag war, wieder nach hinten. Ich schaute fasziniert den Haarlocken zu. Sie trug eine Brille mit schwarzem Rahmen, und ich hatte Angst, dass sie beim Schaukeln herunterfiel. Die Lehrerin war hübsch, hatte weiche Züge, weiße Haut und blaue Augen. Manchmal blinzelte sie, obwohl gar keine Sonne schien.

Wenn ich etwas falsch sagte, erklärte sie es mir, bis ich es verstand. Es dauerte eine gewisse Zeit, bis wir alle Fragen durchgegangen waren. Ab und zu kam ihr braunes und sehr neugieriges Pferd namens Pico zu uns. Seine geblähten Nüstern zeigten, er roch etwas Unbekanntes. Ich gab ihm einen Apfel und Pico beruhigte sich. Ließ sich sogar am Maul streicheln. Ich wäre gerne viel länger bei der Chemielehrerin sitzengeblieben.

Ich streichelte noch kurz das Pferd, setzte mich neben der Lehrerin in den Fiat und wurde zum Bahnhof gefahren. Dort verabschiedete ich mich, bedankte mich für den Tee, für den Unterricht, für die Gesellschaft.

Der Unterricht in Mathe war nicht so genussvoll. Unser Mathelehrer wohnte in einem Hochhaus in einer zu kleinen Wohnung mit Frau und vier Kindern. Wir hatten für die Nachhilfe genau die Zeitspanne, wenn alle aus dem Haus waren. Die Frau war bei der Arbeit, sie war Kosmetikerin, die Kinder in der Schule und im Kindergarten. Dann legten wir los. Ich war auf dem Gymnasium kein mathematisches Genie. Ich bevorzugte die humanistischen Fächer. Dazu fiel es mir besonders schwer, Mathe auf Deutsch zu verstehen. Aber ich schaffte es. Ich traf nicht alle Lehrer, nur in den Fächern, in denen ich Probleme hatte.

In der mündlichen Prüfung stand ich vor den Lehrern und war extrem nervös. Alle saßen in einer Reihe an einem langen Holztisch. Alle feierlich angezogen. Die Lehrer mit einem schwarzen Anzug und einer Krawatte, die Lehrerinnen in einfarbigen Kleidern, als wenn etwas Geblümtes oder Gepunktetes stören würde. Es sah eher aus wie ein Gerichtshof als wie eine Prüfung. Alle wussten, was mir zugestoßen war. Ich spürte das Mitleid der Lehrer. Alle hielten mir die Daumen, dass ich bestehe. Es schien, als würden sie meinem Kopf telepathisch die Antworten diktieren wollen und ich müsste sie nur wiederholen. Der Schuldirektor schaute wohlwollend. So weich und lieb, wie er wahrscheinlich Jitka auf der Moldau angesehen hatte. Ich spürte, dass er Freude an mir hatte. Dass er sogar stolz war. Ich zog glücklicherweise aus dem Säckchen die Fragen, deren Antworten ich auch kannte. Und ich bestand.

Als ich das Zeugnis in Händen hielt, das mir bestätigte, dass ich ab jetzt diplomierte Arztgehilfin war, weinte ich vor Glück. Die Lehrer standen auf und gratulierten mir. Jetzt, ja jetzt konnte ich in die Welt hinausfliegen.

Jetzt war ich selbständig und frei. Die Federn meiner gestutzten Flügel waren nachgewachsen. Am liebsten hätte ich mich auf einen hohen Felsen gestellt und mich fallenlassen. Die Flügel aufmachen und durch die Luft gleiten. Ich hatte Vertrauen in die Welt und in das Leben.

Manchmal ging ich auf der Straße und plötzlich erschrak ich. Dachte, Rainer gesehen zu haben. »Oh Gott! Er lebt!« Ich sah die weißen gewellten Haare von hinten und die gleiche Figur. »Er ist nicht tot! Er lebt! Er bringt mich um!« Ich fand schnell eine neue, gutbezahlte Arbeit als Laborantin. Noch einen Monat blieb ich in meinem kleinen Zimmer. Bereitete mich jedoch schon auf meinen Auszug vor.

Ich fuhr mit dem Aufzug in den letzten Stock eines Hochhauses. Wie in den Himmel fuhr mich der Lift hoch. Ich war stolz. Ich hatte eine Arbeit. Ein feierliches Gefühl erfüllte meine Brust. Ich zog meinen weißen Kittel an und ging zur Tür, an der »Dr. Beyer« stand. Ich klopfte: »Herein!« Ein auffallend hübscher Arzt öffnete mir die Tür. »Ah, Sie sind die Frau Bartek!« »Ja«, antwortete ich. Ich durfte mich hinsetzen und mit Dr. Beyer einen Kaffee trinken. Dann führte er mich durch ein riesiges Chemielabor. Ich würde Elektrophorese machen, eine labormedizinische Untersuchung, bei der die Eiweiße des Blutes nach Gruppen getrennt werden.

Ich fand eine Wohnung, indem ich auf ein Inserat in der Zeitung antwortete. Mit der Straßenbahn Nummer 5 fuhr ich zum runden Turm in Augsburg. Ich ging durch einen Park zu dem Gebäude und die Maklerin wartete schon vor dem Eingang. Unten an den Briefkästen waren viele deutsche Namen. Im Erdgeschoss, hinter dem Eingang, befanden sich riesengroße Spiegel an der Wand, eigentlich bestand die ganze Wand aus Spiegeln. Weiter ging es durch eine Flügeltüre, ähnlich der in Prag, in der ich dem Polizistensohn die Hand eingeklemmt und gebrochen hatte. Wir hielten uns links und betraten einen Flur, dessen Boden aus schwarz gesprenkelten Marmorplatten bestand. Auf der linken Seite war eine braun gebeizte Tür. Die Maklerin zog einen Schlüssel aus ihrer schwarzen Handtasche und öffnete die Eingangstür. Wir traten ein. Ein Flur, rechts eine Dusche und die Toilette. Dann weiter durch eine Glastür und dann ein lichtdurchfluteter Raum, der mich begrüßte: »Ziehe hier ein!« »Und wo ist die Küche?« Die Dame öffnete einen Schrank im Flur. Erst jetzt nahm ich die Frau wahr. Sie war um die fünfzig und trug ein braunes Kostüm aus Wolle, eine weiße Bluse und hatte rot lackierte Nägel. Sie war sehr freundlich zu mir, da sie die Wohnung unbedingt vermieten wollte. In dem Schrank, den sie aufmachte, befanden sich zwei Kochplatten, ein Geschirrschrank, zwei Schubladen. Die Waschküche war ein Gemeinschaftsraum unten im Haus. »Ich nehme die Wohnung.« Die erste eigene Wohnung in meinem Leben! Ich bezahlte die Kaution mit dem aus der Bar Gesparten und bekam gleich den Schlüssel. Es gab so viele freie Wohnungen. Die Immobilienfirma war wohl froh, dass sie eine Wohnung losgeworden war. Und bald stand neben den ganzen deutschen Namen mein tschechischer Name.

Ich besaß nicht viel. Die paar Kleider, die ich mir von meinem kleinen Lohn gekauft hatte, die brachte ich in dem schmalen Koffer unter. Heute war niemand zu Hause. Ich verschwand hier wortlos. Ich wollte nicht, dass der Hässler weiß, wohin ich umzog. Ich wollte ihn nie mehr sehen. Nie, nie mehr! Ich konnte der Rosi kaum in die Augen schauen. Ich konnte der Inge auch kaum begegnen. Und der Mutter, die so aufopfernd war, schon gar nicht mehr. Ich schaute mich noch einmal in meinem kleinen Zimmer um. Ich hatte das Gefühl, diese Mischung aus Trauer und Unglück riechen zu können. Ich nahm ein Stück Papier und schrieb darauf: »Ich danke vielmals für alles.« Ich schaute noch einmal den Fleck auf der Decke neben der Lampe an und zog entschlossen die Tür hinter mir zu. Ich zog sie nochmals zu, zur Kontrolle, drückte sogar zweimal die Klinke herunter, um ganz sicher zu sein, dass die Türe nicht aufging. Als wenn die Tränen aus dem Zimmer herausfließen könnten wie aus einem Stausee, dessen Damm gebrochen ist. Im Garten drehte ich mich noch einmal um und schlug dann die Gartentür zu.

Ich ging in meine Wohnung. Das große Fenster, das fast über die ganze Wand reichte, schaute nach draußen in den Park. Ich sah die riesigen Bäume, die sich zu mir bogen, als würden sie mich küssen wollen. Das Eichhörnchen, das auf dem einen Zweig saß. Das Gras, das ich fast anfassen konnte. Ich saß auf der Fensterbank und war so glücklich! Ich blieb den ganzen Nachmittag auf der Fensterbank sitzen und probierte mein Glück in irgendeine Richtung zu steuern oder zu zügeln, denn es lag so viel Kraft in diesem Glück, dass ich gar nicht wusste, wohin damit.

Langsam schlich sich der Abend durch mein Fenster herein. Es gab nur auf der Toilette und in der Küche ein eingebautes Licht. Ich öffnete den Schrank, und das Licht aus der Küche strahlte bis ins Wohnzimmer. Ich hatte kein Bett. Ich hatte nichts zu essen. Das war aber alles egal. Denn ich besaß das größte Gut des Menschen, und das ist die Freiheit. Ich nahm Kleider aus meinem Koffer heraus und legte sie auf den Parkettboden. Die Jacke rollte ich zusammen zu einem Kissen und legte meinen Kopf darauf. Ich musste auf dem Rücken schlafen, auf der

Seite drückte der Boden zu stark. Ich musterte die Decke über mir. Wahnsinnig schön! Weiß und ohne einen Fleck! Ich machte die Augen zu und schlief ein.

Am nächsten Tag bei der Arbeit erzählte ich von meinem Glück. Alle wussten, was mir zugestoßen war, und alle Frauen waren mit mir solidarisch. »Ja und hast du schon ein Bett?«, fragte mich die eine beim Kaffee. »Nein, ich schlafe auf dem Boden«, antwortete ich. Es wurde eine Kaffeesitzung einberufen, und die Kollegin aus Hamburg, die Lilly, eine blonde große, langhaarige Schönheit, sagte: »So Mädels, wir machen eine Einweihungsparty bei Eliška und jeder bringt was mit. Nicht nur Essen, sondern auch Geschirr oder Töpfe, die man zu Hause nicht mehr braucht, oder Besteck, alte Gläser, einfach alles, was in eurem Haushalt zu viel ist ... und ich leihe dir ein Klappbett.« Und von hinten rief Anna: »Und ich bringe dir einen Wecker mit.«

»Wann?« »Heute um 20 Uhr, da ist es noch hell! Ich bringe auch Kerzen mit.«

Und um 20 Uhr fielen alle Mädels wie ein Orkan in meine Wohnung ein. Die eine legte die Tischdecke auf den Boden, die andere zündete die Kerzen an, die dritte legte zwei Gabeln und zwei Messer auf das Tischtuch, die vierte räumte die drei mitgebrachten Töpfe in der Küche ein. Auf das Fensterbrett stellte Anna den Wecker und Lilly klappte das Klappbett auf. Ach ja, irgendjemand brachte auch einen Schlafsack! Und ein Handtuch. Und jede hatte etwas zum Essen mit: Obst, Semmeln, Mettwurst, Salami, Käse, Schinken. Wir saßen auf dem Boden im Schneidersitz und aßen, lachten, tranken Wein, rauchten ... manchmal, wenn eine von uns so lachte, dass sie sich den Bauch halten musste, legte sie sich einfach auf den Boden. Es wurde dunkel draußen, die Kerzen brannten und ich schaute mir meine neuen Freundinnen an, ihre Gesichter in den Lichtern der Kerze, eines schöner als das andere, schien es mir.

Als sie spät nach Hause gingen, duschte ich mich das erste Mal in meiner Dusche, mit der Betonung auf »meiner«. Ich genoss es, denn jeder Wassertropfen, der an meinem Körper herunterrann, war mein Wassertropfen! Ich trocknete mich ab, zog meinen Pyjama an und schlüpfte in den Schlafsack. Der Schlafsack war grün, und ich hatte das Gefühl, ich schliefe in einer Wiese. Ich öffnete das Fenster und hörte das Zwitschern der Vögel. Ich stellte mir den Wecker auf 7 Uhr. Das leise »ticktack« beruhigte mich und ich schlief tief ein. Ich träumte nicht von Rainer, ich träumte nicht von Hässler, ich hatte keine Prüfungsängste mehr. Ich war frei. Und Angst vor der Zukunft hatte ich auch nicht. Ich musste nicht einmal einen Besen in die Türe stellen. Ich hatte alle Geister draußen gelassen, wollte mit ihnen nichts zu tun haben. Ich war froh, dass Rainer tot war. Und schämte mich für diesen Gedanken. So durfte man nicht denken. Ich probierte, den Gedanken zu verscheuchen. Nein, so durfte man nicht denken. Er hatte die Tabletten aus meinem Nachttisch genommen. Ich hatte ihn nicht umgebracht.

Ein Freund sprühte mir die lange Wand rot und gelb mit senkrechten Streifen, die ineinander zerfließen, so dass es wie ein Sonnenaufgang aussah. In der Mitte teilten wir den Raum mit einem selbstgebauten Holzregal. So waren der Wohn- und Schlafbereich voneinander getrennt. Im Schlafbereich blieb die Wand weiß.

In die Ecke bauten wir eine kleine Bar mit einigen Regalen. Dort standen meine Gläser. Wenn ich kochte und keine Lust hatte, das Geschirr abzuwaschen, machte ich den Schrank im Gang zu. Und das schmutzige Geschirr war weg. Ich kaufte ein rundes Drahtgestell, das ich mit Bastfaden in den Farben der Wand umwickelte. Und das war dann meine Hängelampe.

Ich traf zufällig den Mann, der mir in der Bar immer das große Trinkgeld gegeben hatte. Er lud mich zum Kaffee ein. Nächstes Mal zum Essen. Dann wurden wir ein Liebespaar. Er hieß Ralf, hatte eine eigene Firma für Straßenbau und lebte allein mit seiner Mutter. Sein Hobby war Autorennen. Er hatte ein eigenes Rennauto, das auf einen Transporter geladen wurde, mit dem man dann zum Rennen fuhr. Er hatte sogar einen eigenen Automechaniker und wir fuhren nach Monza. Obwohl ich von Autos gar nichts verstand, fand ich es aufregend zuzuschauen. Der schnelle Reifenwechsel faszinierte mich. Es war eine neue Welt für mich, und neugierig wie ich war, genoss ich es. Autorennfahrer haben immer schöne Frauen dabei, als wenn ihr Auto dadurch schneller fahren würde. Er wollte mich seiner Mutter vorstellen. Lange Zeit wehrte ich mich, es schien mir zu offiziell zu werden. Irgendwann willigte ich aber ein.

Wir fuhren zu der Villa, weiß und imposant. Die Mutter hatte schwarze Haare und machte einen auf Dame, stolperte auf hohen Absätzen durch die Räume und zerkratzte die Parkettböden. Ihre langen Ohrringe klimperten an den vom Gewicht in die Länge gezogenen Ohrläppchen. Eine Dame war sie nicht, sonst wäre sie nicht so eingebildet. Sie hatte einfach reich geheiratet. Ich hatte nicht so viele Kleider, aber das schwarze hatte ich immer noch, so dass ich mich entschied, es anzuziehen. Ich trug keinen Schmuck. Ralf hatte schwarze lockige Haare nach der Mutter, war groß, sprach nicht viel, war eher introvertiert. Bei dieser Mutter hatte er auch nicht viel zu melden. Ich merkte sofort, dass sie mich nicht mochte.

Wahrscheinlich war sie eifersüchtig, wie es Mütter oft auf Schwiegertöchter sind, etwas anderes konnte ich mir nicht vorstellen. Die Wohnung war überladen mit teuren Sachen. Mit Lampen, Stühlen, Deckchen. Wir tranken Champagner aus teuren Kristallgläsern. Sie führte mich stolz durch die Villa, als wenn sie das Geld dafür selber erarbeitet und die Villa selber erbaut hätte. Aber zu sagen hatten wir uns nicht viel. Kalt verabschiedete sie sich von mir. Ich hatte verstanden. Ich war zu arm und aus keiner reichen Familie. Dabei waren meine Eltern gebildeter als sie. Dazu noch Flüchtling, dazu noch aus dem Sozialismus, den sich viele Menschen im Westen als eine schlimme Geschlechtskrankheit vorstellten. Dazu sprach ich nicht gut genug Deutsch.

Das war der erste und letzte Besuch bei ihr. Ihr Söhnchen litt zwar, er ließ es aber nicht zu, dass sie mich ihm wegnahm. Er brachte mir in Österreich in Seefeld noch das Skifahren bei, schickte mich in die Skischule. Er war verliebt. Es tat ihm leid, dass mich seine Mutter nicht als Schwiegertochter wollte. Ich wollte ihn sowieso nicht heiraten.

Eines Tages erschien in unserem Labor ein smarter junger Mann. Er war IT-Fachmann und kam, um etwas zu programmieren. Er war schlank und hatte eine braune Wildlederjacke und Jeans an. Er trug Cowboystiefel mit Absatz und ein weißes Hemd. Sein Gesicht war schmal, seine Augen braun, wie auch seine Haare. Er hatte schlanke, lange Finger. Seine weißen Zähne strahlten, wenn er lachte. Ein Schneidezahn war leicht nach vorne gekippt. Das sah süß aus. Er kam mit einem weißen Porsche. Einfach ein Sonnyboy. Wir alle machten ihm schöne Augen. Er schien nicht abgeneigt zu sein und ließ verschiedene Komplimente über sich ergehen. Man merkte ihm an, er genoss die Aufmerksamkeit. Nach einer Woche hatte er seine Wahl getroffen und ließ es mich spüren. Als er einmal ganz nah neben mir saß, schob ich ihm unauffällig einen Zettel mit meiner Adresse und dem Schlüssel rüber. Er verließ unsere Laborräume früher als sonst, und als ich nach Hause kam, saß er schon in meinem Wohnzimmer und las eine Zeitung. »Hallo Christoph«, sagte ich. Er stand auf und umarmte mich. Als wenn wir uns schon hundert Jahre kennen würden.

Christoph war Schweizer. Über die Schweiz wusste ich nicht viel. Christoph erzählte mir von der schönen Natur, der Berglandschaft, über die Seen, über Zürich. Musste aber schön sein! »Christoph, wie sagen wir den ganzen Weibern, dass wir zusammen sind? Die kratzen mir die Augen aus! Ich habe eine Idee! Heute macht die Lilly eine Party. Komm, wir gehen dorthin!« Wir rasten mit dem weißen Porsche durch Augsburg zu Lilly. Sie lebte im dritten Stock eines fünfstöckigen Hauses. An der Glocke war vermerkt: »Party«. Wir nahmen nicht den Lift, wir liefen zu Fuß. Die Tür, hinter der die Party stattfand, konnte man gar nicht verfehlen, so ein Lärm war da drin. Wir läuteten und traten ein. Plötzlich blieben alle Frauen wie versteinert stehen und schauten uns an. »Ich habe mir gestattet, den Christoph mitzubringen«, sagte ich. Stille. Lilly unterbrach die Stille, lächelte und sagte. »Ja klar, kommt herein!« Und die Musik und das Lachen gingen weiter. Wir lachten, tanzten und das Leben war so unbeschwert, so leicht, so schön! Ich tanzte mit Christoph. Er streichelte meine Haare, gab mir einen Kuss auf die Stirn, und ich war ganz aufgeregt, dass ich diesen schönen Jungen erobert hatte. Er trank nichts und so konnten wir uns früh morgens in den Porsche setzen und zu mir fahren. Seinen Koffer aus dem Hotel würde er erst am nächsten Tag holen.

Schon vor der Spiegelwand im Eingangsbereich küsste er mich. Ganz flüchtig, als wenn ein Schmetterling sich auf meine Wange setzen würde. Ich sah im Spiegel, wir passten sehr gut zusammen. Ein schönes Paar. Dann sperrte ich die Tür meiner Wohnung auf. Er war noch ein bisschen schüchtern, seine Küsse waren noch zögerlich. Meine, mit dem Temperament meines ungarischen Großvaters, heiß und brennend. Die Kleider fielen, ein Stück nach dem anderen, zuerst die High Heels, dann mein rotes enges Kleid. Ich konnte vor Aufregung kaum den Reißverschluss aufmachen. Den Büstenhalter musste Christoph öffnen, das gehörte sich so, das Höschen dann erst im Bett. Noch ein paar Schritte und wir landeten dort. Wir liebten uns, stöhnten, küssten uns, und die Leidenschaft füllte das Zimmer vollkommen aus. Wenn ich wegen des Lärms nicht die Wohnzimmertür zugemacht hätte, würde das Stöhnen den ganzen Gang, das Badezimmer und die Küche ausfüllen. Und wenn ich die Wohnungstür geöffnet hätte, würde die Leidenschaft sogar in den Hausflur hinausquellen.

Früh am Morgen, Christoph schlief noch, schaute ich ihn genauer an. Er hatte eine leichte Höckernase. Ein längliches Gesicht und eine schöne, glatte Haut. Aber die Bartstoppel pikten, da er einen starken Bartwuchs hatte. Er hatte nicht viele Haare auf dem Kopf. Nicht dass er eine Glatze hätte, nein, das nicht, eher fein glänzende Haare und insgesamt einen nicht so dichten Haarwuchs. Er würde einmal eine Glatze haben. Als er hier so lag, mit geschlossenen Augen, beobachtete ich seine schwarzen, leicht gebogenen langen Wimpern. Solche hatte nicht einmal ich! Ich registrierte fast schon neidisch, dass seine Wimpern wie ein dichter Vorhang die Augen verdeckten. Ich stand auf, zog extra den Bademantel nicht an, damit er als Erstes meinen jungen Körper sah, falls er wach würde. Das leise Tropfen des Kaffees, das Röcheln der Kaffeemaschine, der traumhafte Duft, der sich in der aufgehenden Sonne wie eine Schlange durch das Zimmer wand. Das alles brachte Christoph dazu, dass er die Augen öffnete. Er schaute sich zuerst verwundert um, dann suchten seine Augen mich: »Guten Morgen!«, sagte er. Ich setzte mich auf die Bettkante und gab ihm den heißen Kaffee in die Hand. Er schlürfte daran und seine Augen lachten. »Schön hast du es hier«, sagte er. Er duschte lange, zog sich an und ging.

Am nächsten Wochenende kam Christoph wieder. Und dann wieder. Und dann fast jedes Wochenende. »Willst du mich nicht einmal in der Schweiz besuchen?«, fragte er. Christoph kaufte mir ein Flugticket. Ich nahm Freitag frei, unser schöner Chef war in den Ferien in Afrika. Ich fuhr mit dem Zug nach München und flog dann nach Zürich. Ich flog zum ersten Mal und fühlte mich dabei ganz wichtig. Ich genoss es, am Fenster zu sitzen und die Welt als kleines Spielzeug zu sehen. Ich konnte meine Handtasche auf den leeren Sitz neben mir legen und mich ganz dem Blick nach draußen widmen. Die kleinen Häuschen, die Felder wie ausgeschnitten aus einem farbigen Papier, die glänzenden Oberflächen der Seen, keine Menschen, wie ausgestorben sah die Erde aus, nur hier und da bewegte sich auf einer Straße ein kleines Auto wie auf einem Spielplatz.

Und jetzt öffnete sich der Blick auf die Schweizer Alpen, und ich war so entzückt, dass ich es kaum glauben konnte, dass die Welt von oben so schön aussah. Ich hielt die Luft an, damit ich die Aussicht durch das Atmen nicht störte. Die lange Kette verschneiter Gipfel, die in den Himmel ragten, ein leichter Dunst umgab sie, als wenn sie sich nackt schämen würden.

Das Flugzeug landete in Zürich. Mit einem Blumenstrauß aus roten Rosen holte mich Christoph ab. Ich hüpfte hinter der Glaswand bei der Abfertigung, lachte und freute mich, ihn zu sehen. Und dann endlich umarmten wir uns. Es war anders als in Augsburg. Jetzt war ich sein Besuch und er überschüttete mich mit Aufmerksamkeiten. Er lud mich zum Essen ein. Ich aß das erste Mal in meinem Leben Käsefondue. Es blieb mir noch die ganze Nacht im Magen liegen. Dann fuhren wir zu ihm nach Hause nach Brugg. Die Wohnung sah aus wie eine Studentenwohnung, und es war auch eine Studentenwohnung, da Christoph seit der Studienzeit noch nicht umgezogen war. Eine große Küche, in der man auch essen konnte, mit alten, weißen Küchenmöbeln eingerichtet, ein Wohnzimmer mit einem großen Fernseher, in der Ecke ein Computertisch.

Im Schlafzimmer war nur ein Doppelbett, Kissen und Daunendecke waren frisch mit weißer Bettwäsche überzogen. Der Kühlschrank quoll vor Essen über, mein auf Sparflamme getrimmter Magen würde nicht einmal ein Zehntel davon essen können. Wir liebten uns heftig, und dann, erschöpft und ausgehungert, besuchten wir ein Restaurant. Es waren nur zwei Nächte. Am Montag musste ich wieder bei der Arbeit sein. Eine glückliche Zeit vergeht ungerecht schnell.

Am Montag kam ich zur Arbeit, vor Glück noch ganz zerflossen. »Weißt du, was passiert ist?«, fragte mich meine Kollegin. »Unser Chef ist in Afrika in seinem Jeep fast verbrannt. Er war angegurtet und konnte sich aus dem brennenden Auto nicht befreien.« Sein schönes Gesicht sei bis zur Unkenntlichkeit verunstaltet. Er liege im Spital auf der Intensivstation. »Wir hoffen, er überlebt.«

# Marina und Pepiček

Jetzt war ich bald acht Jahre im Westen. Ich wusste aber immer noch nicht, wohin ich gehörte und wer ich war. Ich suchte mich. Ich ließ mich durch das Schicksal treiben. Eins wusste ich nur. Ich wollte glücklich und frei sein. In der Tschechoslowakei war ich in Abwesenheit wegen Republikflucht zu zweieinhalb Jahren Gefängnis verurteilt worden. Bei dem milden Urteil hatte sicher mein Vater geholfen. Meine Eltern mussten »Svazarm«, der Organisation, in der ich gearbeitet hatte, die Verluste bezahlen. Da ich einige Zelte, Waffen und Sportsachen nur auf Handschlag an Bekannte verliehen hatte, behielten sie die Sachen. Sie wussten ja, ich komme nie mehr zurück. Und falls doch, verschwände ich in einem politischen Gefängnis.

Ich war achtundzwanzig Jahre alt und alleine auf dieser Welt. Der Mensch ist allein geboren und stirbt allein. Er muss alle Schmerzen allein ertragen. Als ich eine Freundin am Sterbebett begleitete, weinte sie und sagte: »Lass mich nicht allein. Ich habe so eine große Angst zu sterben.« Ich antwortete: »Ich kann mit dir ganz weit gehen, aber den Rest musst du allein machen.« Das war meine Freundin Marina.

Ich hatte mit Marina im gleichen Spital gearbeitet. Marina in der Krebsforschung, ich im Labor. Marina – eine große blonde Frau, mit lockigen, kurzen Haaren und großen blauen Augen. Sie lachte schelmisch, wirkte ein bisschen mollig und aß wahnsinnig gerne. Marina hatte

Schmerzen unter der Achsel und in der Brust. Die Diagnose lautete Brustkrebs. Ich besuchte sie täglich im Krankenhaus. Sie hing an der Infusion und ich saß neben dem Bett. Als sie entlassen wurde, gingen wir shoppen. Marina hatte stark abgenommen. Wenigstens freute es sie, dass sie jetzt enganliegende Jeans kaufen konnte. Sie probierte verschiedene Schnitte an, dabei wurde ihr schwindelig. Sie fiel mir in der Umkleidekabine um. Ich musste das Sanitätsauto holen. Und ab ins Spital. Marina hatte keine Eltern mehr. Nur mich. Und einen weißen Hasen.

Ich nahm Marina, als es ihr wieder besser ging, mit zu meinem tschechischen Freund Vladimir. Vladimir war Architekt. Er lebte allein in einem großen Haus in der Nähe von Zürich. Er war 1968 geflüchtet und der einzige Tscheche, den ich kannte. Er kam mit nichts, aber es gelang ihm, das Haus zu kaufen, und er hat es auch selbst umgebaut. Er war wahnsinnig fleißig und arbeitete Tag und Nacht. Die beiden verliebten sich und Marina fing an aufzublühen, wie eine Blume, die schon ganz verwelkt war. Ich sehe sie vor mir, wie sie in der Küche auf dem Boden sitzt, sie saß gerne auf dem Boden, und rauchte. Ihr Krebs war nicht heilbar. Vladimir liebte sie. Er wusste, bald würde er sie verlieren. Er konnte nicht mit ihr allein ins Bett, da er darunter litt, dass Marina keinen Busen mehr hatte. Ich kam einfach immer mit. Vladimir hatte Sex mit Marina und hielt sich an meinen Brüsten fest. Ich kann mich nicht erinnern, was ich genau dachte, aber ich hörte Marinas Stöhnen, und das machte mich glücklich. Und Vladimir vergaß wenigstens beim Sex, dass Marina keine Brüste hatte und dass sie dem Tod geweiht war.

In der Wohnung von Marina schlief ich im Nebenzimmer. Ich hörte Marina schreien. Sie hatte manchmal schreckliche Schmerzen. »Bitte hilf mir, ich möchte sterben!«, rief sie dann. Und so legte ich mich neben sie und hielt sie ganz fest in den Armen. Dann weinten wir zusammen. Wir sahen aus dem Fenster vom Bett aus den Zürichsee, der sich wie eine große Träne zwischen der Stadt und den Bergen ausgoss, als würden die Stadt und die Berge mitweinen.

Marina war nie gereist. Das war ihr letzter Wunsch. Wir fuhren mit Freunden nach Italien. Sie hatte bei verschiedenen Spitälern Termine arrangiert, damit sie dort zur Bluttransfusion gehen konnte. Das war ihre erste und letzte Reise. Sie sagte:»Wenn ich gewusst hätte, dass ich so früh sterbe, hätte ich ganz anders gelebt!« Ihre Worte verfolgten mich das ganze Leben lang. Vladimir ist ein paar Jahre später gestorben. Es wurde ihm zuerst ein Bein amputiert, dann saß er kurz in einem Rollstuhl. Dann starb er.

Ich hatte acht Jahre lang meine Schwester nicht gesehen, nicht meine Mutter und nicht meinen Vater. Mein Vater schrieb mir nicht einmal zu Weihnachten, so verletzt hatte ich ihn. Er konnte als Direktor auf seinem Posten bleiben, da der Staat keinen anderen genauso fähigen Mann fand. Jedoch den Titel: »Direktor der Tschechoslowakischen Automobil-Werke« verlor er. Und den hatte er geliebt und sich schwer erarbeitet. Meine Schwester konnte nicht studieren. Meine Mutter musste immer wieder kuren, ihre Nerven waren stark angegriffen. Ich wusste nicht, was für Repressalien sie sonst noch erlebt haben. Man sprach nicht darüber.

Ich schloss eine Versicherung ab. Wenn ich sterben sollte, wollte ich in tschechischem Boden begraben werden. In Prag. Wieder neben meinen Eltern und irgendwann neben meiner Schwester liegen. Die Familie wieder vereint. Und ich wollte von tschechischen Würmen gefressen werden!

Die vielen Weihnachten, die ich allein verbrachte! Wie ich Weihnachten doch hasste. Das verlogene Fest. Als ich im Spital arbeitete, übernahm ich immer den Nachtdienst, damit ich an Weihnachten nicht allein zu Hause sitzen musste. Im Spital war an Weihnachten Hochbetrieb. Nicht jeder brachte das Fest friedlich über die Bühne. Väter, die sich so stark aufregten, dass sie einen Herzinfarkt bekamen. An Weihnachten stellten sie fest, dass sie Frau und Kinder hatten. Kaum waren sie zu Hause, die sie sonst immer arbeiteten oder auf Dienstreisen waren, fielen sie tot vor dem Fernseher um.

Meine Mutter schrieb mir zu Weihnachten herzzerreißende Briefe. Der Tisch bei uns zu Hause war gedeckt. Auch auf meinem Platz standen Teller und Besteck, als wenn ich dort sitzen würde. Bei solchen Briefen fühlte ich Weihnachten besonders. Ich erinnerte mich an unseren Karpfen, den wir jedes Weihnachten hatten, den Pepíček.

In Prag, beim »Žluté lázně« am Ufer der Moldau, was »gelbe Bäder« heißt, wurden vor Weihnachten große Fässer aufgestellt. Genau gegenüber dem »Haus der Drucker«. Die großen Holzfässer waren voller lebender Karpfen, die im Wasser hin und her spritzten. Zu wenig Wasser für so viele Karpfen. Die Fischer aus Südböhmen brachten die Karpfen nach Prag zum Verkauf. Wenn ich die Fässer sah, wusste ich immer – es kommt Weihnachten.

Tschechen essen an Weihnachten Karpfen mit Kartoffelsalat. Es muss so sein. Es ist so. Es gibt keine Abweichung hin zur Forelle oder zum Hasen oder zum Schwein. Es muss einfach der Karpfen sein. Meine Familie bereitete sich auf den neuen Familienzuwachs vor. Denn der lebendige Karpfen kam als Erstes drei Tage in die Badewanne. Da konnte er sich so richtig ausstinken vom Schlamm und dem Stehwasser, in dem er gegründelt hatte.

Das hieß, wir Kinder mussten vorher noch einmal baden, denn dann gehörte die Badewanne erst einmal dem Karpfen. Der Warmwasserkessel gab nur eine Badewanne voll, so badete ich immer mit meiner kleinen Schwester. Obwohl ich lieber, wie der Karpfen, allein in der Badewanne gewesen wäre. Danach wurde die Badewanne geputzt und mit kaltem Wasser aufgefüllt. Wir gingen den Pepíček kaufen.

Meine Mutter nahm eine alte grüne Netztasche mit und wir liefen die Gončarenkova herunter zum Haus der Drucker. Die Schneeflocken tanzten um uns, die Kälte schlich sich langsam unter den Wintermantel und in die Schuhe, trotz der dicken Socken, die wir anziehen mussten. Manchmal standen mehrere Menschen bei den Fässern und man musste länger auf den Karpfen warten.

Jedoch heute waren wir allein, es war noch ganz früh. Wir schauten uns die Karpfen an. Ich musste mich auf die Zehenspitzen stellen, damit ich in das hohe Holzfass hineinschauen konnte. »Ja, wir nehmen diesen!« Der Fischer nahm den Karpfen mit einem sackartigen Netz heraus, gab ihn auf die Waage und fragte, ob das Gewicht in Ordnung sei. Meine Mutter bejahte und der Fischer legte den Karpfen in unsere Tasche. Der arme Karpfen zappelte mit den Flossen auf der Waage hin und her und das Gleiche tat er in der Netztasche. Und dann eilten wir nach Hause, wo auf den Karpfen eine frisch geputzte, mit kaltem Wasser gefüllte Badewanne wartete.

Jeder Karpfen hieß bei uns immer gleich: »Pepíček« oder »Pepa«. Es ist der verbreitetste tschechische Männername. Als die Juden aus Deutschland flüchteten, kamen viele nach Prag. Und anstatt Samuel oder Jonas bekamen sie irgendeinen tschechischen Vornamen verpasst, oft eben Pepíček oder Pepa. Als nach dem Vietnamkrieg die Boat People kamen, wurden sie auch oft Pepa genannt. So wurde aus Bao oder Hung ein Pepa.

Ich glaube, es war Pepa der Fünfzehnte, den wir nach Hause brachten. Ich war fünfzehn Jahre alt und wir aßen sicher jedes Weihnachten einen Karpfen. Mit meiner Schwester kniete ich stundenlang vor der Badewanne und beobachtete den Pepíček, wie er sich in der Badewanne wälzte. Nur schien er von Tag zu Tag unglücklicher zu werden, so dass wir mit Sehnsucht Weihnachten erwarteten, an dem er aus seinem Gefängnis befreit und in der Pfanne meiner Mutter landen würde. Meine Mutter kochte hervorragend. Der Karpfen wurde zuerst mit dem Saft einer Zitrone eingerieben, das nahm ihm den Geruch. Dann in Mehl, in Eigelb mit ein bisschen Milch und am Ende in Semmelbrösel gewendet. Und schließlich in der Pfanne wie ein Schnitzel goldbraun gebraten. War das köstlich! Der Kartoffelsalat, den meine Mutter machte, war auch sehr lecker. Den musste man jedoch schon ein bis zwei Tage vor dem Essen vorbereiten, denn er musste ziehen. Noch heute fragen mich meine Freunde, wenn sie meinen Kartoffelsalat essen, den ich wie meine Mutter zubereite: »Sag, wie viel Essig, wie viel Zucker und wie viel Salz gibt man dazu? Wir wollen den Salat so wie du machen!« Aber ich kann nicht sagen, wie viel. Ich probiere den Salat. Den Geschmack des Salates meiner Mutter habe ich in den Genen, so dass ich sofort weiß, da muss noch Zucker oder Essig rein.

Meine beiden Eltern konnten den Karpfen nicht töten. Es kam immer der Fahrer meines Vaters, Herr Schalamoun, in dem schwarzen Tatra zu uns. Herr Schalamoun vermochte den Karpfen zu töten. Er hatte schon Übung darin. Ich meine, im Karpfen-Töten. Diese Tätigkeit übte er nur vor Weihnachten aus, und zwar nicht gegen Entgelt, sondern für ein Schnäpschen, Becherwasser oder Jelínek oder wie die tschechischen Brände alle heißen.

Der Baum war geschmückt. Wir Kinder durften ihn erst nach dem Abendessen sehen. Ich hörte schon meine Eltern aus dem Wohnzimmer streiten, denn jeder hatte von der Hängung des Weihnachtsschmucks seine eigene Vorstellung. Der Weihnachtsbaum reichte bis zur Decke. Mein Vater in seiner Position bekam immer den schönsten Baum. Es kamen sogar Arbeiter mit, die extra Zweige brachten, und wenn der Baum nicht regelmäßig gewachsen war, bohrten die Arbeiter Löcher in den Stamm und steckten die Zweige dort rein. Unser Baum war so etwas wie die Schönheitskönigin unter den Weihnachtsbäumen.

Und erst der Schmuck und die Beleuchtung! Mein Vater durfte in den Westen reisen, so brachte er Kugeln aus Deutschland und Lichter aus der Schweiz mit, obwohl die Polen und die Tschechen auch sehr schönen Weihnachtsschmuck hatten. Eigentlich den schönsten. Der Baum war geschmückt. Jetzt kamen die Eltern aus dem Wohnzimmer und sperrten die Tür zu. Es musste zuerst der Engel kommen und die Geschenke hinstellen. Und der Karpfen gegessen werden.

Der Karpfen war also immer noch in der Wanne. Wir hatten uns in einem Plastikeimer gewaschen, denn zum Weihnachtsbaum musste man sauber kommen. Es war 15 Uhr und der Karpfen schwamm munter herum. Meine Mutter drehte langsam durch. Sie hatte schlechte Nerven. Mein Vater sagte: »Anna, reg dich nicht so auf! Der

Herr Schalamoun ist zuverlässig und pünktlich. Er hat mich mit dem Auto immer pünktlich abgeholt.« Obwohl, mein Vater war Direktor und kein Karpfen, und Herr Schalamoun musste meinen Vater irgendwo hinfahren und nicht schlachten, dachte ich mir.

Um 16 Uhr war alles feierlich gedeckt. Sogar der Kartoffelsalat stand schon auf dem Tisch. Den musste man bei Zimmertemperatur essen. Pepíček schwamm gegen 17 Uhr immer noch in der Wanne. Ich schaute aus dem Wohnzimmerfenster, sah die Lichter in den gegenüberliegenden Häusern. Feierliche Atmosphäre und Dunkelheit legten sich über Prag wie ein schwarzes Tuch. Totenstille herrschte zwischen den Häusern. Niemand fuhr Auto, niemand eilte irgendwohin. Um 18 Uhr wird am Weihnachtsabend gegessen. Und unser Karpfen schwamm in der Wanne.

Meine Mutter meinte: »Also gut, dann essen wir später.« Wir Kinder waren schon feierlich schön angezogen. Mein Vater musste sich in den Anzug zwängen, sogar die Krawatte umbinden, sonst würde er keinen Bissen von dem Karpfen bekommen, den er so liebte. Meine Mutter war noch schöner als sonst schon. Sogar den Schmuck, den sie von meinem Vater bekommen hatte, hatte sie angelegt. So saßen wir da, die ganze Familie wartete auf Herrn Schalamoun. Der nicht kam. Meine Mutter schimpfte, dass mein Vater kein Mann sei, wenn er nicht einmal einen Karpfen töten könnte. So entschloss sich mein Vater, in Aktion zu treten. Meine Mutter band ihm eine Schürze um, damit er sich nicht den guten Anzug verschmutzte. Schließlich sollte er den Karpfen nicht nur umbringen, sondern ihn auch noch entschuppen. Er griff sich ein Geschirrtuch, damit er den glitschigen Pepíček halten konnte, und ging in die Garage. Wir Kinder sollten den Mord natürlich nicht mitbekommen, sonst würden wir den Karpfen nicht essen.

Nach einer gewissen Zeit kam Vater wieder zurück. In einer Hand den lebenden Karpfen im Geschirrtuch. Pepíček rang um sein Leben. Seine dicken, ausstülpbaren Lippen schnappten in regelmäßigen Intervallen nach Luft. Seine kleinen Augen starrten uns an. Mein Vater rannte die Treppe hoch, um den Karpfen wieder ins Wasser zu bringen. Und Vaters Augen waren genauso ängstlich wie die des Karpfens. Nur ein bisschen größer. Er schaute meine Mutter an und sagte: »Ich kann es nicht.« Und Pepíček schwamm wieder in der Badewanne. Und wir warteten und warteten. Dann aßen wir den Kartoffelsalat. Pepíček der Fünfzehnte überlebte Weihnachten. Wahrscheinlich als einziger Karpfen in Prag. Ja sogar als einziger Karpfen im ganzen Land!

Herr Schalamoun kam am nächsten Tag mit einer starken Alkoholfahne. Schon ein Atemzug hätte gereicht, um Pepíček umzubringen. Er entschuldigte sich, er musste so viele Karpfen schlachten bei so vielen Leuten und hatte dafür so viele Schnäpse bekommen, dass er es nicht mehr zu uns geschafft hatte. Er hätte den Karpfen gar nicht mehr auf den Kopf getroffen. So betrunken sei er gewesen. Herr Schalamoun machte sich ans Werk, beförderte Pepíček ins Jenseits, trank mit meinem Vater einen Schnaps und verabschiedete sich. Und wir verspeisten den Karpfen einen Tag später als vorgesehen. Meine Mutter ließ das Wasser aus der Badewanne abfließen.

# Apfelblüten

Als mich Christoph eines Tages fragte, ob ich nicht zu ihm in die Schweiz ziehen wolle, sagte ich ja. Es hielt mich nichts in Augsburg. Die Slawen haben eine andere Mentalität als Deutsche und Schweizer. Ich kann es nicht beschreiben. Ich denke nur an Dvořáks »Rusalka« oder Janáčeks »Liška Bystrouška«. Oder die Russen. Da schmerzt das Herz bei Rimski-Korsakow, oder Rachmaninow, um nur zwei zu nennen. Die Slawen lieben das Drama und leiden mit Genuss.

Werde ich die deutsche Sprache je fühlen können oder nur sprechen? Bekannte fragen mich, ob ich tschechisch träume oder deutsch? Ich glaube, ich träume stumm. Ich spreche nicht in meinen Träumen. Tschechisch habe ich größtenteils vergessen, und perfekt Deutsch habe ich nie gelernt. Ich frage mich, wenn jemand zu mir sagt: »Miluji tě«, ob ich das Gleiche empfinde, als wenn jemand »Ich liebe dich« sagt. Nein, es ist nicht gleich. »Miluji tě« habe ich im Kinderwagen gehört, im Bettchen, und es ist in jedem Molekül verankert, in jeder Zelle meines Körpers. »Ich liebe dich« verstehe ich, »Miluji tě« spüre ich. Ich hatte mir geschworen, keine tschechischen Bücher mehr zu lesen, nur Bücher auf Deutsch. Denn es war jetzt meine Heimat und vielleicht konnte ich nie mehr im Leben in die Tschechoslowakei. Meine tschechische Mentalität konnte ich nicht ablegen. Ich konnte mich aber anpassen. Ich verschenkte in Augsburg alles, setzte mich in den weißen Porsche neben Christoph und fuhr in die Schweiz.

Seit einem Monat war ich nun in Brugg. Ich genoss das Leben an der Seite von Christoph, der nicht nur mein Liebhaber, sondern auch Familienersatz für mich war. Ich hatte niemanden sonst. In Deutschland hatte ich wieder einmal meine Freundinnen verlassen. Alle, die mich gerngehabt hatten. Jetzt war ich wieder allein. Wenn Christoph arbeitete, lief ich in der Wohnung herum wie ein Tiger im Käfig. Das Leben tropfte wie ein Wasserhahn. Ruhig, regelmäßig und stetig. Oft träumte ich lange vor mich hin. Wenn mich ein Tscheche gesehen hätte, wie ich so dasitze, hätte er gefragt: »Worüber denkst du nach? Über die Unsterblichkeit der Fliege?« Das sagt man bei uns, wenn jemand vor sich hin grübelt.

Eines Morgens, ich trocknete gerade das Geschirr, hatte noch einen Pyjama an und hielt in der einen Hand eine Tasse, in der anderen das Geschirrtuch, läutete es an der Tür. Wer könnte es sein? Hat Christoph etwas vergessen? Ich öffnete die Tür und es standen zwei Polizisten davor: »Sind Sie Frau Bartek?«, fragte der eine. »Ja«, antwortete ich. »Zeigen Sie mir Ihre Papiere!« Ich holte meinen blauen Pass aus Deutschland hervor , der war anders als die roten deutschen Pässe, ich hatte eine Bestätigung darin, dass ich politisches Asyl in Deutschland bekommen habe. »Ja, Fräulein Bartek, da müssen Sie wieder zurück nach Deutschland!« »Ich will aber nicht zurück!«, sagte ich. »Dann müssen Sie heiraten!«, sagte der Polizist. Christoph sprach mit mir hochdeutsch. Aber nicht die Polizei, ich verstand sie kaum.

Wie kam die Polizei überhaupt darauf, dass ich hier lebte? Jemand aus der Straße hatte mich angezeigt. Das bestätigte mir auch der Polizist. Verpfiffen. Wie in der Tschechoslowakei die Spitzel. Nicht viel besser.

Abends, als Christoph nach Hause kam, erzählte ich

ihm alles. Bei einem Glas Wein und Spaghetti, die ich gekocht hatte, überlegten wir, was wir machen sollten. Christoph meinte: »Dann heiraten wir halt.« Einige Paare kennen sich drei Jahre, heiraten und es geht schief, andere kennen sich nur kurz und bleiben ein Leben lang zusammen, man konnte es nicht sagen. Ich bestand aber darauf, dass Christoph nach Prag fuhr und formell um meine Hand anhielt. Ich weiß, es war spießig und altmodisch, aber besonders meine Mutter, geprägt von der österreichischen Monarchie, legte Wert auf solche Rituale.

Ich schrieb meiner Mutter zuerst einen Brief und dann schickte ich Christoph in diese für ihn fremde Welt des Sozialismus. Ich konnte mir vorstellen, was für eine Aufregung es war, als der weiße Porsche mit dem Schweizer Kennzeichen vor unserem Haus vorfuhr. Christoph erzählte mir, als er zurück war, wie viel er essen musste, quasi ununterbrochen. Tschechen sind, wie alle slawischen Völker, unendlich gastfreundlich. Meine Mutter spricht perfekt Deutsch, so konnten sie sich sehr gut unterhalten. Mami erzählte mir später, dass Christoph zuerst seine Schuhe nicht ausziehen wollte. Er hat einen Komplex, dass er zu klein ist. Als er aber meinen kleinen Vater sah, zog er sie aus.

Christoph kam zurück, und es war, als ob er ein Stückchen Prag mitgebracht hätte. Ich schnupperte an ihm herum, in der Hoffnung, mein Zuhause zu riechen. Er hatte mir ein Steinchen aus unserer Straße mitnehmen müssen. Er musste mir immer wieder erzählen, wie es bei uns zu Hause aussah. Ich schaute immer wieder die Fotos an. Er erzählte tausendmal, worüber er mit meiner Mutter gesprochen hatte. Was meine Schwester gesagt hatte. Und was mein Vater. Wir organisierten die Papiere und die Hochzeit fand im März statt.

Ich würde nach so langer Zeit meine Mutter wiedersehen. Sie hatte eine Bewilligung zur Ausreise bekommen. Meine Schwester und mein Vater hingegen nicht. Der Sozialismus ließ nicht die ganze Familie raus, aus Angst, sie könnte gemeinsam im Ausland bleiben. Inzwischen hatte ich auch Christophs Eltern kennengelernt. Die Mutter war eine Welsche und sprach Deutsch, besser gesagt Schweizerdeutsch, mit französischem Akzent. Sie kam aus der Romandie. Dieser Teil der Schweiz ist nicht zuletzt für seine hervorragende Küche bekannt. Sie kochte wirklich traumhaft. Der Vater arbeitete in einem Büro und war ein Charmeur. Beide waren sehr nett zu mir. Die Mutter arbeitete als Verkäuferin bei Handar, einem Handarbeitsgeschäft am Anfang der Bahnhofstraße in Zürich.

Christoph fuhr noch einmal nach Prag und brachte meine Mutter mit. Ich hatte mich schön angezogen und einen Blumenstrauß gekauft, den ich meiner Mutter bei ihrer Ankunft überreichen wollte. Ich konnte es kaum mehr erwarten. Ich lief vom Fenster in die Küche, dann zum Spiegel, um mich anzuschauen. Die Mutter sollte ungefähr um 17 Uhr hier sein. Dann ging ich wieder in die Küche, etwas aufräumen. Meine Mutter war im Haushalt pedantisch, ich wollte mich nur im besten Licht zeigen.

Und jetzt hörte ich das Brummen des Motors vor dem Haus. »Mami«, rief ich und rannte die Treppe herunter. Meine Mutter stieg umständlich aus dem Porsche aus, ein schreckliches Auto zum Aus- und Einsteigen. Sie stand an der offenen Tür des Wagens, ich rannte zu ihr, in der einer Hand die Blumen, die andere ausgestreckt. Ich wollte nach ihr greifen. Und sie gab mir eine kräftige Ohrfeige. »Das ist für die Flucht«, sagte sie. Dann umarmte sie mich und brach in Tränen aus.

Nach dem Essen blieben wir sitzen und erzählten. Zwischendurch weinten wir und dann redeten wir wieder. Ich wollte meiner Mutter nicht die Sache mit Rainer erzählen, damit sie kein schweres Herz bekam. Manchmal soll man nicht alles erzählen. Man muss die Sorgen und das Elend nicht immer wie Mist aus einem Schubkarren über dem Kopf des anderen auskippen. Dann haben gleich zwei Menschen Sorgen. Wenn ich es für mich behielt, dann hatte nur ich die Sorgen, und das reichte vollkommen.

Am nächsten Tag gingen wir mit meiner Mutter das Hochzeitskleid kaufen. Ich hatte ganz eigene Vorstellungen, wie das Kleid aussehen sollte. Ich wollte nicht in Tüll und fließende Stoffe wie in einen Vorhang eingehüllt werden. Einen Schleier wollte ich schon gar nicht. Ich wollte ganz bescheiden zu der Hochzeit und in die Kirche gehen. Ich suchte mir ein ganz einfaches Baumwollkleid aus. Es war eher ein Sommerkleid, oder ein Partykleid. Schlicht, lang, mit einem Ausschnitt. Es dauerte, bis wir ein Kleid nach meiner Vorstellung gefunden hatten. Meine Mutter meinte zwar, der Ausschnitt wäre zu groß. Sie wollte mir in den Ausschnitt etwas reinnähen, damit man das Grübchen zwischen meinen großen Brüsten nicht sähe. Es kostete mich Überzeugungskraft, ihr das auszuschlagen. Auf dem Kopf hatte ich ein geschlungenes Tuch aus Baumwolle. Darin waren frische Schneeglöckchen befestigt. Und in der Hand hielt ich einen kleinen Strauß aus Schneeglöckchen. Ich sah so anmutig aus, dass ich mich fast selber heiraten wollte.

Wir wählten eine kleine Kapelle in der Nähe aus. Es waren nur Wiesen und Hügel drum herum. Die Kapelle hatte ein kleines Türmchen, in dem eine Glocke hing. Sie läutete aber nicht. Ich machte diese Zeremonie nur meiner Mutter zuliebe. Wenn ich ihr schon so weh getan und sie so enttäuscht hatte, sollte die kirchliche Hochzeit eine Entschädigung sein. Ansonsten hatte ich mit solchen Gebräuchen nichts zu tun. Ich bin zwar romantisch veranlagt, diese Theatervorstellungen im Leben lassen mich jedoch kalt.

Alle warteten schon in der Kapelle. Es öffneten sich die gewölbten Holztüren. Auf einmal schien die Sonne in die Kapelle herein, als wäre sie neugierig, was dort passierte. Wie die Reflektoren beim Theater. Die Kapelle war ganz bescheiden, nur ein kleiner Altar vorne, ein paar Holzbänke. Der Boden aus großen grauen Steinen, die weißen Bögen an der Decke und ein paar Bilder vom Leidensweg Jesu Christi.

Es saßen nur wenige Leute in der Kapelle. Christophs Familie. Ich als Flüchtling hatte kaum Familie und auch keine Freunde hier. Mich führte meine Mutter zum Altar. Ich glaube, sie war glücklich. Sie sah toll aus, in ihrem graublauen Kostüm, mit den vielen blonden Haaren. Sie war größer als ich, obwohl sie flache Schuhe trug. Sie hatte außerdem Recht behalten. Als wir vor dem Pfarrer knieten und er sprach, fiel er regelrecht in meinen Ausschnitt herein. Die Warnung stimmte. Der Ausschnitt war zu tief. Die amtliche Hochzeit hatten wir schon davor erledigt und ich bekam einen Schweizer Pass und war nun Schweizerin. Endlich war ich irgendwo zu Hause. Der liebe Gott hatte es in der Kirche bestätigt.

Wir machten unsere Hochzeitsreise mit meiner Mutter. Ich saß auf dem harten Sitz des Porsches hinten und war dankbar, so klein zu sein. Die unbequeme Fahrt hielt ich nur meiner Mutter zuliebe aus. Sie saß auf dem Vordersitz. Jeder hatte nur ein kleines Köfferchen, als wenn wir zu einem Spitalaufenthalt fahren würden. Christoph und ich zeigten meiner Mutter eine Woche lang die Schweiz. Es war das erste Mal in ihrem Leben, dass sie den Sozialismus verlassen hatte.

Wie immer und überall wollte ich arbeiten. Ich fand auch schnell einen Job. Zuerst in einer Arztpraxis in Aarau. Ich war dort allein, machte Labor, Empfang und schmiss den ganzen Laden. Bis sich der Arzt unsterblich in mich verliebte und es seiner Frau beichtete. Sie kündigte mir. Idiot.

Inzwischen hatten wir ein stattliches Haus gekauft. Ein Haus im Landhausstil. Wie ein Haus im Landhausstil aussieht? Es hatte einige Balkone, verschließbare Fensterläden, mehrere Erker und rundherum einen großen, grünen Garten, in den der Gärtner einen roten Ahorn gesetzt hatte. In der Ecke war ein Feuerdorn gepflanzt, der Vögel anlockte. Damit hatten die Vögel auch im Winter etwas zum Fressen.

Ich wollte als Kind unbedingt ein Klavier. Unbedingt. Meine Eltern kauften mir eins. Ich hatte aber nicht erwartet, dass man darauf auch üben musste. Denn Geduld zählte noch nie zu meinen Stärken. Ich will sofort alles können oder gar nicht. Entweder oder. Aber üben? Ich musste zum Klavierunterricht durch einen Park gehen. Dort spielten Kinder, und die Verlockung, mitzuspielen, war groß. Ich kam selten im Klavierunterricht an. Als mich meine Mutter einmal in das Klavierzimmer einsperrte, damit ich übe, nahm ich eine Schere und schnitt ihrem Lieblingsficus die Blätter so ab, dass eine ganz andere Pflanze entstand. Die Milch der Pflanze tropfte überall auf den Parkettboden. Ich musste nie mehr Klavier üben. Heute bereue ich es. Wenn man schweren Herzens ist und sich ans Klavier setzt, öffnet die Musik den Blutstau, und es geht einem sofort besser.

Wir kauften einen Hund, Jeffy, einen Dalmatiner. Er war so reinrassig, dass ich mir den ganzen Namen und seinen ganzen Familienstamm nicht merken konnte. Der Vater von Jeffrey, wie er offiziell hieß, war ein Champion und hatte einige Schönheitspreise gewonnen. Die schwarzen Flecken auf dem weißen Fell mussten zwei Zentimeter im Durchmesser sein, etwa wie ein Zwei-Franken-Stück, und regelmäßig verteilt. Zwei schwarze Flecken durften nicht ineinanderfließen. An meiner Hundeerziehung haperte es. Ich folgte dem Hund, aber der Hund nicht mir. Wenn ich bei der Arbeit war, grub er sich unter dem Zaun ein Loch, rannte zu den Nachbarn und meuchelte ein Huhn.

Ich richtete mir ein Zimmer als Atelier ein. Ich fühlte, irgendwo angekommen zu sein und dass eine ruhige Zeit in meinem Leben vor mir lag. Immer wenn ich frei hatte, malte ich. Das Bild, das ich meiner Schwiegermutter zum Geburtstag gemalt habe, begeisterte alle. Christophs Eltern hätten mich sogar auf die Kunstgewerbeschule schicken wollen. Ich war aber zu alt dafür.

Ich ging mit Jeffy spazieren. Die Wälder und die Wiesen rochen nach Frühling, und die Obstbäume sahen aus, als wären sie mit Schnee bedeckt, so viele Blüten hatten sie. Die Eidotterblumen leuchteten in der Wiese, wie wenn die Sonne ins Gras gefallen wäre. Die Bienen eiferten von einer Blüte zur anderen, als würden sie einem sozialistischen Fünf-Jahres-Plan hinterherbrummen wollen.

»Oh, die weißen Blüten wären so schön zu malen!«, dachte ich. Und pflückte ein paar Zweige ab. Da aber rannte schon aus der Ferne ein Mann zu mir. Ach, der Bauer! Er schimpfte, es waren seine Obstbäume. »Ich wollte nur die zwei Zweige, ich möchte sie malen!«, entschuldigte ich mich. Und er zeigte von Blüte zur Blüte und erzählte mir, dass aus jeder Blüte ein Apfel wird. Und ich hätte zehn Äpfel gepflückt.

Er hat mich dann zu einem Kaffee auf seinen Hof eingeladen. Der war nicht weit von meinem Landhaus entfernt, so hatte ich in Zukunft einen Zielort, wenn ich spazieren ging. Des Bauers Frau war eine gesunde, stämmige, herzliche Bäuerin, die den Hof fast allein versorgte. Die Erträge waren klein und der Mann arbeitete über den Tag im Nebenerwerb in einer Schuhfabrik. Der Bauer war ganz dünn, als wenn ihm die Frau nichts zu essen geben oder ihm alles wegessen würde. Jeden Morgen, schon um fünf Uhr, fuhr der Bauer mit seinem Mofa in die Fabrik und kam abends um sechs Uhr nach Hause. Dann versorgte er noch seine fünf Kühe. Ich kaufte bei ihm Milch oder Kirschen oder anderes Obst. Einmal, als wir einen Kaffee tranken, flog ein Flugzeug über dem Hof. Wir schauten beide sehnsüchtig hinterher. »Sind Sie schon geflogen?«, fragte ich ihn. »Nein«, antwortete er. »Wenn ich aber in Rente gehe ... dann möchte ich fliegen und einmal im Leben das Meer sehen.« Er ging ein halbes Jahr später in Rente. Er fuhr mit seinem Mofa am letzten Arbeitstag zur Arbeit und verunglückte tödlich auf der Straße.

Das Bild mit dem Obstzweig war schön geworden. Ich stellte die Vase auf einen Tisch vor dem Fenster. Die weißen Blütenblätter fielen langsam ab. Die Vorhänge waren weiß, durchsichtig und bewegten sich leicht im Luftzug. Auf dem Tisch lagen schon einige abgefallene Blütenblättchen, als würden die Zweige weinen und bedauern, dass aus ihnen niemals Äpfel werden.

# Fondue und Sühne

Es sind die schönsten Momente voller Glück, in denen nichts passiert, außer dass man ist. Ich saß auf dem Chesterfield-Stuhl im Wohnzimmer und schaute mich um. Der schöne, massive Holztisch mit den Stühlen. Das blaue Sofa mit den farbigen Kissen, die ich in einem Designgeschäft in Aarau gekauft hatte. Die Kristallvase mit den Tulpen. Der schwere spanische Holzschrank in der Ecke, in dem die Gläser standen. Der Boden mit dem grauen Teppich, auf dem mein schwarzer Kater František schnurrte. An den Wänden meine Bilder. »Die Moldau« von Smetana floss über die Gegenstände. Zuerst nur zwei sprudelnde Quellen, dann der Bach, der zu einem breiten Fluss anschwoll und mich in meinen Gedanken bis nach Hause wegschwemmte.

Ich hatte einen Professor gefunden, der auf dem Gymnasium Malen unterrichtete und mir Privatstunden gab. Ich ging regelmäßig zu ihm in sein Atelier. Er wohnte nicht weit entfernt.

Ein Atelier! Was für eine wundervolle Welt! Die Pinsel in Reih und Glied neben der Palette auf einem Brett, das auf zwei Holzböcken lag. Viele Schälchen und Schalen und Gläser. Eines mit einem Pinselreiniger, ein anderes mit einem Malmittel. Der Raum roch nach einem mir unbekannten Parfum. Oder stank es eher? Ich roch es gern. Auch wenn ich manchmal leichte Kopfschmerzen bekam. Dann öffnete der Herr Professor das Fenster und eine frische Brise wehte den Pinselreiniger- und den Malmitteldunst weg.

Da hinten standen zwei Staffeleien. Auf jeder leuchtete eine weiße, rechteckige Leinwand. Eine für mich und eine für den Herrn Professor. Auf dem kleinen runden Tisch stand eine bauchige Vase mit einem bunten Blumenstrauß. Nelken, Margeriten, zwei Rosen, ein Efeuzweig. Alle Blumen, die er in seinem Garten gefunden hatte. Den Blumenstrauß würden wir heute malen. Wir fingen mit der Skizze an. Wie geheimnisvoll war es doch, das Gesehene auf der Leinwand in Gefühle umzusetzen!

Ich hatte fast den Eindruck, in einem Alchemisten-Labor zu sein. Es wäre auch nur zu verständlich, denn ich kam ja aus Prag! Ich war oft in der Zlatá ulička unterwegs, dem Goldenen Gässchen an der Innenmauer der Burg. Da hatten die Alchemisten gewohnt. Um 1600 war Prag das Zentrum des Alchemismus in Europa. Kaiser Rudolf II. war ständig knapp bei Kasse und hegte daher großes Interesse für die Goldmacher. Er stellte Alchemisten an, die versprachen, aus einfachen Metallen Gold herzustellen. Dies gelang ihnen zwar nicht, aber aus diesen Vorarbeiten entstanden Labore und später die Chemie. Zu Hause sahen wir oft den lustigen Film »Císařův pekař« (»Der Kaiser und sein Bäcker«), der solche Labore zeigte. Viele Scharlatane kamen an Rudolfs Hof und versprachen dem Kaiser unermesslichen Reichtum. Rudolf zahlte und zahlte. In dem Film wurde zwar nicht Gold entdeckt, aber dafür ein Jungbrunnen-Elixier. Rudolf trank es und fühlte sich plötzlich jung und potent. Er fragte den Alchemisten: »Wie hast du das Elixier gemacht?« Der Alchemist erwiderte: »Obenauf gebe ich die Zwetschgen. Ich fermentiere es. Ich brenne es. Ich kühle es. Ich trinke es.« Zuerst wollte er es »Rudolfs Geheimnis« nennen. Aber Rudolf sagte: »Nein, wir nennen es einfach

Slivovice.« Slivovice von Zwetschgen, denn Slivky sind Zwetschgen. Schließlich rief der beschwipste Kaiser: »Hopsa, Hejsa do Brandejsa.« Auf nach Brandejs, denn dort lebte eine hübsche Wäscherin, mit der er einmal etwas hatte. Der Sliwowitz ist wie ein Jungbrunnen. Ich erzählte die Geschichte dem Professor und wir lachten. Dann arbeiteten wir weiter in unserem Alchemistenlabor.

Als wir das Stillleben mit den Blumen malten, erzählte mir der Professor, dass die Vase nicht nur blau sei. Die Umgebung, die Farbe der Blumen, alles würde sie aufnehmen. In jedem Gegenstand war die Farbe von allen Gegenständen. Das gibt dem Bild eine Einheit. Eigentlich wie im Leben.

Ich schaute nochmals aus dem großen Fenster heraus. In der Ferne dampfte ein Kühlturm des Atomkraftwerks vor sich hin. Es sah schrecklich und beängstigend aus. Als wenn es Unheil bringen würde. Manchmal beobachtete ich stundenlang den Wasserdampf, wie er sich aus dem Kühlturm in den Himmel herauskämpfte. Der Anblick jagte mir Schauer über den Rücken. Dampf und Kühlturm waren so mächtig, dass ich mir ohnmächtig vorkam. Der Turm hörte nie auf, die weiße Masse rauszudrücken. Er dampfte Tag und Nacht. Am Tag, gegen den blauen Himmel, war der Dampf gut sichtbar, nur wenn es bewölkt war, schien er sich etwas zu verflüchtigen. Nachts jedoch, wenn es dunkel war und nur der Mond schien, war der Dampf stark sichtbar und ich bekam Angst. Wir hatten auch einen Luftschutzkeller. Das war sogar Pflicht. Mit einer mindestens zwanzig Zentimeter dicken Betontür, die man mit einem schweren Drehverschluss luftdicht versiegeln konnte. Könnte ich in so einem Luftschutzkeller existieren? Ich leide an Platzangst. Ich überlegte, dass ich dann lieber sterben wollte.

In dem großen Haus war ich am liebsten im kleinsten Zimmer im ersten Stock. Es war mein Zimmer, unter dem schrägen Dach. Die Schräge verlieh ihm eine Art Zelt-Atmosphäre. Die strahlte die Ahnung aus, hier bleib ich nicht für immer. Denn wenn man zeltete, zog man auch irgendwann weiter. Aus meinem Zimmer führte ein kleiner Balkon auf die Gartenseite, so dass ich den Garten von oben betrachten konnte. Von da war er sogar noch schöner. So konnte ich in jede Ecke hineinschauen, ohne dass ich im Garten herumlaufen musste.

Ich hatte mich im Spital zum Wochenenddienst gemeldet. Denn am Wochenende kamen meine Schwiegereltern. Ich wollte nicht unfreundlich wirken. Sie waren nett. Aber sie kamen mir wie eine sozialistische Arbeitsbrigade vor. Ausgerüstet mit irgendwelchen Putzmitteln. Vorher zogen sie sich noch Arbeitskleider an. Dann pflügte der Schwiegervater mit dem Rasenmäher durch den Garten. Ich absolvierte mit der Schwiegermutter auch ein volles Programm. Wäsche waschen, dann aufhängen. Vor dem Haus stand eine Wäschespinne. So etwas hatte ich noch nie gesehen. Mit meiner Mutter musste ich nie in die Waschküche. Als ich aber doch einmal dort war, waren dort Wäscheleinen von einer Wand zu anderen gezogen.

Die Wäschespinne bestand aus einer Stange, die sich nach oben wie ein Schirm öffnet. Bei einem Schirm waren die Speichen aber nach unten abgewinkelt, bei der Wäschespinne wiesen sie nach schräg oben. So wie es einem Schirm manchmal nach einem kräftigen Windstoß widerfuhr. Ich stand vor der Wäschespinne mit einem Wäschekorb feuchter Wäsche. Zum Aufhängen musste ich nicht laufen, ich konnte das Gestell drehen. Ich kam mir dabei wie eine Arbeiterin am Fließband vor. Eine schwarze Socke musste neben einer schwarzen Socke hängen, eine gelbe neben einer gelben. Bloß nicht kreuz und quer hängen! Das machte man nicht in der Schweiz. Da würden die Nachbarn sofort merken, dass hier eine Ausländerin lebte. Oder sogar ein Flüchtling. Und nicht, dass du ein gelbes Handtuch neben ein weißes hängst! Nein, gelb neben gelb und weiß neben weiß. Wenn die Socken trocken waren, steckte man sie zusammen. Und falls eine Socke ein Loch hatte, stopfte man sie. So saß ich mit meiner Schwiegermutter, den Stopfpilz in der Hand, im Wohnzimmer und stopfte die verdammten Socken. Unglaublich, wie oft man den Faden hin und her ziehen musste, um das Loch zu flicken. Zuerst musste man um das Loch herumnähen, quasi das Loch ein bisschen zuziehen. Dann nähte man waagrechte Fäden. Sobald das Loch damit zugedeckt war, fing man an, senkrechte Fäden einzuarbeiten, so wie beim Weben. Ein Faden unter dem waagrechten, einen oben, einen unten, einen oben … es war mir noch nie etwas so egal im Leben gewesen wie diese Socken. Ja klar, wir mussten es auch in der Schule lernen, gebraucht hatte ich es jedoch nie.

Dann kam die Küche dran. Was stand heute auf dem Programm? Wir nahmen extra das Fondue. Wie in dem Film »Die Schweizermacher«. Ein echter Schweizer wurde man nur, wenn man »Chäsfondue« kochen konnte. In dem Film kommt ein Einbürgerungsbeamter zu Besuch, um zu kontrollieren, wie der Ausländer lebt. Die ganze Familie ist herausgeputzt. Die ganze Wohnung aufgeräumt. Die Kinder schreien nicht, sie machen nicht mal einen Mucks, als ob sie stumm wären. Dann sitzt der Beamte am Tisch mit der Familie. Nur die Frau ist noch in der Küche. In der Mitte des Tisches steht das Rechaud mit dem Feuer. Die Frau kommt ganz stolz und trägt den

Caquelon mit dem Fondue aus der Küche. Sie stellt ihn auf den Rechaud. Der Beamte muss zuerst rühren. Er spießt einen geschnittenen Würfel Brot auf und rührt in dem Fondue herum. Das Brot bleibt im Käse stecken. Der Käse ist nicht mit dem Wein gebunden. Das heißt, der Käse befindet sich unten im Topf und oben ist eine etwa drei Zentimeter dicke Schicht Wein. Es darf aber keine Schichten geben. Die Ausländerin hat vergessen, die Maizena dazuzugeben. Die Maisstärke bindet. Die Konsistenz soll wie eine dicke Suppe sein, die man dann mit dem Brot umrühren kann. Das Brot saugt sich mit der Masse voll und man führt es vorsichtig zum Mund. Vorsicht, der »Chäs« ist heiß.

Meine Schwester machte auch einmal in Prag ein Käsefondue. Ich hatte ihr das Rezept geschickt. Sie kaufte einen tschechischen Käse, denn Schweizer Käse gab es im Sozialismus nicht. Der tschechische Käse war sehr teuer, hatte aber zu wenig Fett. Das Käsefondue beschrieb sie als eine zähe, betonähnliche Masse. Es aßen alle tapfer mit, weil der Käse so teuer war. Meinem Vater blieb das Gebiss im Fondue stecken. Und als der Mann meiner Schwester danach joggen ging, musste er sich übergeben. Er erbrach Käsekugeln.

Und die Abfallsäcke! Die legte man an einem gewissen Tag, wenn Müllabfuhr war, vor das Haus. Wehe, ein Abfallsack hatte eine andere Farbe als die anderen auf der Straße. Dann wusste man, auch dort lebte ein Ausländer. Jeder Kanton, nicht einmal Kanton, jede noch so kleine Gemeinde hatte ihre eigene Abfallsackfarbe. Im Centovalli war sie blau. Im Maggiatal grün. Wehe, ein blauer Sack aus dem Centovalli geriet zwischen die im Maggiatal! Ein Freispruch wäre fast unmöglich.

Christoph und ich wollten nach Prag. Ich wollte endlich meinen Vater und meine Schwester sehen. Ich musste nach Prag! Ich hatte aber schreckliche Angst. Immerhin war ich verurteilt worden. Meine Mutter hatte sich zwar dafür eingesetzt, dass ich von Staatspräsident Gustáv Husák begnadigt wurde. Trotzdem: »Vertrauen ist gut, Kontrolle ist besser.« Ich fuhr nach Bern zum Schweizer Konsulat und trug mein Anliegen vor. »Was ist, wenn mich die Tschechen einsperren würden?« Der Schweizer erklärte mir, dass man mich mit der Zeit durch einen Austausch wieder in die Schweiz zurückholen würde. »Ja, nach wie langer Zeit?«, fragte ich. Er meinte, es könnte ein Jahr dauern. Ein Jahr im Knast. Das würde ich nicht durchhalten! Meine Sehnsucht nach meinem Vater und meiner Schwester war aber zu groß. Vor allem meinen Vater wollte ich sehen. Ich wusste schließlich nicht, wie lange er noch lebte.

»Christoph, wir fahren. Ich habe sie jetzt zehn Jahre nicht gesehen«, entschloss ich mich. Nach meiner Hochzeit hatte sich die Verbindung zu meiner Familie entspannt. Ich rief in Prag an. »Ich komme!«, brüllte ich begeistert ins Telefon. Meine Mutter freute sich. Wahrscheinlich auch meine Schwester und mein Vater. Zehn Jahre waren eine sehr lange Zeit. Vergessen hatten sie mich sicher nicht, aber man verändert sich.

Nur wer jemals aus dem Westen in den Sozialismus zu seinen Verwandten gefahren ist, weiß, wie viel so eine Reise kostet. Und damit meine ich nicht das Benzin. Ich kaufte ein. Für meine Schwester einen schicken Pullover, den sie dort sicher nicht bekommen würde. Für meine Mutter eine Handtasche. Für meine Schwester noch einen schönen Frühjahrsmantel. Für meine Mutter Kaschmirwolle, sie strickte gerne. Dann kiloweise Schokolade. Für meinen Vater war es schwierig. Mein Vater brauchte nichts. Er war bescheiden. Er brauchte nichts und er wollte nichts. Kluge Leute sind meistens bescheiden. Nur die Blöden müssen etwas zeigen, um ihre Stumpfheit zu verdecken. Als mein Vater im Sozialismus einmal einen Geldpreis bekam, verteilte er das Geld unter seinen Mitarbeitern. Wir wären wohlhabend geworden, wenn mein Vater einen anderen Charakter gehabt hätte. Ich liebte ihn aber für seinen Charakter. Weihnachten wurde er immer mit Socken oder Krawatten beschenkt. Aber Socken kriegte man auch in der Tschechoslowakei, die musste ich nicht kaufen! Und eine Krawatte? Brauchte er nicht mehr, da er kein Direktor mehr war. Abgesehen davon hatte er noch tausende im Schrank. Ja stimmt, Pyjamas hatten wir ihm auch immer geschenkt. Aber die bekam man in der Tschechoslowakei auch zu kaufen. Für den Vater hatte ich nichts. Nur mich. Meinem Vater hatte Geld nie was bedeutet. Er hatte seinen Bruder unterstützt und irgendeine weit entfernte Verwandtschaft auch. Wir mussten trotzdem auf nichts verzichten. Außer auf den Vater. Er war fast nie da. Nicht dass er uns nicht geliebt hätte! Er hatte einfach größere Ziele als die Familie.

Als wir das Auto einpackten, platzte es fast aus allen Nähten. Christoph hatte eingesehen, dass der Porsche 911 zu klein war und einen größeren Porsche gekauft. Er liebte aus mir unbekannten Gründen die Marke Porsche. Dabei war er kein Angeber. Es musste aber ein Porsche sein. Die Nacht vor der Abfahrt konnte ich nicht schlafen. Was für eine Aufregung! Nach so vielen Jahren meine Schwester in den Armen zu halten. Meinen Vater. Ich weinte leise in das Kissen, überwältigt von der Vorstellung, alle wiederzusehen. Wer hätte je gedacht, dass ich sie überhaupt in meinem Leben wiedersehe! Gegen morgen schlief ich endlich ein. Wir wollten früh los, es waren doch 800 Kilometer. Ich zog mich schön, aber bequem an. Doch, ich wollte schön aussehen! Ich wollte, dass meine Schwester denkt, sie hat eine schöne Schwester. Und ich wollte, dass mein Vater stolz auf mich war. Wir fuhren los. In der Schweiz hielt sich Christoph an die Geschwindigkeit. In Deutschland fuhr er schnell. Mir war es immer noch zu langsam. Vor der Grenze hatte ich schreckliche Angst.

Da sahen wir die Tafel, die anzeigte, dass die Grenze kam. Ich sah sie zum ersten Mal. Denn als ich die Grenze das letzte Mal überschritt, lag ich im dunklen Kofferraum. Christoph drückte mir die Hand. Ich sagte ihm: »Bitte halte noch kurz an!« Wir hielten an einem Rastplatz. Ich stieg aus. Vor lauter Nervosität musste ich aufs Klo. Es kamen aber nur ein paar Tröpfchen. Dann atmete ich draußen ein paarmal tief ein und aus. »Los Christoph. Wir fahren!«

Und wir fuhren. Wir kamen zur Grenze. Die Deutschen ließen uns durch. Aber dann! Dann sah ich den breiten, kahlen Grenzstreifen. Nirgends Bäume oder Büsche. Vollkommen abgeholzt, damit die Grenzer freies Blickfeld hatten. Hoher Stacheldraht, so weit das Auge reichte. Vor dem Stacheldraht auf der tschechischen Seite Sand, damit Flüchtlinge auf jeden Fall Spuren hinterließen. Das Militär sah jeden, der Richtung Zaun wollte. Selbst wenn er auf dem Bauch kriechen würde. Auf dem Turm stand die Wache und beobachtete den leeren Streifen vor dem Stacheldraht. Man sah die Läufe der Waffen. Und überall die Reflektoren. Ich glaubte, selbst nachts würde hier nicht einmal ein kleines tschechisches Mäuschen unbemerkt die Grenze überqueren können.

Als ich der Grenzpolizei meinen Pass zeigte, zitterte meine Hand. Als ich ausstieg, knickten meine Knie ein, und ich fiel fast zu Boden. Nur fast, denn ich musste stark sein und fest. Ich überreichte dem Grenzpolizisten meinen Schweizer Pass: »Sie müssen sich in Prag bei der Polizei melden!«, meinte er. »Ja, das weiß ich«, antwortete ich bemüht lässig. Innerlich zitterte alles in mir. Der Magen, die Milz, die Galle, die Gedärme, alles. »Schöne Fahrt«, sagte der Grenzer, fast teilnahmslos. Wenn er gewusst hätte, wie ich mich freute! Er wusste es aber nicht. Als wir über die Grenze waren, rief ich: »Christoph, anhalten! Anhalten.« Er hielt am Straßenrand an. Ich sprang aus dem Auto und erbrach mich in den Straßengraben. Meine Magennerven hatten die Grenze nicht ertragen. Es war schlimm, sie zu erleben.

Als wir nach Prag kamen, begrüßte uns als Erste meine Mutter. Unsere Nachbarn schauten alle zu. Ich sah, wie sich die Vorhänge leicht bewegten. Und es war sicher kein Durchzug. Meine Mutter führte uns in die Wohnung. Zuerst lief ich auf meinen Vater zu. »Papi«, rief ich mit Tränen in den Augen. »Papi«, ich umarmte ihn und weinte. Mein Vater drückte mich fest an sich. Und streichelte meinen Kopf und meine Haare. Als ich klein war, war ich sein Liebling. Er liebte mich so, dass er gar kein zweites Kind wollte. Er sagte, er weiß nicht, ob er die Liebe zu mir teilen kann. Ich lernte nicht für mich, sondern für meinen Vater. Ich gab mir die Mühe, in der Schule die Beste zu sein, für meinen Vater. Er hatte mich zum Ehrgeiz erzogen. Er hatte mir mein Selbstbewusstsein injiziert. Er sagte immer, ich sei die Beste. Lange, sehr lange dauerte die Umarmung. Keiner von uns traute sich loszulassen, als wenn der andere dann wieder verschwinden würde. Er sagte nichts, als er mich losließ. Erst dann sah ich, dass mein Vater im Hals eine Kanüle hatte. Er konnte nicht sprechen. Er hatte Kehlkopfkrebs. Ich hatte keine Zeit, darüber nachzudenken. Denn da kam schon ein

Fräulein zu mir. Sie umarmte mich nicht so herzlich, behielt eher einen Abstand. Ach, das war meine kleine Schwester Hani. Blond war sie immer noch, aber groß war sie geworden! Um fünf Zentimeter größer als ich. Auch fester als ich. Bildhübsch war sie! Wo war nur meine kleine Schwester geblieben? Ich saß doch noch vor kurzem mit ihr in der Badewanne. Wir mussten zusammen baden, da es nur einen Kessel heißes Wasser gab. Sie war noch so klein. Und das war meine Schwester jetzt.

Christoph wurde nett begrüßt. Klar, reservierter als ich, aber ganz herzlich. Sie hatten ihn ja erst vor kurzem kennengelernt. Und was wird in slawischen Ländern in so einer Situation gemacht? Erst einmal tüchtig gegessen. Wir saßen am Tisch und aßen und aßen. Meine Schwester taute auf wie ein Eiszapfen. Als sie ihre Geschenke aufmachte, freute sie sich riesig und gab mir zum Dank einen Kuss.

Mit meinem Vater sprach ich lange und eindringlich, als Mutter und Hani in der Küche verschwanden. Ich hielt einen Monolog. Ich entschuldigte mich. Ich beteuerte, mir es zu wenig überlegt zu haben. Mein Vater sagte nichts. Konnte er auch nicht. Er hörte nur aufmerksam zu. Dann nahm er einen Bleistift und ein Stück Papier und schrieb darauf: »Eli, ich habe dir verziehen.« Und ich hielt seine Hand, die eine ohne den Finger, drückte sie, und meine Tränen tropften auf das Papier und das Wort »verziehen«, als würden sie es ertränken wollen. Ich sah, dass die Brillengläser meines Vaters anliefen. Ich drückte noch einmal seine Hand und ging in die Küche, um meiner Schwester und meiner Mutter mit dem Geschirr zu helfen. Eine Geschirrspülmaschine gab es nicht.

Es war so schön, zu Hause zu sein. Wir schlenderten mit meinem Vater durch Prag. Wir waren am Altstädter

Ring. Christoph und ich gingen kurz in ein Restaurant. Ich hatte Durst. Mein Vater blieb draußen auf einer Bank sitzen. Hinter ihm die große Statue »Mistra Jana Husa«. Jan Hus ist ein tschechischer Nationalheld. Er wurde im 15. Jahrhundert als Ketzer verbrannt. Er hatte nur Reformen in der Kirche geplant und sich dabei gegen das Papsttum gestellt. Ich beeilte mich, um schnell zu meinem Vater zurückzukommen. Mein Vater konnte in der Öffentlichkeit nichts trinken. Wenn er sich verschluckte, war es mit der Kanüle unangenehm für ihn und für die Zuhörer und Zuschauer auch. Wie gerne wäre ich mit ihm durch alle Restaurants gezogen. Trinken und Rauchen ohne Ende. Wie er das geliebt hat! Mein Vater war ein Lebemann. Vielleicht habe ich es von ihm, dass ich so gerne Restaurants besuche. Ich weiß, meine Mutter kocht unvergleichlich besser. Aber in einem Restaurant zu sitzen ist für mich das Größte. Sich aussuchen zu dürfen, was man in dem Moment essen mag. Sich bedienen zu lassen: Herr Ober hier und Herr Ober da.

Mein Vater. Auf einmal war aus dem stolzen Direktor mit eigenem Fahrer ein kleines krankes Männchen geworden. Er hatte stark abgenommen. Mir hatte er dick besser gefallen. Auch milde war er geworden. Und lieb! Sein Wille war aus den Augen verschwunden. Sprechen konnte er nicht. Er machte kleine Schritte, weil er Gleichgewichtsstörungen hatte. Oder machen alle alten Menschen kleine Schritte? Ja, vielleicht. Die alten Menschen machen kleine Schritte, da sie näher am Tod sind und es dorthin nicht eilig haben. Ich liebte ihn so. Jetzt kam dazu noch das Mitleid. Wie hart war doch das Altwerden. Ich war stolz auf meinen Vater.

Wir liefen über die Karlsbrücke. Ich blieb an einem Schmuckgeschäft stehen. Ein Anhänger mit Granat gefiel mir. Vater kaufte ihn mir. Ich hatte große Freude daran. Der Edelstein heißt auch Böhmischer Granat und war blutrot. Mein Vater sprach nicht, aber ich sah in seinen Augen, wie er sich freute, mit mir zusammen zu sein. Ach, melden musste ich mich bei der Polizei auch noch. Vater kam mit und wartete vor einem Restaurant gegenüber der Stadtpolizei. Das Verhör war nicht schlimm. Was ich im Westen machte, als was und wo ich arbeitete, ob ich dem tschechischen Staat mit einigen Angaben behilflich sein könnte. Und das, obwohl der Polizist schon gleich erkannte, dass ich als Spitzel nicht zu gebrauchen war. Ich bekam einen Stempel in meinen Schweizer Pass und konnte gehen. Ich werde alles meiner neuen Freundin Fräulein Russo erzählen! Dachte ich mir. Wenn ich zu Hause bin! Wo war ich eigentlich zu Hause?

Fräulein Russo. Als ich meinen Kopf vom Mikroskop hob, das auf einem Tisch im Labor vor dem großen Fenster stand, und in Richtung Spitaleingang schaute, sah ich sie eines Tages kommen. Jung, hübsch, pfeifend, lachend, mit einem kleinen Köfferchen, als wenn sie nur ein oder zwei Nächte in einem Hotel übernachten wollte. Blinddarmoperation. Sie erwachte nicht mehr aus der Narkose. Nicht dass sie tot gewesen wäre. Sie lag einfach da. Allein in einem Zimmer. Ich kam jeden Morgen zu ihr zur Blutabnahme und um die Sauerstoffsättigung zu kontrollieren. »Guten Morgen, Fräulein Russo«, sagte ich und klopfte auch immer an die Türe. »Wie geht es Ihnen heute?«, fragte ich, obwohl ich wusste, sie würde nicht antworten. Ich nahm ihr Blut ab. Manchmal streichelte ich leicht über ihr schwarzes, gewelltes Haar. Manchmal erzählte ich ihr, was mir so alles passiert war. Manchmal saßen ihr Vater und ihre Mutter da und weinten. Manchmal sagte ich gar nichts und setzte mich nur kurz neben ihr Bett. Damit sie nicht so allein war. Manchmal wollte ich ihr die ganzen Schläuche abschneiden. Und manchmal dachte ich, es wird wieder.

Die Eltern saßen immer wieder neben ihrem Bett und warteten darauf, dass sie aufwachte. Fräulein Russo lag da wie Schneewittchen. Ich hätte gern einen Prinzen gefunden, der sie küsste und aus dem Schlaf herausholte. Nach einem Jahr wachte sie endlich auf. Sie bekam Lungenentzündung und starb innerhalb einer Woche.

# Kein Vollmond

In dem Haus im Landhausstil gab es noch einige Mängel. Es wurde neu gebaut und wir waren die ersten Bewohner. Ich schrieb die Mängel auf. Das Fenster im Schlafzimmer konnte man nicht gut schließen. Im Badezimmer stimmte etwas mit den Duschtüren nicht. In der Küche ging der Abzug nicht. Das Kellerfenster klemmte. Am Abend kam der Architekt dieses Hauses. Christoph saß im Wohnzimmer auf dem spanischen Sofa mit der roten Lederpolsterung. Es war nach dem Abendessen. Ich hatte heute nur schnell eine Pizza in den Ofen geschoben.

Es läutete und ich ging die Tür öffnen. Ein großer, schöner Mann stand vor mir. Wir saßen im Wohnzimmer und besprachen die Mängel. Ich hatte ein paar Häppchen vorbereitet und eine Flasche Rotwein auf den Tisch gestellt. Der Architekt legte beim Aufstehen seine Visitenkarte auf den Tisch: »Bitte melden Sie sich wegen der Termine mit den Handwerkern. Ich komme dann mit«, sagte er. Er verabschiedete sich von Christoph und ich führte ihn zur Tür. »Auf Wiedersehen«, sagte er und drückte mir die Hand. Hatte er sie nicht etwas zu fest gedrückt? Oder hatte ich mir das eingebildet?

In den nächsten Tagen war ich allein. Christoph war in Karlsruhe. Er führte die erste große Lagerautomatisation in Deutschland aus. Sein Leben war mit einer Million Franken versichert, falls er bei einem Unfall sterben sollte. Denn dann würde in dem Lager alles stehenbleiben.

Das Programm für die Automatisation hatte er ganz alleine entwickelt. Christoph war ein kluger Kopf.

Ich rief den Architekten an. Ich schaute meinen Dienstplan im Spital an und nahm die Tage frei, die ich immer nach einem Nachtdienst bekam. Es wurde das Schlafzimmerfenster repariert. Dann die Duschtüre. Dann der Abzug. Dann das Kellerfenster. Der Architekt, Thomas, kam immer mit. Zuerst saßen wir ganz weit voneinander entfernt, ich auf dem Chesterfield-Stuhl und er auf dem Sofa. Dann beide auf dem Sofa. Manchmal tranken wir nur einen Kaffee und ich servierte einen Kuchen dazu. Manchmal gab es Gin Tonic und Nüsschen oder Chips. Manchmal Prosecco und ein paar belegte Brötchen. Er war unterhaltsam und erzählte gern. Ich lachte viel. Wir lachten viel. Jedes Mal freute ich mich, wenn er kam. Und ich freute mich immer öfter. So viele Fehler hatte das Haus im Landhausstil dann aber doch nicht und irgendwann waren alle Mängel beseitigt. Er sagte: »Ich wohne direkt neben dem Spital. Wenn du mal Nachtdienst hast und nichts los ist, komm doch vorbei!« »Ja, o. k.«, sagte ich, verabschiedete mich und machte die Tür zu. Ich blieb noch kurz stehen. Ich hörte sein Auto starten. Zuerst zündete das Auto nicht gleich. Erst nach dem zweiten Versuch fuhr er los.

Ich hatte mich im Fußballclub Aarau angemeldet. Nicht des Fußballs wegen – meiner Figur wegen. Ich war da ein wenig eitel. Ich spielte linke Verteidigerin. Zweimal in der Woche hatten wir Training. Immer am Abend. Ich liebte das Training am Abend! Der Fußballplatz war hell beleuchtet und das Flutlicht verfärbte den Rasen zu einem anderen Grün. Landschaft und Häuser schien die Dunkelheit verschluckt zu haben, nur hier auf dem Platz herrschte das kalte, bläuliche Licht. Ich hatte das Gefühl, in einem Aquarium zu sein.

Unsere Mannschaft spielte in Liga B. Fast jedes zweite Wochenende spielten wir irgendwo ein Match. Es gab nur wenige Frauenmannschaften in der Schweiz, so fuhren wir mit dem Bus oft auch mehr als zwei Stunden. Einmal war Sion an der Reihe. Es war heiß. Am Rand des Fußballplatzes stand ein Eimer mit kaltem Wasser und einem Schwamm. Hin und wieder rannte jemand zum Eimer, um sich mit dem Schwamm ein paar kalte Tropfen auf den Hals zu spritzen, oder wusch sich schnell den Schweiß vom verschwitzten Gesicht ab. »Ella, zieh!«, hörte ich von der Tribüne. Damit war ich gemeint. Ich lief gerne. Ob wir gewannen oder nicht, war mir egal. Aber das Laufen auf dem Feld machte Spaß.

Ich hatte Nachtdienst. Kein Autounfall. Kein Herzinfarkt. Kein Magendurchbruch. Nicht einmal eine Geburt. Es war nichts los. Ich schaute in den Mondkalender. Kein Vollmond! Bei Vollmond passierte immer etwas. Es war erst gegen acht. Sollte ich in mein Dienstzimmer gehen? Ich hätte fernsehen können, mich hinlegen. Warten, bis mein Notfallpiepser losging. Da hatte ich eine bessere Idee: Ich rief Thomas an. Er wohnte so nah beim Spital, bei ihm würde ich den Piepser in einem Notfall auch hören. Mein Dienstzimmer war in dem Gebäude danebem. Also gleich weit entfernt. Das Signal reichte sicher auch bis zu ihm. Ich könnte dort etwas trinken und fragen, wie es ihm geht. Ich hatte Thomas schon lange nicht gesehen. Nur ein kurzer Besuch. Ein paar Minuten.

Ich rief ihn vom Labortelefon aus an: »Thomas?«, »Ja, hallo! Hier ist Eliška. Wie geht es dir? Ich habe Nachtdienst, und ich dachte, du wohnst so nah, ich rufe dich an!« »Willst du bei mir etwas trinken?«, fragte die Stimme am anderen Ende der Leitung. »Ja, ich komme gerne schnell vorbei«, sagte ich. »Es ist ganz in der Nähe! Du gehst einfach aus dem Eingang heraus und gleich in das Haus gegenüber in den obersten Stock. Neben dem Haus mit dem Dienstzimmer vom Spital. Es fährt ein Lift bis vor meine Haustür.« Ich hörte die Aufregung in seiner Stimme. Oder Freude? Ich konnte es nicht einordnen. »Bis gleich.«

Ich hatte meinen weißen Laborkittel an und ging an der Aufnahme vorbei. »Hallo, Maria!« Maria pflegte ihre Fingernägel. Sie langweilte sich. Ich ging in das Haus gleich gegenüber dem Spitaleingang und drückte den obersten Knopf in der Liftkabine. Mit jedem Stockwerk zog sich mein Magen enger zusammen, als hätte ich eine Vorahnung. Ich konzentrierte mich auf das »Schindler«-Schild, das über dem Spiegel hing. Der Schindler hatte den Lift gebaut. Ich überlegte, in welcher Stadt der Schweiz die Fabrik stand, um mich abzulenken. Auf jeden Fall hing das Schild »Schindler« in jedem Lift der Schweiz. Das Schild war aus Kupfer und glänzte wie Gold. Irgendjemand musste es regelmäßig polieren. Der Name »Schindler« war eingraviert. »300 kg 4 Personen«, stand auf dem Schild. Das hieß pro Person 75 Kilo. Ich probierte weiter, meine Gedanken abzulenken. Ich entfernte das Haargummi und öffnete meine Haare. Der dritte Stock, der vierte ... die Zahlen leuchteten wie ein Lichtsignal. Die Fahrt endete mit einem heftigen Ruck im obersten Stockwerk. Noch hätte ich auf den Knopf Ausgang drücken und wieder nach unten fahren können. Ich hätte nicht kommen sollen! Zu spät. Mit einem lauten Geräusch öffneten sich die Türen.

Er stand da wie ein Wegweiser an einer Kreuzung. Ich hoffte noch, dass mich mein Notfallpiepser rief. Aber nein. Kein Pieps. Er stieß mich leicht in die offene Türe seines Appartements. Ich sah die Tür des Schlafzimmers. Sie stand offen.

Ich spürte seine Zunge und seine schön geschwungenen Lippen auf meinen Lippen. Sein Geruch, wie ein Blumensträußchen aus Veilchen. Als er endlich seine Lippen von meinen löste, hob er mich in die Luft und warf mich auf das weiß bezogene Bett.

Und wir waren nackt. Zwei schöne Körper, die sich wie Schlangen umeinander banden, drehten und wanden. Im Schweiß vereint. Mit leichtem Stöhnen sich verständigten. Die Augen geschlossen, um durch Bilder nicht abgelenkt zu werden. Wir liebten uns. Stundenlang. Der Notfallpiepser piepste die ganze Nacht kein einziges Mal.

Früh ging ich zurück an meinen Arbeitsplatz. Um acht kamen die Kolleginnen. Berauscht von der Liebesnacht, schaute ich in das Mikroskop, um die restlichen Blutbilder auszuwerten. Ich sollte rote und weiße Blutkörperchen sehen, Krebszellen finden. Aber ich sah nur sein Gesicht. Seinen Körper. Wie in einem Zauberspiegel sah ich auf dem Glas mit Blut die ganze Nacht. Wie ich aus dem Lift herauskam. Wie er mich küsste. Seine Zärtlichkeit. Seinen heißen Atem in meinem Ohr, als er beteuerte, dass er ohne mich nicht leben könnte. Seine Küsse an meinem Körper. Er hatte keinen Zentimeter ausgelassen. Seine Umarmung, als wir erschöpft einschliefen. Er hielt mich so fest, dass ich fast erstickte. Ich schaute ihn an im Schlaf, wie er neben mir lag. Ich kreiste mit meinem Zeigefinger über seinem Gesicht. Ich berührte seine Lippen. Ich fuhr die Form seiner Augenbrauen nach, als wenn ich sie zeichnen würde. Ich griff ihm leicht in die Haare, in seine schwarzen Locken. Ich zog die Decke höher, um seinen sündhaft schönen Körper nicht anschauen zu müssen. Ich schnupperte an ihm herum, um den Veilchengeruch wahrzunehmen. Ich lächelte still vor mich hin. »Eli, siehst du da etwas in dem Blutbild?«, holte mich die Stimme meiner Kollegin aus dem Traum. Ich schaute länger in das Mikroskop als nötig. Ich sah nochmals genau das Blutbild an. »Ja, ich denke, das sind Krebszellen. Komm bitte, schau mal!«, sagte ich. Ich machte ihr den Platz auf dem Drehstuhl vor meinem Mikroskop frei. »Ja, das sind Krebszellen«, sagte sie und schaute auf den Namen des Patienten. »Ach, das ist der Meier! Der Vierzigjährige, der auf der Intensivstation liegt. Der Elektriker.«

Am Wochenende kam Christoph. Wir schliefen miteinander. Ich hatte vor längerer Zeit die Antibabypille abgesetzt. Christoph wollte ein Kind. Ich war mir nicht sicher, was ich wollte. Den Kinderweg gingen alle. Alle heirateten und hatten ein Kind. Das war wahrscheinlich der erprobteste Weg, um glücklich zu sein. Ein Kind oder zwei oder drei, Hausfrau sein, kochen, putzen, waschen, Kinder erziehen, der Mann arbeitete und versorgte die Familie.

Als ich später einmal in Simbabwe war, lag ich unter einem Baum und schaute den Vögeln zu. An dem Baum befanden sich viele kleine, ballähnliche Nester. Sie hingen jeweils an einem langen Faden. Der Baum sah aus wie ein Weihnachtsbaum mit Kugeln, aber ohne Nadeln. Er war voller Vögel und überall war aufgeregtes Piepsen und Gesang. Da kam das Weibchen! Es war nicht so farbig wie die Männchen. Gespannt beobachteten die Männchen das Weibchen, als es von einem Nest zum anderen flog. Es schaute sich jedes Nest genau an. »Dieses nicht!«, hörte ich es sagen. »Und dieses auch nicht!« Und flog zum nächsten. »Und dieses auch nicht!« Aber jetzt! Jetzt schaute es rein, schlüpfte sogar nach innen in das Kügelchen und blieb dort. Ja, das war das Nest, in dem es bleiben und Kinder haben wollte. Und da kam auch schon das stolze Männchen dazu: Mir gehört das Nest und mir gehört die Frau. Was das Männchen nicht wusste: In zwanzig bis dreißig Prozent aller Fälle ist bei Vögeln der Nachwuchs von fremden Männchen. Ich schaute mir das Nest von meinem Liegestuhl unter dem Baum genauer an. Auch von außen war es das rundeste, gleichmäßigste und schönste Häuschen.

Ich hatte auch ein schönes Nest. Das Haus im Landhausstil. Und auch einen schönen, erfolgreichen Mann. Wir hätten schöne, intelligente Kinder. Ich würde die Wäsche auf die Wäschespinne hängen, säuberlich geordnet, ich würde kochen. Die Schwiegereltern kämen hin und wieder, um die Kinder zu hüten. Vielleicht könnten wir uns ja auch eine Haushaltshilfe holen. Alle machten es so. Es war ein erprobtes Rezept. Es gab dem Leben einen Sinn. Es war ein Beruf, Mutter zu sein. Aber war es auch mein Beruf? In dieser Woche wurde ich schwanger. Ich sagte die Neuigkeit Christoph. So glücklich hatte ich ihn noch nie gesehen. Er brachte mir einen großen Blumenstrauß roter Rosen. Ich sagte es Thomas. So glücklich hatte ich ihn noch nie gesehen. Er brachte mir einen großen Blumenstrauß roter Rosen. Die würde ich nicht in dem Haus im Landhausstil in die Vase stellen können. Wer war der Vater des Kindes?

Ich war alles andere als glücklich. Christoph legte den Kopf auf meinen Bauch. Er konnte da noch nichts trampeln hören. Es waren höchstens Darmgeräusche, die er hörte. Ich streichelte seine Haare. Ich hatte ein schlechtes Gewissen, das mich Tag und Nacht fast auffraß. Das schlechte Gewissen war eine Vernichtungsmaschine. Ich konnte nicht schlafen und nicht essen. Christoph rechnete es der Schwangerschaft zu. Ein umso schlechteres Gewissen hatte ich und umso netter war ich zu Christoph. Und er behandelte mich, als wäre ich aus Zuckerwatte.

Jeden Sonntag stand der Architekt in seinem offenen Sportwagen hinter dem Haus. Christoph konnte ihn nicht sehen. Nur ich, wenn ich auf den Balkon trat, der nach hinten rausging. Er stand dort stundenlang, bis ich die Zeit fand, unbemerkt auf den Balkon zu gehen, um ihm zuzuwinken. Erst dann, glücklich, mich gesehen zu haben, fuhr er weg. Er wollte mich mit dem Kind. Egal, von wem das Kind wäre.

Ich war gestresst. Warum war es nicht wie bei den Muslimen? Die haben auch mehrere Frauen. Ich würde gerne beide Männer haben und das Kind hätte zwei Väter. Besser zwei Väter als keinen. Ich würde arbeiten gehen und die beiden könnten sich abwechselnd im Haushalt und im Job betätigen.

Ich hatte einmal im Kino gesehen, in Indien, irgendwo im Himalaja, hatte eine Frau zwei Ehemänner. Wenn einer sich im Schlafzimmer der Frau befand, lagen seine Hausschuhe vor der Tür, und der andere akzeptierte es. Oft musste auch einer der Männer in der weit entfernten Stadt arbeiten. Dann hatte die Frau immer noch einen Mann, der Haus und Kind schützte. Und wenn der andere aus der Stadt zurückkehrte, gehörte die Frau das ganze Wochenende ihm.

Die beiden wären tolle Väter. Jeder hatte etwas anderes an sich und zusammen ergäben sie einen Traummann. Der eine temperamentvoll, ein bisschen ein Luftikus, lustig, offen, witzig. Der andere verschlossen, ruhig, fürsorglich. Und beide zuverlässig, und beide liebten mich.

Meine Taille verschwand langsam. Mein Bauch wuchs. Mit Schrecken beobachtete ich diese Veränderungen an mir. Die Brüste schwollen an und schmerzten. Ich konnte nicht schlafen. Ich bekam Augenringe. Was sollte ich machen? Das Beste wäre, das Kind zu verlieren. Ich freute mich nicht. Es wuchs in mir irgendetwas. Ich hatte einen Ekel davor. Ich rannte in den Wald. Kaum sah ich einen Holzhaufen, kletterte ich hoch und sprang. Wenn Christoph nicht zu Hause war, lag ich in der Badewanne in fast kochendem Wasser. Dann war ich rosarot wie ein Schwein. Ich machte alles. Ich wollte das Kind nicht. Aber die beiden Männer wollten es. Und mich gleich dazu. Ich bekam Panikattacken, Atemnot, Schweißausbrüche. Tagsüber Zittern, Schwindel, Taubheitsgefühle und Herzklopfen. Todesängste in der Nacht. Ich wollte das Kind nicht. Die Zeit verrann. Ich war schon im dritten Monat.

Meine Mutter war eine richtige Mutter. Mein Vater, falls er zu Hause war, ein richtiger Vater. Immer am Sonntag durften wir uns zu den Eltern ins Ehebett legen. Meine Schwester kuschelte sich zu meiner Mutter unter ihre Arme wie ein Küken unter die Flügel einer Henne. Ich lag am Ende des Bettes an den Füßen von Vater und Mutter. Das Bett hatte an jedem Ende ein Holzteil. Ich konnte mich dort anlehnen und so alle drei anschauen. »Nimm dir das Kissen!«, sagte meine Mutter und gab mir ihr zweites Kissen, damit mein Kopf nicht auf dem harten Holz auflag.

Heute war die Reihe an mir. Ich musste ein Märchen erzählen. Meine Schwester, weil sie jünger war vielleicht, erzählte immer blöde Märchen. Meine Mutter erzählte schöne Märchen. Die kannten wir aber schon aus den Märchenbüchern. Mein Vater erzählte von Autos, die sprechen können. Das fand ich zu doof – wie kann ein Auto zum anderen sagen: »Ich habe Durst und ich brauche Benzin!« So übernahm ich die Rolle des Märchenerzählers. Nun musste ich mir ein Märchen ausdenken. Ich wollte nicht erzählen, was ich irgendwo gelesen oder gehört hatte. Ich wollte mir ein ganz neues Märchen ausdenken.

Ich holte ganz weit aus, erzählte über Wälder und sprechende Äpfel und Eichhörnchen, die tanzen konnten. Ich erzählte über Schnee im Sommer und von der Schneeflocke, die eine Königin wurde, wenn sie auf den richtigen Apfel fiel. Jedoch war die Bedingung, dass der Apfel von einem Menschen angebissen sein musste, damit die Schneeflocke menschliche Züge erhielt. Und ein Prinz, der unter einem Baum lag, hörte den Eichhörnchen zu, die sich alles erzählten, und biss in den Apfel. Manchmal wurde es mir selber zu kompliziert und ich verlor den Faden. Dann sagte mein Vater: »Elinko, bitte beende das Märchen, denn ich will bald frühstücken.« Er benutzte das Kosewort für Eliška. Dann musste ich es elegant beenden. Also gut. Entweder ließ ich alle sterben, dann aber heulte meine Schwester und nervte mich den ganzen Tag, warum alle gestorben sind. Dann ließ ich sie eben heiraten. Papi zog schon seinen Morgenmantel an und ging in die Küche.

Ich konnte nicht lügen. Aber bis jetzt hatte ich auch nicht gelogen. Bis jetzt hatte ich gar nichts gesagt. Ich wollte am Wochenende mit Christoph sprechen. Als er dann am Freitag kam und wieder seinen Kopf auf meinen Bauch legte, drehte ich fast durch.

»Christoph, ich muss dir etwas sagen«. »Was denn, meine Liebe«. Ich musste mich fast erbrechen. Ich bekam das, was ich sagen musste, nicht heraus. Mein Hals war zugeschnürt, als wenn mich jemand würgen würde. Ich öffnete den Mund und wollte ihm die Wahrheit sagen. Ich konnte nicht. Ich hatte keine Stimme. Ich weinte. Christoph war es gewohnt, ich weinte oft während der

Schwangerschaft, die Hormone spielten verrückt. Ich weinte, er streichelte mir den Kopf und fragte: »Was hast du, Kleine?« Ich wusste nicht weiter!

Ich erzählte ihm alles. Zuerst blieb er ganz ruhig. Dann erstarrte er regelrecht. Wie eine Mumie oder ein Stein oder ein Berg. Dann kam die brennende Lava. Er schrie. Er rannte durch das Wohnzimmer des Hauses im Landhausstil. Er trommelte sich mit den Fäusten auf den Kopf. Als er sich selber schlug, schrie ich: »Nein, Christoph, nein!«, und sein Wahnsinn ging auf mich über und ich wurde auch hysterisch und schrie und tobte und weinte und ich holte die Waffe aus meinem Nachttisch und hielt sie mir an die Schläfe: »Christoph, wenn du nicht sofort aufhörst, drücke ich ab!« Ich wusste nicht, ob ich wirklich abgedrückt hätte. Wahrscheinlich nicht. Christoph sah mich an, schrie »Nein!« und beruhigte sich auf der Stelle. Denn er wusste, wie verrückt ich war und zu allem fähig. Ich würde vielleicht wirklich abdrücken.

Dann war es still. Es war so still! Die Wanduhr tickte so laut, als wenn im Sekundentakt Bomben ins Wohnzimmer fallen würden. Ich spürte das Ticken körperlich. Ich dachte, wenn das Ticken nicht wäre, würde mein Herz aufhören zu schlagen. Ich hatte das Gefühl, mein Herz hing an dem Pendel. Hörte die Uhr auf zu ticken, wäre ich tot. Ich wollte den Uhrenschlüssel holen und die Uhr aufziehen. Oder war ich schon tot? Nein, ich hörte Christoph weinen. Ich hörte ihn in dem anderen Zimmer hin und her laufen. Er weinte nicht mehr. Er hatte keine Tränen mehr. Ich weinte auch, tränenlos. Die Wimperntusche ging beim Waschen schlecht aus dem Kissen raus, dachte ich.

Am nächsten Tag fuhren wir ins Spital zu einem befreundeten Gynäkologen. Ich untersuchte für seine Abteilung die Blutgruppen der gebärenden Frauen. Wir erzählten ihm alles. Er blieb ganz ruhig. Wir wollten wissen, ob man bestimmen konnte, wessen Kind es ist, wenn eine Woche Zeitunterschied zwischen der möglichen Befruchtung lag. Konnte man nicht.

»Wenn man es nicht genau sagen kann, was machen wir?«, fragte ich. »Wir schreiben jeder auf einen Zettel, ob wir abtreiben oder nicht«, sagte Christoph. Wir saßen in seinem Porsche. Jeder hatte einen kleinen abgerissenen zerknitterten Zettel in der Hand. Zuerst schrieb Christoph etwas darauf. Er drehte sich dabei von mir weg, so dass ich nicht einmal an der Bewegung des Ellenbogens erraten konnte, was er schrieb.

Ich nahm meinen Zettel. Und schrieb darauf: Abtreiben. Beide legten wir die zusammengerollten Papierfetzen auf das Leder am Schaltknüppel des Porsches. Da lagen sie und da lag das Schicksal des Kindes. Nicht nur sein Schicksal, auch mein Schicksal. Auch Christophs. Und das von Thomas. Vor dem Spital rollten wir die Zettel auseinander. Und Christoph las: »Abtreiben«. Es war mein Zettel. Sein Zettel: »Abtreiben«. Er las die Worte mit kalter, bestimmter Stimme vor, als wenn er ein Gerichtsurteil vortragen würde. Es war auch ein Gerichtsurteil: Tod dem Kinde. Damit war das Schicksal von uns vieren besiegelt.

Am nächsten Abend um 21 Uhr waren wir bei dem Arzt bestellt. Er leitete eine Fehlgeburt ein. Es sollte so aussehen, als wenn ich das Kind ungewollt verloren hätte.

Er schickte Christoph in das Wartezimmer und fragte mich: »Es gibt so viele Kuckuckskinder auf dieser Welt. Warum haben Sie es Ihrem Mann gesagt?«

Ich saß auf dem Untersuchungsstuhl mit dem Gefühl, der Arzt riss mir die Innereien heraus. Es schien mir, ich hörte die Knochen des Kindes knacken. Ich probierte, meine Gedanken abzuschalten. Ich schaue konzentriert auf das farbige Plakat, auf dem die Eierstöcke der Frau abgebildet waren. Ich wollte nicht denken, nicht hören, nicht spüren. Ich bewegte die Augen nicht. Ich machte die Augen auch nicht zu. Meine Augen waren weit geöffnet. Ich sah aber nichts. Es schien mir eine Ewigkeit zu dauern. Ich konnte nicht weglaufen. Wie ein Käfer auf dem Rücken mit gespreizten Beinen. Und dazu noch das Ausräumen der Gebärmutter. Hilflos.

So, Frau Bartek. Fertig. Der Arzt stand von seinem Hocker auf. Die Nierenschale mit dem Blut und dem Fötus legte er auf den Tisch. Er folgte meinem Blick und nahm die Schale sofort wieder in die Hand. Und schüttete den Inhalt in einen aufklappbaren weißen Treteimer. Der Deckel klackste laut, als er den Fuß vom Tretpedal nahm. Er zog seine blutbeschmierten Handschuhe aus. Nochmals Klacks. Er wusch sich die Hände. Er benutzte das Desinfektionsmittel, das an der Wand hing. Sein weißer Kittel hatte einen Blutfleck nahe dem zweiten Knopfloch von oben. »Ich rufe jetzt Ihren Mann. Gehen Sie nach Hause und bleiben Sie liegen. Ich werde melden, sie hatten heute Nacht Abort«, sagte er. Auch mein Labor bekam die Nachricht, ich hätte das Kind im dritten Monat verloren.

Christoph holte mich im Untersuchungszimmer ab. Das Papier auf dem Stuhl, auf dem ich saß, war rot. Der Arzt hatte noch keine Zeit, es auszutauschen. Ich wollte hier raus! Wenn ich könnte, würde ich laufen. Ich würde so lange laufen, bis ich vor Schwäche umfallen würde. Ich wollte weg! Weg von allem! Vom Haus im Landhausstil, von Christoph, von Thomas, von dem Kind im Treteimer. Ich lag in dem Porsche und blutete stark. Ich wollte

Christoph nicht den Porschesitz mit Blut verschmieren. Daher lag ich zusammengerollt auf dem Boden des Wagens. Wie ein Hund auf der Bodenmatte. Ich kam mir elend und verloren vor. Ich fühlte mich schuldig. Ich blutete wie ein Schwein.

Auch der nächste Tag war schrecklich. Die Sonne schien in mein Zimmer und der blaue Himmel malte Trauer in mein Gesicht. Ich war schwach. Ich hasste es, wenn ich schwach war. Die Hausglocke läutete. Meine Kolleginnen aus dem Spital kamen herein mit einem Blumenstrauß. Sie hatten ganz traurige Gesichter. Einige sogar Tränen in den Augen. »Wie geht es dir, Eli? Wie traurig, dass du das Kind verloren hast. Es passiert aber oft, bis in den dritten Monat.«

Ich wollte früher Schauspielerin werden. Also Bartek: Spiele jetzt! Tiefe Trauer überzog mein Gesicht. Als wenn mir das Schicksal ein schwarzes Tuch übergeworfen hätte. Ich schluchzte und gab mir Mühe, aus meinen Augen Verzweiflung blitzen zu lassen. Ich wirkte so glaubwürdig, dass eine Kollegin auch aus ganzem Herzen zu weinen anfing. »Ja, jetzt ruhst du dich aus. Es wird schon. Wenn du dich stark genug fühlst, kommst du wieder. Gib dir Zeit. Man muss es nicht nur körperlich, sondern auch psychisch verdauen.« Das Jammern konnte ich kaum ertragen. Aber noch schlimmer war das Lügen. »Bis bald und gute Besserung!«, riefen sie noch, während ich dachte: »Raus. Raus. Raus.«

Ich hörte die Glocke. Die Schwiegereltern waren schon da. Diesmal ähnelte ihr Kommen nicht einer Lawine, sondern leisen Schneeflocken. Als sie alle an meinem Bett saßen und mir die Ohren vollschwätzten mit Mitleid und Empfehlungen, stellte ich mich müde und machte die Augen zu. Hier und da kriegte ich es sogar hin, ein kleines Schnarchen hinzuzaubern. Es juckte mich an der Nase, ich konnte mich jedoch nicht kratzen. Ich wusste nicht, ob man sich im Schlaf kratzen kann? Sie starrten mich noch ein Weilchen an. Dann schlichen sie sich aus dem Schlafzimmer, auf ihren gestopften Socken.

Ich war wieder fit und gesund, ging zur Arbeit, niemand hatte etwas erfahren. Von Thomas trennte ich mich, ich wollte ihn nie mehr sehen. Christoph und ich ließen uns einvernehmlich scheiden. Ich verzichtete auf alles. Ich wollte nur weg. Ich hatte eine Wohnung gefunden. Dort hatte ich wieder ein Klappbett und einen Wecker, zwei Teller und zwei Bestecke. Und fing wieder neu an. Ich nahm mein Mofa, schlüpfte in die Riemen meines kleinen Rucksacks, startete den Motor und fuhr den Berg herunter. Ich drehte mich nochmals schnell um. Ich war schon weit weg. Das Haus im Landhausstil erschien ganz klein.

Dem Arzt wurde gekündigt. Er hatte den Abort bei mehreren Frauen gegen Bezahlung durchgeführt und sich so bereichert. Ich fand es für ihn schade und für die Frauen schade. Mir aber hatte er das Leben gerettet.

## Sekretlabor

Ich saß auf meinem Balkon in Zürich. Gerade zwei kleine Stühle und ein kleines Tischchen hatten hier Platz. Ich trank Prosecco, rauchte eine Zigarette und ließ mir die Sonne ins Gesicht scheinen. Wenn nur der dumme Baum hier nicht wäre! Der verdeckte mir einige Strahlen. Unter mir brummten die Motoren der Autos, die nach Höngg fuhren. Es waren nicht viele, aber es war laut. Der Lärm stieg nach oben. Das Mehrfamilienhaus, in dem ich wohnte, lag an einem Hang. Meine Wohnung war im Erdgeschoss. Fast wie in einem Bungalow fühlte ich mich hier, denn vom Schlafzimmerfenster blickte man auf eine grüne Wiese, besser gesagt auf einen Hang, an dem einige stattliche Bäume standen. Eine Treppe führte von der Hauptstraße zu meiner Eingangstür. Die Straße unter mir hieß »Am Wasser«, und sie war wirklich am Wasser, denn an ihr entlang floss die Limmat. Ich fuhr mit der Straßenbahn Nummer 4 zur Station Hürlimann-Brauerei, dort stieg ich aus und ging über die Brücke, die über die Limmat führte. Dann über die Straße und dann zu der Treppe, die ich hochgehen musste. Es waren nicht viele Stufen, auch mit einem Einkauf war es machbar. Die Wohnung bestand aus einem Schlafzimmer, einem langen Flur, dem Badezimmer, in das sogar eine Badewanne eingequetscht war, und einem großen Wohnzimmer mit Balkon und dem Fenster zum Hang. Einmal wurde eine Prostituierte auf der Brücke ermordet, daher hatte ich nachts manchmal Angst, über die Brücke zu gehen. Der Mörder wurde nie gefasst.

In Zürich fand man nicht so schnell etwas Vernünftiges und Bezahlbares zum Wohnen. Ich ging noch einmal zum Kühlschrank, um ein paar Eiswürfel zu holen. An dem Tisch im Wohnzimmer vorbei, er stand auch in Trimbach, in der Wohnung, die ich nach dem Haus im Landhausstil bewohnte. Ein Glastisch. Er wirkte in einem kleinen Raum leicht und fast unsichtbar, dafür musste das Glas ununterbrochen geputzt werden. In Trimbach war die erste Wohnung in der Schweiz, die ich allein bewohnte. Trimbach – ein Vorort von Olten. Ich wohnte nicht lange dort. Obwohl ich die Wohnung schön und gemütlich eingerichtet hatte. Und zur Arbeit hatte ich es auch nicht weit. Ich fuhr mit meinem Mofa dorthin. Das Mofa war laut und ich fühlte mich darauf wie ein Teenager. Bevor ich hierhergezogen war hatte ich das Mofa verkauft. Das Bett nahm ich auch nicht mit. Es war aus Holz, ein Doppelbett. Zu altmodisch. Damals hatte ich eine andere Sichtweise auf die Einrichtung. Dazu der große, fünftürige Schlafzimmerschrank. War der aber hässlich! Die Nachttische auch aus Holz. Die Nachttischlampen sahen wie umgekehrte, farbige Kochtöpfe aus. Schlimm. Die Schirme auf den Nachttischlampen waren aus einem grob gewobenen Stoff, orange, gelb und weiß. Da hatte ich noch den sozialistischen Geschmack. Das ganze Schlafzimmer verkaufte ich dem Nachmieter. Deswegen fing ich auch hier in der Wohnung in Zürich mit einem Klappbett an. Der hundertjährige Schrank, den nahm ich mit; ich hatte ihn in Kloten in meinem Atelier bemalt. Jetzt hatte ich Gläser, Tafelgeschirr und Besteck da drin. Den alten Kinderwagen vom Flohmarkt hatte ich auch mitgenommen. Warum einen Kinderwagen, wo ich doch kein Kind wollte? Ich hatte ihn in eine Bar umgewandelt. Das hohe Gestell mit den großen Rädern gesäubert und den Rost entfernt. Ein Glas für den Boden des Wagens zuschneiden lassen, damit ich die Flaschen daraufstellen konnte. Das Dach, das aus blauem Leder war, geputzt und mit Haifischfett eingerieben, damit das Leder nicht brüchig wurde. Der Schieber war leicht geschwungen, mit einem gewölbten Porzellangriff. So ein alter Kinderwagen war angesagt. Nur hatten die Schweizer darin oft alte Puppen. Und ich volle Flaschen Wodka, Gin, Campari, Becherwasser, Obstler, Grappa, was das Herz begehrt.

Vor dem Haus in Trimbach war eine kleine Tankstelle. Die sah ich nur vom Küchenfenster aus. Eines hatte die Wohnung in Trimbach mit dieser Wohnung gemeinsam. Sie war laut. Wenn die Harleys Benzin tanken kamen, dachte ich, ich bin im Wilden Westen. Dafür aber sah ich auf dem Balkon, den ich vom Wohnzimmer aus betreten konnte, eine große Wiese. Weiter hinten war ein Bach. Dort ging ich die Schlüsselblumen pflücken. Dann malte ich den Blumenstrauß.

Ich suchte das Feuerzeug auf dem Balkontischchen und zündete mir noch eine Zigarette an. Die Straße war ruhiger geworden. Der Feierabendverkehr war vorbei. In der untergehenden Sonne störte mich auch der Schattenwurf des einen Baumes nicht mehr. Ich schaute dem Wasser der Limmat zu, wie es floss und glitzerte. Es war frisch geworden auf dem Balkon. Ich ging hinein. Ich schloss die Balkontüre zu, nicht aus Angst, es könnte mich jemand überfallen, eher weil die Kühle der einbrechenden Nacht ganz langsam in das Zimmer einzog. Ich nahm den nicht ausgetrunkenen Prosecco mit und stellte ihn auf den kleinen Klubtisch.

Wenn ich an Silvia dachte, wurde mir kalt. Ich hatte sie in Zermatt kennengelernt. Inmitten von viel Schnee. Zermatt liebe ich. Als neue Schweizerin lernte ich richtig gut Skifahren. Ich wusste nicht, ob es Schweizer oder Schweizerinnen gibt, die es nicht können. Die Kinder können noch nicht laufen, aber sie fahren schon Ski. Einen Ausländer erkannte man daran, dass er nicht Ski fahren konnte. Also war ich so lange nach Zermatt gefahren, bis ich es gelernt hatte. In der Skischule stand ich hinter den acht anderen Schülern neben Silvia. Wir beide wollten ganz hinten stehen. Vielleicht deswegen, weil der Skilehrer immer nur die ersten anschaute, die heruntergekommen waren, und ihre Fahrweise korrigierte; die letzten schaute er nicht mehr so genau an. Wir haben uns schnell angefreundet. Beide hatten wir den engsten Skianzug an, gute Ski, lange schwarze Haare. Man musste keinen Helm tragen, nur ein Stirnband, das die Ohren zudeckte, damit sie nicht abfroren. Die weißen Pisten mit dem frischen Schnee, immer schönes Wetter und das Matterhorn, das sich stolz gen Himmel reckte, hatten es mir angetan. Und das Après-Ski. Die Menschen waren dann in Hochstimmung. Ich buchte immer die letzte Woche im Februar. In diesem Monat waren die Wedelwochen. Die waren am günstigsten und außerdem trafen wir uns alle dort regelmäßig jedes Jahr zur gleichen Zeit. Eine Gruppe Stewardessen, die sich Schreckhörner nannten, nach dem Berg in den Berner Alpen. Die Damen waren langsam am Verblühen und suchten noch auf die Schnelle einen wohlhabenden Mann. Dann waren da noch die Matterhörner, eine Gruppe wohlhabender Geschäftsleute, ein Pilot war auch dabei. Peter, ein Geschäftsmann, hatte sich später umgebracht, da er einen Konkurs hingelegt hatte und sich dafür schämte, dass er pleite war. Vor allem waren in Zermatt Ende Februar keine Familien mit Kindern. Zermatt war in dieser Zeit ein großes Bett, wie manche sagten. Denn der letzte Zug nach Zermatt fuhr um Mitternacht ein und danach kam niemand mehr hoch oder runter. Kein eifersüchtiger Ehemann, keine eifersüchtige Ehefrau konnte einen in der Nacht im Bett überraschen, denn ab Mitternacht konnte niemand mehr Zermatt erreichen. Zermatt war autofrei. Von Täsch aus fuhr man mit dem Züglein, das sich quälend langsam in die Höhe durchkämpfte, nach Zermatt. Es waren nur fünf Kilometer. Die Fahrgäste hatten schon beste Laune, als wenn sie Drogen genommen hätten. Jetzt fingen die richtigen Ferien an. Ich kannte einige Eheschließungen, die auf die Wedelwochen zurückgingen. Danach jedoch durften der Mann oder die Frau nie mehr allein nach Zermatt fahren. Auch Schwangerschaften und zerrüttete Ehen kamen nach dem Zermatter Aufenthalt vor. Ich weiß nicht, wie es jetzt ist, aber damals war es Sodom und Gomorrha. Es gab ein Fotografie-Verbot, um kein Beweismaterial zu produzieren.

»Was kostet die Welt?« war das Motto. Die Frauen gaben nicht so viel Geld aus, aber dafür die Männer. Arm durfte man nicht nach Zermatt fahren. Denn die Männer schmissen Runden für die ganze Hütte. Und um sich nicht lumpen zu lassen, machte es dann immer ein anderer. Alle waren Brüder und Schwestern oder Liebhaber und Liebhaberinnen. In 1608 Meter Höhe bleibt man ziemlich lange nüchtern, aber man hat doch ständig einen erhöhten Alkoholpegel. Mittagessen gab es bei Enzo, einer Skihütte, deren Inhaber so hieß. Die Frauen tanzten oder sonnten sich oben ohne. Enzo ließ sogar ein Klavier einfliegen, Krevetten und Krebse, ziemlich dekadent alles, denn es war in der Mitte der Piste und man kam nur mit Ski oder mit dem Schneepflug dahin. Es war eine Zeit, in der es keinen Krieg gab, keine Arbeitslosigkeit, kein Aids, nur ein paar kleinere Geschlechtskrankheiten oder eben

Schwangerschaften. Man benutzte kein Kondom, die meisten waren verheiratet und suchten ein Abenteuer. Andere wollten schwanger werden und heiraten. Niemand kontrollierte, ob jemand an der Piste betrunken war. Es waren alle betrunken.

Ich ging noch oft mit Silvia zum Skifahren nach Zermatt. Sie war damals mit Bruno liiert. Silvia arbeitete in der Werbung und er auch. Silvia meinte: »Eli, du kannst nicht in Trimbach wohnen. Trimbach ist schrecklich. Komm nach Zürich!« Sie wohnte auch in Zürich. Ja, aber finde eine Wohnung in Zürich! Eine bezahlbare. Bruno, ihr Freund, war geschieden, hübsch, sogar attraktiv, groß, klug, verdiente gut. Er wollte Silvia heiraten. Aber Silvia zögerte. Bruno sagte: »Eli, wenn ich Silvia heiraten werde, bekommst du meine Wohnung.« Silvia war unentschlossen, ich unterstützte ihr gegenüber die Heirat mit Bruno. Es war auch nichts dagegen zu sagen. Keine Einwände. Und so wurde eine große Hochzeit vorbereitet. Mit alten Autos, teuren Kleidern, schönen Menschen. Ich bekam die Wohnung. Nach einer Zeit ging die Ehe in die Brüche.

Pete lernte ich in Zermatt kennen. Ich stand allein an der Bar und bestellte ein Glas Champagner. Da fragte jemand, der hinter mir stand: »May I invite you to the champagne?« Ich drehte mich um. Ein großer, schlanker, gepflegter schöner Mann fragte mich das. »Yes«, antwortete ich und kam mit ihm ins Gespräch. Mein Englisch war nicht so gut, im Sozialismus hatten wir eher Russisch gelernt. Ich erfuhr, dass er Engländer war und aus Brighton stammte. Dass er eine Bank besaß. Dass er mich auf Händen tragen wollte. Dass ich die Frau seines Lebens wäre. Und dass er mit mir alt werden möchte. Er sagte das nicht alles auf einmal, ansonsten wäre ich sicher davongelaufen. Wir trafen uns oft in Zermatt. Ich tanzte und er stand am Rand der Tanzfläche und hielt mein Champagnerglas. Er konnte nicht gut tanzen. Wenn ich länger tanzte, ließ er das Glas ausgießen und einen neuen, kalten Champagner einschenken. Wir benutzten keinen Skilift mehr, er flog mich auf jeden Gipfel mit dem Helikopter. Wenn ich an der Sonne ein Nickerchen machte, hielt er meinen Kopf, damit ich weich lag. Er trug meine Ski. Wir aßen in den besten und teuersten Restaurants. Er erzählte mir unendlich lange Witze, die ich nicht verstand. Bis er zur Pointe kam, rauchte ich eine Schachtel Zigaretten. Er lud auch meine ganze Skiclique zum Essen und zu Champagner ein. Er war ein Gentleman alter englischer Schule. So etwas fand man in unseren Breitengraden sonst nicht. Ich nahm oft auch meine Freundin Brigitte mit, sie konnte besser Englisch und sich seine Witze bis zum Ende anhören. Nicht, dass ich ihn nicht gerngehabt hätte. Das nicht. Aber leben in Brighton? Mit der zugeknöpften Mentalität der Engländer kam ich nicht klar. Pete ist an einem Herzinfarkt gestorben. Nicht wegen mir. Viel später. Wenn er mit mir gelebt hätte, wäre er womöglich noch früher an einem Herzinfarkt gestorben.

»Eli, uns ist ein Unfall passiert. Ich und Oliver sind im Spital«, hörte ich die zitternde Stimme von Silvia am Telefon. Sie war über Ostern mit ihrem neuen Mann und den zwei Kindern ins Tessin gefahren. Silvia hatte Urs in Zermatt kennengelernt. Er hatte ein schönes Haus. Silvia hatte sich immer Kinder und Familie gewünscht. Mit Bruno hatte es nicht geklappt, aber dafür mit Urs. Der ältere war zwei Jahre alt, als Oliver auf die Welt kam. Silvia war fast fünf Monate im Bett gelegen, um das Kind nicht zu verlieren. Und jetzt so was. Ich war öfter bei ihnen in Basel. Das Haus war groß genug, so dass ich mein eigenes Zimmer haben und übernachten konnte. Urs sammelte Jaguars und die Autos standen in einer geräumigen Garage. Selbst die Hühner lebten in einem komfortablen Hühnerhaus. Es schien alles in bester Ordnung zu sein in dieser vollkommen glücklichen, wohlhabenden Familie. Wenn Silvia nur nicht immer vermerken würde, dass mit Olivers Kopf etwas nicht in Ordnung sei. »Eli, hat Oliver nicht einen zu großen Kopf?« Oder: »Eli, mit dem Kopf stimmt doch etwas nicht!« Ich schaute zum tausendsten Mal den Kopf von Oliver an, aber ich sah nichts Besonderes. Schon gar nichts Abnormales. »Silvia, es ist alles in Ordnung. Ich weiß nicht, was du immer hast!« Langsam dachte ich, sie wäre verrückt. »Geh doch mal mit ihm zum Arzt, wenn du dir so unsicher bist!« Und Silvia ging mit Oliver zum Arzt. Der machte Ultraschall und alle möglichen Untersuchungen mit der Diagnose: »Der Kopf von Oliver ist in Ordnung.«

»Eli, Oliver wird den Unfall nicht überleben. Die Ärzte fragten mich, ob sie ihn an die verschiedenen Schläuche anhängen sollen, ohne große Hoffnung, dass er überleben wird, oder ob sie ihn in Ruhe sterben lassen sollen.« »Lass ihn in Frieden sterben. Ihr könntet dann nochmals ein Kind haben.« Sie hielt den kleinen Oliver an den Händen und wartete weinend darauf, dass er starb. Sie saß die ganze Nacht bei ihm. Sie saß auch noch den ganzen nächsten Tag bei ihm. Oliver starb aber nicht. Oliver hatte sich entschlossen zu leben.

Ein Auto war in den Wagen, in dem Silvia, Urs und die zwei Kinder saßen, von hinten mit hoher Geschwindigkeit reingefahren, als Urs stark bremsen musste, weil ihn jemand überholt hatte. Ein großer Aufprall. Hubschrauber, Polizei, Silvias Schreie: »Der Kopf von Oliver, schaut den Kopf von Oliver an!«

»Da ist nichts«, sagten die Rettungskräfte. Sie dachten, Silvia stehe unter Schock. Mit dem Helikopter ins Kinderspital. Mit dem Kopf von Oliver war doch etwas passiert. Als wenn Silvia es schon immer gewusst hätte. Durch den Aufprall war das Gehirn beschädigt worden und die Ärzte mussten zwanzig Prozent davon wegoperieren. Silvia und Urs waren nervliche Wracks. Silvia konnte nicht täglich in das Spital nach Zürich fahren. Sie wohnte weit weg. Ich bot mich an, mit Oliver zweimal in der Woche spazieren zu gehen. Der kleine Oliver lag dann im Kinderwagen mit einem Helm auf dem Kopf. So übergab ihn mir immer die Krankenschwester. Er durfte nicht fallen. Sein Gehirn war nicht geschützt. Er hatte ein großes Loch im Schädelknochen. Ich war ganz vorsichtig, wenn ich den Kinderwagen über eine Unebenheit schieben musste. Am liebsten ging ich mit Oliver in den Park, da musste ich aber eine Straße überqueren. Das hieß vom Gehsteig herunter auf die Straße und dann wieder hoch auf den Gehsteig. Der Kinderwagen durfte nicht umkippen. Ich hatte mir noch nie Gedanken über Gehsteige gemacht. Jetzt aber schon. Umkippen, das wäre Olivers Tod gewesen.

Ich erzählte Oliver verschiedene Märchen, die ich mir selber ausgedacht hatte, wie im Bett der Eltern. Ich erzählte mit monotoner Stimme. Meistens schlief Oliver dann ein. Nur manchmal schaute er mich mit großen blauen Augen an, als wenn er alles verstehen würde. Seine Augen waren alt, der Blick war abgeklärt, wie bei einem alten Menschen, der schon alles gelebt und gesehen hatte. Er schien mir so weise zu sein. Ich hatte das Gefühl, er kam von weit her. Und er wusste alles. »Oliver, bitte werde gesund! Bitte!«, sagte ich, wenn er mich so anschaute. Er ballte dann seine kleinen Finger mit den kleinen Nägeln zu kleinen Fäustchen, als wenn er kämpfen wollte. Ein anderes Mal saß ich auf der Bank in dem Park, den kleinen Oliver vor mir im Kinderwagen, mit seinem kleinen Helm, und ich weinte nur so vor mich hin.

Der Autofahrer, der in Urs reingefahren ist, ein junger Italiener, erhängte sich. Der Fahrer, der überholt hatte, ein Deutscher, hatte sich nie auch nur erkundigt, wie es dem Jungen ginge. Die Ehe von Silvia und Urs zerbrach. Oliver kam in ein Heim für Schwerbehinderte.

Morgens stand ich auf und ging zur Arbeit in die Bircher-Benner-Klinik. Der Aarauer Max Bircher ist der Birchermüsli-Erfinder. Wir aßen zum Frühstück Birchermüsli und sonst meist nur Rohkost. Manchmal veranstalteten wir Angestellten im Garten der Klinik ein Grillfest. Dann standen die Patienten auf dem Balkon und probierten wenigstens ein bisschen Bratwurstduft einzuatmen, während sie auf einer Karotte herumknabberten. Als ich einmal mit meiner Kollegin Ruth in das Nobelhotel, das in der Nähe stand, zum Mittagessen ging, saßen dort einige Privatpatienten der Klinik und verschlangen große Stücke Steak. Sie sahen uns ängstlich an, und einer flehte: »Bitte sagen Sie es nicht dem Herrn Doktor!«

Ich arbeitete im Sekret-Labor. Alles Scheußliche, das aus einem Menschen herausfließt. Stuhl, Urin, Eiter, Spucke. Manchmal kam ich in das Labor und es stank heftig. Klar, gestern gab es Spargel in der Klinik. So rochen dreißig Urine nach Spargelgenuss. Dann standen hier noch fünf Stuhlproben-Becher von fünf Patienten. Ich arbeitete ganz allein in dem Labor. Damit ich nicht so einsam war, züchtete ich einen Stuhlwurm in einer Petrischale. Den Wurm hatte ich bei einem reichen Privatpatienten aus Dubai im Stuhl gefunden. Ich gab ihm den Namen Pepíček, wie unserem Karpfen an Weihnachten.

Mein Pepíček lebte also in der Petrischale im Inkubator bei 37 Grad Celcius, ganz wie im menschlichen Körper, damit er sich wohl fühlte. Ich gab ihm regelmäßig etwas zu essen. Er bevorzugte abwechslungsreiche Kost. Mal eine Portion Stuhlgang von Herrn Friedland aus Israel oder etwas vom Durchfall von Muhammad Ibn Mustafa Ibn Addallah Ibn Ibrahim Al Zamid aus dem Emirat Katar oder vom verstopften reichen Russen Popow. Mit Pepíček fühlte ich mich nicht einsam. Immer wenn ich die Tür in meinem Labor aufmachte, ging ich sofort zum Inkubator, öffnete ihn und rief: »Guten Morgen, Pepíček!« Er antwortete zwar nicht, aber seine Existenz gab mir ein Gefühl von Vertrautheit. Wie wenn ich eine Katze hätte oder einen Hund oder einen Papagei. Einfach ein Tier.

In diesem Labor war ich täglich acht Stunden eingesperrt. Die Klinik war nicht groß, so dass ich auch die Menschen traf, denen der Stuhl gehört hatte. Ich wusste von einigen Patienten, wie sie verdauten, wie ihr Stuhl oder Urin aussah und welche Krankheitserreger oder Tierchen sich in ihnen befanden.

Ich untersuchte einmal einen Stuhl und musste ihn mit Natriumchlorid mischen, um dann die gewollte Menge mit der Pipette aufzuziehen. Ich brauchte fünf Milliliter. Ein Ende der Pipette hatte ich im Mund, das andere in dem verdünnten Stuhl. Ich zog, aber es kam nichts. Wahrscheinlich ein Stuhlkörnchen, das die kleine Öffnung der Pipette verstopft hatte. Ich zog stärker und plötzlich schoss der Stuhl in meinen Mund. Ich spuckte sofort aus und spülte meine Mundhöhle. Ich konnte eine Woche nichts essen, nicht einmal meine Spucke schlucken. Ich spuckte auf der Straße, zu Hause ins Klo, ins Waschbecken bei der Arbeit.

Ich ging mir den betreffenden Stuhlinhaber anschauen. Es war der Patient aus Österreich, der zu uns zum Abnehmen gekommen war. In einer Privatklinik waren die Patienten sehr reich. Er hieß Herr Lewy. Er sah gut aus. Und sicher hatte er nur sehr gute Sachen zu sich genommen, dick wie er war. Wenigstens das beruhigte mich.

Blut abnehmen war meine Spezialität, und wenn ein Arzt nicht die Venen traf, sagte er: »Gehen Sie zu Frau Bartek, die trifft immer.« Nach meinen Ferien kam ein an den Armen total zerstochener Patient zu mir. Er sagte, der Arzt hätte die Vene nicht getroffen, und er hatte gewartet, bis ich aus den Ferien komme. Ich schaute mir den total verängstigten, dickleibigen Mann an. Er zitterte und roch nach dem Schweiß, den Menschen in Todesangst ausscheiden. Ich schaute mir seine Hände an. Nichts. Seine Arme. Nichts. Er war so fett, es gab nirgendwo eine Spur von einer Vene. Wenn die Venen nirgends zu finden sind, gibt es nur noch einen Platz, wo man schauen kann am menschlichen Körper – oberhalb der Ferse. Ich sagte dem Patienten »Bitte ziehen Sie sich aus und legen Sie sich hier auf den Bauch. Ich schaue mir die Vene oberhalb der Ferse an!« Der Patient zog seine Schuhe und Socken aus. »Darf ich ablegen?«, fragte er mich. Ich dachte zuerst, er wollte hier nackt stehen. Aber er zog nur seine Perücke aus und hing sie zu den anderen Kleidungsstücken auf die Garderobe. Er schwitzte vor Angst so stark, dass er sich seine Glatze mit dem Taschentuch abtrocknen musste. Klar traf ich. Triumphierend hielt ich das Röhrchen Blut vor die Augen des noch immer bäuchlings liegenden Patienten.

Ich konnte nicht behaupten, dass ich bei dieser Arbeit Erfüllung fand. Deswegen hatte ich in einer Ecke meines

Wohnzimmers eine Staffelei und ein Tischchen mit vielen Pinseln und Farben eingerichtet. Ich malte oft nach der Arbeit oder an freien Wochenenden. Ich organisierte mir auch freie Termine. Einmal im Monat Menstruationsbeschwerden, und wenn die Nachrichten einen starken Wetterumschwung ankündigten, dann entschuldigte ich mich bei der Arbeit aufgrund starker Migräne. Diese Methode funktionierte ziemlich lange. Als ich an einem Bild arbeitete, das viel Zeit beanspruchte, entschuldigte ich mich mit einer Grippe. Aber da läutete es plötzlich, ich öffnete die Türe, und Ruth stand da, meine Chefin. Sie mit mitgebrachtem Essen und Medikamenten in der Hand, ich in einer Hand ein Glas Wein, in der anderen den Pinsel.

»Ruth, möchtest du sehen, was für ein Bild ich gerade male?« Ruth war unglaublich korrekt, ich glaube viele Schweizer sind es, und sie erstarrte vollkommen. Sie trat aber trotzdem ein und betrachtete das Bild. Abstrakt, die Farben des Meeres, des Himmels, des Lichtes, man roch das Meer und spürte den Wind und die Sonne. »Wenn du einmal berühmt bist, werde ich dir diesen Vorfall verzeihen!«, sagte Ruth und ging.

Als ich pünktlich wie jeden Tag um 17 Uhr die Resultate abgab, holte mich der Chefarzt der Klinik in sein Büro. Er war sehr nett und ich wusste, dass er mich mochte: »Setzen Sie sich, Eliška!« Ich setzte mich. Der Doktor war ein hübscher Mann mit blauen, gutmütigen Augen. Der weiße Kittel spannte ein bisschen am Bauch, er trug immer eine Krawatte und ein Stethoskop um den Hals. »Eliška, Sie sind keine Laborantin. Sie sind eine Künstlerin. Ich kündige Ihnen. Dann bekommen Sie Arbeitslosengeld und können malen!« Ich fühlte mich wie mit kaltem Wasser übergossen. Überrascht und geschockt. Ich hätte nie gedacht, dass man mir kündigt! Es gab so wenige Laborantinnen. Ich stand auf, »Danke für das Gespräch«, und ging nach Hause den Berg herunter zur Straßenbahn und wusste nicht, ob ich lachen oder weinen sollte. Ich war noch nie in meinem Leben arbeitslos. Ich wusste gar nicht, was man da machte. Ich musste sicher zum Arbeitsamt. Es war weniger Geld. Es würde aber reichen. Hätte ich nur nicht so viele Möbel auf Kredit gekauft.

Das Geld vom Arbeitsamt reichte überhaupt nicht. Und der Perserteppich? Den hatte ich für zehntausend Franken gekauft, ich Idiot. Und das nur wegen der Skorpione, die an den Seiten eingewoben waren. Der Verkäufer behauptete, es brächte mir Glück. Skorpion ist mein Sternzeichen, aber das konnte er nicht wissen. Der Teppich hatte vierzigtausend Knoten pro Quadratmeter. Er war unverwüstlich. Wenn man Rotwein auf ihn vergossen hatte, sah man keinen Fleck. Oder falls bei einer Party Zigarettenglut auf ihn fiel, brannte er nicht. Der Teppich wird mich mein ganzes Leben lang begleiten. Überall wohin ich gehe, werde ich den Teppich mitnehmen. Wenn ich einmal sterbe, lasse ich mich in den Teppich einrollen und verbrennen. Ich zahlte ihn jeden Monat mit fünfhundert Franken ab. Mit Geld konnte ich nicht umgehen. Die Farben, die Pinsel, die Leinwand. Alles kostete. Ich musste mir noch einen Job suchen.

Ein Bekannter stellte mir Josef vor, einen tschechischen Antikschreiner. Ich konnte bei ihm ein Atelier nutzen, und er wollte mir beibringen, Schränke zu restaurieren und zu bemalen. Ich saß im Zug und fuhr nach Kloten. Das Bauernhaus, das mir Josef am Telefon beschrieben hatte, fand ich sofort. Ein aus Holz gebautes Häuschen in der Nähe der Kreuzung. Ich musste in den Hof hineingehen, um den Eingang zu finden. Auf dem Hof standen viele alte Schränke, die darauf warteten, restauriert zu werden. »Ahoj, Eliška!«, rief jemand aus dem Haus. Ich wusste immer noch nicht, warum die Tschechen mit Ahoj grüßen. Prag lag nicht am Meer. Josef kam mir entgegen. Nicht groß, aber schlaksig und muskulös. Die Muskeln kamen vom Möbeltragen, dachte ich. Er hatte blaue Augen und blonde Haare mit einem Scheitel an der Seite. Obwohl er genauso alt war wie ich, hatte er viele Falten im Gesicht. Vielleicht vom Rauchen? Hände hatte er wie Schaufeln. Richtige Bärentatzen. Als er mir die Hand gab, fühlte es sich an wie ein Schraubstock. Sein Körper war durchtrainiert, nicht vom Sport, sondern von der Arbeit. »Já mluvím zase česky!« »Ich spreche wieder tschechisch.«

Wir mochten uns sofort. Wahrscheinlich, weil wir Landsleute waren. Mit Josef wehte eine leichte Brise tschechischer Mentalität und Prager Duft herein. Josef war auch aus Prag. Er hatte dort als Hauptrestaurator in einem Museum gearbeitet. »Das ist dein Atelier.« Er öffnete eine quietschende Tür mit alten Beschlägen und uraltem Schloss. Dahinter ein kleiner Raum mit verriegelten Fensterchen, bestickt mit rot-weißen Vorhängen, die unten mit einer Schleife zugezogen waren. Ein grüner Kachelofen, der das Zimmerchen mit wohliger Wärme füllte. Es roch sehr angenehm nach Holz. Ein Regal an der Wand mit vielen Farben und Farbpulvern. Ein nicht restaurierter Schrank, der hundertjährige Geschichten hinter einem Schloss verbarg, aus dem ein alter Schlüssel ragte. Ein Schemel zum Sitzen und ein Brett als Tisch. Alles alt. Ich sah die Löcher der Holzwürmer, die sich seit Jahren durch das Holz bohrten.

»Ježíš, to je ale krásné!« »Jesus, ist das aber schön!«,

rief ich. Josef war kein normaler Schreiner. Josef war Künstler. Er hatte ein gutes Händchen, wie man sagte. Ich lernte, mit in heißem Knochenleim gemischten Farbpigmenten zu malen. Wir restaurierten Schränke für Museen. Josef ersetzte und leimte vom Holzwurm zerfressene Ecken. Er schnitt das zerstörte Stück heraus und ersetzte es durch ein altes, holzwurmfreies Holzstück. Er leimte das neue Stück in die Lücke hinein und presste es mit einer Schraubzwinge zusammen, bis der Leim trocken war. Ich half manchmal in der Schreinerei aus, wenn es vier Hände brauchte.

Ansonsten aber saß ich in meinem Atelier. An jeder Schranktür hing aus einem alten Buch ein Motiv, das ich in die Füllung malen sollte. Hier waren es Blumen. Dort ein altes Bauernhaus auf einer grünen Wiese, hinten leuchteten weiße Berge. Vorne stand ein Senn in Schweizer Tracht. Weiße, gestrickte Kniestrümpfe und weißes, kurzärmliges Hemd. Gelbe Lederhose mit bestickten Hosenträgern. Darüber ein rotes, ärmelloses Jäckchen. Und dann die vielen Kühe! Die konnte ich langsam blind malen. Und Ziegen. Und ein Alpabzug, mit den schönen Blumen und Kränzen, die die Kühe schmückten. Die Appenzeller Kühe waren braun. Manchmal mit weißen Flecken. Mit den weißen Flecken war die Malerei schöner, denn es hellte das Bild auf. Aber zu viele Kühe mit weißen Flecken waren nicht gut, das Bild wurde dann zu unruhig. In Kloten gab es einen Flughafen, und ich wusste nicht, ob es einen Piloten oder eine Stewardess gab, die nicht einen von mir bemalten Bauernschrank hatten.

Bald schrieb sogar die Klotener Zeitung einen langen Artikel über mich. Über die Tschechin, die Schränke und alte Möbel mit Schweizer Bauernmalerei schmückte. Dabei hatte ich kaum je eine Kuh in natura gesehen.

Ich schliff die Möbel, und wenn ich einen warmen Naturton auf dem Schrank haben wollte, bestrich ich das Holz mit einem starken Kaffee. Danach kam Bienenwachs darauf. Man konnte auch Tee auskochen und den Schrank mit dem Sud anstreichen. Die Farbe des Kaffees war jedoch schöner, Kaffee hatte einen wärmeren Ton. Ich bekam von Josef wenig Geld, dafür aber Mittagessen und Abendessen. Er hatte nicht viel Geld, denn er musste die Schreinerei bezahlen und den Laster, mit dem er die Schränke und Möbel transportierte. Und dazu trank er.

Jeden Tag ging er abends in das Klotener Gasthaus, traf dort einige andere Tschechen, und sie spülten sich ihre Sehnsucht nach der Heimat hinunter. Er gehörte nicht hierher. Er würde sich nie einleben und nie anpassen. Er war und blieb für immer Tscheche. Er durfte nicht nach Hause. Er war 1968 aus politischen Gründen geflüchtet. Ich kannte einige Tschechen, die an der Flucht zerbrochen waren. Alkohol und Drogen linderten den Schmerz und die Sehnsucht. Deswegen wollte ich keine Tschechen treffen. Ich wollte nicht weinen und jammern, ich wollte nicht in der Vergangenheit leben, während ich hier lebte. Ich wollte nicht immer in Gedanken in Prag sein.

Im Sozialismus konnten wir nicht in die Ferne reisen. Aber am Wochenende, wenn schönes Wetter gemeldet wurde, fuhren wir per Anhalter zum Slapské přehradě, einem Stausee nur dreißig Kilometer von Prag. Dort traf sich die Jugend, die meisten kamen aus Prag. Wir machten ein Feuer, jemand hatte immer eine Gitarre mit und wir sangen und zogen mit dem Gesang die Sonne aus dem Schlaf. Sie schien dann auf unsere müden Gesichter und Körper, die im vom Morgentau nassen Gras lagen. Einige hatten einen Schlafsack mit, andere lagen nur so auf einer Decke herum. Einige einzeln, andere umarmten sich. Damals leuchteten noch die roten Mohnblumen zwischen dem reifen gelben Korn sowie die blauen Kornblumen und weiße Margeriten. Manchmal pflückten wir einen Blumenstrauß für die Mutter. Wir tasteten uns vorsichtig vom Rand des Feldes zu den leuchtenden Blumen vor, damit wir das Korn nicht brachen.

Eigentlich war alles schön in dem Bauernhaus. Trotz des Geldmangels. Wenn sich nur Josef nicht in mich verliebt hätte! Er war liebevoll zu mir. Er stellte immer frische Blumen in mein Atelier. Dann entdeckte ich eine alte Laterne auf meinem Tisch. Oder in der Ecke ein altes wunderschönes Spinnrad. Wir teilten die Liebe zu Antiquitäten. Ich überlegte mir, wo die Laterne früher stand, in welchem Raum. Vielleicht im Schlafzimmer eines alten Bauernhauses, und sie hatte zugesehen, wie sich zwei Menschen liebten. Oder in der Küche an einem alten Küchentisch. Beim Abendgebet saßen Vater, Mutter und sechs Kinder. Das Spinnrad hatte sicher vielem zugehört. Wenn die Frauen und Mädchen an langen Winterabenden gesponnen haben, erzählten sie sich uralte Geschichten. Ich wäre neugierig, sie alle zu hören.

Als mir Josef seine Liebe offenbarte und ich ihm antwortete, dass ich von ihm nichts wissen wollte, drehte er durch. Nicht dass ich ihn nicht gernhatte, nein, aber meine Gefühle für ihn waren eher geschwisterlich als leidenschaftlich. Außerdem spürte ich, hier war nur eine Zwischenstation in meinem Leben, nicht eine Endstation. Ich wollte hier verschwinden, einfach gehen. Ich war schon draußen auf dem Hof vor der Schreinerei, bei den Schränken, die er noch nicht restauriert hatte. Dort schob er mich in seiner Wut in einen Schrank und sperrte ihn zu. Es war sicher ein Witz, dachte ich. Er geht nur kurz weg und kommt bald wieder und holt mich hier heraus. Josef ging in das Gasthaus. Und betrank sich und vergaß mich in dem Schrank. Ich schrie, ich schlug mit der Faust gegen die Schrankwände. Wer sollte mich hören? In dem Hof war nichts und niemand. Er kam nicht. Er hatte mich in dem Schrank vergessen. Mir war kalt. Es war unbequem – gut, dass der Schrank wenigstens zweitürig war. Da konnte ich mich halb ausstrecken. Ich war nicht zimperlich. Ich zog mich zusammen wie eine Ziehharmonika. Lange konnte ich nicht einschlafen und verkürzte mir die Zeit mit Zukunftsträumen. Ich möchte Künstlerin werden. Ich möchte in Museen und Galerien ausstellen. Ich möchte, dass Leute meine Bilder lieben und kaufen. Irgendwann schlief ich ein. In der Frühe kam Josef. Er hatte mich wirklich vergessen. Er entschuldigte sich tausendmal. Ich ging. Ich verließ das Atelier, Josef und das Bauernhaus.

Es war bald Weihnachten. Zürich war geschmückt mit Lichterketten, Sternen und Sternchen, als wenn der ganze Himmel in die Bahnhofstraße gefallen wäre. Ich brauchte Geld. Ich hatte mich für den Weihnachtsmarkt in Niederdorf angemeldet. Aus einem Salzteig hatte ich kleine Bilder modelliert. Blumen waren darauf, Bäumchen, Tiere, Katzen. Dann in den Backofen, und wenn der Teig ausgekühlt war, bemalte ich ihn. Am Ende besprühte ich das Bild mit Haarlack, damit der Teig geschützt war. Ich nahm meine Staffelei mit und stellte ein Brett darauf. Dann hing ich die Bilder auf das Brett. Ein Bildchen kostete 35 Franken. Es war bitterkalt an dem Tag. Silvia besuchte mich auf dem Handwerkermarkt. Ich hatte keine warmen Schuhe und keinen warmen Wintermantel. Für den nächsten Tag lieh Silvia mir ihre warmen Stiefel und ihren Wintermantel.

Es war ein trauriges Weihnachten. Ich hatte nicht einmal einen Weihnachtsbaum zu Hause. Ich setzte mich in die Kaffeebar Odeon. Das Jugendstilcafé mit den Kristallleuchtern, der langen Bartheke und den runden Tischen, das gab dem Weihnachtsabend ein bisschen feierliche Patina. Hier waren schon Stefan Zweig, Erich Maria Remarque und Kurt Tucholsky ein und aus gegangen. Heute an Weihnachten saßen hier verlorene Seelen. »Herr Ober, einen Mojito, bitte.« Ich schaute mich um. Die meisten Gäste an den runden Tischen waren allein. Einige schauten vor sich hin, den Blick in unbestimmte Ferne gerichtet, andere starrten das Getränk vor sich an, als wenn sie mit den Augen trinken wollten. Die meisten waren Männer. Da hinten in der Nische saß ein Mann in einem schwarzen Anzug, der meine Aufmerksamkeit weckte. Das weiße Hemd, das er trug, war nicht frisch, der Anzug zerknittert. Er war wohl großgewachsen, saß jedoch zusammengekauert am Tisch, so dass man seine Größe schwer einschätzen konnte. Sein Kopf sah so schwer aus. Mit beiden Händen stützte er ihn, andernfalls würde er wohl auf die glasige runde Tischplatte aufprallen. Seine gespreizten Finger hatte er in den schwarzen Haaren versteckt, den kleinen goldenen Ring an seinem kleinen Finger sah ich jedoch sogar von hier aus. Seine schwarzen Haare waren länger als üblich und wirr. Vor ihm stand eine Flasche Wodka, schon fast leer. Die Beine, verhüllt im schwarzen Anzugstoff, hatte er gekreuzt, die Knie stießen von unten fast an die Tischplatte, so lang waren sie. Ich wartete eine Weile, bis er seine Augen vom Tisch aufhob und hochschaute. Die Augen waren fast schwarz. Sein Blick wanderte kurz über die Gäste und blieb an mir haften. Ich lächelte ihn an. Sein müdes Verziehen der Mundecken sollte ein Zurücklächeln sein. War es eine Aufforderung? Ich ging an seinen Tisch: »Darf ich mich setzen?«, fragte ich ihn. »Ja«, sagte er. Er war nicht sehr gesprächig. Ich spürte eine tiefe Verzweiflung aus ihm herausfließen. Die Aura, die ihn umhüllte, machte mir Angst. Ich roch den Tod. »Ist dir was passiert?«, frage ich ihn leise. Er fixierte mit seinem Blick die Tischplatte, als wenn er dort etwas lesen würde. Seine Augen waren leer und tot. Zuerst antwortete er nicht, hob nur seinen Blick, schaute mich aufmerksam an und senkte den Blick wieder. Sein Kopf fiel erneut in seine Hände. Als wenn der Hals den Kopf nicht halten könnte.

Er brauchte einen zweiten Anlauf und viel Energie, um nochmals seinen Blick auf mich zu richten. Ich erzählte ihm ein bisschen von meiner Geschichte, obwohl er nicht danach gefragt hatte. Es interessierte ihn nicht. Er hörte auch gar nicht zu, aber die Stille machte mich nervös und meine Stimme füllte ein bisschen den Raum über dem runden Tisch.

Aus heiterem Himmel sagte er: »Mein Vater hat sich erhängt.« Er sagte sonst nichts mehr, als würde er warten, bis das Wort in meine Seele fiel. Er atmete tief ein und aus, ich sah seinen Brustkorb sich heben und senken, als er den Satz wiederholte: »Mein Vater hat sich erhängt.« Ich ließ ihn sich selber zuhören, er sagte den Satz auch gar nicht zu mir, sondern zu sich. Die Stimme kam aus großer Tiefe, nicht aus den Stimmbändern oder dem Kehlkopf, sondern aus dem Bauch. Nein, sogar aus dem Darm. Als wenn wir darauf warteten, ob der Satz im Café Odeon ein Echo zurückwarf, blieben wir still. Dann, nach einer gewissen Zeit, schien er mir zu vertrauen und fing an zu erzählen: »Ich habe meinen Vater vorgestern im Wohnzimmer gefunden. Er hat sich erhängt. Ich habe ihn abgeschnitten. Er war schon kalt und länger tot. Er war ein Spieler. Er hatte hohe Schulden. Ich kann in die Wohnung nicht rein. Ich brauche Abstand. Zeit.«

Er weinte nicht. Er schaute mich mit seinen schwarzen, leeren Augen an, als würde er eine Antwort erwarten. Ich hatte aber nichts zu sagen. Ich fragte auch nichts. Ich hörte nur zu. Er zündete sich eine Zigarette an und zog so hastig an ihr, dass die Glut zwischen den Zügen niemals abkühlte, sie blieb im Dauerbrand. Ich staunte, dass er die Zeit fand, zwischen den Zügen kurz den Rauch ausblasen zu können. Ich traute mich nicht zu fragen, was er beruflich machte. »Ich bin auch Spieler«, sagte er dann und schaute mich an, als würde er darauf eine Antwort erwarten. »Übermorgen spiele ich im Dolder um viel Geld.«

Mir tat er sehr leid. Ich bestellte ein Taxi und nahm den großen, erwachsenen Jungen mit zu mir nach Hause. Wir lagen angezogen auf dem weißen Ledersofa, das ich dem Bruno abgekauft hatte. Wir lagen beide auf der Seite, da das Sofa sonst zu eng gewesen wäre. Wir lagen umarmt, jeder hielt sich an dem anderen fest, als wenn wir zu zweit das Schicksal besser abwenden könnten. Wir hielten uns aneinander. Als wenn wir über einer Schlucht liegen würden, und wenn der eine den anderen loslassen würde, fielen beide. In den Fenstern auf der anderen Seite der Limmat leuchteten die Weihnachtslichter. Der große Weihnachtsbaum auf dem Hürlimann-Areal blinzelte mich mit seinen Lichtern an, als wenn er mich auslachen würde. Frühmorgens verabschiedeten wir uns. Ich habe den Mann nie mehr gesehen.

Ich ging oft in die älteste und schönste Stehbar Zürichs. Ich stand oder saß an der langen Bar und betrachtete mich in dem großen Spiegel. Ich war älter geworden, aber attraktiv geblieben. Ich kannte alle Stammgäste. Ich wusste sogar, dass Norbert nach dem Duschen oder nach dem Zähneputzen immer »soli« sagt. Nicht dass ich je bei ihm gewesen wäre. Er sagte nach jeder getanen Arbeit »soli«. Sogar nach dem Essen. An der Bar bediente Zvonko, ein Serbe. Ich erzählte ihm viel aus meinem Leben, wenn dort noch wenig Gäste waren und er nichts zu tun hatte. Ich stand an einer Lebenskreuzung und wusste überhaupt nicht, wohin. Eines Tages sagte Zvonko: »Ich habe eine Idee. Du brauchst Freiheit, Geld und einen Mann, der dich beschützt.« Und stellte mich dem Besitzer der Bar vor. Er war geschätzt fünf Jahre älter als ich, ein bisschen mollig, mit einem kahlen Kopf. Er hatte blaue Augen, eine kleine Nase und breite Lippen. Seine Zähne waren weiß und strahlten mich beim Lachen an. Er lachte jedoch kaum. Er hatte Kunstgewerbe studiert. Er sprach mit leiser Stimme zu mir und schaute mich mit traurigen Augen an.

Wir trafen uns ein paarmal, bevor er mir seinen Plan vorlegte. »Ich möchte mit dir ein Kind. Wir werden einen Vertrag aufstellen. Du bekommst einen Lohn wie eine Laborantin. Ich habe in Schweden viele Häuser in einem Waldstück. Du kannst allein ein Haus bewohnen. Du kannst deine Familie besuchen, wann immer du möchtest. Du kannst sie einladen. Ich organisiere ein Kindermädchen. Du bekommst ein Atelier. Ich werde keinen Anspruch an dich stellen. Du bist total frei. Ich möchte nur ein Kind. Überlege es dir.«

Ich saß zu Hause an dem Glastisch, rauchte eine nach der anderen und dachte nach. Freiheit, abgesichert, malen zu können, das hörte sich gar nicht so schlecht an! Der Mann war nett und nicht unsympathisch. Vielleicht war er schwul? Ich hätte einen Anker. Ich müsste nicht ununterbrochen in unsicheren Gewässern schwimmen.

Ich war so müde. Ich war so jung und so müde. Ich sagte zu. Wir gingen noch ein paarmal essen. Er war sehr höflich und charmant zu mir und fasste mich nicht an. Wir verabredeten uns bei mir, Am Wasser. Er kam, wie immer perfekt angezogen, diesmal sogar mit einem kleinen Blumenstrauß. Ich hatte ein paar Kleinigkeiten vorbereitet. Belegte Brötchen, eine Flasche Rotwein.

Er setzte sich und holte den Vertrag aus seiner Brusttasche. Er las mir meine Rechte vor, meinen Lohn, es war alles korrekt. Alles, wie wir vereinbart hatten. Er holte aus seiner Hosentasche eine kleine Schachtel heraus. Ich öffnete die blaue Schachtel und dort lag ein Brillantring. Der Stein blitzte mich an, als wenn er mir etwas mitteilen wollte. Ich zog den Vertrag zu mir hin und las ihn noch einmal durch. Ich müsste ihn jetzt unterschreiben. Er war von einem Anwalt aufgesetzt, oben auf dem Papier stand der Name der Anwaltskanzlei. Dr. Maier und Partner. Unten musste ich das Datum ausfüllen, den Ort und meine Unterschrift. Ich bekam Angst. Ich wollte flüchten. Ich wollte aber auch den Mann nicht enttäuschen. Ich wusste nicht, was ich machen sollte. Ich wollte diese Vereinbarung, aber jetzt wollte ich sie nicht mehr! Ich bekam Panik. Ich in Schweden! Wieder von Neuem anfangen. Und noch das Kind! Ja, ich konnte dort malen. Eigentlich wäre es auch toll. Er dachte sogar daran, was passierte, wenn er sterben würde. Alles stand in dem Vertrag, ich wäre sehr gut abgesichert mit dem Kind. Ich wäre wohlhabend. Mir und dem Kind fehlte es an nichts. Eine Träne stieg in meine Augen auf und rollte langsam meine Wangen herunter. Ich schaute ihr zu, wie sie auf Dr. Maier und Partner herunterfiel. »Ich kann nicht! Ich habe den Mut nicht! Ich kann den Vertrag nicht unterschreiben!« Er stand ruckartig auf, klappte die blaue Schachtel mit dem Ring zu, steckte sie in die Hosentasche, packte den Vertrag, drehte sich nochmal in der Tür um und sagte: »Blöde Kuh!« Ein halbes Jahr später verstarb er an Krebs.

Mit der Zeit fand ich einen günstigen Raum in einem nahegelegenen Haus. Der Raum sah zwar nicht so schön aus wie bei Josef. Aber es war meiner. Er war schnörkellos, mit kleinen Kellerfenstern und kaltem Neonröhren-Licht. Wenn jemand draußen vorbeiging, sah ich die Schuhe. Egal. Dann suchte ich im Telefonbuch die Adressen der besten Antiquitätenhändler Zürichs heraus. Ich setzte einen Brief auf, ließ ihn korrigieren und fotokopieren. Ich verschickte ihn und eine Woche später bekam ich eine Antwort. Von dem bekanntesten Antiquitätenhändler Zürichs. Ich fuhr zu seinem Geschäft, um mich vorzustellen. In den Räumen standen viele bemalte Schränke, Schaffreiten, Nachttische, alte Betten. Auf seinem Tisch lag der fotokopierte Zeitungsartikel von Kloten, den ich dem Bewerbungsbrief beigelegt hatte. Zuerst bekam ich eine Malprobe. Es war ein Nachttisch. Ich hatte keine Scheu: Ich hatte bei Josef gelernt. Ich kaufte die Farben, ich bekam die Vorlage. In einer Woche war ich fertig und erhielt 500 Franken. Ich hatte immer mehr und mehr Arbeit. Die Schränke mit meiner Malerei verkauften sich gut, ich verdiente mehr und mehr Geld. Ich arbeitete nächtelang. Ich war reich! Für meine Verhältnisse.

Es ging mir gut, sogar sehr gut. Wenn nur nicht eines Tages das Telefon geklingelt hätte. Ich nahm ab. »Hallo? Wer ist da?« »Das Arbeitsamt«, hörte ich auf der anderen Seite. »Frau Bartek, wir haben eine Stelle für Sie! Sie sollen sich bei Dr. John am Schaffhauserplatz vorstellen«, sagte die Dame von der Arbeitsvermittlung. »Aber ich kann nicht gut Deutsch, ich schreibe mit vielen Fehlern.« »Macht nichts, Sie sollen dort anrufen.« Sie gab mir eine

Telefonnummer. Zuerst nahm niemand ab. Vielleicht war niemand da? Es klingelte. »Dr. John am Apparat!«, meldete sich schließlich eine Stimme. Ich machte mit Dr. John am Dienstag um 10 Uhr einen Termin in der Praxis aus.

# Schneesturm

Punkt 10 Uhr stand ich unten auf dem Schaffhauserplatz vor dem Ärztehaus und drückte die Klingel mit der Aufschrift »Dr. John«. Die Deutschen hatten mich Pünktlichkeit gelehrt. Im Labor bedeuteten fünf Minuten Verspätung zehn Minuten nacharbeiten. Fünfzehn Minuten Verspätung, eine halbe Stunde nacharbeiten. Immer die doppelte Zeit der Verspätung. Die Tür machte »klack« und ich ging zum Aufzug. Darin stand für den ersten Stock angeschrieben: »Praxis Dr. John, Internist«.

Ich läutete an der Tür, es klackte nochmal und ich trat ein. »Kommen Sie hierher!«, rief eine sympathische männliche Stimme und ich ging ihr nach. Die Tür war offen. Hinter dem großen Schreibtisch saß Herr Dr. John auf seinem Ärztethron.

Er stand auf, schüttelte mir die Hand und zeigte auf seinen Platz. »Setzen Sie sich dort«, und setzte sich selber auf den Stuhl, auf dem sonst nur die Patienten saßen. Ich setzte mich und schaute mir alles aus der Perspektive des Arztes an. »Frau Bartek, darf ich Eliška sagen? Ich bin Bruno.« »Ja klar«, antwortete ich.

»Ich suche jemanden, der mit mir die Praxis einrichtet, den Empfang macht und das Labor. Ich habe mich erkundigt, du hast im Spital gearbeitet, auch in Arztpraxen und bringst große Erfahrung mit«, sagte Bruno. Ich schaute ihn alles andere als begeistert an. »Herr Doktor, Bruno, aber ich kann nicht gut Deutsch sprechen und nicht gut Deutsch schreiben!«, sagte ich. Ich will gar nicht arbeiten, dachte ich mir. Nahm ich die Stelle aber nicht, bekam ich kein Arbeitslosengeld. Er schaute mich ganz genau an und sagte: »Ich stelle dich an! Wann kannst du anfangen?«

Wenn ich nicht schon gesessen wäre, hätte ich mich setzen müssen. »In einem Monat?«, fragte ich zaghaft. So könnte ich wenigstens noch die Bauernschränke fertig malen, die in meinem Atelier standen. »Nein, da eröffnen wir die Praxis schon. In einer Woche!«, sagte Bruno. Ich musste mich am Stuhl festhalten. Wieder in Exkrementen herumwühlen! Wieder so viel Blut, Spucke, Eiter sehen! Wieder der Tod und die ganzen Krankheiten! Ich wollte das alles hinter mir lassen! Ich wollte nur das Positive im Leben sehen. Ich schnaufte tief aus, als wenn ich die Bedenken aus mir herausblasen könnte. »Also gut«, sagte ich ohne jegliche Anzeichen von Freude.

Dr. John, also Bruno, war ein lässiger und zugänglicher Arzt. Seine blauen Augen waren aufmerksam, wie wenn er den ganzen Raum auf einmal sehen wollte, seine Augen blieben an keinem Objekt haften und sprangen von einem zum anderem. Er war groß und feingliedrig, die schlanken Finger trommelten immer an irgend etwas, am Tisch, am Buch, am Telefon, als wenn sie weglaufen wollten. In den blonden, kurzgeschnittenen Haaren versuchte er einen Seitenscheitel zu ziehen, der ihm nie gelang und der zickzack über den Schädel führte. Er hatte eine kleine Stupsnase, die Zähne waren weiß, aber nicht gerade gewachsen. Er war, würde ich sagen, mager. Er trug eine ausgewaschene und ausgefranste Jeans, Tennisschuhe, die weit gelaufen waren, und ein zerknittertes T-Shirt. Er hatte einen Dreitagebart, der anzeigte, dass er keine Lust hatte, sich täglich zu rasieren. Er trug keinen Ehering. Ich mochte ihn. Er gefiel mir.

Eine Woche später stand ich in meinem weißen, gebügelten Kittel in der Internistischen Praxis Dr. John. Wir richteten zusammen das Labor ein, das Wartezimmer, kauften Stühle, Zentrifugen, Pipetten, Wasserbäder, ein Telefon, einen Empfangstisch und was man in einer internistischen Praxis noch so alles brauchte. Wir machten viele Überstunden. Nach der Arbeit gingen wir oft total erschöpft zusammen essen. Wir hatten uns gern, hielten uns jedoch voneinander fern. Eine Beziehung in der Arbeit wäre nicht gut. Ich hatte einiges in meinem Leben dazugelernt.

Die Praxis war bald voll. Ich rannte vom Labor zum Telefon und vom Telefon ins Labor. Einmal kam ein junger Mann mit seltsamen Anzeichen einer Krankheit. Müdigkeit, Fieber, Durchfall, geschwollene Lymphknoten, geschwollene Rachenmandeln. Aus dem Zentrallabor kam die Diagnose. Die mysteriöse Krankheit Aids war da. Es war das Jahr 1983. Ich gab mir alle Mühe, mit dem abgenommenen Blut nicht in Berührung zu kommen.

Dann kam das neue Elektrokardiogramm. Es war eine Methode, die Aktivität des Herzens zu kontrollieren. Bruno sagte: »Komm, probiere an mir, wie es funktioniert!«

Der Apparat stand in einem separaten Raum neben einem Bett auf einem Tischchen. Man musste die Elektroden am Körper rund um das Herz befestigen. Bruno zog sich aus. Ich drehte mich um, damit ich ihm nicht zusehen musste. Er legte sich auf die Liege und erst jetzt kam ich zu ihm. Eine riesengroße Narbe fast um den ganzen Brustkorb klaffte mich an.

»Bruno, was ist das?«, fragte ich erschrocken. »Ich hatte Lungenkrebs und ein Teil der Lunge wurde entfernt«, sagte er mit bemüht positiv verstärkter Stimme. Ich spürte, wie viel Mühe es ihn kostete. Ich war erschrocken. Ich dachte an Marina. Am liebsten würde ich alles hinschmeißen und abhauen. »Ich bin aber geheilt«, sagte er, um meinen Schrecken zu mildern. Dabei hatte ich mir Mühe gegeben, mir nichts anmerken zu lassen. Ich rasierte die paar blonden Härchen rings um die Narbe und befestigte die Elektroden.

Ich saß am Empfang in der Praxis. Da läutete die Klingel ganz wild, ein langes Läuten, eindringlich, als wenn es brennen würde. Gleichzeitig klopfte jemand ganz wild gegen die Tür. Ich hatte kaum Zeit, den Knopf zum Öffnen zu drücken. Schon fielen ein Mann und eine Frau in den Raum. Es sah fast wie ein Überfall aus. Dem Mann, ganz blass, mit tropfendem Schweiß im Gesicht, quoll der Augapfel aus der Augenhöhle. Die Frau war ein bisschen ruhiger als der Mann, offensichtlich konnte sie sich besser beherrschen, obwohl an ihren Händen, die zur Faust geballt waren, die Nägel fest in die Handfläche schnitten. Sie hatte eine Jeans und ein gelbes Shirt an, Flip-Flops an den Füßen, mit rot lackierten Zehennägeln. Ich schätzte sie auf etwa vierzig Jahre. Der Mann trug ein blaugestreiftes Hemd, dessen Kragen nach innen gerollt war. Seine wenigen Haare hatte er über die Glatze auf die andere Seite gekämmt, um den Haarausfall zu vertuschen. Das Hemd war rot, voll mit Blut. Er hielt eine Hand unanständig im Schritt und schrie wie am Spieß. Wenn er schrie, klappte sein Gebiss nach unten und fiel ihm auf die Zunge. Erst dann machte er den Mund zu, um das Gebiss wieder in die richtige Position am Oberkiefer zu bringen. Ich sah seine Schuhe an. Es waren weiße Tennisschuhe, die voller Blut waren. Sie hinterließen eine Spur auf dem Boden, die sich von der Tür bis zu mir zog. Hatte er sich am Fuß verletzt? Warum hielt er sich dann aber an den Hoden? Er nahm seine ganze Kraft zusammen und schrie: »Ich bin beim Rasenmähen auf die Zipfelmütze eines Gartenzwergs gefallen.« Die Frau: »Mein Mann ist beim Rasenmähen auf die Zipfelmütze eines Gartenzwergs gefallen.« Da sie den Satz gleichzeitig schrien, sie mit nervöser Piepsstimme und er eine Oktave tiefer, hörte es sich an wie ein zweistimmiger Song, den eine kaputte Vinylplatte abspielte.

Ich konnte nichts dafür, ich musste laut lachen. Die beiden schauten mich verblüfft an. So eine verzweifelte Lage, in der sie sich befanden. Eine Frechheit, dass die Arzthelferin lachte. »Die Spitze der Zipfelmütze ist knapp an meinen Hoden vorbeigeschrammt. Der Gartenzwerg hätte mir die Hoden abreißen können!« Beide konnten nicht wissen, dass Gartenzwerge das Erste waren, das ich im Westen gesehen hatte. Bis heute habe ich zu Gartenzwergen eine besondere Beziehung.

Ein Tag war wie der vorherige und der nächste wie der übernächste. Ich arbeitete und abends ging ich essen oder tanzen. Ich zog auf meinen High Heels mit irgendwelchen Männern ums Eck, irrte nach durchzechter Nacht durch die Gassen Zürichs, aß noch eine Bratwurst an der Ecke, wartete auf die letzte Straßenbahn, schminkte mich gar nicht mehr ab und fiel ins Bett. Todmüde stand ich auf, um zur Arbeit zu gehen. Ich dachte zurück an meinen Vater und ein Gespräch mit ihm: »Eli, du läufst am Rand einer Schlucht entlang. Ein falscher Schritt, und du fällst. Ganz tief. Und kommst nicht mehr heraus.« Vielleicht war ich jetzt so weit. Vielleicht balancierte ich schon auf dem Rand? Ich nahm zwar keine Drogen, aber ich trank zu viel, rauchte zu viel und schlief zu wenig. Ich lebte so, als wenn ich mich langsam umbringen wollte.

Der einzige Sport, den ich trieb, war, mit Bruno schwimmen zu gehen. Ich schwamm dann aber nicht. Ich stand bis zur Taille im Wasser und hielt meine Hand unter die Brust von Bruno, damit er nicht unterging. So wie man auch kleinen Kindern das Schwimmen beibrachte. Er konnte seinen Körper nicht über Wasser halten, da seine Lungen kaum Volumen hatten und nicht genug Luft aufnehmen konnten. Kaum zog ich meine Hand weg, sackte sein schmaler Körper nach unten. Er war leicht wie eine Feder, und ich hatte das Gefühl, ihn festhalten zu müssen, damit er mir nicht wegflog.

Ich saß in dem bequemen Stuhl und schaute in die Zeitung. Jemand hatte mir einmal gesagt, dass Bergsteiger tolle Menschen sind. Im selben Moment las ich dieses Inserat: »Bergsteiger sucht Bergsteiger oder Bergsteigerinnen« – als wenn das Schicksal selbst es aufgegeben hätte. Ich meldete mich auf eine Chiffre. »Sehr geehrter Bergsteiger. Ich bin nie geklettert und auch ansonsten bin ich ziemlich unsportlich. Ich möchte dieses jedoch ändern. Ich bin sechsunddreißig Jahre alt und arbeite als Arztgehilfin. Ich würde mich sehr freuen, wenn Sie mich anrufen würden. Hier meine Telefonnummer 044 2538863. Hoffentlich bis bald! Eliška Bartek«.

Eine Woche voller Spannung. Wenn das Telefon abends läutete, beeilte ich mich, rechtzeitig abzunehmen. Einmal eilte ich so, dass ich die neue Glasvase zerschlug. Ich war über den Fuß des Stuhls im Esszimmer gestolpert. Ich hatte die Vase von Bruno zum Geburtstag bekommen. Meistens war es Silvia, Brigitte oder irgendein unwichtiger Verehrer, wenn es klingelte. Das Warten auf einen Anruf kennt jeder. Ich saß im Wohnzimmer und starrte den Apparat an. Es war das alte Telefon. Schwarz und in der Mitte eine Wählscheibe. In den kleinen Löchern, die genau so groß sind, dass dort die Spitze eines Zeigefingers reinpasst, leuchteten die Zahlen. Der Hörer hing an einem in Ringen geformten schwarzen Kabel, das wie eine lange Engelsglocke aussah. Dieses Wochenende: Es läutete! Es läutete!

»Hallo, Eliška!« – »Hallo, hier ist Dieter, der Bergsteiger. Wollen wir uns treffen?« – »Ja, am Dienstag? Nach meiner Arbeit? Ich arbeite bis 17 Uhr. Treffen wir uns am Schaffhauserplatz. Dort ist die Praxis Dr. Bruno John. Ich arbeite bei ihm. Schaffhauserplatz Nummer 10. Das Eckhaus direkt an der Kreuzung.« – Dieter: »Gut, wir sehen uns am Dienstag! Ciao. Bis dann ...«

Punkt 17 Uhr schloss ich die Praxis. Ich lief die Granittreppe hinunter. Ich nahm heute nicht den Lift, da wäre ich zu schnell unten. Ich ging lieber langsam, um mich auf das Treffen vorzubereiten. »Klick, klick, klick«, tönte es im Treppenhaus von meinen hohen Absätzen. Ich machte die Türe unten auf und da stand er. Dieter. Er war mir sofort sympathisch. Er war vollkommen unkompliziert. Er hatte ausgebleichte rote Hosen an, Tennisschuhe, seine Haare hatten länger den Kamm nicht gesehen oder waren von sich aus wild und standen entsprechend umher. Er war schmal, groß, mit blauen Augen. Zu den roten Hosen trug er ein blaukariertes Hemd, was zu der Hose überhaupt nicht passte. Dieter hatte breite, sinnliche Lippen, und wenn er lachte schöne, weiße Zähne. Er schaute mich an und lachte.

Ich, geschminkt, etwas mollig, mit einem engen Rock und den High Heels – wie eine sportliche Bergsteigerin sah ich jedenfalls nicht aus. »Und du willst in die Berge? Bist du dir sicher?«, fragte mich Dieter und traute seinen Augen kaum. »Ja«, antwortete ich fest und entschlossen. »Also gut, da müssen wir trainieren. Ich hole dich morgen nach der Arbeit ab und wir gehen entlang der Limmat joggen.« »Ich muss mir unbedingt Turnschuhe kaufen und Bergschuhe auch.« »Ich komme mit, bei Bergschuhen ist es nicht so einfach.« Am nächsten Tag gingen wir die Bergstiefel kaufen. Turnschuhe waren noch einfach. Aber Bergstiefel sind robuste, steigeisenfeste Schuhe mit hohem Schaft für Bergsteiger. Sie müssen Halt bieten in schwierigstem Gelände. Was hatte der Mensch mit mir vor?

Der Mann gefiel mir aber. Er hatte Philosophie und Psychologie studiert und war ganz anders als die Neureichen in den Züricher Bars. Er fuhr einen Saab, dessen Farbe wie seine Hose war – rot, vollkommen glanzlos, also matt. Ich dachte, das Auto war noch nie in einer Waschanlage. Drinnen lagen kreuz und quer Joghurtbecher, Wasserflaschen, Seile, Steigeisen, Karabiner, Rucksäcke, Handtücher, Hemden, Shirts. Der Saab war ein fahrender Bergsteigerschrank. Dann entdeckte ich in dem Wagen aber auch Marcel Prousts »Auf der Suche nach der verlorenen Zeit« oder Friedrich Nietzsches »Zur Genealogie der Moral«. Ich kaufte mir diese Bücher, las, probierte zu verstehen. Als Dieter mich einmal besuchte, staunte er nicht schlecht. Die Bücher lagen lässig herum, als wenn ich sie gerade alle auf einmal gelesen hätte.

Dieter jagte mich Samstag und Sonntag die Limmat entlang. Früher war ich Gipfeli mit einem Stück Butter und Erdbeermarmelade in der Confiserie Sprüngli essen gegangen und jetzt rannte ich wie irre an der Limmat herum. Ich bekam kaum Luft, die vielen Zigaretten und das Nachtleben machten sich bemerkbar. Ein neues Leben. Das hatte ich davon. Manchmal, wenn Dieter und ich in dem glanzlosen Saab am Commercio vorbeifuhren, sah ich meine schön angezogenen Freunde Champagner trinken und fragte mich, ob alles richtig ablief.

Der Mann jagte mich durch Irland. Ich, die ich schöne Hotels und Taxis liebte, saß den ganzen Tag in strömendem Regen stundenlang auf einem gemieteten Fahrrad. Fuhr den Berg hoch und den Berg runter, die Nebelschwaden wie weiße Bettwäsche, die jemand vergessen hatte abzuhängen. Man sah kaum das Meer, das unter uns lag, und die wunderschönen Fuchsienbüsche. Wir schliefen in einem gemieteten Haus direkt am Meer, unsere Kleider waren feucht, es war kalt, wir lagen ganz nah am Kamin, fast schon im Feuer, so kalt und feucht war es in dem Haus. Der Schlüssel lag unter der Matte, wir sahen keinen einzigen Menschen. In einigen einfachen Hotels wuschen wir unsere Kleider in einem kleinen Waschbecken, am Morgen zogen wir sie noch feucht an. Wir trafen kaum Leute, meist war nur jemand an der Rezeption, ansonsten niemand weit und breit. Stattdessen begegneten wir vielen Schafen. Ich hatte das Gefühl, nur Dieter und ich waren hier, und die Schafe. Nur einmal, in einem kleinen Dorf, hörten wir aus einer Schule irische Musik. Wir schauten durch das Fenster und wären gerne dabei gewesen, denn drinnen sah es schön warm und gemütlich aus. Wir waren aber Fremde und nicht eingeladen. So nahmen wir den warmen Anblick in unsere feuchte Jugendherberge mit, um in den kalten Schlafsäcken einzuschlafen.

Wir bestiegen den Fleckistock, den mit 3417 Metern höchsten Berg der Urner Alpen. Am Samstag liefen wir, mit dem schweren Rucksack, hoch zu der Voralphütte. Schon die Voralpkurve liegt auf 1402 Meter Höhe, bis dorthin fuhr uns immerhin noch der rostige Saab. Ab dann ging es zu Fuß zu der Hütte, auf 2127 Meter Höhe. Endlich dort angelangt, es war bereits gegen Abend, aßen wir einen Käse mit einem Stückchen Brot, das wir als Proviant mitgenommen hatten. Und ab in die Gemeinschaftsunterkunft. Ich war froh, dass es dort nicht so voll war. Aber es reichte nur einer, der schnarchte. Und dort in der Ecke, bei dem Fenster, das war er, der Schnarcher! Als ich in den Ferien bei meinen Großeltern war, schnarchte mein Großvater auch so laut. Dann kletterte ich aus meinem Bett und hielt dem Großvater die Nase zu. Er schnappte ein paarmal nach Luft und für einen Moment schlief er geräuschlos. Bis ich ins Bettchen zurückkam, schnarchte er aber schon wieder so laut wie vorher. Diesem Mann in der Ecke am Fenster konnte ich die Nase nicht zuhalten. Ich hatte zwar Ohrstöpsel, hörte dann aber das Schnarchen des Mannes in Gedanken. Ich betrachtete lange die Dübel der Holzdecke, zählte die Pfosten im Raum, schaute auf die Uhr, es war eins in der Nacht, nur noch zwei Stunden und wir mussten los. Ich war nervös, was auf mich zukam. Endlich schlief ich ein. Ich schlief schlecht.

Um drei Uhr früh ging es los. Ich bekam eine Stirnlampe, damit meine Hände frei waren. Die frische, kalte Morgenluft gab mir einen Kick, so dass die Müdigkeit sofort abfiel. Gleich zu Beginn stiegen wir über steile Grashalden auf und vernichteten einige Höhenmeter. Ich ging hinter Dieter. Es war still, dunkel und kalt. Wir gingen bedächtig, ich passte mich seinem Rhythmus an. Fuß nach Fuß, Schritt auf Schritt, regelmäßig, um nicht müde zu werden. Die Taschenlampe beleuchtete den schmalen Zickzack-Pfad, das Gras roch nach Tau. Kurve um Kurve, Meter um Meter kämpften wir uns hoch. Weiter führte der Weg über Geröllhalden. Ich ging konzentriert, um mich nicht am Fuß zu verletzen. Jetzt musste ich pieseln. Ich zog die Hose runter und ein kalter Wind wehte den Urinstrahl Richtung Tal. Ich markierte mein Revier wie ein Hund. Ich war da gewesen! Jetzt kamen wir zu der mit Schnee und Eis gefüllten Rinne, die zum Plateau auf

2965 Meter Höhe führte. Ich musste meine Steigeisen an die Schuhe binden und den Pickel herausholen, während Dieter mich mit einem Seil sicherte. Dieter als erfahrener Bergsteiger ging voran und sicherte mich. Ich hatte Angst. Es nützte aber nichts, ich musste hoch, denn ich konnte nicht herunter und auch nicht stehenbleiben. Ich dachte daran, dass ich als Kind hoch in die Kronen der Bäume geklettert war, um einen guten Überblick zu haben. Man muss immer drei feste Punkte beim Klettern haben. Zwei Beine und eine Hand, oder zwei Hände und ein Bein. Immer nur eines von vier Gliedmaßen darf frei sein. Belehrte mich Dieter.

»Du musst den Pickel in das Eis schlagen! Keine Angst, du bist gesichert!«, rief es von oben. Wie schön wäre es jetzt, in Zermatt mit meiner Clique zu sitzen und dieses Eis im Mojito zu haben! Der Verrückte schrie von oben: »Jaaaa, gehe jetzt!« Gehen war ja gut gesagt. Gottseidank hatte er das Seil auch um einen Stein gewickelt, denn er konnte mein Gewicht sicher nicht halten. Nein, ich schaute nicht unter mich, sonst bekam ich noch größere Angst. Ich war froh, schwindelfrei zu sein.

Meine Schwester konnte Höhe nicht ertragen. Wir wohnten im dritten Stock eines Hochhauses – also für tschechische Verhältnisse. Ich steckte ihren Kopf zwischen das Geländer und zwang mit den Fingern ihre Augen auf, damit sie nach unten sah. »Mamiiiii«, schrie sie dann durch das ganze Haus. Ich wollte sie abhärten. Es gelang mir jedoch nicht. Sie hat bis heute Höhenangst. Als sie mich einmal im Westen besuchte, schleppte ich sie in Paris auf den Eiffelturm. Wir fuhren mit dem Aufzug hoch. Aber anstatt sich die Stadt von oben anzuschauen, hielt sie die Augen fest geschlossen. Ich war da anders. Wenn ich meine Freundin in der Wohnung nebenan auf dem Balkon besuchen wollte, sparte ich mir den Umweg durch die Wohnung. Ich umkletterte einfach die Absperrung, die unsere Balkone im dritten Stock trennte.

»Komm jetzt!«, hörte ich von oben. Also gut. Ich kletterte bedächtig, passte auf die drei Punkte auf, und es wurde mir klar, warum die Schuhe an den Spitzen das Eisen haben mussten. Ich hing nur an den Spitzen im Eis fest. »Das Arschloch will mich umbringen! Das ist verantwortungslos!«, schimpfte ich vor mich hin. Ich hatte nur noch ein paar Meter bis zum Gipfel.

Noch ein paar Meter! Ich drehte meinen Kopf nach oben, um den Gipfel zu sehen. Der Helm fiel mir über die Augen, ich sah gar nichts mehr. Ich hörte aber in der Nähe Dieters Stimme. Ich gab mir noch einen Ruck, um die paar Meter, die mich von ihm und dem Gipfel trennten, zu überwinden. Er reichte mir die Hand und zog mich vollends nach oben. Es war 9.45 Uhr und wir waren auf dem Gipfel. Die Sonne begrüßte uns mit ihren Strahlen. Die Sicht über die Berggipfel der Urner Alpen war überwältigend. Und erst die Stille! Nicht einmal der Pieps eines Vogels. Und doch hörte man etwas. Hör zu! Es war wie die Stille der Ewigkeit. Die unhörbare Melodie, die ich mit Augen, Ohren und dem ganzen Körper einzusaugen versuchte.

Zurück in der Berghütte: »Warum hast du das Inserat aufgegeben?«, fragte ich Dieter. »Weil ich keinen Bergsteigerfreund mehr habe«, antwortete er. »Und wo ist jetzt dein Bergsteigerfreund?« »Der ist in den Bergen verunglückt.« Ich fragte nicht weiter. Ich sah die Tränen in seinen Augen.

Es war Winter. Fast jedes Wochenende fuhren wir auf die Almhütte, die Dieter in den Bergen gemietet hatte. Der Saab war sicher im Schnee. Es war Freitag. Dieter hatte mich von der Arbeit abgeholt. Wir hatten alles, was wir brauchten, in vier Rucksäcke verpackt. Eine einfache Seilbahn zog uns hoch. Es war Abend. Es war dunkel und kalt.

Unter uns im Tal blinzelten die Lichter des Städtchens. Sie waren so weit entfernt und sahen aus wie verwirrte Glühwürmchen. Es war zehn Uhr. Nicht einmal das Schlagen der Kirchenglocken hörte man. Den ganzen Tag hatte es geschneit und auch jetzt tanzten noch die Schneeflocken um uns herum. Sie verschluckten alle Geräusche. Jedoch meinte ich, den Aufprall der Schneeflocken auf dem Boden zu hören. Ein Schneeflocken-Konzert von unsichtbarer Hand. Melodien aus Südböhmen, der Slowakei oder Ungarn. Von einem tonlosen Zymbal. Ich probierte herauszufinden, ob die Töne durch Zupfen oder durch Klöppeln hervorgerufen wurden. Es war ganz still. Nur ich konnte die Melodien in meiner Erinnerung hören.

Von der Seilbahn mussten wir herunter zur Alm. Durch den Tiefschnee. Ein Rucksack vorne, ein Rucksack hinten. Die beiden waren so schwer, sie drückten mich in den Schnee, als wenn sie mich vernichten wollten. »Also los!«, rief Dieter, und wir stürzten uns den Hang hinunter Richtung Alm. Die Alm sah man nicht, der Schneefall war zu stark. Dieter konnte die Alm nicht auf Anhieb finden. Dieses Jahr lag so viel Schnee, dass er unter sich alles vergraben hatte. »Vielleicht sind auch Kühe unter dem Schnee. Leichen.« Ich sehe zu viele Krimis, dachte ich mir. Die Alm – nirgends. »Komm hierher. Schau dort! Das ist doch der Kamin! Da ist das Haus«, hörte ich Dieters Stimme aus dem Schneetreiben.

Was hieß hier Haus. Ein Haufen Schnee. Wir kamen nicht hinein! Die Tür war vollkommen zugeschneit. Dieter nahm seine Lawinenschaufel und räumte den Schnee weg. Endlich in der Küche! Aber eisige Kälte begrüßte uns. Zuerst schnell heizen. Das Holz war draußen. Es war egal, wie lange man die Tür offen ließ, wenn man Holz holte. Die Kälte draußen und drinnen war gleich. Durch die Eisentüre des Ofens schob Dieter große Stücke Holz und zündete sie an.

Mein ganzer Körper zitterte. Die kleine, grün gefaltete Hängelampe beleuchtete gerade einmal den langen, zerkratzten Holztisch. Ihr Licht reichte nicht einmal bis zur Bank dahinten an der Wand. Nur für die vier alten, wackeligen Stühle. Die Lampe hing nicht in der Mitte. Ach, dort stand noch eine Schaffreite mit Töpfen, die ich in der Dunkelheit übersehen hatte. Die waren mir bekannt. Solche Schaffreiten hatte ich bemalt. Dieter kochte auf dem Ofen das Wasser für einen Tee. Ich trank nur einen Schluck zu dem Brot und dem Käse, den er ausgepackt hatte. Ich wollte nicht nachts auf die Toilette müssen. Toilette? Was für ein edles Wort für das, wo man hier austreten musste.

Aus der Küche führte eine Tür ins Freie. Dahinter stand unter einem Dach, das sich weiterzog bis zum Stall, ohne eine weitere Tür die Kloschüssel. Aus dem Stall hörte man tagsüber die brüllenden Kühe. Jetzt schliefen sie. Jetzt war es still. In einem Trog aus Stein war Wasser für sie. Und für die Spülung des Klos. Im Winter fror der Stuhlgang sofort auf der Schüssel an. Man konnte froh sein, dass er nicht direkt am After einfror und dann wie ein Stuhl-Eiszapfen aussah. Genauso mit dem Urin. So sah dann auch die Schüssel des Klos aus. Nur hier und da schimmerte das Weiße der Kloschüssel durch. Sepp, der Bauer, benutzte die Schüssel auch. Dafür aber sah man von dem Klo aus, das man stehend benutzen musste

– sitzend wäre man festgefroren und hätte womöglich nicht mehr aufstehen können –, nachts den blauen Schnee, den Sternenhimmel und den in der Kälte schimmernden Mond. Der Winter hatte außerdem den Vorteil, dass es keine Fliegen gab. Im Sommer setzten sie sich zu Hunderten auf den Hintern. Im Frühjahr, wenn es wärmer wurde, löste sich der gefrorene Brei auf und fiel in die Gülle.

Während Dieter die toten Fliegen staubsaugte, die seit dem Sommer zwischen den Doppelfenstern lagen, kroch ich ins Bett. Das Daunenbett mit der rotkarierten Bettwäsche war total durchkühlt. Die Gänsefedern waren so kalt und eingefroren, dass ich fürchtete, sie könnten brechen, wenn ich mich hinlegte. Das Daunenbett war so hoch, dass ich wie unter einem Berg begraben lag. Jeder Kleiderwechsel in dem eiskalten Raum war ein Kraftakt. Am liebsten hätte ich mich gar nicht umziehen wollen und wäre sofort mit der Schneejacke und den Schneehosen in das Bett reingehüpft. Die Kleider waren aber verschwitzt. Also schlüpfte ich in den Trainingsanzug. Ich beobachtete das Wölkchen, das sich beim Ausatmen bildete. Ich steckte meinen Kopf unter die Decke, damit ich mir ein bisschen warme Luft hineinatmete.

Dieter heizte noch. Staubsaugte die Fliegen. Ich schlief erschöpft ein. Hier und da zitterte ich ein bisschen im Traum. Ich spürte, wie er später unter meine Decke kroch. Klar, seine war kalt und ich hatte schon vorgeheizt.

Morgens früh! Ein azurblauer Himmel drängte durch die kleinen Fensterchen mit den schönen, rotkarierten Vorhängen, die unten mit einem Band zusammengezogen waren. Ich musste nicht aufstehen, um aus dem Fenster rauszuschauen. Die Zimmer waren so klein und mein Kopf war direkt unter dem Fenster. Ich drehte nur den Kopf um. Ein weißer Hang lag vor mir. Nur eine Spur von großen Stiefeln da drin. Da ging Sepp schon früh um 5 Uhr in den Stall, die Kühe melken. Er musste eine Stunde von unten hierher hochlaufen. Ansonsten weiß, alles weiß, wohin das Auge reichte. Und der azurblaue Himmel. Ich erinnerte mich an das tschechische Märchen, in dem ein Mann in den Himmel möchte. Er holt sich eine hohe Leiter, lehnt sie an eine Wolke an und steigt stunden- und tagelang in den Himmel. Das könnte ich heute nicht. Der Himmel war wolkenlos.

»Wo ist Dieter?«, fragte ich mich. Da hörte ich ihn aber schon das Holz in den Ofen schieben. Der Raum war jetzt schon fast warm. Der grüne Kachelofen mit der schmalen Sitzbank wirkte einladend. Vorsichtig, der Wärme noch nicht ganz trauend, stand ich auf und setzte mich auf den Ofen. Die grünen, heißen Keramikplatten an meinem Rücken, die Füße in Wollsocken, in denen ich auch geschlafen hatte. Dieter brachte mir einen Kaffee, bevor ich Kräfte sammelte, um auf die vereiste Toilette zu gehen.

Wir wollten den Gemsfairenstock, 2971 Meter über dem Meer, besteigen. Ich hatte den Rucksack tags zuvor gepackt. Dabei waren Piepser, Lawinenschaufel, Felle für die Skier und Steigeisen. Sepp, der Bauer, kam auch mit. Wir hatten nicht alleine die Idee, heute diese Tour zu machen. Es waren schon einige Bergsteiger unterwegs. Ich zog die Felle über die Skier und los, den Hang hoch. Die Fläche war vereist wie eine Schlittschuhbahn. Einige rutschten und rollten herunter wie Fallobst. Ich auch. Der Hang war steil. Kaum kam ich ein bisschen hoch, schon rutschte ich wieder ein paar Meter herunter. »Zieh die Steigeisen an!«, rief Dieter von oben. Der war mit Sepp schon weit voran. Es war mühsam, die Steigeisen anzuziehen. Mit den Handschuhen ging es nicht. Ich zog sie aus und mit eiskalten Fingern bekam ich es hin. In einer Hand die Skier, in der anderen die Stöcke, quälte ich mich nach oben. Der Aufstieg schien endlos zu sein. Dieter und Sepp warteten schon auf mich. Wir fluchten alle ein bisschen über den Aufstieg, zogen die Felle an und ein endloses Gehen begann. Vor uns ein riesengroßes Schneefeld, bezuckert mit Pulverschnee. Es war noch dunkel. Wir mussten uns beeilen, denn vor zwei Uhr am Nachmittag mussten wir wieder unten sein. Wegen der Schneelawinen. Schritt für Schritt gingen wir stundenlang den Berg hoch. Monoton, langsam. Der dunkelblaue Himmel verfärbte den Schnee. Der Schnee war blau, als hätte er ein blaues Kleid angezogen.

Ich war zu langsam. Die beiden waren schon weit vor mir. Ich konnte nicht mehr. Die beiden ließen mir einen elektrolythaltigen Drink im Schnee liegen. Ich trank ihn aus und das gab mir einen Kraftschub. Ich konnte weiter. Ich musste. Hin und wieder blieb ich stehen. Mich verließen erneut die Kräfte. Siehe da, wieder ein Stärkungsriegel im Schnee. Bis ich nach oben kam, verputzte ich mindestens fünf davon.

Zuerst schaute die Sonne nur ein bisschen über den Berg. Und plötzlich, als wenn sie der Mut packen würde, bestrahlte sie das ganze Schneefeld. Das jungfräuliche Schneefeld war voller Brillanten, als hätte eine unsichtbare Hand sie dorthin gestreut. Es wurde so hell, ich setzte die Sonnenbrille auf. Oben warteten die beiden schon. Ich hatte es geschafft. Stolz schaute ich mich um. Dieter und Sepp gratulierten. Ich fasste das Kreuz an. In ihm steckte die Energie des Kosmos. Der Sterne, des Mondes, der Schneegewitter, der Schneestürme, der Sonne. Und die Kraft der Menschen, die hier hochgekommen waren. Wir blieben ein bisschen stehen und schauten die Glarner Alpen an.

Die Abfahrt im Tiefschnee, ich würde es mit Ballett vergleichen oder mit Walzer, tanzte man auf Skiern herunter. Voller Glück, das einen fast ersticken ließ. Voller Übermut. Man musste das überwältigende Gefühl rauslassen, ansonsten erstickte man daran. Ich rief: »Juhujjjj!«, die anderen auch, und wir tanzten herunter im Takt einer unhörbaren Musik. Es war warm geworden. Die Sonne streichelte unsere Wangen, »Juhuuuuuj«, hörte ich es um mich rufen. Ich fiel ein paarmal hin. Es lag so viel Pulverschnee, dass ich darin vollkommen versank. Ich rappelte mich wieder hoch und tanzte weiter. Es war doch schöner in den Bergen, als im Commercio zu sitzen!

Brigitte und ich bekamen zwei Gutscheine für den Circus Knie. Ich freute mich. Ich liebe Circus. Eine Traumwelt, erfüllt von Disziplin und Ehrgeiz. »Brigitte, du kannst dich erinnern. Ich habe doch den armen Philosophen kennengelernt. Das Ticket ist teuer. Können wir ihm nicht einen Gratis-Eintritt schenken und wir teilen uns das Geld für ein neues Ticket?« Wir machten es so. Ich schenkte Dieter den einen Gutschein. Wir saßen im Circuszelt, aber Dieter lief uns davon. Er hatte mit Circus nichts am Hut.

Bruno bekam Besuch von seiner koreanischen Freundin. »Eliška, kannst du mir deine Wohnung für eine Woche leihen? Ich wohne in einer WG. Ich würde so gerne mit meiner Freundin alleine sein! Du könntest Dieter fragen, ob du nicht bei ihm eine Woche wohnen kannst?«, bat mich Bruno. »Ja, aber ich war noch nie in seiner Wohnung. Ich glaube, er ist so arm, er schämt sich, sie mir zu zeigen!« »Ja, frag ihn trotzdem!«, antwortete Bruno.

Dieter sagte zu. Ich nahm ein paar Sachen zum Anziehen mit und fuhr mit der Straßenbahn Nummer sechs zu Dieter. Ich staunte. Es war ein Villenquartier. Die Adresse: eine Villa mit mehreren Wohnungen. Ein aus Schmie-deeisen gefertigtes schwarzes Tor. Ein kleines Gärtchen, der Weg mit Buschrosen umrandet. Dieter öffnete. Er stand mit seinen roten Hosen da. »Komm herein!« Er nahm meinen Koffer und trug ihn in die Wohnung. Eine helle, schöne Wohnung, mit Stuck an der Decke. Für ei-nen armen Studenten nicht bezahlbar. Überall Bananen-kisten als Umzugskartons. »Wie lange wohnst du schon hier?«, fragte ich. Dieter: »Ein Jahr. Ich hatte noch keine Zeit und noch weniger Lust, die Bananenkisten auszupa-cken.« In der Küche standen ein tiefer Teller und ein Topf, außerdem lagen da eine Gabel, ein Messer und ein Löffel. Ich fing an, die Kisten auszupacken.

Dieter kaufte bei Ikea einen Schlafzimmerschrank, den wir aufzubauen versuchten. Fast schon fertig, fiel er in sich zusammen. Wie ein Kartenhäuschen. Dieter fluch-te. Er stand drinnen und die Wände des mühsam aufge-bauten Schrankes stürzten auf ihn ein. Dabei waren wir schon fast fertig. Wir lachten und fingen von vorne an. Dieter erzählte mir über seine Familie. Über eine Stuhlfa-brik. Und über Design. Er war wohlhabend. Und hatte es mich nie wissen lassen! Am liebsten wäre ich weggelau-fen. Ich hatte von reichen Schnöseln die Nase voll.

Er erzählte mir, gegen Kapitalismus zu sein, bei den Jugendunruhen in Zürich mitgemacht und deshalb sogar eine Nacht im Knast verbracht zu haben. Tja, es ist ein-fach, gegen den Kapitalismus zu protestieren und gleich-zeitig reich zu sein. Dachte ich mir. Trotzdem, Dieter war alles andere als ein Arschloch.

Ich blieb bei ihm und Am Wasser ging ich nur noch Blumen gießen. Ich gab meine Wohnung aber nicht auf. Ich traute dem Ganzen nicht. Ich hatte großes Misstrauen gegenüber Männern. Noch dazu mit einem zusammenzuleben! Ich hatte meine Erfahrungen mit ihnen gemacht. Und gelernt: »Traue keinem Mann!«

Auch bei Dieter konnte ich mich nicht entspannen, nichts geben. Ich war total verschlossen. Aber ich wollte bei ihm bleiben. Ich fühlte, angekommen zu sein. Er tat mir gut.

Dieter, Bruno und ich waren gute Freunde geworden. Bruno kam manchmal mit auf die Alm. Bei einer Tour im Winter überraschte uns ein Schneesturm. Wir sahen nicht einmal einen Meter weit. Wir mussten dicht zusammenbleiben, damit wir uns nicht verlieren. Dieter wollte uns zwei Anfänger nicht allein lassen. Aber wir kamen hier nicht heraus. Wir konnten uns kaum hören. Der Sturm pfiff um unsere Ohren und peitschte uns den Schnee ins Gesicht. Wir fielen um und standen auf. Jede Träne auf dem Gesicht fror sofort ein. Wir zogen uns den Schal vor den Mund, damit Schnee nicht eindrang. Wir gingen schrittweise, in der Hoffnung, die Richtung ist richtig. War das nicht der gleiche Ort, an dem wir schon waren? Wir bewegten uns im Kreis und waren blind vom Schnee. Es war alles weiß. Der Schnee, der Himmel, alles verlief in einer einzigen Farbe ohne Umrisse, man wusste nicht, wo der Himmel war und wo die Erde. Dieter musste uns verlassen und erkunden, wo unsere Alm war. Bruno und ich blieben zurück. Bruno war entkräftet. Seine Lungen schafften nicht die Höhe und die Anstrengung. Wir standen, wo uns Dieter verlassen hatte, und warteten auf ein Zeichen. Der Sturm war lebensbedrohlich. Der Schnee blieb an uns haften. Endlich hörten wir in der Ferne: »Ich komme, wir sind nicht weit von der Alm!« Dieter kam uns holen. Er hatte einen Kompass. Wir waren ganz nah an unserer Hütte.

Ich kam in die Praxis am Schaffhauserplatz. Dort stand ein fremder Mann in Brunos Untersuchungszimmer. »Hallo, Sie sind Frau Bartek? Ich bin der stellvertretende Arzt Dr. Müller«, stellte er sich vor. Ich: »Und wo ist Bruno?«

»Er wurde heute Nacht notfallmäßig im Spital eingeliefert. Sein Krebs ist wieder ausgebrochen.« Ich setzte mich auf meinen Drehstuhl bei der Anmeldung. Mir wurde schlecht. Ich bekam einen Weinkrampf. Ich hatte das Gefühl, mit diesem Satz auch die letzte Lebenskraft verloren zu haben. Ich wünschte mir, das Glück wäre stabiler. Es war alles schon so schön! »Das Glück ist nur eine goldene Fliege...«, kam mir in den Sinn, ein tschechisches Gedicht. Sie setzt sich irgendwo und dann fliegt sie wieder weg. Warum blieb sie nicht länger bei mir sitzen? Ich ging in das Zimmer, in dem das Elektrokardiogramm stand. Legte mich auf die mit weißem Papier überzogene Liege. Während ich an die Decke starrte, liefen mir große Tränen über mein Gesicht. Auf den Hals, um sich dann unter meinem weißen Kittel zu verstecken. Erst als eindringlich die Eingangsklingel läutete, nahm ich mich zusammen, stand auf und ging, für die ersten Patienten die Tür aufmachen.

Es war Montag, eine Woche später, und ich hatte frei. Ich ging ins Seebad Utoquai. In der Früh war ich in meiner Wohnung gewesen, die Blumen gießen. Die standen nun schon seit einem Jahr in der Badewanne und warteten darauf, ob es mit Dieter eine Zukunft gab oder ob ich zurückkehrte. Mit Dieter war ich um drei Uhr verabredet. Er sagte, er ginge in die Bibliothek.

Punkt drei Uhr stand ich auf der Seepromenade unter einem Baum bei dem Seebad. Es war ein heißer Sommertag und der Baum spendete Schatten. Von weitem schon erkannte ich Dieter zwischen allen Menschen an seiner roten Hose. Einige Personen eilten, andere flanierten,

Geschäftsleute mit weißem Hemd und Krawatte, einige Frauen allein, dort gingen zwei Freundinnen und da ein verliebtes Paar, das sich während dem Gehen küsste. Eine Frau schob einen Kinderwagen, die andere zog ein schreiendes Kind am Arm. Es war laut. Die Autos an der parallelen Straße zur Seepromenade fuhren im Stop-and-Go. Ein ganz normaler Tag im Sommer. Die Oberfläche des Zürichsees war spiegelglatt, es war windstill.

Normalerweise ging Dieter schnell, ja er hastete fast. Er würde alle gern überholen, einige sogar anstoßen. Er war kein Flaneur. Sein Haupt war immer gerade und er schaute in die Welt. Heute aber ging er ganz langsam, bedächtig, fast so, als ob er gar nicht laufen wollte. Hier und da bremste er ein bisschen und blieb fast stehen. Er schaute in sich hinein, dann wieder nahm er sich zusammen, ging schneller, dann wieder blieb er fast stehen, als wenn er gar nicht ankommen möchte. Ich blieb stehen, ging ihm nicht entgegen. »Ich war bei einem Arzt. Ich habe Krebs.«

Ich brach nicht in Tränen aus. Ich versteinerte. Ich hatte das Gefühl, das Blut in meinen Adern floss nicht mehr. Die Menschen blieben stehen. Nichts bewegte sich. Die Autos standen, als wäre ihnen das Benzin ausgegangen. Die Sonne verdunkelte sich. Die Oberfläche des Sees war, als hätte sie jemand mit Teer angestrichen. Die Kinder hörten auf zu schreien. Die Vögel fielen von den Bäumen herunter. Der blaue Himmel war schwarz geworden.

Dieter wurde operiert. Er kam nach Hause und machte Chemotherapie. Bruno wurde operiert und kam nach Hause mit Sauerstoffflaschen. Ich hatte fristlos gekündigt. Grund: »Ich kann keine Krankheiten mehr ertragen.« Das war mein letzter Job als Arztgehilfin und Laborantin.

Ich schlief eine Nacht bei Dieter, die nächste bei Bruno. Bei Dieter waren die Nächte einigermaßen erholsam. Außer dass er hin und wieder wegen der Chemotherapie erbrach, schliefen wir beide gut. Bei Bruno war es anders. Ich schlief in einem Nebenzimmer und wachte die Nacht über, um zu hören, ob sein Atem regelmäßig war. Kaum fing er an, nach Luft zu schnappen, stand ich auf und reichte ihm die Sauerstoffmaske. Neben ihm standen zwei große Sauerstofflaschen. Sie sahen aus wie Bomben im Krieg. Es war auch ein Krieg, ein Kampf ums nackte Leben. Wenn ich ihn nicht atmen hörte, sprang ich aus meinem Bett und rannte zu ihm.

Ich streichelte ihm oft seinen Kopf ohne Haare, die von der harten Chemotherapie ausgefallen waren. Ich versprach ihm dann, dass alles gut würde. Ich wollte es glauben! Bruno schaute mich mit seinen traurigen blauen Augen an, die tief in die Augenhöhlen gefallen waren, dankbar, ich wusste, er liebte mich. Ich mochte ihn auch sehr. Wer weiß, wie mein Schicksal ausgesehen hätte, wenn Bruno ein gesunder Mensch gewesen wäre? Aber Dieter liebte ich auch! Kann man zwei Menschen lieben? Ja, man kann. Ich kann es.

Bruno war tapfer. Er jammerte nicht. Manchmal gab ich ihm eine Spritze, die er sich selbst vorbereitet hatte. Wenn man krank ist, verschwinden viele Freunde, als wenn der Krebs ansteckend wäre. Ich blieb. Ich blieb immer. Bruno machte an sich viele Experimente. Ich musste ihm büschelweise Petersilie in Flüssigkeit mixen, die er dann trank. Er hoffte, vielleicht ein Mittel oder ein Rezept zu finden, das diese verdammte Krankheit besiegen könnte. Ich spritzte ihm alles, was er sich vorbereitet hatte. Bruno glaubte, ich hätte heilende Kräfte. Ich legte ihm oft meine Hand auf die Brust, und er behauptete, besser zu atmen. Irgendwann ging es ihm auch wieder etwas besser. Da bestellte er, ohne es mich wissen zu lassen, eine Heilerin. Er bat mich, in seine Wohnung zu kommen. Ich läutete unten im Haus, ging hinein und drückte den Knopf im Aufzug. Als ich zu seiner Türe kam, musste ich nicht läuten. Nur die Klinke drücken. An seinem Esstisch saß Bruno mit zwei Frauen. »Das ist eine Heilerin aus München und das ist ihre Assistentin. Und das ist Frau Bartek. Ich habe Ihnen schon über sie erzählt.« Heilerin: »Frau Bartek, Bruno hat mir gesagt, Sie hätten Heilkräfte.« »Ich glaube nicht daran!«, antworte ich. Heilerin: »Aber ich habe sie schon gespürt, bevor Sie in den Lift gestiegen sind. Bevor Sie unten geläutet haben. Sie haben ein starkes Energiefeld. Ich würde Sie gerne in meine Lehre nehmen. Denn mit der Energie muss man haushalten. Sie dürfen sie nicht ganz ausgeben, sonst werden Sie selber krank.« Ich schaute sie an. Sie war gepflegt, draußen vor dem Haus stand ihr weißer Mercedes. Sie schien als Heilpraktikerin viel Geld zu verdienen. »Nein, ich möchte es nicht. Ich bin eine Künstlerin und ich möchte die Leute mit meinen Bildern heilen. Mit der Energie, die aus den Bildern herausstrahlt.«

Es kam Weihnachten. Dieter, Bruno, meine Freundin Brigitte und ich saßen an einem Tisch. Brigitte und ich hatten einen kleinen Weihnachtsbaum gekauft. Geschmückt stand er traurig unter der Serie der lachenden Marilyn Monroe von Andy Warhol. Der Karpfen lag auf dem Tisch mit dem tschechischen Kartoffelsalat. In der Schweiz war Pepíček nicht in der Badewanne. Ich kaufte ihn schon tot. Stimmung kam nicht auf. Auch wenn ich Witze zu erzählen versuchte, um die Gesellschaft aufzuheitern. Es lachte niemand. Es schmeckte auch niemandem so richtig. Die Stücke des Karpfens blieben uns im

Hals stecken. Dieter und Bruno waren ganz mager. Auch wenn sie sich ein Jackett mit gepolsterten Schultern angezogen hatten, sahen sie nicht kräftiger aus. Dieter spielte an seinem Harmonium, das im Wohnzimmer in der Ecke stand, »Stille Nacht, Heilige Nacht.« Die Wohnung hatte sich in eine Kirche verwandelt und mir wurde die Musik fast unerträglich. Es war das traurigste Weihnachten meines Lebens. Bruno verstarb kurz nach Weihnachten.

# Hochzeit und Himalaja

Dieter habe ich um seine Hand gebeten. Er selbst war zu schüchtern. Er hätte es nicht getan. Wie ich die Frage stellte, war unspektakulär. Ich fiel nicht auf die Knie. Ich hatte auch keinen Blumenstrauß. Ich war nicht besonders angezogen. Ich hatte auch keine Ringe dabei. Keine Tränen in den Augen. Ich fragte einfach: »Willst du mich heiraten?« Die Frage stellte ich bei einem Abendessen bei ihm zu Hause. Seine Antwort: »Ja.«

Und es wurde geheiratet. Ich fand ein Kleid in Eierschalen-Farbe. Elegant. Mit breiten, langen Ärmeln, Schulterpolstern und großen Taschen. Es war gerade modern. Dazu ein breiter, blauer Ledergürtel, schwarze, lange Ohrringe im Art-déco-Stil aus Plastik, dazu der passende Halsschmuck. Dieter kaufte einen schwarzen Anzug. Er konnte nicht in seinen roten Hosen heiraten. Auf dem Standesamt streifte mir Dieter den Ring, der eher wie ein Taubenring aussah, über den Finger. Draußen auf dem Gang warteten schon andere Heiratswillige. Wir sagten ganz schnell: »Ja«, und nochmals: »Ja«, und waren verheiratet. Dieter trug mich über die Schwelle seiner Wohnung. Nein, unserer Wohnung. Unter der Decke tanzten mit Helium gefüllte farbige Luftballons.

Zur Hochzeitsreise flogen wir nach Prag. Meine Schwester Hani hatte eine Feier nach meinen Wünschen organisiert. Das hatte einiges an Schmiergeld gekostet, denn in der Tschechoslowakei regierte immer noch der

Sozialismus und es funktionierte wenig. Wir kamen ohne Probleme durch die Passkontrolle.

Vor dem Flughafen stand meine Schwester mit einem großen runden Brot und Salz und gab jedem ein Stückchen davon. Auf uns wartete ein schöner alter Tatra mit Chauffeur. Vom Flughafen aus fuhren wir durch Chotkovy sady, den Chotek Park. Dann auf einmal lag Prag vor uns, unschuldig, altehrwürdig, mit seinen Türmen und Türmchen, mit den ziegelroten Dächern. Die Moldau wand sich wie eine Schlange durch die Stadt.

Ich schaute die Stadt an, aus der ich geflüchtet war. Prag, in Dunkelheit verhüllt, nur die Gaslaternen wiesen uns den Weg. Wir fuhren durch die Altstadt, durch kleine Gassen und Straßen. Es fing langsam an zu schneien und die Schneeflocken tanzten um die Fenster des schwarzen Tatra herum. Ja, einige blieben sogar auf der Scheibe kleben, als ob sie sehen wollten, wer da geheiratet hatte. Es war ganz still. Oben auf dem Berg leuchtete schwach die Prager Burg.

Wir wohnten im »Hotel U Tří Pštrosů« – dem Hotel zu den drei Straußen –, hier waren auch schon die anderen Hochzeitsgäste eingetroffen. Jedem Paar wurde ein Zimmer zugewiesen. Meine Freundin Brigitte bekam ein Einzelzimmer. Viel Zeit, das Hotel und den Blick über die Karlsbrücke zu bewundern, hatten wir nicht. Ich zog mir schnell mein neues grünes Kleid an. Vorne war es bis zum Hals geschlossen, aber hinten klaffte ein riesengroßer Ausschnitt, der bis zum Po reichte. Das Kleid musste man ohne Büstenhalter tragen. Mit Taxis fuhren wir dann zur Koliba, einer Almhütte, die jedoch nicht auf einer Alm, sondern tatsächlich in Prag stand. Wenn sich auf einer tschechischen Hochzeit nicht die Tische bogen, dann musste man gar nicht erst heiraten. Alles war im

Überfluss vorhanden. Sogar das gegrillte, sozialistische Schwein war groß und dick. Die Knödel wirkten richtig aufgeblasen, als hätten sie wie unsere Hochzeitsluftballons Helium in sich. Ohne einige Becherwasser dazwischen, den tschechischen Schnaps, hätte man das Hochzeitsessen bis zur Torte gar nicht geschafft. Meine Mutter war auch da, mein Vater nicht. Mit seinem Kehlkopfkrebs konnte er in der Öffentlichkeit nicht essen.

Ich hatte mir eine bestimmte Musik gewünscht. Auf dem Podium spielte ein Gipsy-Ensemble. Eine Sängerin, ein Geigenspieler, ein Klarinettist und ein Rom mit Cimbalom. Die Musik, einmal in die Länge gezogen und weinerlich, dann wieder schnell und feurig, als wenn man sich nun endlich des Lebens besinnen würde. Die Stimme verspätete sich nach dem Ton der Geige, und beide bemühten sich mit ihrer Traurigkeit nach Kräften, das Herz des Zuhörers aus dem Körper zu ziehen, so dass es im Raum umherschwebte. Die Melancholie der Töne ließ den Atem ersticken und man tanzte entweder mit oder man brachte sich um.

Ich konnte nicht mehr still sitzen. Ich stand auf, sprang auf das Podium, umarmte die Sängerin und sang mit ihr in das Mikrofon. Enthemmt durch den Alkohol tanzte ich wild umher. Es nützte nichts, als meine Mutter sagte: »Aber Eli, setze dich neben deinen Gatten!« Dieter antwortete ihr: »Sie ist jetzt meine Frau und sie kann machen, was sie will!«

Mitgerissen tanzten auch die sonst so kontrollierten Schweizer, als wenn die Musik mit aller Macht in sie hineingefahren wäre. Auch der Alkohol. Alle tanzten wild, wackelig auf den Beinen, Rotwein, Becherwasser und Bier in der Blutbahn, die Gypsy-Musik im Ohr und im Herzen. Dieter war jetzt auch betrunken. In der Pause sprang er auf die Bühne, nahm die Geige an sich und probierte, darauf zu spielen. Der Geigenspieler sah es und stürmte auf das Podium. Er riss Dieter die Geige empört und energisch aus der Hand. Als hätte mein Ehemann ihm seine Frau wegnehmen wollen. Irgendwann zu später Stunde, erschöpft vom Tanz und dem reichhaltigen Essen, fuhren wir in unser Hotel. Meine Hochzeitsnacht war unspektakulär. Ich hing die Nacht über der Kloschüssel. Es war mir sterbenselend.

Ich machte die Augen auf und bewunderte die schön mit Blumen, Blättern und Pflanzen bemalten alten Holzbalken der Decke. Ich war verheiratet. Dachte ich mir und schaute meinen Gatten an, der neben mir noch tief schlief. Ich konnte mich nicht an alles erinnern. Dieter neben mir mit welligen Haaren, die ansonsten gerade und struppig waren. Wir waren vor der Hochzeit beim Friseur gewesen. Der Friseur hatte ihm eine leichte Dauerwelle verpasst. Wir mussten aufstehen, um neun Uhr gab es das Frühstücksbuffet.

Ich sah aus dem Fenster. Neuschnee bedeckte die Steine der Karlsbrücke. Keine einzige Trittspur im Schnee verriet, dass hier Menschen lebten. Die dreißig Statuen auf der Brücke standen bewegungslos da – es ging sie alles nichts an. Ich ging auf die Toilette und in die Dusche. Das Klo war verkotzt, von der Decke grinsten mich die drei Strauße an.

Es wurde erzählt, dass in dem Haus einst ein Geschäftsmann mit seiner anspruchsvollen Gattin gewohnt hatte. Er erfüllte ihr jeden Wunsch. Eines Tages wollte sie einen Vogel Strauß. Der Ehemann kaufte ihr einen. Dann wünschte sie sich einen zweiten. Der gutmütige Gatte schenkte ihr auch den. Aber als sie sich den dritten Strauß wünschte, fluchte der verärgerte Ehemann, er würde sie am liebsten auch zu einem Strauß machen. Am nächsten Tag verschwand die Gattin. Und auf der Tafel, auf der die zwei Strauße gemalt waren, kam ein dritter Strauß dazu. Ein Straußenweibchen.

Frühstücken wollte niemand. Ich bat den Mann an der Rezeption, uns Kopfschmerztabletten zu besorgen. Der Ausflug zur Burg Karlstein mit dem gemieteten Bus war anstrengend. Alle gaben ihr Bestes, sich nicht zu erbrechen. Gottseidank konnten wir auch noch ein paar Schritte laufen. Der Bus durfte nicht bis zum Burghof hochfahren. Die kalte Luft machte uns nüchtern. Den Abend verbrachten wir bei meinen Eltern. Meine Mutter kochte so viel, es hätte eine ganze Armee mitessen können. Mein Vater konnte nicht sprechen, aber schaute dem lustigen Treiben zu. Nachmittags besuchten wir das Kaufhaus »Máj«. Alle staunten. Es war riesengroß – aber nichts drin. Die klaffende Leere verblüffte den Besuch aus dem Westen. Es gab nichts zu kaufen. Meine neue Schwägerin war fasziniert von dem sozialistischen Muster auf den Krawatten, sie kaufte einige davon. Ein seltsames, klobiges Design schmückte den Stoff.

Zurück in Zürich, besuchte ich die Schule für Kunst und Design in der Roten Fabrik. Ich arbeitete gleichzeitig im Atelier des tschechischen Professors František Mitáček, der mir Privatunterricht gab. Meine Existenz war gesichert. Dieter fand mich begabt und förderte meine Malerei. Ein Problem hatte ich allerdings: Er war zu präsent. Er war immer da. Ich brauchte aber das Alleinsein, eine leere Wohnung. Ich musste ihn hier irgendwie herauskriegen.

In der Neuen Zürcher Zeitung las ich die Stellenangebote. Eine Firma für Marktforschung suchte einen Psychologen. »Dieter, ich habe eine Stelle für dich!« Und las ihm das Inserat vor. »Die nehmen mich nicht«, sagte Dieter wenig begeistert. Sein Enthusiasmus über das Stellenangebot hielt sich in Grenzen. Er brauchte auch keinen Job. Er hatte mit einem Freund, einem Architekten, eine Siedlung gebaut und einen Preis dafür bekommen. Es war nicht nur eine Siedlung, sondern auch ein Begegnungsort. Davon ließ sich ganz gut leben. »Ja, aber sollen wir es nicht versuchen? Dort anrufen und dann wissen wir mehr? Oder eine Bewerbung schreiben?«, fragte ich.

Immerhin, gegen seinen Widerstand, hatte ich es so weit gebracht, dass Dieter eine Bewerbung schrieb. Das Ergebnis war ein Vorstellungsgespräch. Die Stelle war nicht in Zürich ausgeschrieben, sondern in dem Städtchen Hergiswil. Ich musste mitkommen. Nicht, dass es sich Dieter unterwegs anders überlegte und dort gar nicht hinging! Ich fuhr mit. Ich wartete in einem Fischrestaurant, nachdem ich ihn vor der Tür des Gebäudes abgeliefert hatte. Ich kontrollierte noch die Krawatte, den Anzug. Es dauerte und dauerte. Ich starrte auf den Vierwaldstätter See, als würde ich die Fische zählen wollen, die da hochsprangen. Dann hörte ich das Auto. Dieter war da. Ich sprang erwartungsvoll hoch. Er, mit unglücklicher Miene: »Die haben mich genommen.«

Wegen seiner Arbeit zogen wir nach Luzern um. Luzern ist biederer als Zürich. Der Berg Pilatus schaute sich verliebt im Vierwaldstättersee an. Die Chinesen flogen nach Luzern zum Heiraten. Es erzählte mir jemand, auf einer chinesischen Europakarte stehen nur Paris und Luzern. In den Restaurants in Luzern gab es Speisekarten auch auf Chinesisch. Käsefondue aßen die Chinesen in Luzern auch im Sommer. Ich möchte nicht die an Reis gewöhnten chinesischen Mägen sehen, wenn sie die Käseklumpen verdauen müssen.

Wir bezogen eine tolle Penthouse-Wohnung in der Pilatusstraße. Die Wohnung war zeltartig gebaut, wie eine mongolische Jurte. Die Decke spitz nach oben gezogen und sehr hoch. In der Mitte des runden Wohnzimmers führten Stufen zu einer anderen Wohnebene mit einem offenen Fernsehzimmer. Unten war eine Küche mit Bar. Aus einem Schlafzimmer, einem Gästezimmer und noch einem anderen Zimmer führten große Glastüren auf den runden Balkon. Den schmückten viele Blumenbeete. Ich hatte dort viele Pflanzen gesetzt, so dass der Balkon wie ein blühender Garten aussah. Ich konnte auf dem Balkon um das große Jurtenzelt herumlaufen. Die Wohnung war wie ein hoher Aussichtsturm. Sie war 700 Quadratmeter groß. Unter dem oberen Plateau war noch ein offener Kamin. Ich sah den Pilatus vom Bett aus, die Brauerei Eichhof auf der anderen Seite. Dann den Wald. 360-Grad-Aussicht.

Überall hatte ich meine Sachen verstreut. Da ist die Leinwand, dort Papier, dort dieses und dort jenes. Dieter sagte: »Mein Platz in der Wohnung ist das Fensterbrett im kleinsten Zimmer. Dort, wo meine Kakteen sind.«

Der untere Teil der Wohnung eignete sich als Atelier. An die Wände und auf die Türen klebte ich große Papiere. Ich probierte allerlei. Ich warf Farben aus der Ferne, ich spritzte, ich tapste mit meinen Händen darauf. Dann hatte ich eine Schwarz-Weiß-Phase. So bekamen der Boden und die Wände einige Schwarz-Weiß-Spritzer ab. Der Boden war aber aus Keramikplatten und man konnte die Farbe ganz gut entfernen.

Ich spannte Leinwände. Nicht mit einem Tacker, sondern mit echten Nägeln, wie ich es bei Professor Mitáček gelernt hatte.

Um sein kleines Zimmer mit dem Kakteenbrett zu erreichen, hüpfte Dieter wie ein Hase über den mit

Malutensilien übersäten Boden. Eines Morgens hörte ich seinen Schrei. Er musste durch mein Atelier zum Badezimmer. Plötzlich hatte er einen Nagel in der Ferse. Dieter ist Choleriker und konnte brüllen wie ein Löwe. Ich sprang aus dem Bett. Ich sah ihn auf einem Fuß hin und her hüpfen. Ich durfte nicht lachen. Es sah aus wie ein Voodoo-Tanz.

Dieter rief mich täglich um zehn Uhr an und fragte: »Füchsli, malst du?« Füchsli war mein neuer Kosename. Und Füchsli malte und malte. Um das Problem mit der Unordnung zu lösen, stellte ich Fräulein Marti an. Meine Freundin Brigitte war meine Beraterin. Sie hatte Hauswirtschaft studiert und überprüfte, ob Fräulein Marti gut putzen konnte. Ich bemühte mich, eine Woche lang, nicht aufzuräumen, das kostete mich keine Mühe. Ich wollte Fräulein Marti schließlich keine falsche Vorstellung über den von mir geführten Haushalt vermitteln. Tatsächlich war Fräulein Marti unerschütterlich. Sie stemmte sich wie ein Fels in der Brandung der ganzen Unordnung entgegen.

Das erste Mal im Leben musste ich nicht sparen. Dieter war großzügig und scherte sich nicht um das Geld, das ich ausgab. Ich hatte seine Bankkarte und aus dem Geldautomaten kam ununterbrochen Geld. Ich wartete manchmal darauf, dass der Bankomat die Karte einzog – aber es passierte nie. Ich stellte mir vor, in dem Bankomat saß ein kleiner Mann mit einem großen Geldsack und schob mir ununterbrochen durch den Schlitz das Geld zu. Ich lud meine weniger betuchten Freunde in gute Restaurants ein. Ich kaufte endlos viele Kleider. Schuhe. Taschen und Täschchen. Dieter und ich gingen oft essen, fast täglich, da mir das Kochen zuwider war. Ich fuhr immer noch gelegentlich zu Professor Mitáček nach Zürich.

Dieter arbeitete viel und ich hatte viel Freizeit. Ich bekam von Dieter eine tolle, teure Segeljolle. Ich lernte Segeln. Und die Auto-Fahrschule besuchte ich auch.

Im Segelclub segelte ich mit fünf Männern. Ich ging mit einem Täschchen dorthin, darin ein gekühlter Rosé. Dann saß ich auf dem Deck des Segelboots, schlürfte meinen Rosé und die Männer segelten. Knoten lernte ich auch, jedoch ohne jede Begeisterung.

Dieter und ich nahmen uns einen Segellehrer und gingen segeln. Wir hingen in den Riemen, den Hintern fast im Wasser. Wir mussten uns weit herauslehnen. Dann aber raste die Jolle auf dem See wie von der Tarantel gestochen. So hatte ich mir das Segeln nicht vorgestellt! Eigentlich wollte ich auf dem Boot nur ein bisschen herumsitzen, Rosé trinken und den See betrachten.

Es wurde Herbst und ich war immer noch am Segeln. Der Vierwaldstätter See hatte kaum Wind. Auf einmal aber kam ein Sturm auf. Die Warnlichter standen auf Rot, die Hupe warnte vor Gewitter … »Komm«, sagte ich zu Mark, der mit mir segelte, »komm, endlich haben wir Wind.« Und wir flitzten mit der Jolle über den See. Ich schaffte es aber nicht, das Segel zu kehren, und wir kippten mit Jeans und Pullover ins Wasser. Mark zog mich unter dem Rumpf hervor. Ich war für einen kleinen Moment ohnmächtig. Der Schlag auf den Kopf war heftig. Ich hörte dann mit dem Segeln auf. Es war doch nichts für mich.

Das mit dem Auto-Führerschein hatte ich auch nicht hinbekommen. Dieter musste mit mir zum Üben ein bisschen fahren. Nachdem ich mehrere Rotlichter und Stoppschilder überfahren hatte, brüllte er mich an, mit dem Resultat, dass ich anschließend erst recht alles falsch machte. Er öffnete seine Tür: »Aussteigen«, schrie er mich an.

Wir tauschten die Plätze. Dieter verbot mir das Autofahren.

Dieter konnte sich wahrscheinlich denken, wie seine Eltern reagieren würden, wenn er mich in den Clan einschleppte. So ließ er es sie nicht einmal wissen, dass wir heirateten. Eines Tages spazierten sie in Brissago oberhalb des Lago Maggiore und wurden von Bekannten angesprochen: »Wir gratulieren zur Hochzeit Ihres Sohnes.« Die Eltern fielen aus allen Wolken. Ihr Entsetzen darüber, dass wir die Hochzeit vor ihnen verheimlicht hatten, war groß. Doch am Ende legte sich ihr Zorn, und wir erhielten eine Glückwunschkarte, auf der geschrieben stand: »Euer Hochzeitsgeschenk, ein Auto, steht in der Garage und wartet darauf, abgeholt zu werden.« Es war ein neuer Mercedes, den Dieter alsbald an seine Schwester abtrat, um ihn gegen ihren alten BMW einzutauschen. Auf dem BMW bekam ich die letztlich erfolglosen Fahrstunden.

Ich kam gerne zu meinen Schwiegereltern zu Besuch nach Basel. Der Vater von Dieter mochte mich sehr und ich ihn auch. Die Mutter verhielt sich neutral zu mir. Nur einmal hatte der Vater ein Problem mit mir, als ich ihn fragte, ob der Familienname jüdisch sei. Das hätte ich ihn nicht fragen sollen. Ich bekam am nächsten Tag Post von ihm mit dem Berner Wappen. Klar, wir waren ja Berner. Als wir einmal zum Abendessen ankamen, roch es nach Fisch. Die Haushälterin ging zum Backofen und zog einen Fisch heraus. Ich dachte, das wäre heute unser Abendessen. Aber nein. Es war für den Hund. Er musste Diät halten. Er hatte zu viel Schokolade bekommen. Der Hund war zu dick.

Ich mochte die Bilder an den Wänden, die Kunst, die Skulpturen, die Designmöbel. Ich mochte das Sommerhaus in Brissago. Auch das Winterhaus in Grindelwald. Ich mochte überhaupt Häuser und viel Platz.

Die Jurten-Wohnung bewohnte mit uns ein großer Kater Namens Emil. Ich hatte ihn als Katerchen von Silvia, meiner Freundin aus Zermatt, bekommen. Emil war sehr klug. Er verließ jeden Morgen mit Dieter die Wohnung und fuhr mit ihm den Aufzug hinunter. Dieter fuhr zur Arbeit und Emil trieb sich irgendwo in seinem Revier herum. Abends wartete Emil vor dem Haus. Von weitem schon hörte er Dieters Wagen und lief ihm auf der Straße entgegen. Dieter öffnete die Tür, Emil stieg ein. Dann fuhren beide zusammen vollends nach Hause. Die beiden Männer liebte ich sehr.

Dieter und ich unternahmen eine Reise nach Indien. Die Flüge waren sehr teuer. Wir flogen auch nicht erster Klasse, Dieter war bescheiden. Wir waren drei Monate unterwegs, irgendwo im Himalaja. Es gab kein Hotel hier, keine Übernachtungsmöglichkeit. Wir schliefen im Keller eines Bauern zwischen den Äpfeln auf einer Holzpritsche. Wie toll es roch!

Überall lagen Äpfel! Ein Parfümeur hätte den Duft nicht besser mischen können. Die Kopfnote war Zimt, Bergamotte und Minze. Herznote war die indische Erde, die den Boden des Kellers bedeckte. Und die Basisnote die Feuchtigkeit. Moschus, Sandelholz und Vanille. Unsere Kleider, unsere Haut, der Rucksack, alles roch danach.

In der Frühe ging das ganze Dorf aufs Feld. In der Hand trugen sie eine Blechdose mit Wasser. Wir auch. Wie verschiedene Arten von Pilzen sahen die Leute in der Hocke aus. Die bunten Kleider der Dorfbewohner leuchteten im dunkelblauen Morgen. Wir fuhren überallhin mit dem Zug. Die Verbindungen waren schrecklich. Wir warteten auf den Zuggleisen. Wann kommt der Zug?

Der kommt heute nicht. Der kommt erst morgen. Ich sagte Dieter, wenn wir jemanden etwas fragen wollten: »Nur die mit Brille fragen!«, und es stimmte. Die mit Brille konnten Englisch und bis jetzt konnte uns jeder Brillenträger weiterhelfen. In den völlig überfüllten Zügen lag ich oben in den Pritschen, die für die Koffer vorgesehen waren. Ich schlief wie ein Stein. Manchmal hielt der Zug an. Dann stiegen wir aus und gingen ein wenig spazieren. Es wurde Kohle gebunkert und schon pfiff die Lokomotive, sammelte uns Passagiere wieder ein, und wir fuhren los. Der weiße Dampf verschwand im Himmel wie wir in dem großen Land.

Als wir mit dem Flugzeug angekommen waren, es war gegen Abend, fuhren wir in einem offenen Bus durch die Slums. Diesen Geruch von Schmutz, Urin und Fäkalien werde ich nie vergessen, dachte ich. Ich konnte meine Spucke nicht schlucken und spuckte um mich herum aus. Ich dachte, wenn ganz Indien so stinkt, dann muss ich zurückfliegen, das halte ich nicht aus. Aber ganz Indien stank nicht so. Mit dem Fahrrad durch das Land. Die an den Wäscheleinen hängenden farbigen Saris! Was für eine Schönheit! Grell leuchtende Naturfarben – ein monochromes Bild neben dem anderen –, ein großes Museum. Wir wollten weiter in den Himalaja. Mit einem Bus. Wir waren die einzigen Europäer und saßen auf den hinteren Plätzen. Die Straße war eng. In den Kurven hingen die Hinterräder über der Schlucht. Wie tief es doch war! Der Sitznachbar erzählte uns, dass vorige Woche hier ein Bus abgestürzt war. Alle Insassen wären umgekommen. Er trug eine Brille.

Endlich hatten wir ein Dorf erreicht, kurz vor einem über viertausend Meter hohen Pass nach Tibet. Ich hatte Geburtstag. Wir aßen im einzigen kleinen Restaurant.

Als Geschenk bekam ich handgestrickte Socken. Wir wohnten in einem sehr einfachen Haus, das nur wenige Zimmer hatte. Dieter quälten schreckliche Durchfälle und hohes Fieber. Er wusste nicht einmal mehr, wer er war, wo er ist und wie er heißt. Der Doktor wohnte im nächsten Dorf. Ich lief lange durch die Dunkelheit den Berg herunter. Klopfte an die Türe. Ein Hausbursche öffnete mir. »Doktor?«, fragte ich ihn. Er gab mir zu verstehen, dass der Doktor eine Party feierte und keine Zeit hätte. Ich musste hysterisch werden, um mit dem Doktor sprechen zu dürfen. Es war wirklich eine Party und alle tanzten. Ich erzählte dem Doktor vom Zustand meines Mannes. Er gab mir eine aufgezogene Spritze mit. Ich wollte wissen, wohin ich die Spritze setzen sollte. Er holte den indischen Burschen: »Hose runter!«, befahl der Doktor. Und zeigte mir die Stelle, an der ich die Nadel reinstecken musste. Ich ging den Berg wieder hoch. Mit der Spritze in der Hand. Es war eine klare, kalte Nacht. Der Himmel dunkelblau. Die Sterne blinkten, als würden sie mir mit den Augen zuzwinkern. Ich ging schnell und zielstrebig. Konzentriert, damit mir die Spritze nicht aus der Hand fiel. Ich hatte aufgepasst, dass mir der Arzt eine sterile Nadel gab. Der Weg dauerte fast eine Stunde. Obwohl ich mich beeilte. Ich war zwei Stunden weg. Hoffentlich hielt Dieter durch. Er lag auf einer Pritsche. Betten gab es nicht. Er zitterte. Er fror. Ich hatte ihn mit allen Kleidern, die wir in den Rucksäcken hatten, zugedeckt. Er lag in seinem wässerigen Durchfall. Ich zog ihn in die Dusche, ein betonierter Raum, mit einem Glattstrich versehen. Die Wände glänzten grau. Durch die Mitte führte eine Rinne, damit das Wasser abfließen konnte. Ich legte Dieter auf ein Handtuch und entblößte seinen Hintern. Ich nahm Anlauf und setzte ihm die Spritze intramuskulär.

Ich beobachtete ihn die Nacht über. Nicht zu glauben. Am nächsten Morgen war er fit. Es war sicher eine Spritze für ein Ross. Entweder man starb daran oder man wurde wieder gesund. Er wurde gesund.

Dieter und ich bekamen einen Riesenkrach. Dieser verdammte Choleriker rannte durch das Hotelzimmer und wollte ohne mich weiterreisen. Also gut. Wir setzten uns auf das Bett und teilten die Medikamente unter uns auf. Wir hatten eine große Apothekenschachtel mit. Als Gentleman wollte er mir unseren angemieteten, einheimischen Fahrer überlassen, damit ich mich durch Indien bewegen konnte, mit meinem schlechten Orientierungssinn. Er wollte die öffentlichen Verkehrsmittel benutzen. Dieter ging weg. Ich saß auf dem Bett und weinte. Ich weinte zwei Stunden. Dann öffnete sich die Tür und Dieter kam wieder herein. Der Bus fuhr erst in zwei Tagen.

# Nachts an der Tram

Zurück in der Schweiz bekam ich Depressionen. Ohne ersichtlichen Grund. Die Depressionen hatten sich in meine Seele reingeschlichen. Ich weinte nicht. Ich verlor den Kontakt zur Außenwelt. Dieter beklagte sich, dass ich ihn kaum erkannte. Anstatt aus mir herauszuschauen, schaute ich in mich hinein. Ich zog mich in meine Glaskugel zurück. Ich schloss die Türe hinter mir fest zu. Dieter klopfte an das Glas, aber ich machte nicht auf. Ich hatte den Sinn des Lebens verloren. Vielleicht fehlte mir der Kampf ums Überleben. Ich stellte mir vor, dass die Seele eine Kommode ist. Mit vielen Schubladen. Und alle waren vollgestopft mit Erinnerungen. Und mit Schmerzen. In jeder Schublade, die ich aufmachte, gab es keinen Platz mehr. Als wenn ich nichts mehr erleben dürfte. Es war von allem zu viel und mein Leben lief zu schnell. Als wenn ich jetzt sterben müsste. Oder die Kommode leeren sollte.

Ich saß an der Küchenbar. Ich saß, rauchte und starrte vor mich hin. Ich mochte nicht mehr. Ich nahm alle Tabletten, die ich zu Hause fand, und spülte sie mit Champagner herunter. Eine nach der anderen. Ich machte mir keinen Tablettencocktail. Ich schluckte die Tabletten nach und nach, als würde ich das Sterben langsam kommen sehen wollen. Ich wollte ganz langsam von dieser Welt weggehen. Schritt für Schritt. Ich war von den Tabletten und dem Alkohol in bester Sterbelaune. Ich fiel fast vom Barhocker herunter. Ich wollte aber nur ein bisschen sterben. Nicht ganz. Ich wollte nur wissen, wie es sich anfühlt. Ich hatte es vergessen. Mit dem Sterben wollte ich mich vergewissern, dass ich leben möchte. Ich wollte mir weh tun und sterben. Aber auch nicht ganz. Ich rief Dieter bei der Arbeit an. »Dieter, ich habe zu viele Tabletten geschluckt.« Ich landete wieder einmal im Krankenhaus. Das laute Heulen der Krankenwagensirene, das kannte ich schon.

Dieter als Psychologe meldete mich bei der Psychotherapie an. Er suchte nach einer sehr guten Psychologin in Zürich. Manchmal lag ich nur da auf der Couch und sprach gar nicht. Ich traute mich einige Schubladen gar nicht zu öffnen. Aber ich wollte auch nicht in den geöffneten Schubladen herumwühlen. Ich wusste, dort lagen viele Schmerzen begraben. Etwas Unerträgliches. Schön, wie die Seele alles aufräumte! Mit einer kleinen Schaufel und einem kleinen Besen fegte sie den Kehricht des Lebens zusammen und schüttete ihn in die unterste Schublade. Sie versteckte ihn ganz hinten, damit man den Dreck nicht so schnell wieder ausgraben konnte. Und versperrte die Kommode mit einem Schlüssel, den sie irgendwo versteckte.

Ich konnte meine Mutter zum Wahnsinn treiben. Einmal schmiss sie in der Wut eine Schere hinter mir her. Die Schere blieb im Schlafzimmerschrank stecken. Als meine Mutter starb, rief mich meine Schwester an und sagte, sie sehe das Loch im Schrank. Sie fragte mich, ob sie den Schrank verbrennen sollte. Es war, als wenn meine Mutter auf der Tür unterschrieben hätte. Das Loch war so persönlich.

Meine Mutter konnte mich nicht bändigen. Sie prügelte mich mit dem Kochlöffel, und ich lachte ihr ins Gesicht: »Ja, prügle mich, wenn es dir Spaß macht.«

Seltsam, dass ich auch jeden Mann zu diesen Wutausbrüchen verleiten konnte. Sogar Dieter! Er warf eine Vase nach mir. Schade. Die Kristallvase. Das Hochzeitsgeschenk meiner Mutter. Eines hatte ich begriffen: Nach so einem männlichen Wutanfall bekam ich alles, was ich wollte. Die Männer hatten dann ein schlechtes Gewissen. Dann gingen sie wie mit Samthandschuhen mit mir um. Und ich hatte sie im Griff. Meistens weinten sie. Aber aus mir bekam niemand auch nur ein Tränchen heraus. Aus der untersten, der verbotensten Schublade kam ein Umriss einer Erinnerung langsam und schleichend heraus. Zuerst sah ich ihn nur aus der Ferne. Aber mit jeder Sitzung kam dieser Umriss näher und näher. Zuerst glaubte ich, ich sähe es in einem Film. Die Situation. Zuerst dachte ich, es wäre meine Fantasie. Ich meinte, es wäre nicht wahr. Aber die Umrisse wurden immer klarer und klarer.

Anfangs sehe ich alles in Nebel verhüllt. Die Personen und mich. Das kleine Holzhaus für die Bauarbeiter an der Straße. Mich auf dem Holztisch liegen. Jemand hält meine Hände fest. Jemand schlägt mir eine Flasche gegen den Kopf. Es ist Nacht. Ich höre die Straßenbahn vorbeifahren. Ich höre die Bremsen. Es muss eine Haltestation sein. Plötzlich ist der Nebel weg und ich sehe alles deutlicher. Es ist kein Film. Es ist die Wahrheit. Die Wahrheit aus der tiefst versteckten Schublade.

Ich bin achtzehn Jahre alt. Ich war auf einer Party. Ich habe einen kleinen Rausch. Ich warte auf die Straßenbahn Nummer 17, die mich nach Hause bringen soll. Es ist ein Uhr nachts. Die Straßenbahnen fahren zu dieser Zeit selten. Meine Mutter wird sicher wahnsinnig schimpfen. Ich komme zu spät nach Hause. Mein Vater ist wie immer irgendwo auf einer Dienstreise.

Ich stehe an der Station beim Hotel Continental. Es ist dunkel und niemand ist auf der Straße. Das sparsame Licht der Straßenlampen beleuchtet den Asphalt. Ich stehe ganz allein da in meinem roten, gepunkteten Sommerkleid. Es ist eine laue Sommernacht. Es ist noch warm. Der Geruch des Asphalts erzählt, dass es ein heißer Tag war. Die Straße ist lang und gerade. Die nächste Kurve ist weit entfernt. Dort biegt die Straßenbahn ab. Der Gehweg ist leer. Die Lampen an dem Elektrokabel wiegen sich in der leichten Sommerbrise, als wenn sie tanzen würden. Es ist still. Es ist zu still. Ich wünsche mir, wenigstens eine Ratte zu sehen. Oder einen verschlafenen Vogel piepsen zu hören! Blick auf die Uhr. Jetzt warte ich schon fünfzehn Minuten. Die Fenster der hohen Häuser sind dunkel. Auch die Fenster vom Hotel Continental. Wann kommt endlich die Straßenbahn? Ich wäre sicher der einzige Fahrgast. Oder dass vielleicht noch zwei, drei betrunkene Seelen da drinsitzen.

Ich liege auf einem Holztisch. Über mir baumelt eine Lampe. Eine runde Lampe. Jetzt sehe ich sie deutlicher. Eine runde weiße Blechlampe, zehn Zentimeter Durchmesser. An den Rändern der Lampe ist die weiße Farbe abgeblättert. Sie hängt ganz tief über mir, so dass ich den Eindruck bekomme, ich liege auf einem Seziertisch. Jemand hält meine Hände fest. Oder sind sie angebunden? Ich weiß es nicht. Ich kann sie nicht bewegen. Ich liege ohne Höschen. Das Kleid ist nur hochgezogen. Meine Brüste und mein Oberkörper sind zugedeckt. Meine langen Haare hängen von der Tischfläche herunter. Jemand hält mir den Mund zu, so dass ich nicht schreien kann. Ich sehe die Männer nicht. Die Lampe blendet. Sie hängt direkt über meinen Augen. Ich sehe von allem um mich herum nur die Umrisse. Ich weiß nicht, ob ich Schmerzen habe. Jemand knallt mir eine Flasche gegen den Kopf. Ist es eine Bierflasche? Ja, es riecht nach Bier. Bauarbeiter trinken nur Bier. Es sind keine Tschechen. Ich verstehe die Sprache nicht. Aber wer sind sie? Woher kommen sie? Es sind drei oder vier. Einer nach dem anderen ficken sie mich. Wie widerlich! Ich probiere an etwas anderes zu denken. Ich will meinen Geist aus dem Körper herauslocken. Ich denke an die Kindheit, als wir mit den Eltern auf einem Baumstamm über den Fluss balancieren. Als die Mutter fast in den Fluss fällt. An den Vater, der auf der Decke in der süß riechenden Wiese schläft. Die Vögel zwitschern. Die Kronen der Bäume im Wind neigen sich nach rechts und nach links den Wolken zu. Als würden sie mich in einer Wiege einschläfern wollen. Ich falle in Ohnmacht. Ich sehe nichts. Mein Körper fühlt sich an, als wenn er aus Gummi wäre. Kraftlos. Meine Muskeln haben nachgegeben. Ich wehre mich nicht. Mein Körper bewegt sich im Rhythmus des Zustoßens. Ich weine nicht. Ich habe ja nie wirklich weinen können.

Ich stehe wieder an der Tramhaltestelle. Als wenn nichts geschehen wäre. Ich muss eine Stunde warten, bis die nächste Straßenbahn fährt. Es ist die erste, die früh um vier die Leute zur Arbeit fährt. Ich fahre nach Hause. Die Straßenbahn füllt sich mit Menschen. Ich gehöre heute zum betrunkenen Publikum. In meinem Kopf dreht sich alles, wie wenn ich eine Flasche Wodka getrunken hätte. Gottseidank bin ich keine Jungfrau mehr. Ansonsten hätte ich eine verblutete Unterhose. Die Leute in der Straßenbahn hätten es mir womöglich angesehen. Ich darf meiner Mutter nichts sagen. Ich kann den Vorfall nicht der Polizei melden. Ich muss es für mich behalten. In Sozialismus gibt es solche Gräueltaten offiziell nicht. Die Sache bleibt für lange Zeit in der untersten Schublade begraben.

Eines Tages kam Dieter nicht nach Hause. Am nächsten Tag auch nicht. Am dritten Tag kam er und eröffnete mir, er hätte für sich eine Wohnung gefunden. Mit einem Garten. Wir trennten uns. Es war nicht der Garten, es war seine Sekretärin. Er nahm Emil mit. Ich würde mir eine Wohnung suchen müssen. Und würde sicher keinen Garten haben. Ich war wieder arm.

Ich nahm Dieters Kleider aus dem Schrank und stopfte sie in den Wagen. Das Auto war bis zum Dach voll. Ich suchte eine Firma, die das Auto abholte, und ließ es verschrotten. Samt allem, was mich an Dieter erinnerte. Als würde ich die Vergangenheit verschrotten wollen. Ich musste ausziehen und suchte eine neue Wohnung. Das Jurtenzelt war zu teuer, ich konnte es mir nicht mehr leisten.

Egal für welche Wohnung ich mich bewarb, ich wurde abgewiesen. Referenzen? Künstlerin, geborene Tschechin, also Ausländerin, Frau, alleinstehend ohne regelmäßiges Einkommen. Eine Wohnung hatte mir gut gefallen. Aber mit diesen Referenzen? Die Vermieterin fragte mich: »Haben Sie Männerbesuche?« Ich war ganz wütend. Warf ihr den Schweizer Pass auf den Tisch und sagte: »Nein, ich wichse mir jeden Abend einen«.

Ich wollte selbständig sein. Aber es ging nicht: nur Absagen. Bei jeder Wohnungsbesichtigung. Ich überwand meinen Stolz und rief Dieter an: »Du musst mitkommen und sagen, du ziehst mit mir ein. Ansonsten lande ich auf der Straße!«

Emanzipation? Ich weiß nicht, ob damals in der Schweiz das Wort überhaupt existierte. Das Wort blieb sehr lange ein Fremdwort. Im Sozialismus war es eine Selbstverständlichkeit. Mit Dieters Hilfe fand ich aber eine Wohnung. Ich zog in die Bruchstraße in Luzern in den oberen Stock ein. Es war eine schöne Wohnung. Ich hatte einen Balkon auf die Straße, einen in den Hof. Von früh bis Abend strahlte die Sonne herein: als Erstes durch den Wohnzimmerbalkon. Dann schien sie in voller Kraft und erhellte drei Räume. Abends verließ sie die Wohnung durch den Balkon, der auf den Hof ausgerichtet war. Das Leben ging weiter. Ich musste handeln. Ich schüttelte mich wie ein nasser Hund, bis ich ganz trocken war.

Ich suchte ein Atelier und fand ein altes Haus am Rande von Luzern. Von meiner Wohnung fuhr ein Bus dorthin. Das Haus stand leer und hatte nur zwei Stockwerke. Mit seiner gelb verblassten Farbe sah es aus wie die aufgehende Sonne. Der obere Stock des Hauses war unbewohnbar, aber das Erdgeschoss war groß, hell und hatte einen schönen Parkettboden. Ich öffnete die Tür, dessen Schloss leicht quietschte. Es war lange niemand dort gewesen. Es moderte leicht. Nur die alten Seelen derer, die dort einmal gewohnt haben, flogen umher. Ich sah sie nicht, aber fühlte sie. Als ich auf dem alten Parkett ging, hörte ich sie. Es knarzte, wie wenn sie allesamt mitlaufen würden. Der Verputz blätterte von den weißen Wänden, als ob sie sich ausziehen wollten. Macht nichts. Ich bekäme es hin, ich wusste es. Ich würde daraus schöne Räume machen.

Es war eigentlich alles zu groß für ein Atelier. Ich richtete in dem einen Teil eine Galerie ein. Ich rief Reto an, einen Freund aus Zürich. In Luzern kannte ich noch kaum Leute. Reto kam. Wir weißelten die Wände, wir räumten auf. Wir befestigten Neonröhren an der Decke. Ich schrubbte den Parkettboden. In kurzer Zeit erschienen die Räume in einem neuen, strahlenden Licht. Durch die geputzten Fenster schien neugierig das Sonnenlicht herein. Reto stellte mir einen Freund vor, dessen Traum es war, eine Bar zu führen. Ja, das war eine Idee. In diesen Zeiten gab es für Jugendliche in Luzern kaum eine Möglichkeit, irgendwohin auszugehen. Und alles war um Mitternacht zu.

Wir bauten eine Bar, aus Jalousien, einer Glasplatte und Holz. Die Jalousien waren von unten beleuchtet. Die Bar sah hip aus. An den Wänden befestigten wir Regale. Die Bretter strichen wir schwarz und beleuchteten sie mit den Neonröhren. Wir legten unser Geld zusammen und kauften Alkohol ein: Gin, Bacardi, Wodka, Rum, Tequila. Wir würden nur Cocktails anbieten. Von irgendwo her bekamen wir einen alten Kühlschrank. Wir durften keinen Alkohol verkaufen. Daher schrieben wir eine Preistafel mit der Aufschrift: »SPENDEN«. Für jeden Cocktail konnte man drei Franken spenden. Konnte man, musste aber nicht. Wer in der Galerie ausstellen durfte, bestimmte ich, damit kein Mist ausgestellt wurde. Dann zahlten die meist jungen Künstler eine kleine Miete und zehn Prozent vom Verkauf. Den Rest des Geldes durften sie behalten. Die Galerie hieß »Zur Linde«. Das Haus hieß seit einer Ewigkeit auch »Zur Linde«. Es stand als Namenspatronin eine große, gesunde Linde vor dem Haus. Der danebenliegende Metzger hieß auch »Metzger zur Linde« und gleich weiter kam der »Bäcker zur Linde«. Unter der Linde stand eine Bank, darauf saß man und rauchte. Wenn die Linde blühte, brummten tausende Bienchen um den Baum herum. Nur der Rauch der Zigaretten verjagte sie ein bisschen. Aber kaum war der Zigarettenrauch weg, kamen sie zurück und flogen unermüdlich von Blüte zu Blüte.

»Zur Linde« ging es bestens. Ich besuchte Künstler und suchte mir die begabtesten aus. Wir hatten Geld von der Bar und Geld für die Miete der Galerie. Die Miete kostete 500 Franken. Die meisten Künstler hatten dazu auch noch wohlhabende Eltern. Somit wurde mein Atelier auch bezahlt, obwohl ich kaum Zeit zu malen hatte. Ich eröffnete die Ausstellungen mit einer kleinen Ansprache.

Es kamen immer mehr Leute, die Stimmung war ausgelassen und familiär. Ich sprach gerne vor den Besuchern. Die Menschen standen um mich herum und ich hatte Spaß und kam mir ganz wichtig vor.

Nachts, wenn alles andere zu war, füllte sich die Galerie mit jungen Menschen. Manchmal wollte ich gegen Mitternacht nach Hause und wartete auf den Bus Nummer eins. Aber da riefen schon Bekannte von der anderen Straßenseite: »Eliška, wir wollen noch in die Galerie etwas trinken!« Ich ließ den Bus fahren und ging nochmals mit. Ich lernte viele Menschen kennen. Und alle kannten mich und die Linde. Es bat mich jemand, in dem Keller einen Nachtclub zu eröffnen. Klar, ich machte mit. Wir deckten die Fenster mit alten Matratzen zu. Und eröffneten eine Nachtbar und eine Disco. Draußen hörte man durch den Lärmschutz der Matratzen die Musik nicht, dafür war es drinnen erstickend heiß, laut und verraucht. Aber wir waren jung. Es machte uns nichts aus, auch wenn wir uns durch den Rauch kaum sehen konnten. Wir verkauften für einen Franken Semmeln mit Salami und einer Gurke. Die Jugend hatte somit das erste Jugendhaus in Luzern. In der Stadt wurde ewig über ein Jugendzentrum nachgedacht. Und nachgedacht. Und wir hatten nun eins. Ich hatte ein Jugendzentrum gegründet. Es war manchmal so voll, dass der Weg zur Toilette fast unmöglich war. Aber alle lachten, schwitzten und rauchten Haschisch, und es schien, als ob wir im Himmel wären. Irgendwann sprach sich der Erfolg herum, so dass ein Mann vom Stadthaus kam, um sich das anzuschauen. Ich bekam danach sogar einen kleinen Zuschuss.

Die Ausstellungen waren gut besucht. Die Kunst war nicht teuer. Ich überlegte, die Galerie »Sprung« zu nennen, denn ich stellte junge Künstler oder Kunststudenten aus. Am Ende blieb ich doch bei »Galerie zur Linde«. Schon der Bienen wegen. Wir verkauften monatlich Kunst für ungefähr 5000 Franken. Ich hatte alle Hände voll zu tun, entwarf Plakate und Einladungskarten, besuchte Künstlerateliers. Die Zeitungen schrieben fast über jede Ausstellung. Die Bar lief. Einige »spendeten« fünf Franken und mehr. Die Eichhof Brauerei gab uns gratis Bier. In der Morgendämmerung dann stolperten die letzten Zecher zum ersten Bus.

Manchmal organisierte ich Filmwochen. Ich hatte jetzt einen jungen Mann an meiner Seite, der mir half. Patrick lief immer mit einer lebenden Ratte herum, die an ihm wohnte. Sie war weiß und hieß Eddi. Sie krabbelte an ihm herum, und wenn sie die Nase von uns voll hatte, versteckte sich Eddi unter Patricks Hemd. Vom Sperrmüll holten wir alte Sofas und Holzkisten. Die Jungs, die die Filmwochen organisierten, brachten drei alte Fernseher in die »Linde«. Abends saßen wir da und schauten zusammen Filme. Wenn der Bildschirm hinter dem Zigarettenrauch zu verschwinden drohte, öffnete ich die Fenster. Im Winter nur ganz kurz, denn wir hatten keinen richtigen Ofen. Der kleine Elektroofen, der in der Ecke stand, bemühte sich mit aller Kraft, die Räume anzuwärmen, es gelang ihm aber nicht. Wir heizten mit dem Zigarettenrauch, der Hitze unserer Körper und unserem Enthusiasmus.

Ich konnte es mir jetzt leisten, die Räume nicht ununterbrochen vermieten zu müssen. Ich hatte ein bisschen Geld. Ich organisierte sogar Live-Konzerte. Es war oft wahnsinnig laut.

Ich organisierte auch Schmuckausstellungen von jungen Designern und jungen Goldschmieden. Es lief alles prächtig. Der einzige Nachteil war, dass ich kaum mehr

Zeit zum Malen fand. Ich malte nachts. Oft schlief ich dann auf dem Sofa, da kein Bus mehr fuhr. Als ich dort noch kein Sofa hatte, schlief ich einfach auf den Keilrahmen, die in meinem Atelier in der Ecke lagen. Vor dem Einschlafen lief ich durch die Atelierräume und schaute mir die Kunst an. Wie schön war es doch, mit Kunst zu leben. Es machte mich glücklich.

Ich wollte die Galerie trotzdem abgeben. Aber es ging nicht. Die Leute kamen wegen mir. Als nach drei Jahren die Meldung kam, dass die »Linde« abgerissen werden sollte, war ich sogar irgendwie erleichtert. Trotzdem, irgendwo ganz tief in mir, schmerzte es auch. Ich sperrte die Türe zu und gab den Schlüssel ab.

Inzwischen war auch der Kater Emil wieder bei mir zu Hause. Die frühere Vermieterin rief mich an: Der Emil war zurück. Er hatte Dieter verlassen. Er war den ganzen langen Weg von einem Ende von Luzern bis ans andere Ende zur früheren Wohnung gegangen. Zum Jurtenzelt. Über die Hauptstraße und über den Hauptbahnhof. Ich holte Emil ab. Er saß vor dem Haus unter dem roten Rhododendron. Er wartete. Emil war vierzehn Tage unterwegs. Dieter hatte angerufen, als der Kater verschwunden war. Ich war sehr traurig. Weinen konnte ich immer noch nicht. Es hatten mich zwei Männer verlassen. Aber einer kam zurück. Ich rief: »Emil, Emil«, und er rannte mir entgegen. Dünn, abgemagert. Das linke Ohr war angerissen. Wer weiß, wie viele Kämpfe er durchstehen musste, bis er nach Hause fand. Das Fell ganz struppig und glanzlos. Nur die schwarze Farbe war erhalten geblieben. »Komm, wir gehen nach Hause«, sagte ich und nahm Emil mit.

# Ich und die Mafia

Ich saß im Coop in Luzern in der Unterführung des Bahn-
hofs. Coops sahen überall gleich aus. Dort war Babynah-
rung, dahinten Obst, davor Waschmittel und irgendwo
gab es eine Abteilung mit Spirituosen. Und dort saß ich.
Wenn sich eine Seele zu mir verirrte, stand ich auf und
bot einen Schluck Champagner an. Mein Freund Erwin
hatte mir hier eine super Arbeit organisiert. Degustation
und Verkauf von Ruinart Champagner. Es war ein toller
Job für mich, da ich Champagner liebe. Ich könnte ihn anstatt Wasser trinken. Die Kosten für eine Flasche Ruinart
bewegten sich zwischen 50 und 180 Franken. Die Degustation verlief ganz einfach. Das meiste trank ich selber.
Das ging aber auf Dauer nicht, ich musste auch verkaufen. So sprach ich einige vorbeilaufende Kunden an, ob
sie den Champagner nicht probieren wollten, um ihnen
dann eine Flasche oder zwei zu verkaufen.

»Madame, wollen Sie nicht einen der besten Champagner probieren?«, rief ich den Damen zu. Ich musste mir die
Dame auch vorher anschauen, denn es hatte keinen Sinn,
jemandem, der schäbig angezogen war, einen Champagner für 180 Franken anzudrehen. Da blieb ich besser
gleich sitzen. Das Geschäft lief mühsam und zog sich den
Tag durch wie Kaugummi. Über Mittag kamen die Männer, gleich um die Ecke war die UBS-Bank. Die Banker im
schwarzen Anzug oder einem dunkelblauen oder grauen,
immer mit einem weißen Hemd und oft einer bunten Krawatte, was sie schon als kühnen Modegag betrachteten.

Mit Männern konnte ich besser verhandeln als mit den Frauen. Da fragte ich mit charmantem Augenaufschlag: »Probieren Sie bitte den Champagner?«, und reichte dem Mann das Glas. »Ist er nicht köstlich?« »Sie müssen aber mit mir anstoßen«, sagte er dann. Ich nahm auch ein Glas, ich weiß nicht, das wievielte schon, und stieß mit dem Mann an. »Wäre es nicht eine Überraschung … «, ich schaute schnell, ob er einen Ehering hatte, ja hatte er, »eine Überraschung für Ihre Frau, wenn Sie mit ihr heute Abend einen Champagner trinken?« »Was kostet der?« »Ja, wir probieren gerade den für 50 Franken, aber es gibt noch einen für 80 und einen für 171. Wenn Sie wollen, kann ich Ihnen den für 80 aufmachen«, sagte ich. »Nein, ich nehme den für 50.« Wieder eine Flasche weg. »Sie können sich den Champagner auch an der Kasse einpacken lassen«, sagte ich noch. »Auf Wiedersehen«, und der Mann ging. Wenn die Männer den teureren Champagner kauften, dann waren sie meistens nicht verheiratet, oder sie waren verheiratet, tranken ihn aber mit ihrer Freundin.

Den ganzen Vormittag war ich schon da. Es war mir so langweilig! Zuerst kam gar niemand. Die Hausfrauen schliefen noch oder brachten die Kinder in die Schule oder in den Kindergarten. Um zehn Uhr kam dann eine Frauenwelle, die Frauen mussten etwas zum Mittagessen einkaufen. Dann, kaum waren sie weg, kamen die Männer aus der Bank. Geld hatten sie genug. Nachmittags war es dann wieder ruhig und langweilig.

Ich saß am Nachmittag da, degustierte selbst, schaute den leeren Coop an und langweilte mich immer noch. Und da kam er plötzlich. Ein großer Mann im langen schwarzen Mantel, mit schwarzen Hosen, schwarzen Schuhen, schwarzen lockigen Haaren, schwarzen Augen,

in denen regelrecht Glut glomm, mit einem schön geschnittenen Gesicht und hohen Backenknochen. Er hatte
etwas Animalisches an sich. Ich sah ihn an, und wie ein
Blitz ging mir der Gedanke durch den Kopf: »Den möchte
ich heiraten!«

Er sah mich nicht, er stand hinter einigen Regalen. Ich
verfolgte ihn jedoch durch den Gang und rief ihm zu:
»Wollen Sie ein Glas Champagner probieren?« Er drehte
sich um, sah mich, kam zu mir und sagte, fast schon
schüchtern: »Fräulein, ich trinke nicht, darf ich Sie aber
zu einem Kaffee einladen? Wann haben Sie hier
Schluss?« Er sprach ganz schlecht Deutsch. Und dazu
war er noch schüchtern. Ich liebe schüchterne Männer,
ich liebe es, sie zu erobern.

Er sagte es so leise, wie wenn er mir etwas Geheim-
nisvolles zuflüstern wollte. Ooooh, ich will ihn haben!
Dachte ich. Und verliebte mich sofort. Und dann bei ihm
Kaffee trinken nach der Arbeit! Seine schwarzen Augen!
Es blitzte und donnerte aus ihnen, es regnete und schnei-
te, es brannte die Sonne darin. Er blinzelte nicht so
schnell wie andere Menschen, er zwinkerte langsam, als
wenn er dabei einschlafen würde. So konnte ich seine
endlos langen Wimpern beobachten, die wie ein Fächer
die Augen zu kühlen versuchten, aber aufpassen mussten, dass sie nicht verbrannten.

Um halb sieben nach der Arbeit holte er mich ab. Wir
konnten uns nicht viel unterhalten. Er kam aus Montenegro und war Fußballspieler, einer der Torwarte im Natio-
nalteam. Und nach Luzern war er gefahren, um Freunde
zu besuchen. Er kam mit mir nach Hause. Seine Schüchternheit verschwand schon am Hauseingang. Wir rissen
uns gegenseitig die Kleider vom Leib, schlichen die Treppen langsam hoch. Auf dieser Stufe lag mein Mantel, auf

der zweiten seiner, hier die Bluse, dort sein Hemd, bis wir oben im Schlafzimmer waren, war die Treppe von unseren Kleidern übersät, so dass wir ganz nackt ins Bett fielen. Das Feuer, das in seinen Augen brannte, entflammte seinen ganzen wunderschönen Körper, als hätte er ihn mit den Augen angezündet. Mich überkam das Gefühl, ich hätte den David von Michelangelo in meinem Bett, der sich in einen Menschen verwandelt hatte. Nur sein Penis war anders, der von Michelangelo hing ja müde herunter. Das war der einzige Unterschied zur Statue. Wir liebten uns Stunden, dann sogar Tage. Ich vergaß zu malen, wir vergaßen zu essen, und die Welt bestand nur aus diesem kleinen Schlafzimmer. Es hatte Holzwände und eine Holzdecke, die unsere Geräusche dämmten, ansonsten war niemand Zeuge unserer Leidenschaft. Wir schwitzten, obwohl das Zimmer kalt war, ich hatte schon seit drei Tagen nicht geheizt. Der Kachelofen blieb kalt. Ich holte nur schnell aus der frostigen Küche etwas zu essen: ein Stückchen Brot und Salami. Oder ein Stückchen Brot und Käse. Wir aßen im Bett, obwohl ich es hasste, die Krümel im Bett zu spüren; jetzt machte es mir aber nichts aus. Verliebt bis über beide Ohren, verabschiedeten wir uns, Goran musste nach Montenegro, und ich musste wieder das Leben anpacken. Die tausend und eine Nacht waren nur drei Tage und Nächte lang, dafür so intensiv, dass es auch Tausend und einer Nacht zur Ehre gereicht hätte.

Ich nahm mein altes Leben wieder auf. Ich arbeitete in einem Squash-Zentrum, malte, machte Schmuck. Und hing ständig am Telefon. Ich hatte so eine Sehnsucht! Wir beteuerten uns unsere Liebe, wir vermissten uns, wir versicherten uns, ohne einander nicht leben zu können. Nicht leben zu wollen. Nicht leben zu dürfen.

Das Problem war: Goran brauchte dafür ein Visum. Er konnte nicht einfach in die Schweiz fahren, um mit mir hier zu leben. Aber wie bekam er ein Visum? Ich probierte es bei der Visavergabe. Hoffnungslos. Ich sprach mit einem Beamten, der mir recht zugeneigt war. Ich lud ihn zum Essen ein, machte ihm Hoffnungen. Ich unternahm alles für dieses Visum. Es ging nicht. Ich musste Goran heiraten. Viele Interessen außerhalb des Betts teilte ich mit Goran allerdings nicht. Egal. Sprechen konnte ich mit meinen tausenden Freunden. Aber ich konnte nicht mit meinen tausenden Freunden ins Bett gehen. Niemand zog mich körperlich so an wie er. Es war eine Sucht, meine Sucht. Ich hörte die Worte der sterbenden Marina in meinen Ohren: »Wenn ich gewusst hätte, wie lange ich lebe, hätte ich anders gelebt.« Ich wusste nicht, wie lange ich noch leben würde, aber ich wollte alles erleben. Ich konnte ohne Goran nicht sein. Meine Freunde meinten, ich hätte den Verstand verloren. Es war mir egal. Ich würde Goran heiraten.

In Jugoslawien tobte Krieg. Menschen starben. Und ich buchte den Flug nach Belgrad. Meine Papiere in der Hand, mit einem kleinen Koffer. Ich flog von Zürich aus. Ich bekam keinen Flug direkt nach Montenegro, die Flüge waren alle ausgebucht. Das Flugzeug war voll. Neben mir saß ein Serbe oder Kroate, wir sprachen ein wenig. Tschechisch und Kroatisch und Serbisch sind ähnliche Sprachen. Denn Jugoslawien bedeutet wörtlich »Südslawien«. Ich traute mich den Nachbarn nicht zu fragen, welche Nationalität er hatte, denn die Jugoslawen waren untereinander total verfeindet. Menschen starben und ich flog heiraten.

In Belgrad wartete ich drei Stunden auf dem Flughafen, um weiter nach Podgorica zu fliegen. In dem kleinen

Flugzeug nach Podgorica saß vorne eine Frau mit einem kleinen Kind, das sich ununterbrochen erbrach. Als ich mein Bier trinken wollte, brachte ich es nicht herunter, der säuerliche Geruch des Erbrochenen durchzog das ganze Flugzeug. Der Mann neben mir fragte, was ich in Podgorica machen wolle. Ich sagte ihm, ich würde heiraten. Er fragte: »Einen Montenegriner?« »Ja«, sagte ich und er meinte, da werde ich nichts zu lachen haben. Er fragte mich nach dem Namen des Bräutigams. Ach, sagte er, der Fußballer? Ja, antwortete ich. Aus dem Flugzeug sah ich nur grün, grün und Meer und Meer.

Goran wartete schon auf dem Flughafen mit einem Freund. Die Männer in Montenegro lieben es, alles zusammen zu machen. Er hatte Karafiaten-Nelken dabei. In der Tschechoslowakei gab es keine anderen Blumen zu kaufen als diese mit ihren zerfetzten Blüten. Man bekam sie zum Geburtstag, zur Geburt, zum Todestag, zum Muttertag, zu allem, was es zu feiern gab. Gut, beim Todestag – da gab es nichts zu feiern. Goran und ich fielen uns in die Arme und konnten kaum voneinander lassen.

Wir fuhren mit dem Auto, einem schwarzen Kombi – ich fragte mich, woher sie den hatten – zu seiner Mutter in die Wohnung, in der auch Goran lebte. Podgorica war eine schöne saubere Stadt mit viel Grün. In Montenegro spürte man vom Krieg nichts. Es lebten hier Montenegriner, Serben, Albaner, Bosnier, Kroaten, Roma. Goran war ein echter Montenegriner.

Das Haus, vor dem wir ausstiegen, war ein schäbiger Plattenbau. Die Beleuchtung war schwach, ein gelbes sterbendes Licht ließ den Schmutz auf der Straße fast unsichtbar werden. Der Hauseingang war noch schlimmer. Zwar nicht schmutzig, aber er sah traurig aus. Die Treppe, grau mit schwarzen Punkten, gesprenkelt, als würden die Wände schon jahrelang darauf weinen. Es schien mir alles so depressiv, so dunkel, so verschwommen, so traurig.

Goran klopfte an die braune Tür, die in dem trüben Licht auch so jämmerlich erschien, und wir gingen hinein. Da saß an einem wackeligen Tisch seine alte Mutter, ich hatte das Gefühl, sie war schon uralt, eine Greisin. Ihr Gesicht sah aus wie eine Ziehharmonika, so viele Falten hatte es. Als ob ihr ganzes Schicksal dort verzeichnet wäre. Das dunkelblaue Kleid war sauber, aber nicht mehr das neueste. Ihre Haare waren gepflegt und geschnitten, aber weiß, als wären sie verschneit. Als sie mich sah, sprang sie vom Tisch auf wie ein junges Mädchen. Wahrscheinlich war sie gar nicht so alt. Nur vom Leben gezeichnet. Goran erzählte mir, sein älterer Bruder war mit dem Motorrad verunglückt und sein Vater sehr früh gestorben. Ich glaubte, es in ihrem Gesicht lesen zu können.

Sie umarmte mich, als würde sie mich schon immer kennen. Was ich oft bei Deutschen und Schweizern beobachtet hatte, war die Reserviertheit, mit der sie einander begegnen. Als wenn der andere von einem anderen Planeten wäre. Die Slawen haben eher das Herz auf der Hand. Manchmal unterhalte ich mich mit jemandem, und die Freundin, die mit mir ist, fragt: »Kennst du sie?« Nein, ich kenne sie nicht. Aber wir sprechen zusammen wie alte Bekannte. Ob es noch vom Sozialismus herrührt, als wir stundenlang in einer Schlange für den Kauf von Lebensmitteln anstanden? Bis wir endlich an die Reihe kamen, kannte der oder die vor oder hinter dir dein ganzes Leben. Wir brauchten keine Psychotherapie, denn wir sprachen uns beim gemeinsamen Warten über unsere Probleme und unser Leben aus. Ob wir für Kleider, Schuhe, Bananen oder Fleisch anstanden, egal. Und da in den

Schlangen immer ein anderer vor oder hinter dir stand, konntest du deine Probleme öfter erzählen, und mit der Wiederholung stellte man fest: Es waren gar keine. Oder der andere erzählte seine Probleme, und die waren so verwickelt und vielfältig, dass du feststelltest, selber eigentlich vergleichsweise kleine Probleme zu haben.

»Hast du Hunger?«, fragte die Mutter, und ohne dass ich ihr eine Antwort gegeben hätte, legte sie Selbstgebackenes auf den Tisch. Ich hatte keinen Hunger, setzte mich aber an den Tisch. Da klopfte es erneut an die Tür und es kamen Freunde von Goran zu Besuch.

Als die Mutter befahl: »Legt eure Waffen auf den Tisch!«, kam ich aus dem Staunen nicht heraus. Wo war ich da eigentlich gelandet? Die drei Männer legten brav ab. Ich schaute mir die Pistolen aus der Ferne an. Sie hatten sie so gelegt, dass der Lauf gegen die Wand und nicht auf uns zeigte. Die Mütter hatten hier Autorität, und ich sah an Goran, wie er seine Mutter verehrte. Meine Mutter sagte immer: »Schau, wie sich der Mann der Mutter gegenüber verhält, so benimmt er sich auch gegenüber seiner Frau!« Meine Mutter hatte oft Recht, diesmal jedoch nicht so ganz. Ich sah mir die Männer an. Zwei waren genauso dunkel wie Goran. Nur einer hatte blonde, glatte Haare und blaue Augen. Hübsch waren alle drei.

Ich schaute mich in dem Zimmer um. Es war nicht viel drin. Außer dem wackeligen Tisch und den knarzenden Stühlen eine scheußliche Tapete. Waren es Kirschen? Es sah mehr aus wie Blutstropfen. An der Wand hing ein einziges großes, golden eingerahmtes Bild: der Tito. An der schmaleren Wand stand ein alter Sekretär, der schon einige Kratzer abbekommen hatte, darin viele verschiedene Gläser, alle mit goldenem Rand. Das war sozialistisches Design und sollte Wohlstand andeuten. Aus dem

kleinen Zimmer führten Türen in die Küche, ins Schlafzimmer und in das Gästezimmer. Bis jetzt waren alle zu.
Nur im Badezimmer hatte ich mir die Hände gewaschen.
Das war wie überall, Badewanne, ein großer Kessel mit
warmem Wasser. Das Bad wäre renovationsbedürftig.
Die Toilette war gleich neben dem Badezimmer in dem
langen Korridor.

Wir tranken alle einen sehr guten Espresso aus kleinen weißen Tässchen mit einem goldenen Rand. Als wir
ausgetrunken hatten, bat Goran seine Mutter, ihnen aus
dem Kaffeesatz die Zukunft zu lesen. Ich erwartete eigentlich, dass sie uns erzählt, wir würden glücklich werden und zwei Kinder haben. Aber nein! Als ich besser zu-
hörte, begriff ich, es ging um heute Nacht. Die Jungs
wollten ein Pelzgeschäft in Sarajevo ausrauben und fragten die Mutter, ob es ihnen gelingen würde. Die Mutter
legte die Untertasse mit dem goldenen Rand auf die Tasse mit dem goldenen Rand, drehte beide kurz auf den
Kopf und dann wieder zurück, nahm die Tasse weg, und
aus dem Kaffeesatzfleck, der auf der Untertasse verblieb,
las sie die Zukunft. Sie erzählte und erzählte, und es
klang fast wie ein Gebet. Unterm Strich kam heraus: Es
wird alles gut.

Ich fragte mich wirklich, wie ich aus dieser Sache her-
auskomme. Weglaufen konnte ich nicht. Mit dem Zug?
Ging nicht, in allen benachbarten Ländern herrschte
Krieg. Auch Fliegen konnte ich nicht, zum Flughafen fuhr
kein Bus, und es flog kaum etwas. Ich konnte doch nicht
einen Verbrecher, genauer gesagt einen Räuber, heiraten? Obwohl ich es irgendwo ganz tief in mir auch toll
fand. Alle Frauen wollten Bankdirektoren oder einen anderen reichen Mann heiraten und ich – einen Pelzdieb!
Ich probierte, den Gedanken sofort zu verscheuchen.

Das Zimmer war dunkel und die Nachttischlampe funktionierte nicht. Ich wusste nicht, ob es an der Glühbirne lag oder an dem Schalter, der willenlos nach unten ging, ohne dass er klacken würde. Das einzige Fenster war mit Jalousien verschlossen, so dass, selbst wenn ich die dicken Vorhänge auseinanderziehen würde, kein Licht hereinkäme. An den Wänden hing nichts außer einem russisch-orthodoxen Kreuz. Das erahnte ich aber nur, als das Licht von der Küche beim Öffnen der Tür kurz in das Zimmer hineinfiel.

Ich suchte blind den Pyjama in meinem Koffer, ich ertastete ihn dem Stoff nach, ich schlief gerne in Seide. Dann ging ich zum Bett. Meine Augen hatten sich an die Dunkelheit gewöhnt wie die Augen einer Katze. Das Bett war aus Holz, ganz altmodisch, wie bei meinem Onkel, dem Kirchendiener in Morawa, bei dem wir manchmal in den Ferien waren. Da hing auch in jedem Zimmer ein Kreuz, jedoch ein römisch-katholisches. Ich setzte mich zuerst auf die Bettkante, schnüffelte an der Bettwäsche, die gut nach Waschmittel roch. Dann legte ich mich in das Bett und fiel fast endlos in ein tiefes Loch, das irgendein schwerer Körper seit Jahren in die Matratze eingegraben hatte. Bettdecke und Kissen waren aus echten Federn, und so schlief ich auch ein, wie auf Federn. Ich merkte kaum, daß Goran noch ganz leise hereinkam und mich, damit er mich nicht weckte, vorsichtig auf die Stirn küsste.

Er legte sich nicht hin, klar, die Jungs gingen das Geschäft ausrauben. Und mit diesem Gedanken schlief ich auch ein.

Am nächsten Tag war er noch nicht da. Ich wusste nicht, wie lange es dauerte, ein Geschäft auszurauben. Aber die Straße nach Sarajevo war ziemlich kaputt und die Fahrt dauerte immerhin fünf Stunden. Und rauben muss man, dachte ich, nachts, das bedeutete, morgen waren sie entweder im Gefängnis oder mit ihrer Beute zu Hause. Ich wusste nicht, was mir lieber wäre!

Ich schlief lange. Ich war nicht einmal körperlich müde, aber stand unter Stress. Ich fühlte mich eingesperrt, weil ich keine eigene Entscheidungsmöglichkeit sah, dieses Theaterstück, in dem ich eine Hauptrolle angenommen hatte, zu verlassen. Die Zuschauer saßen schon längst in ihren rot gepolsterten Sitzen, aber ich war unsicher, wie ich diese Rolle würde spielen können.

Den Tag über ging ich mit der Mutter spazieren, dann kam die Kosmetikerin, Roza, die mir als Freundin dienen sollte und später auch als Trauzeugin. Wir gingen Kaffee trinken, aßen was im Restaurant. Die Mutter kochte das Abendessen. Kačamak, eine herzhafte traditionelle Spezialität, ähnlich wie Polenta, mit Schweineschmalz und viel Knoblauch. Dazu gab es Salami und Käse.

Das stundenlange Sitzen in einem Café ging mir schrecklich auf die Nerven, es war jedoch die liebste Beschäftigung der Montenegriner. Und dazu tratschen. Ich saß und rauchte und rauchte und saß. Das Gleiche machte die Mutter, auch sie rauchte ununterbrochen wie ein Kamin. Goran rauchte nicht und sah es auch nicht gern. Immer wenn er nach Hause kam, riss er die Fenster auf und lüftete. Spät in der Nacht, eigentlich schon gegen Morgen, als ich bereits vorbeifahrende Autos und Vogelzwitschern hörte, öffnete jemand die Haustüre. Es war Goran. Ich machte die Augen nicht auf, auch nicht dann, als er ganz leise die Tür zu meinem Zimmer öffnete. Er schaute nur, ob ich schlief, und ganz leise zog er die Tür wieder zu. Er war nicht verhaftet worden und die Hochzeit konnte stattfinden.

Als ich morgens wach wurde, saß Goran schon mit seiner Mutter in der Küche und beide tranken Kaffee. Es war selten, dass nur die zwei da saßen, sonst hatte Goran immer eine Entourage aus Freunden dabei. Aber heute besprachen Mutter und Sohn die Hochzeit, die morgen stattfinden sollte. Ein Schauder übergoss meinen Rücken. Morgen um halb zwölf Mittag bin ich seine Frau! Was für ein Drama!

»Guten Morgen, Liebling!«, rief Goran. »Guten Morgen«, antwortete ich. »Ich habe dir ein Hochzeitsgeschenk mitgebracht.« Zuerst verstand ich ihn nicht, er musste es langsamer wiederholen und andere Wörter suchen. Er stand auf, nahm mich an der Hand wie ein kleines Kind und ging mit mir ins Schlafzimmer der Mutter. Feierlich, als würde er das verlorene Bernsteinzimmer öffnen, führte er mich hinein. Auf dem Ehebett der Mutter lag ein Berg aus verschiedenen Pelzmänteln und Pelzjacken. Braun, schwarz, weiß, ich möchte nicht übertreiben, aber dieser Fellhaufen war sicher zwei Meter hoch. Ich kam aus dem Staunen nicht heraus, als Goran sagte: »Du kannst dir zwei Pelze aussuchen als Hochzeitsgeschenk.« Lachte glücklich und gab mir einen Kuss.

Es war mir nicht danach, gestohlene Pelze auszusuchen. Außerdem hatte ich noch nie einen Pelz, nur irgendwelche nachgemachten Felle, aber das ist nicht das Gleiche. Ja, aber Diebesgut? Das durfte man nicht! Aber was darf man schon und was nicht? Auf jeden Fall waren die Pelze schon mal da und ich auch. Ich haderte ein wenig mit mir. Und während mir das alles durch den Kopf ging, kam schon die Mutter ins Zimmer und sagte: »Komm, probiere, ich helfe dir, was Schönes auszusuchen.«

Ich zog nicht alles an, da wäre ich den ganzen Nachmittag beschäftigt gewesen. Nur die Farben und die Fel-

le, die mir gefielen. Ich fand einen schwarzen langen Fell-
mantel, ich wusste nicht einmal, von welchem Tier er
war. Ich betrachtete mich im Spiegel: Ich sah aus, als hätte ich gerade das Palace Hotel in St. Moritz verlassen.
Der Mantel hatte meine Größe und reichte mir bis zu den
Waden herab. Dann suchte ich mir noch eine Jacke aus,
eine kurze, nur so zu den Jeans. Goran war weg, so dass
ich ihm die Sachen nicht vorführen konnte.

Am Abend zog sich Goran feierlich zum Polterabend
an. Er war im Sternzeichen Jungfrau geboren, dem man
Ordentlichkeit nachsagte. Goran bügelte seine Hose und
sein rotes Hemd. Als er sie anzog, sah er wie ein Torero
aus. Er sah einfach wahnsinnig gut aus. Aber heiraten?

»Und ich? Was mache ich?«, fragte ich. »Du bleibst zu
Hause mit meiner Mutter, und Roza kommt heute zu dir!«,
sagte Goran, als er die Türe zuknallte.

Als Roza kam, bat ich sie, mit mir zu dem Lokal zu gehen, in dem die Männer sich zum Polterabend trafen. Wir
gingen durch die alte steinige Stadt mit den schwach
leuchtenden Lichtern. Als wir zu einem großen alten Haus
kamen, die Fenster leuchteten uns schon entgegen, hörten
wir wilde, schnelle Musik. Was für ein Kontrast – die traurige Stadt mit ihren leeren Gassen und diese wilde Musik.

Wir schlichen uns durch eine Hintertür hinein. Roza
kannte hier alles gut, sie wusste, wo wir uns verstecken
konnten. Vor uns lag ein großer Raum, eine Art römi-
sches Theater. Wir schlichen uns hinter die Holzstühle
der obersten Reihe und gingen tief in die Knie, damit uns
ja niemand sah. Obwohl, die Männer waren so mit sich
selbst beschäftigt! Sie tanzten »Kolo«. Es war nicht der
echte Kolo, denn da halten sich die Tanzenden an den
Händen, es waren auch Teile vom Kasatschok darin, dem
Tanz der ukrainisch-russischen Bauern. Die Männer hiel-

ten sich im Reigen an den Schultern fest. Den Körper stolz in die Höhe gereckt, der Oberkörper bewegte sich kaum, dafür aber folgten die Füße einem komplizierten Schritt. Auf dem Holzboden donnerten die Schritte wie eine Trommel, besser gesagt wie ein Gewitter. Dazu noch die laute Musik aus der Anlage, dort spielte sogar eine Ziehharmonika mit. Es strömte so viel Energie, dass man meinen mochte, die Laternen würden draußen heller leuchten, so viel Testosteron lag in der Luft. Ich erschrak fast. Roza meinte, wir müssten gehen. Sie zog mich zuerst am Zipfel meines Hemdes, dann hielt sie den Zeigefinger vor ihre Lippen und deutete an, wir müssten vorsichtig sein. Und unsichtbar. Und so wie wir gekommen waren, schlichen wir uns wieder heraus. Ich konnte diesen lebenden Vulkan unmöglich heiraten. Da hielten nicht einmal die Gene meines ungarischen Großvaters mit.

Als Goran nach Hause kam, versteckte ich mich, um ihn zu erschrecken, hinter dem Schrank in der Küche. »Mama gde je Eliška?«, fragte Goran seine Mutter nach mir. Ich konnte es gut verstehen, denn auf Tschechisch klang es fast gleich. Ich kam aus dem Versteck hervor, in einer Hand einen Apfel, den ich gerade aß. Goran sagte etwas. Ich verstand nicht, was er sagte. Es klang aber gehässig und aggressiv. Leider bin ich ein sehr aufbrausender Mensch. Wie Lava stieg mir meine innere Hitze in den Kopf. Ich warf Goran den angebissenen Apfel direkt ins Gesicht. Goran fing zu schreien an und schäumte vor Wut, wie wenn er einen epileptischen Anfall bekommen würde. Die Töne, die aus ihm kamen, konnte ich mit keinem Tier vergleichen, nicht einmal ein Löwe konnte so laut brüllen und auch nicht ein Brüllaffe.

Ich holte tief Luft und übertönte ihn: »Ich werde dich nicht heiraten!« »Was?«, schrie er. »Ich werde dich nicht heiraten!«, schrie ich, und zwar so laut, dass sich meine Stimme überschlug. Da gab mir tatsächlich dieser kleine Dieb eine Ohrfeige, so dass sich mein Kopf fast um 180 Grad auf dem Hals drehte. Ich stieß Goran in die Balkontüre, deren inneres Glas mit Krach auf den Boden fiel und nun zersplittert auf dem Boden lag. Da sprang mich Goran an und drückte mich zu Boden. Er hämmerte mit den Fäusten auf mich ein. Als ich ihn in die Hand biss, nahm er eine Flasche und schrie: »Heiratest du mich?« Ich: »Nein!« Er: »Heiratest du mich?« »Nein!« Bei jedem »Nein« schlug er zu. Da dachte ich mir, bevor er wieder zuschlug: Ich muss ihn heiraten, sonst bringt er mich um. Und ich sagte: »Ich heirate dich!«

Goran hörte sofort auf zu schäumen. Wie ein Springpferd, das vor dem nächsten Hindernis plötzlich verweigerte. Er streichelte mir über die Haare, küsste mich auf die Stirn und sagte, er käme gleich zurück. Die Mutter reichte mir ein Glas Wasser. Ich hatte keinen Durst. Ich hörte draußen das Starten seines Autos. Ich konnte nicht sagen, wie viele Minuten er weg war, aber er war schnell wieder da. Mit einem Beutel voller Eis. Er setzte sich liebevoll neben mich, ich lag immer noch auf dem Boden. Er kniete sich hin und legte mir vorsichtig Eiswürfel auf die linke Wange. Ich wusste nicht einmal, wo es mir überall weh tat.

Und wegen diesem Mafioso hatte ich mich vor kurzem scheiden lassen. Von so einem netten Menschen wie Dieter. Ich fuhr mit dem Fahrrad hin. Dort saßen schon Anwälte, die auf eine Kampfscheidung warteten. Dieter und ich einigten uns: Wir lassen uns nicht scheiden, bevor die Anwälte nicht verschwänden. Sie mussten gehen. Wir waren in ein paar Minuten geschieden. Ich wollte nichts. Ich kam mit nichts und ging mit nichts. Ich setzte mich auf mein Fahrrad und fuhr wieder heim. Mensch, war ich blöd. Den besten Mann meines Lebens zu verlieren.

Immer im Leben konnte ich flüchten. Jetzt nicht. Aus einem Land, um das herum der Krieg wütete, fand ich allein nie heraus. Ganz sanft drückte Goran die Eiswürfel auf mein Gesicht. Zwischendurch wischte er mit einem Taschentuch meinen Schweiß und das zerlaufene Eis von meinen Wangen. Bei jedem Trocknungsversuch küsste er meine blaue Backe. Aus dem linken Auge sah ich nicht gut. Ich erinnerte mich daran, wie es war, als ich beim Skifahren in Zermatt in einen Baum gefahren war. Das hier war schlimmer.

Früh am Morgen kam Roza, die Kosmetikerin. Sie schaute mich nicht einmal verwundert an. Sie sagte, so sei es in Montenegro. Die Frauen würden geschlagen. Das wäre normal. Roza trug mir tonnenweise Make-up auf. Darauf malte sie mir rote Bäckchen, so dass ich aussah wie eine gesunde Bäuerin. Schminkte meine Lippen ganz in Rot, das sollte die Aufmerksamkeit von den Augen abziehen. Damit das Make-up nicht so glänzte, bepuderte sie mein Gesicht. Ich kam mir vor wie in einer Chinesischen Oper. Ich bekam dann noch ein paar Schnäpse für die gute Laune. Ich schaute in erprobter Weise von oben auf das Geschehen herab, von außerhalb meines Körpers.

Um halb zwölf wurde geheiratet. Es kamen seine Mafiosi-Freunde mit ihren sehr schönen Frauen. Mafiosi haben meistens schöne Frauen. Draußen regnete es in Strömen. Die Sonne war weit und breit nicht zu sehen. Ich zog meinen langen schwarzen Pelzmantel an. Und setzte meine Sonnenbrille auf, die mir die Roza reichte. Und alle Trauzeugen und Trauzeuginnen, ich denke wir waren insgesamt zehn, setzten auch ihre Sonnenbrillen auf. So gingen wir zu Fuß die paar Meter in strömendem Regen mit Sonnenbrille zum Standesamt. Das Zeremoniell war kurz. Man drehte mir das Buch zu, in dem ich etwas unterschreiben musste. Ich nahm die Ehe an. Ich unterschrieb. Die Trauzeugen mussten auch etwas unterschreiben. Niemand nahm die Sonnenbrille ab. So wurde ich verheiratet. Ich konnte nicht sagen, dass Goran beim Hochzeitsessen gespart hätte. Die Tische bogen sich vor Essen. Ich nahm an, er konnte die Pelzmäntel später gut verkaufen.

# Die Zähne der Zeit

Nach dem Hochzeitstag und dem Hochzeitsessen fuhren wir in die Flitterwochen. Eigentlich dauerten sie nur drei Tage, denn dann lief schon mein Visum ab. Wir fuhren an den Strand, in ein schönes Hotel. Vom Balkon aus schauten wir auf das Meer. Das Hotel war weiß wie eine Braut in ihrem Brautkleid. Aber total leer, wie ein Kleid ohne Braut. Es herrschte Krieg und Montenegro lebte vom Tourismus. Es kamen aber keine Gäste. Der Speisesaal war genauso gespenstisch leer wie das ganze Hotel. Ich hatte sogar das Gefühl, dass das Meer keine Wellen schlug, weil ihm niemand zuschaute. Es badete auch niemand. Es war totenstill. Sogar der Wind war eingeschlafen.

Doch konnten wir das Essen wenigstens aufs Zimmer bestellen. Wir bestellten Hummer mit Russischem Salat. Und mit viel Knoblauch. Was war Russischer Salat? Hierzulande einfach eine Mischung aus Erbsen und Karotten aus der Konservendose mit Kartoffeln und viel Mayonnaise. Der Hummer war frisch und schmeckte. Wir saßen auf dem Bett, zwischen uns der Hummer mit dem Russischen Salat, der Rotwein in zwei Gläsern auf dem Boden, damit wir ihn nicht im Bett verschütteten. Wir saßen mit gekreuzten Beinen und ich beobachtete meinen neuen Mann. Er gab mir zu denken. Als Liebhaber ja, aber als Ehegatte? Goran wirkte leicht verlegen. Ich merkte, er traute mir nicht so ganz, ich ihm aber auch nicht. Wir verbrachten die drei Tage komplett im Bett. Wir verließen das Zimmer nicht einmal. Der Zimmerservice war nur mit uns beschäftigt. Der Koch auch. Goran bestellte auf jeden Fall ununterbrochen Fleisch und Eier.

Wir fuhren zurück. Ich bekam keinen Flug nach Sarajevo. Das hatte ich aber schon geahnt. Machte nichts: Seine Mafiafreunde würden mich nach Sarajevo fahren. Es war nicht einmal sehr weit, nur fünf Stunden mit dem Auto. Durch enge Schluchten, zwischen hohen, kahlen Bergen und Felsen, auf engen, kurvigen Steinstraßen fuhren mich drei Männer zum Flughafen. Das Auto hüpfte, als wenn es tanzen würde. Die Straße war ein einziger Alptraum. Goran saß neben mir und hielt meine Hand. Als würde er befürchten, dass ich abhaute.

Als uns die Polizei anhielt, blieben alle cool. »Haben Sie Waffen?«, fragte der eine Polizist. »Ja«, antwortete der eine Mafioso. »Haben sie Munition?«, fragte der Polizist, der nur einen Arm hatte. »Nein«, antwortete der Freund von Goran. Da holte die Polizei aus einer Tasche Munition und gab sie uns. Wir hatten zwar welche dabei, aber aus Angst vor Problemen hatte unser Mann es verschwiegen. So hatten wir jetzt mehr als genug Munition.

Ich saß im Flughafen und wartete. Ich war wie betäubt und dachte: Kleine Mafiosi waren das. Wenn sie richtige Mafiosi wären, dann wären sie ja wohl reich. Aber die Jungs waren nicht reich. Sie waren Kleinkriminelle. In Montenegro gab es keine Arbeit. Auch keine Touristen, die man bestehlen könnte. Einer verkaufte Drogen in Zürich. Als sie mal einen Goldschmiedeladen ausgeraubt hatten, wurden sie richtig ausgenutzt. Da gab es dann einen Goldschmied in Mailand, der ihnen die Beute abkaufte, aber den Preis so herunterdrückte, dass für sie fast nichts übrigblieb. Und nichts, geteilt durch drei oder vier, war wieder nichts. Kriminell war der Mailänder Goldschmied gewesen. Krimineller jedenfalls als die Jungs. Und mit diesen Gedanken stieg ich ins Flugzeug und flog davon.

Goran musste in Podgorica bleiben, einen Monat länger. Er musste auf seine Ausreisepapiere warten. Ich, zurück im Stöckli, wie ich mein neues Landhäuschen nannte, genoss die Freiheit. Meine Freunde verstanden mich nicht, hielten jedoch zu mir. Alle waren neugierig auf ihn. Nein, nachträglich muss ich sagen, Goran war kein schlechter Mann. Nur die Konstellation und die Sterne waren irgendwie durcheinander und standen schlecht.

Goran hatte Elektriker gelernt. Da musste man doch etwas in der Birne haben. Aber er erzählte mir einmal: Er mochte einfach den Kick. Den Kick beim Stehlen. Sein langer Mantel hatte unten auf der Innenseite zwei Taschen, die so groß waren, dass dort sogar ein Radio verschwinden konnte. Damals gab es noch kein Gepiepse am Ausgang von Kaufhäusern. Ich dachte daran, wie ich ihn im Coop kennenlernte ... Wahrscheinlich hatte er da schon was mitgehen lassen.

Auf jeden Fall würden die Jungs niemandem etwas antun. Dafür hatten sie alle doch ein zu großes, gutes Herz. Ich gab mir Mühe während seiner Abwesenheit. Ich organisierte in Luzern für Goran die Möglichkeit, im Fußballclub zu trainieren. Ich fand für ihn eine Stelle als Türsteher in einem Nachtclub. Goran schwor mir, in der Schweiz nicht zu stehlen. Nach einem Monat erwartete ich die Ankunft meines frischgebackenen Ehemannes.

Ich stand in Zürich auf dem Bahnhof. Ich sah ihn von weit her. Er fiel auf. Wir umarmten uns schließlich leidenschaftlich, wenn auch zuerst zögernd. Aber als er mich an sich drückte, spürte ich sein Verlangen, und die Flamme in mir loderte sofort. Wir hielten es beide kaum aus im Zug nach Luzern und im Postauto. Die Treppe war wieder voller Kleider. Das Bett quietschte. Gottseidank lebte ich hier alleine. Das Fenster beschlug von unserem Atem.

Goran fing als Torwart an. Und arbeitete nachts in dem Club. In Kürze fuhr er einen schwarzen GTI. An den Tagen, an denen er nicht arbeitete, saß er am unteren Fernseher und schaute ununterbrochen Fußball. Ich schaute im oberen Stock Liebesfilme. Als ich einmal von meinem Job nach Hause kam, ich arbeitete in einem Squash-Zentrum, empfingen mich fremde Töne. Ich öffnete die Türe zu meinem Atelier. Gerade hatte ich zwei große Bilder angefangen. Dort hing an der Stange, an der früher die Schweine hingen, ein roter Boxsack. Buch, buch, buch ... mein Ehemann sprang da herum, als wenn er tanzen würde, der Sack flog rechts und links an meinen Bildern vorbei, manchmal knallte er sogar mitten auf die Leinwand. Wie beim Schrei von Munch, so weit offen war mein Mund. Goran hielt den Sack an und wunderte sich über meine Aufregung. Wir konnten uns einigen. Meine Bilder auf eine Seite, sein Boxsack auf die andere. Die Nächte blieben schön. Er liebte mich, ich wusste, er liebte mich. Ich atmete tief durch und drehte mich auf die andere Seite.

Es ging nicht lange gut. Zum Training ging er nur ein paar Mal. In die Arbeit auch. Es regte ihn ein Gast auf, Goran gab ihm eine Ohrfeige und der Gast hatte eine gebrochene Nase. Irgendwie kam er mit einer Geldstrafe davon.

Einmal brachte er mir einen Brillantring mit einem Aquamarin in der Mitte, eine Weißgoldkette mit Brillantanhänger und ein Weißgoldarmband mit. Ich schrie ihn an. »Du hast versprochen, du wirst in der Schweiz nicht stehlen. Ich will lieber die Hälfte der Miete als deine Brillies«, schrie ich in der Küche. Und nahm den Ring, holte den Hammer aus meiner Goldschmiedewerkstatt und hämmerte auf den Ring ein. Brillanten sind hart. Es dauert eine Weile, bis sie anfangen abzuspringen. Nach links, nach rechts, ich musste aufpassen, dass keine Brillies in meine Augen kamen. Bestimmt noch heute ist auf der Küchentheke ein Loch. Ich schrie im Rhythmus des Hammerschlages: »Ich ... will ... die ... Miete ... ich ... will ... die ... Miete.« Am Ende hatte ich keinen Ring und auch keine 500 Franken für die Miete.

»Wie geht es, das Stehlen?«, fragte ich ihn. Erfreut, dass ich mich für seine Arbeit interessierte, erzählte mir Goran: Es gab da eine Putzfrau, die bei reichen Leuten putzte und den Dieben einen Tipp gab. Wo das Geld lag, wo der Schmuck. Sie bekam dann ein bisschen Geld, und die Diebe wussten, wann niemand zu Hause war. Sie hatten dann auch genug Zeit, denn sie wussten, wann die Bewohner nach Hause kamen. So einfach war das.

Die Umerziehung Gorans ging nur langsam voran. »Goran, du musst auch putzen. Es gibt Emanzipation.« Aus Liebe zu mir übernahm er jeden zweiten Samstag das Staubsaugen und Putzen. Dann musste ich aber die Wohnung verlassen. Er behauptete, wenn ich ihn mit einem Staubsauger sehe, verliert er vor mir seine Männlichkeit. Und das wollte er nicht. Es war mir egal. Ich nahm den Mischlingshund Belo, der auf dem Hof herumlungerte, und ging mit ihm spazieren. Ich ging langsam, damit Goran genug Zeit zum Putzen hatte. Wenn ich zurückkam, war alles blitzblank. Auch beim Bügeln durfte ich nicht zuschauen. Er kürzte sich sogar die Hose selber oder nähte einen Knopf am Hemd an. Aber alles geheim, ohne dass ich ihn sehen durfte.

Goran liebte seine Mutter. Er bekam Sehnsucht nach ihr, er war auch der einzige überlebende Sohn. Und wahrscheinlich war es auch die Sehnsucht nach dem Abenteuer, die ihn nach Montenegro trieb. Bevor er abfuhr, beglückte er mich nachts, damit ich ihn nicht vergaß und nicht auf den Gedanken kam, ihm untreu zu sein. Eine Freundin fragte mich: »Wo ist Goran anders als andere Männer?« Schwer zu sagen. Ich versuchte es. Die Schüchternheit. Die Stille. Das Geheimnisvolle. Das Feuer, das man spürte. Er war kein Draufgänger. Er war still, als wenn er nichts wollte. Er wusste, wie man eine Frau anzufassen hatte. Es waren keine besonderen Praktiken. Stattdessen einfacher, gottgefälliger Sex. Seine Schönheit war es, die Ekstase auslöste. Sein Penis war so schön, wie ein Penis nur schön sein konnte. Ich habe nie einen Dildo gesehen, der so schön war wie sein Penis. Und wie er ihn bewegte in mir. Von Walzer bis Polka, von Tango bis Flamenco. Das konnte nicht jeder, das war eine Begabung. Seine Küsse waren so zärtlich, als wenn sich tausende Schmetterlinge auf einmal auf meine Lippen gesetzt hätten. Seine Zärtlichkeit war mit roher Stärke verbunden. Wenn ich auf ihm saß, bewegte er meinen Körper hin und her, wie wenn ich eine Feder wäre. Dabei gab er den Blick auf seine angespannten Muskeln frei. Auf seine dunklen Brustwarzen. Der Brustkorb breit wie eine Flugzeuglandefläche. Der Blick in sein Gesicht mit den geschlossenen Augen – höchste Konzentration und größter Genuss. Er gab sich hin, voll und ganz. Er fiel in die tiefe Schlucht und riss mich mit.

Goran kam lange nicht zurück. Bis ich erfuhr, er säße wieder im Knast. Nicht, dass er mir nicht fehlte, das nicht. Aber irgendwie war es auch eine Befreiung. Jetzt hatte ich viel Zeit zum Malen, arbeiten zu gehen, meinen Schmuck zu machen, meine Freunde zu sehen. Ein Partner nahm einem viel Zeit weg. Wenn er im Gefängnis war, wusste ich wenigstens, er macht keinen Blödsinn, und untreu konnte er mir auch nicht sein. Bis das Telefon, das an der Wand direkt neben dem Kachelofen hing, klingelte.

»Hallo, Eli, ich komme!« Er war entlassen worden. Noch halb im Unklaren, ob ich mich wirklich darüber freute oder nicht, sagte ich: »Ich freue mich auf dich!«

Am nächsten Tag stand ich wieder auf dem Züricher Hauptbahnhof. Der Zug kam an. Die Bremsen quietschten. Die Türen öffneten sich. Zuerst erkannte ich ihn nicht. Aber dann, beim genaueren Hinsehen ... da wälzte sich ein Koloss auf mich zu. Er war annähernd doppelt so muskulös wie vorher. Um Gottes willen. »Was hast du gemacht?« Er erzählte mir, seine Mutter hätte ihm täglich das Essen in die Zelle gebracht. Und er hätte dann zum Muskelaufbau hundertmal den Esstisch oder den Schrank oder was dort noch stand angehoben. Ab und zu ging er jetzt wieder als Türsteher in den Club arbeiten. Der gehörte Jugoslawen, und obwohl sie in Jugoslawien Krieg gegeneinander führten, in der Schweiz hielten sie seltsamerweise zusammen.

Einmal bekam ich ein paar Schläge von Goran. Er weinte beschämt und bat mich um Verzeihung. Aus seinen schwarzen Augen rollten große schwarze Tränen. Ich beobachtete mit Interesse, wohin sie herunterfielen. Auf das Hemd? Oder direkt auf die Hose? Auf jeden Fall hatte ich gewonnen. Er staubsaugte jeden Samstag. Und die Nacht nach dem Ausrutscher war schöner denn je, obwohl es schon fast kaum möglich war. Und da wurde ich auch schwanger. Ich hatte damit nicht gerechnet, ich wollte es nicht. Aber ich wurde schwanger. Gorans Freude war so groß, dass ich Angst bekam, er raubte vor Glück sämtliche reiche Haushalte in ganz Luzern aus. Ich verlor das Kind in Salzburg, als ich dort für Kinder einen Workshop gab. Und zwar auf der Toilette Burg Hohewerfen. Vielleicht war es zu anstrengend, jeden Tag hochzulaufen. Vielleicht war der Unterricht anstrengend und sicher hatte ich mich nicht geschont. Ich kam in die Klinik, der Workshop wurde unterbrochen. Ich weinte nicht und war auch nicht traurig.

Mein Arzt, der Gynäkologe in der Schweiz, war auch Jugoslawe. »Frau Bartek. Sie wissen gar nicht, welche Qualen Sie sich damit erspart haben. Kindesentführungen, Gerichtsprozesse, Schlachten ums Kind. Die Montenegriner sind nicht zu unterschätzen.« So nahm ich es auch. Als Schicksal. Ich war hart zu Goran. Ich nahm ihn zu wenig ernst. Das weiß ich heute, wenn ich an die Zeit zurückdenke. Er war ein emphatischer, lieber, sensibler Mensch. Er liebte mich und wollte mit mir eine Familie.

Warum ging es dann doch schief? Einmal besuchte mich ein Freund aus Österreich. Ein Adeliger. Stefan war eher klein und zerbrechlich. Er sah schon so adelig aus. Er liebte Pferde und hatte auch ein Pferdegebiss. Er trug Knickerbocker mit Strümpfen und ein grünes Lodenjäckchen mit Anstecknadeln. Er hatte kleine Hände und schöne blaue, wässerige Augen. Auf dem Kopf lockige Haare. Stefan hatte schon viele meiner Bilder gekauft. Er brachte eine große Dose persischen Kaviar mit. Wir saßen am Tisch im Esszimmer, alle drei. Goran verstand zwar gar nichts, es machte ihm aber nichts aus. Er war mehr der stille Beobachter. Ich glaube, Diebe sind immer stille Menschen. Man kann auch lärmend nichts stehlen. Da er nichts trank, wurde ihm schnell langweilig, und er überließ uns unserem Gespräch.

Wir tranken Champagner, nachher Wein. Wir waren leicht angetrunken, als mir Stefan einen Kuss geben wollte. Ich wusste nicht, wo Goran war. Ich wusste nicht, wie er es sehen konnte. Aber er stürmte ins Zimmer, als wenn er im Tor einen Ball fangen wollte, und versetzte Stefan eine schallende Ohrfeige. Goran kochte vor Wut, Stefan wälzte sich vor Schmerz. Ich schlief diese Nacht nicht im Schlafzimmer. Am nächsten Tag entschuldigte sich Goran. Worauf sich Stefan auch entschuldigte. Ich schmierte ihm Make-up auf die Backe, auf der Gorans Hand abgebildet war. Wir fuhren ihn zum Flughafen nach Zürich. Stefan kam nie mehr und kaufte auch nie mehr ein Bild.

Einmal, ich war bei einer Freundin in Zürich über Nacht, wurde ich um vier Uhr früh wach. Eine unglaubliche Unruhe erfasste mich. Ich wusste: Goran schlief mit einer Frau. Ich spürte es körperlich. Ich konnte kein Auge mehr zumachen. Ich zog mich an, saß in der Küche und wartete auf den ersten Zug nach Luzern. In Luzern wurde die Unruhe noch stärker, so dass ich nicht auf den Bus warten konnte. Ich fuhr mit dem Taxi zu mir. Vor dem Haus stand das Auto von Goran. Um sechs Uhr früh betrat ich mein Schlafzimmer. Da lag mein Ehemann neben einer fremden Frau. Sie war angezogen und Goran auch. Wenn man nicht gesehen hat, wie wütend ich werden kann, glaubt man es bestimmt nicht. Ich bin zwar nur ein Meter sechzig groß, aber aus meinem Mund sprangen Feuerfetzen hervor. Ich musste aufpassen, dass das Haus nicht zu brennen anfing.

Ich zitterte am ganzen Leib und schrie: »Raus, raus!« Das Mädchen zitterte auch am ganzen Körper. Sie stand auf und rannte die Treppe herunter. Ich warf ihr noch ihre billige Handtasche nach. »Und du auch raus. Raus aus meinem Bett. Aber sofort!«, schrie ich Goran an. »Aber da war nichts«, sagte er. Sie kamen von der Arbeit, sie war Serviererin. Er wollte sie nach Hause fahren, aber sie hatten was getrunken. »Ich dachte, nach zwei Stunden fahre ich sie heim.«

»Raus! Aber schnell. Verschwinde!« Nicht seine Augen, nicht sein Schwanz, nichts konnte die Situation retten. Ich warf hinter ihm her, was mir in die Hände fiel. Leider waren in dem Schlafzimmer zu wenige Gegenstände – den Schrank konnte ich nicht schmeißen, auch die Nachttische nicht, aber wenigstens die Nachttischlampen.

Sein Schicksal war besiegelt. Er fuhr zurück nach Montenegro, endete wieder im Knast. Wie dumm musste man sein, dass man sich immer wieder erwischen ließ? Ein paar Tage kämpfte ich noch mit mir. Ein paar Tage roch ich noch an seinen Kleidern. Dann stand fest: Ich lasse mich scheiden.

Ich rief wieder das Stadthaus an. Ich wurde verbunden. »Hier ist Bartek.« Der erstaunte Beamte erwiderte: »Aber Sie sind doch schon geschieden!« »Ja, das war mit einem anderen Mann. Ich habe inzwischen wieder geheiratet und von dem will ich mich scheiden lassen.« Der Beamte staunte vor sich hin, bis er sich von dem Schock erholt hatte, und sagte: »Kommen Sie morgen mit Ihren Heiratsunterlagen.«

Am nächsten Tag schwang ich mich wieder auf mein Fahrrad. Der Beamte saß hinter einem altmodischen Pult mit grüner Schreibunterlage. Sein Gesicht, ich erinnere mich, war schon damals gelb-grau gewesen. Hinter ihm hing das Sempacher Wappen, ein roter Löwe auf gelbem Untergrund. Er schaute mich jetzt mit aufgerissenen Augen an. Ich erzählte ihm von der Heirat während des Kriegs. »Mein Mann musste einrücken und er hat sich schon lange nicht mehr gemeldet. Mein Mann ist verschollen.« Ich drückte ein paar jämmerliche Tränen heraus. Der Beamte war sicher froh darüber, einen Jugoslawen weniger in seinem Kanton zu haben, es kamen ja so viele Flüchtlinge. Das Datum der Scheidung wurde festgelegt, doch es musste davor zwei Wochen im Bezirksblatt stehen, falls jemand Einwände hätte.

Ich setzte mich wieder aufs Fahrrad, fuhr nach Hause, öffnete mir eine Flasche Ruinart, die ich noch von meiner Coop-Degustation übrig hatte, zündete mir eine Zigarette an und beobachtete genüsslich, in welche Richtung die Rauschwaden trieben. Ich versuchte, einen Ring auszublasen. Es war aber nicht so einfach. Wahrscheinlich zog es hier leicht. Ich stand auf und schlug die Türe zu. Ich sog an der Zigarette, kippte meinen Kopf nach hinten und schaute an die Decke. Endlich kam der Rauchring heraus. Er war ziemlich perfekt rund.

Vierzehn Tage später war ich wieder auf dem Amt. Ich saß dort voller Angst, dass vielleicht irgendein Freund Gorans die Anzeige gelesen hatte. Aber es kam niemand. So war ich in dem Saal allein mit dem Beamten. Wir waren schon fast Komplizen geworden, er hatte mich schließlich schon zweimal geschieden. Ich wusste nicht, was er dachte oder vermutete. Aber ich fühlte mich ihm verbunden. »Sie sind geschieden ohne Anwesenheit. Nehmen Sie wieder Ihren Namen an?« »Ja«, sagte ich. Und als wiedergeborene Eliška Bartek verließ ich stolzen Hauptes den Raum.

So war ich noch ein paar Wochen glücklich allein. Grrrrrr, Grrrrrr, läutete beharrlich das schwarze Telefon an der Wand bei dem Kachelofen. »Hallo? Eliška? Hier ist Goran. Ich komme jetzt nach Hause. Ich freue mich so auf dich!«, hörte ich seine fröhliche Stimme mit dem schlechten Deutsch. »Du kommst nicht!«, erwiderte ich. »Wir sind geschieden!« Auf der anderen Seite der Leitung blieb es still, sehr lange, als ob er es nicht glauben wollte. Dann: »Ich bring dich um! Ich bring dich um«. »Wir sind geschieden«, sang ich, als wenn ich im Kirchenchor wäre. »Ich ließ mich scheiden ohne deine Anwesenheit«. »Ich bring dich um! Ich bring dich um«, brüllte er ins Telefon. »Ich bring dich um!« Er schrie so laut und so voller Wut, dass sich mir die Härchen an der Haut aufrichteten, als wären sie elektrifiziert. »Ich bring dich uuuuuummmm«, und ich spürte bei seinem Schrei schon das Messer zwischen den Rippen. »Ich habe auf der ganzen Welt Freunde. Ich werde dich finden. Ich werde das ganze Leben nach dir suchen und ich werde dich finden!«

Ich machte leicht die Augen zu und sah vor mir, wie er schäumte. Wie er seine ganze Wut in den Schaum und in die Bläschen des Schaumes reinblies. Ich legte auf. Meine Knie zitterten. Ich zündete mir eine Zigarette an und sagte mir: Tief atmen, Bartek, tief atmen. Bartek, du musst hier verduften.

Aber erst begann das Warten. Ich lag im Bett und konnte nicht einschlafen. Das Bohren eines Holzwurms hörte nicht auf. Fraß er den Schrank? Ich legte mich auf den Rücken und faltete die Hände so, als wäre ich tot. Ich bemühte mich, ruhig zu atmen. Der Holzwurm brachte mich zum Wahnsinn. Ich stand auf und klopfte auf den Schrank. Jetzt war es still. Kaum war ich im Bett, fing er wieder zu nagen an.

Ich zog mir die Decke über den Kopf. Goran würde nie mehr neben mir liegen. Nie mehr war schrecklich. Wenn es aber nie mehr war und der Mensch lebte noch, dann war es noch schrecklicher. Gorans Drohung ließ mich nicht schlafen. Wer je in einem alten Haus gewohnt hat, der weiß, wie es dort knackt. So ein altes Haus lebt. Plötzlich fiel etwas auf den Boden. Ich saß aufrecht im

Bett. Ich schlich mich auf den Gang: Ich hatte vergessen, das Fenster zuzumachen, und der Durchzug hatte den Blumentopf heruntergeworfen. Am nächsten Tag wieder so ein Splittergeräusch. Mir standen alle Haare zu Berge. Was war das denn? Ich nahm das Messer aus der Küche und schlich mich langsam die Treppe herunter in das Atelier. Seine Fenster waren vergittert. Im Atelier war auch die Waschmaschine. Jetzt sah ich: Ich hatte gewaschen, und beim Schleudern war die Tasse heruntergefallen, die darauf gestanden hatte.

Das Läuten des Telefons überhörte ich absichtlich. Ich nahm das Telefon nie mehr ab. Nur ich rief meine Freunde an. Ich dachte immerzu daran: »Ich bring dich um!« Ein Messer zwischen den Rippen ... Mir fiel etwas anderes ein. Ich stand auf, zog mir die Pantoffeln an und ging in den Keller. Ich erinnerte mich, dass Goran da unten noch eine Tasche hatte. Die Treppen knarzten und es war kalt. Ich machte das Licht an und sah die Tasche. Hinter ihr war etwas in Plastik eingepackt. Etwas Schmales, Langes. Der schwarze Plastiksack war mit einem Klebeband zugeklebt. Ich probierte, das Band mit den Zähnen aufzureißen, aber es ging nicht. Ich musste in meinem Atelier die Schere suchen. Ich schnitt den Plastiksack auf und siehe da – eine Waffe. Eine große Waffe. In der Tasche lagen die Patronen. Ich hatte den Impuls, die Waffe zu laden. Ich hätte es gekonnt. Ich hatte in der Tschechoslowakei oft mit Waffen geübt. Was machte wohl die Evza, fiel mir ein? Mit der ich gearbeitet hatte? Ich verscheuchte den Gedanken sofort.

Am nächsten Tag rief ich den grauen Beamten an. Wir waren ja fast im Bunde. Ich fragte ihn: »Wann kann mein Ex-Mann wieder hier sein? Falls er doch nicht verschollen ist? Wie kommt er rein in die Schweiz?« Der Beamte sagte: »Seine Bewilligung, die er als verheirateter Mann bekommen hatte, ist weg. Also kann er nicht normal einreisen.« Aber als ich ihn kennengelernt hatte, war er ja auch da. Es gab immer Wege, in die Schweiz zu kommen. Wenn man Glück hatte. Oder es unbedingt wollte.

Es half nichts: Ich musste weg! Noch am selben Tag rief ich einen Museumsdirektor an, mit dem ich mich angefreundet hatte. »Du hast mir ein Stipendium in Österreich angeboten und ich habe es abgesagt. Wenn ich noch zusagen darf, dann möchte ich mich jetzt doch bewerben.« Und ich erzählte ihm die ganze Geschichte. Ich packte den Koffer. Eine Woche später fuhr ich los, nach Wien.

»Ich bring dich um!« Ohne den Mafioso wäre ich nicht nach Österreich gegangen. Vielleicht wäre ich im Stöckli versauert. Ja, schon dafür hatte sich die Flucht gelohnt. Alle Fluchten. Nach vielen Jahren suchte ich Goran im Internet. Ja, ich fand ihn. Es lachte dort ein dicklicher, weißhaariger, bald glatzköpfiger Mann mit künstlichen Zähnen. Ich erinnerte mich! Als er noch Torwart war, hat ihm ein Zusammenprall die Vorderzähne rausgeschlagen. Ich gab ihm damals zweitausend Franken und er ließ sich in Montenegro neue Zähne machen. Die Zähne waren das Einzige, was an ihm gleich geblieben war. Das war aus dem David Michelangelos geworden! Er war eben nicht aus Marmor, sondern aus Fleisch und Blut. Der Zahn der Zeit verschont keinen.

# Krähensuppe

Ich war jetzt knapp vierzig, als ich wieder einmal fliehen musste. Ein ungewisser Weg lag vor mir – wie jedes Mal. Ich dachte: Verdammt! Wie viel Sterben hab ich bislang schon erlebt! Wie viele Tode? Schrecklich viele! Ich mag's gar nicht mehr zählen. Und ich war doch noch so jung!

Und dann fiel mir ein Märchen ein, das mir meine Mutter vorgelesen hatte. Die tschechischen Märchen sind irgendwie anders als die deutschen. Ich mag sie lieber. Besonders das von dem besoffenen, eingesperrten Tod. Ich habe es später nachgelesen, es ist von Jan Drda. Und es geht so:

Kuba Dařbuján ist ein Bergmann und sehr arm, als sein zwölftes Kind auf die Welt kommt. Er kann seine große Familie kaum ernähren, und seine Kinder leiden Hunger, während die Reichen im Dorf verschwenderisch mit allem umgehen. Von überall, wohin Dařuján betteln geht, wird er verjagt. Am bösesten ist Pandrhola zu ihm. Ein reicher Bierbrauer. Der hat sogar seine Hunde auf Kuba gehetzt. Kuba ist nur mit knapper Not entkommen.

»Wir brauchen wenigstens einen Paten für das Kind«, sagt Merketa, seine Frau. Aber sie trauen sich nicht, einen ihrer Freunde um diesen Gefallen zu bitten, da diese auch nichts besitzen, denn ein Pate muss dem Neugeborenen ein kleines Geschenk mitbringen.

Um nachzudenken, geht Kuba verzweifelt in die Natur hinaus. Und siehe da! Dort steht ein alter, weißhaariger Mann: »Willst du für mein Neugeborenes Pate sein?«, fragt ihn Kuba. »Aber ja«, sagt der alte Mann. Sie gehen zu dem fast zerfallenen Haus von Kuba, als sich Kuba ein Herz fasst und den alten Mann fragt: »Da du der Pate für mein Kind wirst, darf ich dich fragen, wer du bist?« »Ich bin Gott«, sagt der alte Mann. »Oh, dich will ich aber nicht als Paten haben! Du bist ungerecht!« Und der liebe Gott verschwindet.

Nun trifft Kuba in den Feldern einen dunklen Mann in einem grünen Jägerjäckchen. »Guten Tag. Ich suche einen Paten für mein Neugeborenes. Möchtest du nicht Pate für das Kind sein?«, fragt Kuba. »Warum nicht?«, antwortet der dunkle Mann und geht mit. Kuba schaut ihn von der Seite an. Nimmt seinen ganzen Mut zusammen und fragt: »Wer bist du? Ich muss immerhin meiner Frau sagen, wen ich da als Paten mitbringe!«

»Ich bin der Teufel selbst«, lacht der schwarze Mann. »Oh, dich will ich nicht. Du bist ungerecht. Sonst würdest du den bösen Pandrhola längst mit dir in die Hölle genommen haben.« Der Teufel lacht laut und verschwindet.

Kuba geht weiter und trifft einen mageren Mann mit einer Sense. Zuerst hat er ein bisschen Angst, aber dann überwindet er sich und fragt: »Ich suche einen Paten für mein Neugeborenes. Möchtest du es nicht sein?« Der Knochige sagt: »Ja, warum nicht?« Und kommt mit. »Darf ich dich fragen, wer du bist? Immerhin wirst du Pate meines Kindes.« »Ich bin der Tod!« »Das ist gut«, sagt Kuba, »du bist zu allen gleich. Ob reich oder arm«. Und so wird der Tod der Pate des Kindes.

»Weißt du, Kuba, ich bin arm und kann dir nichts geben. Aber werde du Arzt, ich werde dir helfen. Wenn du mich zu Füßen des Kranken stehen siehst, dann wird er wieder gesund. Wenn ich aber am Kopfende stehe, dann stirbt der Mensch. Dann kannst du nichts machen.«

Und Kuba schreibt in großen Buchstaben auf eine Tafel an seinem Haus: »Doktor«.

Im gleichen Dorf liegt schon fünf Jahre ein Bergmann im Bett und kann nicht mehr gehen. Als er von Kuba erfährt, lässt er geheim nach ihm schicken. Alle Ärzte hat er schon ausprobiert und niemand konnte ihm helfen. Kuba kommt nachts, damit er nicht gesehen wird. Unterwegs hat er ein paar Kräuter gepflückt. Und wirklich: Der Tod hält Wort. Da steht er zu Füßen des Kranken. Der Pate zwinkert Kuba zu und ist schon wieder verschwunden. Kuba kocht die paar Kräuter aus und legt sie auf den ganzen Körper des Kranken. Und siehe da: Wie durch ein Wunder ist der Kranke am nächsten Tag gesund.

Der Ruhm von Kuba wird bald immer größer. Arme heilt er gratis. Von den Reichen nimmt er Geld.

Nun wird auch der wohlhabende Bierbrauer krank. Der die Hunde hinter Kuba hergeschickt hat, als der um ein bisschen Essen für seine Kinder bettelte. Der Pandrhola. Seine Frau kommt zu Kuba und bittet ihn um Hilfe. »Also gut. Nur wenn meine fünf Tannen bis morgen voll mit Würsten behangen sind, komme ich zu euch«, sagt Kuba. Frau Pandrhola schimpft, aber schlachtet schließlich einige Schweine, und die Metzger behängen die fünf Tannen vor Kubas Haus mit Würsten. Am nächsten Tag ruft Kuba das ganze Dorf zu sich, die armen, halb verhungerten Bergbauern und die Tagelöhner, und alle essen die Würste, Salami und Klobasen.

Darauf erscheint erneut die Frau von Pandrhola. »Kommst du jetzt mit?« Und Kuba sagt: »Nur wenn anstatt des Wassers Bier im Fluss fließt.« Frau Pandrhola eilt mit knirschenden Zähnen nach Hause und lässt alle Bierfässer in den Fluss gießen.

Und die Leute aus dem Dorf kommen lachend mit Krügen und holen Bier. Einige legen sich auf den Bauch und trinken das Bier direkt aus dem Fluss.

Schließlich muss Kuba sein Versprechen halten. Er kommt mit. Aber, oje! Was sieht er? Der Tod steht direkt bei Pandrholas Kopf und verdreht böse die Augen.

Erschrocken sagt Kuba zu Pandrholas Frau: »Da gibt es keine Hilfe mehr.« Die Frau dringt auf Kuba ein und beschimpft und schlägt ihn: »Unsere Schweine hast du gegessen, unser Bier getrunken, und jetzt sagst du, es gibt keine Hilfe mehr?«

Kuba denkt nach, gibt sich einen Ruck, und in Sekundenschnelle dreht er das Bett um, so dass der Tod urplötzlich zu Füßen des Kranken steht. Das Kopfende des Bettes hat Kuba direkt an die Wand geschoben. Somit kann der Tod sich nicht mehr hinter Pandrholas Kopf stellen.

Der betrogene Tod rollt wütend die Augen und ärgert sich. Aber Kuba sagt zu ihm: »Jetzt gedulde dich ein bisschen. Wir sind doch eine Familie. Heute Abend gebe ich dir frei. Komm mit in den Keller, wir trinken ein gutes Bier. Der Pandrhola ist der beste Bierbrauer weit und breit.« Und so gehen die beiden in den Keller und trinken ein Bier nach dem anderen. Sie stoßen auf Bruderschaft und auf alles Mögliche und Unmögliche an. Bald sind sie stockbetrunken, die Sense liegt irgendwo in der Ecke und der Tod in einer anderen.

Inzwischen ist Pandrhola wieder gesund und böse wie eh und je. Er schleicht sich in den Bierkeller und sieht den total betrunkenen Kuba und den total betrunkenen Tod. Pandrhola erschrickt zuerst, sterben will er nicht. Er nimmt den Tod vorsichtig auf den Arm, der ist ja ganz leicht, und steckt ihn in ein Bierfass, und die Sense wirft er dazu. Das Bierfass lässt er fest verschließen. Kuba wirft er in den Schweinestall zum Ausnüchtern.

Als Kuba mit schwerem Kopf nach Hause kommt, sagt er: »Oh Marketa, mach mir bitte aus dem Huhn da draußen eine Suppe. Ich habe so einen schlechten Magen.«

Und Marketa geht und will dem Federvieh den Kopf abschneiden, aber der Kopf wächst sofort wieder mit dem Hals zusammen. »Oje«, jammert Kuba »der Tod ist aus der Welt verschwunden.« Und es folgen schwere Zeiten. In drei Tagen sind sämtliche Metzgereien ausverkauft. Wenn man einen Bullen mit der Stange auf den Hinterkopf schlägt, fällt der Bulle nicht um, sondern schaut den Metzger nur beleidigt an. Die Menschen schimpfen, da sie nur Knödel und Kartoffeln essen können. Nicht mal einen Sonntagsbraten gibt es. Auch keine Beerdigungen, da niemand stirbt. Und alle Ärzte werden arbeitslos.

Auf der ganzen Welt haben Menschen kein Fleisch. Auch Pandrhola, der gerne Fleisch isst, erlebt schwere Zeiten. Sauerkraut und Knödel ohne Schweinebraten. Kartoffeln mit Quark. Oder Haferflockensuppe. Nach einigen Tagen fleischlosen Essens schreit Pandrhola: »Ich will aber Fleisch! Ich muss Fleisch essen!« Er nimmt seine Waffe aus dem Schrank, rennt in den Stall, in dem seine fünfzehn Schweine grunzen, und schießt wahllos in sie hinein. Als sich der Rauch verzieht, ist nichts weiter geschehen. Die Schweine rennen weiter fröhlich herum. Da verliert Pandrhola vollends die Nerven. Er stürzt in den Keller und öffnet das Fass. Der Tod kommt sofort heraus und Pandrhola fällt tot zu Boden.

Der Tod nimmt seine Sense, geht zu Kubas Haus und reißt die Tafel mit dem Wort »Doktor« von der Wand. Und so ist Kuba mit den zwölf Kindern wieder so arm wie zuvor. Und es gibt keine Hühner mehr und auch keine Hühnersuppe. Außerdem ist die Krähensuppe gleich fein wie die Suppe aus dem Huhn.

## Dank

Ich möchte allen danken, die mich auf dem Weg in der ersten Lebenshälfte begleitet haben. Ich danke Michael Maar, dass er mich zu diesem Werk ermutigt hat, und Johannes Ebert, dass er es vom Manuskript zum Buch beförderte. Ich danke auch allen Männern, die mich nicht umgebracht, sondern stärker gemacht haben.

# Die Autorin

Foto: © Johannes Kretzschmar

**Eliška Bartek**, Malerin, Fotografin und Autorin, geboren 1950 in Nový Jičín, wuchs in Prag auf und hat als junge Frau den Einmarsch der sowjetischen Truppen in ihre Heimatstadt miterlebt. Nach ihrer unter dramatischen Umständen geglückten Flucht in den Westen im Jahr 1972 erwarb sie 1975 die Schweizer Staatsbürgerschaft. Von 1979 bis 1983 besuchte sie die Züricher Hochschule der Künste, 1996 wurde sie als Stipendiatin des österreichischen Bundesministeriums für Bildung, Wissenschaft und Kultur Mitglied im Künstlerhaus Wien und erhielt das Diplom der Masaryk Academy of Art, Prag. Für ihre künstlerische Arbeiten erfährt sie internationale Anerkennung. Seit 1997 lebt und arbeitet Eliška Bartek im Tessin und in Berlin. *Und vor mir ein ganzes Leben* ist ihr erster Roman.